RAYWEN WHITE

MYSTIC HIGHLANDS

FEENHÜGEL

IMPRESS

© privat

Raywen White lebt gemeinsam mit ihrem Mann im Raum Frankfurt am Main. Erst 2014 entdeckte sie ihre Leidenschaft für das Schreiben und erzählt nun Geschichten, in denen Liebe und Magie der Fantasie keine Grenzen setzen. Jedoch haben in ihrem Leben Bücher schon immer eine wichtige Rolle gespielt. Es gibt nichts Schöneres, als in eine Geschichte einzutauchen und den Alltag vergessen zu können. Dieses Gefühl möchte sie auch ihren Lesern ermöglichen.

Für alle, die auf der Suche nach sich selbst sind.

1

Eine leichte Meeresbrise spielte mit Ciardas losen Haarsträhnen. Tief atmete sie die kühle Nachtluft ein, die nach dem warmen Sommertag die Hitze in den engen Straßen von New Orleans kaum vertrieb. Genauso wenig wie ihre Erinnerungen. Die Balkontür hinter ihr war einen Spalt geöffnet. Die ersten Töne des Liedes *Bad Liar* von den *Imagine Dragons* drangen zu ihr heraus und stimmten sie nachdenklich. *Terrors don't prey on innocent victims.* Und ob sie das taten. Verzweifelt schloss sie die Augen.

Ein helles Klirren von Glas zog ihre Aufmerksamkeit auf sich. Eine Flasche rollte über den staubigen Asphalt und blieb liegen, bis ein junger Mann sie mit seinem Fuß wegkickte und das Klirren erneut erklang. Sie beugte sich weiter nach vorne und stützte die Unterarme auf dem Balkongeländer ab, während sie die Gruppe junger Menschen beobachtete, von denen die meisten Plastikbecher mit alkoholischen Getränken in der Hand hielten und sich aufgeregt miteinander unterhielten. Die Frauen waren grell geschminkt und ihr Lachen hallte durch die Straße. Der aufreizenden Kleidung nach zu urteilen, waren sie entweder auf dem Weg in einen der nahe gelegenen Clubs, durch die Ciarda bereits die letzten Wochen gezogen war, oder kamen gerade von einer der vielen Partys im French Quarter.

Der junge Mann, der die Flasche durch die Straße gekickt hatte, blieb schwankend stehen und sah zu ihr auf, als hätte er gespürt, dass sie ihn und seine Freunde beobachtete. Ein zufriedenes Grinsen legte sich auf seine schmalen Lippen, als er sie bemerkte. Sein dunkles Haar fiel ihm wirr in die

Stirn und beschattete seine Augen, die sie nicht sehen konnte. Der Rest gefiel ihr jedoch ausnehmend gut. Sie beugte sich weiter vor und lächelte, auch wenn ihr gar nicht danach zumute war. Die Stimmen der anderen wurden lauter, als sie unter ihrem Balkon vorbeigingen. Einige grinsten anzüglich, nachdem sie einen Blick zu ihr nach oben geworfen hatten. Der junge Mann winkte und signalisierte ihr hinunterzukommen.

Eigentlich war es genau das, was sie wollte. Feiern und vergessen. Deswegen war sie hier. Dennoch richtete sie sich auf und schüttelte bedauernd den Kopf.

Enttäuscht verzog der junge Mann die Lippen und trollte sich.

Eine Weile sah sie ihm nach und fragte sich, warum sie nicht mitgegangen war. Sie hatte sich bereits für das ausschweifende Nachtleben in New Orleans fertig gemacht, trug ein blutrotes Korsett mit schwarzen Stickereien, das ihre Brüste betonte und ihre Arme frei ließ. Keltische Symbole umrahmt von Blütenranken waren darauf tätowiert. Der schwarz-rot karierte Rock bedeckte gerade so ihren Po. Smokey Eyes, dunkelrote Lippen und die wild hochgesteckten Haare vervollständigten das Bild eines furchtlosen Vamps, das sie anderen gerne von sich zeigte. Doch irgendwie wollte sie heute nicht in Partystimmung kommen. Schon die letzten beiden Nächte hatte sie sich gezwungen das Hotelzimmer zu verlassen, zu tanzen. Doch die dröhnende Musik in den Clubs übertönte weder ihre Gedanken, noch übernahm sie die Kontrolle über ihren Körper wie noch zu Beginn.

Seufzend legte sie den Kopf in den Nacken und betrachtete wehmütig die wenigen Sterne am Himmel, der dem in Schottland kaum ähnelte. Wenn sie die Augen schloss, war das Bild von dem silbernen Band der Milchstraße und das grünliche Glühen der Polarlichter nur noch eine schwache Erinnerung, die immer mehr verblasste. Sie hatte ihre Heimat noch nie verlassen und langsam vermisste sie sie.

Genervt stieß sie den Atem aus und ließ den Kopf hängen. Eine maßlose Untertreibung. Wie ein Sog zerrte etwas an ihr. Sie sehnte sich so sehr nach den kahlen Berghängen, dass es regelrecht schmerzte.

Wie hatte sie nur auf den Gedanken kommen können, dass es eine gute Idee sei hierherzureisen, um sich ein wenig abzulenken?

Schon seit Tagen verspürte sie einen dumpfen Druck auf ihrer Brust, der ihr das Atmen erschwerte. Sie fühlte sich wie ein gefangenes Tier. Eingesperrt in einem viel zu engen Käfig. Die Stadt war laut und stickig. Viel zu viele Menschen. Nicht zu vergleichen mit der Abgeschiedenheit in den Highlands, ihrem Zuhause.

Ein Handyklingeln ertönte und die Musik aus dem Zimmer hinter ihr, die sie schon eine Weile nicht mehr bewusst wahrgenommen hatte, verstummte. Ihr plötzliches Fehlen riss sie aus ihren schwermütigen Gedanken.

»Was gibt's?«, hörte sie die kräftige Stimme ihres Bruders und kräuselte genervt die Lippen. Eigentlich hatte er vorgeschlagen nach Barcelona zu fahren, wo er ein Semester lang studiert hatte, um ein bisschen Sonne am Strand zu tanken und die Clubs unsicher zu machen. Um Abstand zu gewinnen. Die Idee klang verlockend, nur dass ihr das europäische Festland nicht weit genug entfernt war. Einen ganzen Ozean hatte sie zwischen sich und dem, was passiert war, bringen müssen.

Doch jetzt ... Sie hatte das Gefühl, etwas Schreckliches braute sich am Horizont zusammen. Sie drehte den Kopf zur Seite, um besser lauschen zu können.

Aodhs Antworten waren einsilbig und sein Ton verriet, dass er nicht glücklich war, über das, was sein Gesprächspartner ihm erzählte. »Wir sind schon unterwegs.«

Stille.

Ciarda kam es vor, als würden Ameisen über ihre Haut krabbeln. Es fröstelte sie. *Wir.* Das schloss sie mit ein.

Ihr Bruder schob die Balkontür auf und trat hinter sie.

»Ich geh nicht mit«, erklärte sie tonlos und wandte den Blick wieder auf die Gasse. Auch wenn sie fürchterliches Heimweh hatte, würden sie keine zehn Pferde zurück nach Schottland bringen.

Einen Moment schwieg Aodh und die Atmosphäre um sie herum schien sich zu verdichten. Der Druck auf ihrer Brust nahm zu. Es kam ihr so vor, als würde ihre Haut zerreißen. Als sie es nicht mehr aushielt, drehte sie sich langsam um.

Betreten stand Aodh vor ihr und hatte die Hände in seine Jeanstaschen vergraben, die Daumen in den Gürtelschlaufen verhakt. Sein kupferrotes Haar war zerzaust und stand in alle Richtungen ab. Deutlich zeigte ihr sein Gebaren, wie tief seine Schuldgefühle ihr gegenüber saßen. Man könnte meinen, dass ihm jemand in die Weichteile getreten hätte.

In diesem Moment spürte sie, wie die unterschiedlichsten Gefühlsregungen in ihr aufstiegen. Genugtuung und Hass ihm gegenüber, gefolgt von Abscheu vor sich selbst.

Er hat es für mich getan.

Verzeihen konnte sie ihm dennoch nicht so einfach, auch wenn sie es wollte. Aber es gab Schlimmeres. »Ich gehe nicht zurück«, wiederholte sie bestimmt. »Nie wieder.«

»Die anderen brauchen uns«, erwiderte er lediglich, als würde es genügen sie umzustimmen. Dabei gingen ihr die anderen am Arsch vorbei. Und das beruhte wahrscheinlich auf Gegenseitigkeit.

Immer war sie es gewesen, die zur Stelle war, wenn es brenzlig wurde. Keinem Kampf war sie ausgewichen, hatte trainiert bis zum Umfallen und hätte ihr eigenes Leben jederzeit breitwillig gegeben. Und irgendwie hatte sie das auch. Hatte nie einen Schulabschluss gemacht oder über ein Leben außerhalb von Gorm nachgedacht. Der Druidenorden und seine Aufgabe waren ihr wichtiger gewesen als ihre eigene Zukunft oder Wünsche. Sie hatte ihr Leben dem Kampf geopfert.

Aber das war vorbei. »Die kommen auch gut ohne uns aus.« Mittlerweile erschien ihr dieser Krieg so sinnlos. Alles nur ein Gespinst aus Lügen und Verrat. Sie war eine Wächterin. Eine Kriegerin. Doch inzwischen wusste sie nicht mehr, wofür sie überhaupt kämpfen sollte. Ihre eigenen Träume hatte sie so tief vergraben, dass sie sie schon längst vergessen hatte. Sie fühlte sich ziellos und verloren.

»Gavin hat gesagt, dass ...«

»Es interessiert mich nicht, was Gavin dir erzählt hat«, unterbrach sie ihn sofort.

»Aber ...«, begann Aodh erneut.

»Nichts aber!«

»Sei doch nicht so stur und hör mir wenigstens zu«, stieß Aodh frustriert aus.

»Es ist mir scheißegal. Und wenn Gorm in Flammen aufgeht.« Allein der Gedanke sorgte bei ihr für ein schmerzhaftes Ziehen in der Brust. Sie umfasste das Balkongeländer fester, bis das Metall sich verformte.

Ihr Bruder schüttelte den Kopf. »Du bist eine schlechte Lügnerin. Gorm ist dein Zuhause.«

Ihr Herz brach. »Das war es einmal. Jetzt ist es nur noch ein verseuchtes Vipernnest«, zischte sie und versuchte ihren Schmerz zu verbergen, doch ihr Bruder kannte sie zu gut. Besorgt musterte er sie. »Ci, wir sollten endlich darüber reden.«

Sie hätte doch in irgendeinen Club gehen sollen. Über dem lauten Musikpegel hätte Aodh gar nicht erst versucht mit ihr zu sprechen. Sie hätte getanzt, bis sie zu erschöpft gewesen wäre, um überhaupt einen klaren Gedanken zu fassen. Zu müde, um irgendetwas anderes zu tun, als kraftlos aufs Bett zu fallen und in einen traumlosen Schlaf zu gleiten, sobald sie im Hotel angekommen wäre. Wie auch schon die Nächte zuvor.

»Die *Síodhach* ...«

»Ich will nicht darüber sprechen«, unterbrach sie ihn, rauschte an ihm vorbei ins Zimmer und schnappte sich ihre schwarze Lederhandtasche.

Sie kam nicht einmal bis zur Tür, da stand Aodh bereits davor und versperrte ihr den Weg. »Diesmal wirst du nicht flüchten!«

»Ich flüchte nicht!«, herrschte sie ihn an und versuchte ihren Bruder aus dem Weg zu schieben. Immerhin schaffte sie es, ihn aus der Balance zu bringen, doch statt zur Seite trat er einen Schritt zurück und lehnte sich mit verschränkten Armen gegen die Tür. »Doch, das tust du. Wie ein verschrecktes Kaninchen vor einer Meute Jagdhunde. Allerdings kannst du deinem Hass nicht entkommen.«

Ihre Augen formten sich zu schmalen Schlitzen. »Du denkst, ich laufe vor den *Síodhach* weg? Das tue ich nicht.«

Sein Blick glitt musternd und ungläubig über sie. Er schnaubte. »Und wovor läufst du dann weg?«

Am liebsten hätte sie es vergessen. »Ich laufe nicht weg«, gab sie trotzig zurück.

»Ist es wegen Sean und Rona?«, bohrte er weiter in ihren Wunden.

Der Schmerz brandete wie eine Welle durch ihren Körper. Ihre kurze Beziehung mit Sean war zwar schon, lange bevor Rona aufgetaucht war, in die Brüche gegangen, doch das hatte nicht das Ende ihrer Gefühle für den gut aussehenden Wächter bedeutet. »Soll er doch mit dieser blöden Kuh glücklich werden«, zischte sie und trat einen Schritt zurück. Selbst in ihren Ohren hörte sich das eifersüchtig an. Dabei war sie nicht eifersüchtig.

Nicht wirklich.

Genervt rieb sie sich über das Gesicht und versuchte Aodhs wissendes Lächeln zu ignorieren.

»Du hast auch schon mal besser gelogen, Schwesterherz.«

Sie seufzte. Gut, sie war ein wenig eifersüchtig auf die beiden Turteltäubchen, deren Glück wie ein Dorn in ihrem Fleisch saß. Aber das war nicht der Grund, warum sie Schottland Hals über Kopf verlassen hatte. »Das zwischen Sean und mir ist schon lange vorbei.« Das war es schon gewesen, noch bevor es wirklich angefangen hatte. Er war nie der Richtige für sie, auch wenn sie es sich gewünscht hatte.

Sean war wie ein Fels in der Brandung und hatte ihr als Einziger Halt gegeben, als sie drohte unterzugehen. Er hatte sie verstanden. Ihr Verlangen nach Rache. Genau wie sie hatte er einen Elternteil durch die *Síodhach* verloren. Durch den Krieg, der zwischen den Druiden und den Bewohnern des *Síds* seit Jahrtausenden wütete. Sie hätte niemals mit ihm schlafen und dadurch ihre Freundschaft kaputt machen dürfen. »Er ist … war einer meiner besten Freunde. Ich gönn ihm sein Glück«, presste sie hervor. Die Worte fühlten sich wie spitze Glasscherben in ihrem Mund an. Es fiel ihr schwer zu akzeptieren, dass seine neue Flamme eine von denen war.

Skeptisch zog Aodh seine rechte Augenbraue hoch und blickte sie an, als könnte er bis in die dunkelsten Winkel ihres Verstandes sehen, wo die Wahrheit lauerte, die sie sich nicht eingestehen wollte.

Der Knoten in ihrer Brust zog sich weiter zusammen. »Was erwartest du von mir? Dass ich freudestrahlend im Kreis tanze?«, grollte sie wütend. Ihr Bruder sah sie nur durchdringend an. Ihre Stimme wurde mit jedem Wort lauter. »Seit sie aufgetaucht ist, hat sich alles verändert.« Der Krieg zwischen ihren Völkern war zu Ende. Friede herrschte jedoch noch lange nicht. Es gab kein Schwarz und Weiß mehr. Kein Richtig oder Falsch. Frühere Freunde wurden zu Feinden und Feinde zu Freunden.

Sie hatte ihr Leben für eine Lüge geopfert. Wenn sie daran dachte, was sie bereit gewesen war zu tun ... Was sie getan hatte. Selbst jetzt sah sie noch das Blut an ihren Händen. Spürte die klebrige Feuchtigkeit.

Sie brauchte frische Luft, hatte das Gefühl, die Last würde unerträglich. Schwungvoll drehte sie sich um und marschierte wieder auf den Balkon. Ihre Stiefelabsätze knallten mit jedem Schritt auf das Parkett. Es hatte sich mittlerweile merklich abgekühlt. Man hörte das Wummern der Musik und Gelächter der Feiernden in der Ferne.

Ein schwerer Seufzer erklang hinter ihr. »Also läufst du vor den Veränderungen weg?«

»Ich sagte, ich laufe nicht weg!«, wiederholte sie genervt.

»Und warum stehen wir dann hier und ich sehe nur deinen Rücken?« Er stieß geräuschvoll die Luft aus und seine Kleidung raschelte, als er sich bewegte. »Das mit Connor war nicht deine Schuld«, erklärte er in sanfterem Ton.

Blutige Bilder blitzten vor ihren Augen auf. Er war ihr Freund gewesen. Sie hatte ihm vertraut. Und er ...

Mit den Fingern umklammerte sie das Balkongeländer. Ihr Atem ging stoßweise. Eiseskälte schlang sich schützend um ihr Herz und bewahrte sie davor, in ein tiefes Loch zu fallen. »Er hat bekommen, was er verdient hat«, sagte sie bedrohlich und drehte sich zu ihrem Bruder um. Wütend funkelte sie ihn an. Allmählich hatte sie die Nase voll davon, dass er ständig Salz in die Wunde streute. »Ich bin immer noch sauer auf dich. Du hast mich die ganze Zeit belogen!«, brüllte sie. »Hättest du das nicht getan, wäre das alles nicht passiert!«

Aodhs spöttische und herausfordernde Miene verschwand und er wurde merklich blass. Ihr eigenes Entsetzen spiegelte sich in seinen dunklen Augen, die ihren so ähnlich waren.

Sie hatte ihm das bisher nie vorgeworfen. Kein einziges Mal. Der rationale Teil von ihr wusste, dass er keine Schuld trug, aber der irrationale wollte nur noch wild um sich schlagen.

Die Sekunden dehnten sich zu Minuten, während sich das Schweigen zu einer Mauer zwischen ihnen aufbaute. Sein Adamsapfel hüpfte nervös auf und ab. »Ci ... Ich ... Du ...«

Sofort bekam sie ein schlechtes Gewissen. »Ich weiß, du hast es für mich getan«, unterbrach sie ihn mit kratziger Stimme und spürte die Tränen aufsteigen, die sie direkt wieder hinunterschluckte. Es war kein *Síodhach* gewesen, der ihre Mutter getötet hatte, sondern ein Druide, einer ihrer eigenen Leute. Connor. Eiskalt lief es ihr den Rücken hinunter. Er war es gewesen und nicht der Feind, wie sie lange Zeit gedacht hatte.

Während ihr Bruder im Untergrund gegen den Ältestenrat gearbeitet hatte, hatte sie ihre Rachegelüste an den *Síodhach* ausgelassen. Hatte alles getan, was die Männer ihr auftrugen, die wahrscheinlich auch den Tod ihrer Mutter befohlen hatten. Blind hatte sie all die Jahre deren Befehle befolgt. Sie war nicht besser als Connor. Am liebsten hätte sie geschrien, hätte sich die Haut vom Leib gerissen, damit der Druck, der sich immer mehr in ihrem Inneren aufbaute und drohte sie zu zerquetschen, endlich entweichen konnte.

Sie konnte niemandem mehr vertrauen. Niemandem außer Aodh. Und eigentlich nicht einmal ihm. Sie wollte es nicht wahrhaben, wollte, dass es immer noch so einfach war wie früher. Die *Síodhach* wären die Bösen und die Druiden die Guten, die sich ihnen in den Weg stellten, um die Welt der Menschen zu beschützen.

»Ich wollte dich nicht in Gefahr bringen«, erklärte Aodh verzweifelt. Nicht zum ersten Mal.

Genervt verdrehte sie die Augen. »Hast du dir eigentlich schon jemals selbst zugehört? Als ob ich nicht jedes Mal in Gefahr gewesen wäre, wenn mir ein *Síodhach* gegenüberstand.«

Seine Schultern sackten herab. »Das ist etwas anderes. Du warst nie allein und hattest immer einen Beschützer bei dir.«

Das klang so, als könnte sie nicht auf sich selbst aufpassen. Diesmal war sie es, die ihn eindringlich ansah, bis er einen Schritt zurückwich. »Ich ... Ich wollte es dir sagen. Ich habe es versucht. Wirklich. Aber ...«

Aber sie hatte ihm nicht geglaubt. Hätte alle in Gefahr gebracht, wenn er nicht dafür gesorgt hätte, dass sie es wieder vergaß. Sie war selbst dafür verantwortlich, dass Aodh sie jahrelang belogen hatte. Verzweifelt schüttelte sie den Kopf. »Du weißt, dass ich dir das nicht vorwerfe.«

»Das klang aber eben anders.«

Seufzend stieß sie die Luft aus. »Es ist alles so ...« Sie raufte sich die Haare und suchte nach einem Wort, das dieses ganze Chaos beschrieb. Kompliziert traf es nicht einmal ansatzweise. Es war das reinste Tohuwabohu. Sie fühlte sich durcheinander, verraten und ziellos.

»Es tut mir leid«, sagte Aodh und senkte den Kopf.

»Hör auf dich ständig zu entschuldigen. Mir tut es leid, dass ich dich so angebrüllt habe«, gab sie reumütig zu und wandte sich wieder der dunklen Straße zu. Das Eisen des Balkongeländers fühlte sich kühl an, als sie ihre Unterarme darauf abstützte. Erschöpft ließ sie auch ihren Kopf hängen.

Einen Moment standen sie einfach nur dort und schwiegen. Der Druck in ihrem Inneren hatte sich etwas verflüchtigt, dennoch fehlte die Erleichterung. Sie rieb über ihre bloßen Arme, auf denen sich eine Gänsehaut gebildet hatte.

»Er ist wieder da«, meinte Aodh plötzlich leise.

Sie wusste sofort, wen er meinte, und das Frösteln wurde zu einem Schaudern, das ihr vom Nacken bis zum Steißbein lief.

»Nennen wir ihn ab jetzt *Der-dessen-Namen-nicht-genannt-werden-darf?*«, fragte sie schnippisch.

Ohne auf ihren Einwurf einzugehen, sprach Aodh weiter. »Éremón ist im *Síd* gesehen worden, wo er seinem Bruder hilft, gegen Islind in den Krieg zu ziehen.« Seine gefasste Stimme war ein Fixpunkt in dem Sturm aus Schmerz und Wut, der allein bei der Nennung dieses Namens in ihr anschwoll. *Éremón.*

Dieser Bastard hatte jahrhundertelang die Druiden angeführt, ihnen Lügen aufgetischt über ihre Vergangenheit, über ihre Aufgaben und über die *Síodhach*.

Und alle, die die Wahrheit erkannten, hatte er ermorden lassen. So wie ihre Mutter. »Sollen sie sich doch gegenseitig umbringen«, stieß sie zynisch aus. Islind war eine Hochelfe und herrschte über den nördlichen Teil des *Síds*. Noch vor wenigen Monaten hatte sie ihre Armee gegen Gorm geführt. Im Auftrag von Éber, Éremóns Zwillingsbruder, der eben diesen umbringen wollte. Und jetzt zogen beide gegen ihren Vater in die Schlacht, der Islind flachlegte. Das Ganze war nichts anderes als eine verfluchte Familienfehde, in die sie hineingezogen worden waren.

»Du benimmst dich wie ein trotziges Kleinkind. Gavin hätte nicht angerufen, wenn es nicht wichtig wäre. Islinds Leute verlieren.«

»Und?«, fragte sie desinteressiert, auch wenn sie innerlich zusammenzuckte. Sie hätte nie geahnt, dass es so schlimm stehen würde.

»Was denkst du, wird passieren, wenn Éber und Éremón Islinds Armee besiegt haben?«

Sie wollte nicht darüber nachdenken. Sie wollte es nicht, dennoch sah sie Gorm vor ihrem inneren Auge brennen. Sah, wie ihre Freunde in ihrem Blut lagen. Seit die Grenzen zwischen dem *Síd* und dieser Welt gefallen waren, wurden sie nur nicht von magischen Kreaturen überrannt, weil Islinds Armee die *Síodhach* zurückhielt, die in diese Welt kommen wollten, um erneut wie Götter über die Menschen zu herrschen.

Dabei war das eigentlich die Aufgabe der Druiden. Es war ihre. Dafür hatte sie jahrelang trainiert, hatte sich die Fingerknöchel an den Trainingspuppen blutig geschlagen und die Runen in ihre Haut stechen lassen, um ihre Magie zu stärken. Ihr Finger strich wie von selbst über eine der schwarzen Linien auf ihrem Unterarm, die leicht aufglomm. Für den Bruchteil einer Sekunde blitzte die Erinnerung auf, wie jemand anderes mit seiner Fingerspitze über ihre Haut gestrichen und ein heißes Brennen hinterlassen hatte, das ihr selbst jetzt noch den Atem nahm.

Es gab noch einen Grund, warum sie nicht zurückkehren konnte. Aber es wäre besser, wenn ihr Bruder niemals die Wahrheit erfahren würde. »Ich kann nicht«, stieß sie verzweifelt aus.

»Für feige hätte ich dich nicht gehalten.«

Nur mit Mühe riss sich Ciarda zusammen, um den Köder nicht zu schlucken, auch wenn ihr schon eine scharfe Erwiderung auf der Zunge lag. »Wir zwei werden wohl kaum kriegsentscheidend sein«, erwiderte sie kalt, obwohl in ihr ein Inferno loderte.

»Ci, komm schon. Du gehst doch sonst keinem Kampf aus dem Weg«, drängte er.

Nein, keinem Kampf. Aber etwas anderem. Jemandem. Schweißperlen bildeten sich auf ihrer Stirn und ihr Mund wurde staubtrocken. Eigentlich war *er* der einzige Grund, warum sie hier standen und nicht auf den Zinnen von Gorm. Sie versuchte ruhig zu atmen, als wäre nichts. Als würde nicht ihr ganzes Innenleben Kopf stehen, nur weil sie an ihn dachte.

»Auch wenn die anderen dich für eine Kratzbürste halten ...«, begann Aodh und sie warf ihm einen finsteren Blick zu, bevor sie wieder hinab auf die Straße sah.

»Was?«, fragte ihr Bruder. »Es stimmt doch.«

In diesem Moment überlegte sie ihn einfach über das Balkongeländer zu schubsen.

»Aber ich kenne dich. Ich weiß, was für ein Sensibelchen du bist. Du würdest dir das nie verzeihen.« Seine Stimme hatte einen zärtlichen Ton angenommen, sodass sie ihm wegen des Sensibelchens nicht böse sein konnte. Verdammt! Außerdem hatte er recht. Frustriert knirschte sie mit den Zähnen.

»Der Flug geht morgen, wir müssen früh los, daher gehen wir am besten jetzt schlafen.« Aodh gähnte übertrieben und streckte sich.

»Ich sagte ...«

»Jaja. Ich weiß, du kannst nicht zurückkehren. Wir sehen uns morgen. Gute Nacht, Schwesterherz«, meinte Aodh lächelnd, drehte sich um und ließ sie allein mit ihrer Verzweiflung auf dem Balkon stehen.

2

Ciarda fühlte sich wie gerädert, als sie in Inverness aus der Konservendose stieg, die die Bezeichnung *Flugzeug* eindeutig nicht verdient hatte. Sie streckte die Arme, bewegte ihren steifen Nacken und verstand nicht, wie Aodh dermaßen gut gelaunt sein konnte. Es war nicht einmal zehn Uhr morgens. Fast zwanzig Stunden waren sie nun unterwegs gewesen, mit Zwischenstopp in London. In der Nacht, bevor sie aufgebrochen waren, hatte sie kein Auge zubekommen und sich nur hin und her gewälzt.

Genervt schnappte sie sich ihre Tasche und folgte ihm durch die kleine Empfangshalle hinaus in das trübe Licht. Regenwolken hingen schwer am Himmel und schienen ein Echo ihrer eigenen düsteren Stimmung zu sein, auch wenn der vertraute Geruch von Moor, Heide und Meer ihr Herz höherschlagen ließ. Ihr Magen fühlte sich jedoch so an, als würde sie immer noch im Flugzeug sitzen, während es zum Landeanflug ansetzte. Ihre Muskeln schmerzten, so angespannt war sie.

»Ah, da ist unser Empfangskomitee«, erklärte Aodh fröhlich und winkte jemandem zu.

Für eine Sekunde sackte Ciardas Herz eine Etage tiefer, als sie den schwarzen Geländewagen entdeckte, der im ersten Moment wie Seans aussah, bevor sie erkannte, dass dieser hinten eine offene Ladefläche besaß und somit gar nicht seiner sein konnte. Außerdem saß ein Schäferhund auf dem Beifahrersitz und streckte seinen Kopf aus dem Fenster.

»Na toll«, murrte sie, als ihr klar wurde, wer sie abholte. Mac stand mit verschränkten Armen an dem mit Schlamm bespritzten Fahrzeug gelehnt und sah ihnen mürrisch entgegen. Der Druide mit dem roten Vollbart war einer ihrer Ausbilder gewesen. Vor allem lehrte er die Geschichte ihrer Vorfahren. *Alles Lügen.*

Nachdem die Wahrheit über die *Síodhach* ans Licht gekommen war, war Mac einer der Ersten gewesen, die gesagt hatten, dass sie etwas Abstand brauchten. Zu viel hatte der alte Schotte auf dem Kerbholz. Zu viele Freunde in diesem sinnlosen Kampf verloren.

»Er wird dich schon nicht auffressen«, meinte Aodh und stapfte los.

Da war sie sich nicht so sicher. Unschlüssig und misstrauisch beobachtete sie, wie Mac die Umarmung ihres Bruders erwiderte und ihm väterlich auf die Schulter klopfte. Die Druiden waren schon immer wie eine riesige Familie gewesen. Umso schwerer wog der Verrat einiger.

Sie schluckte den Kloß in ihrem Hals hinunter und drückte den Rücken durch. Lässig ging sie auf Mac zu und grinste. »Wo haben sie dich denn ausgegraben?«

Er gab ein tiefes Grollen von sich, das nach einem Hallo klang, und verzichtete glücklicherweise darauf, sie mit seinen Pranken zu zerquetschen. »Steigt ein«, brummte er schlecht gelaunt. Er war also genauso begeistert wie sie von dieser ganzen Aktion.

Ciarda mochte Mac. Irgendwie. »Sollst du heute den Babysitter für uns spielen?«, hakte sie nach, aber er warf ihr nur einen strengen Blick zu.

Ein sehnsuchtsvolles Winseln erklang neben ihr und sie richtete ihre Aufmerksamkeit auf den Hund, der sie mit dunklen Augen ansah. Aufgeregt wedelte er mit dem Schwanz und hatte die Ohren aufgestellt.

»Hey Scotty«, sagte sie liebevoll und öffnete die Tür. Mit einem Satz sprang das Tier aus dem Fahrzeug und freudig an ihr hoch. Sie strich durch das raue Fell und für einen winzigen Augenblick konnte sie ihre Sorgen vergessen.

»Ich verstehe nicht, was er an dir findet. Alle anderen knurrt er immer an«, murrte Mac und ging um den Jeep, um einzusteigen.

»Er hat halt Geschmack.« Ciarda zuckte mit den Schultern und setzte sich hinter Aodh, der auf dem Beifahrersitz Platz nahm. Scotty machte es sich neben ihr bequem und legte seinen Kopf auf ihren Oberschenkeln ab. »Wobei, dich Brummbär mag er ja auch«, stichelte sie und kraulte den Hund hinter den Ohren. Mac lachte, doch das Geräusch währte nur kurz, bevor er einen Seufzer ausstieß und losfuhr. Träge starrte sie aus dem Fenster auf die sanften Wiesen und Felder, die an ihnen vorbeiflogen. Endlich war sie wieder zu Hause, aber das Gefühl heimzukehren, blieb aus.

Die Atmosphäre in dem Fahrzeug wurde mit jedem Meter, den sie zurücklegten, drückender. Erneut spürte Ciarda, dass etwas auf sie zukam. Dass etwas nicht stimmte. Grübelnd blickte sie auf den Hinterkopf ihres Bruders, doch es erschloss sich ihr nicht, was darin vorging. Er hatte ihr nicht viel erzählt, bevor sie aufgebrochen waren. Gut, sie hatte auch nicht wissen wollen, was sie auf Gorm erwarten würde. Oder wer.

Ihr Magen fühlte sich wie ein harter Klumpen an. Scotty schien ihre Nervosität zu bemerken und stieß ein leises Fiepen aus.

Sie schluckte. Es wäre besser, wenn sie sich endlich ihren Ängsten stellte, als sie weiter zu verdrängen. »Was ist passiert?«, brach es aus ihr heraus.

»Zu viel«, grummelte Mac und warf ihr einen irritierten Blick durch den Rückspiegel zu, während Aodh sich zu ihr umdrehte und sie überrascht musterte. »Was willst du wissen, Schwesterherz?«, fragte er nach einer Weile.

Fest erwiderte sie seinen Blick und hob anschließend das Kinn. »Alles, was du mir die letzten Wochen verschwiegen hast?« Statt wie sie sämtliche Brücken hinter sich niederzureißen, hatte Aodh regelmäßigen Kontakt zu seinen Freunden gehalten.

»Bist du dir sicher?« Sein herausfordernder Tonfall und das verschmitzte Funkeln warnten sie, dass sie besser nicht weiter nachbohren sollte. »Fass dich einfach kurz.«

»Logan hat ein Mädchen kennengelernt«, erklärte Aodh grinsend und wandte den Blick wieder nach vorn.

Entgeistert und ungläubig hob Ciarda die Hände und ließ sie wieder fallen. »Dein Ernst? Der Kerl hat doch ständig eine andere.«

»Du wolltest doch, dass ich mich kurzfasse.«

Wütend schnaubte sie. »Und was willst du mir damit sagen? Etwa, dass

Logan sein Ding nicht in der Hose behalten konnte und wir deswegen jetzt in den Krieg ziehen? Verarschen kann ich mich auch allein.«

»Ich mein das Ernst«, erklärte Aodh leicht verschnupft, was sie ihm keine Sekunde lang abnahm.

Mac gab ein Grunzen von sich und lenkte den Wagen von der Straße. Die Bremsen quietschten und sie wurden gegen die Sicherheitsgurte gedrückt. »Ihr zwei verhaltet euch immer noch wie Kleinkinder«, grummelte er genervt und drehte sich halb nach hinten, um sie anzusehen. »Kathrine ist ein gewöhnlicher Mensch und einige *Síodhach* haben sie verfolgt. Logan brachte sie nach Gorm, damit sie dort sicher ist. Allerdings gab es einen Verräter, weswegen er, Sean, Darach und Rona mit ihr nach Wales gefahren sind. Ohne Erlaubnis.« Er verzog missbilligend die Lippen und Ciarda konnte sich vorstellen, wie viel Ärger Logan deswegen bekommen hatte. Er hatte schon immer Probleme mit Autoritäten und Befehlen gehabt.

Mac strich sich durch seinen struppigen Bart. »Ian und Dan sind den Jungspunden nachgefahren, kamen aber wohl zu spät. Ich weiß nicht, was genau passiert ist. Nur dass Éber Kathrine in den *Síd* entführt hat.«

Ciarda konnte es nicht fassen. »Der Kerl zieht Schwierigkeiten echt magisch an. Lass mich raten, er ist hinterher, um sie zu retten.« Das war wieder so typisch für Logan.

»Und das, obwohl er schwer verletzt wurde.« Mac atmete geräuschvoll ein, wandte sich wieder der Straße zu und startete den Motor. »Dan und Ian sind ihm und Darach in den *Síd* nachgereist«, erklärte er.

Ciardas Herz begann kräftiger zu schlagen. Nervös leckte sie sich über die Lippen und warf aus dem Augenwinkel ihrem Bruder einen unsicheren Blick zu. Neugierig musterte er sie durch den Rückspiegel.

»Wer war der Verräter?«, fragte sie emotionslos und hoffte ihn so abzulenken. In den letzten Monaten hatten so viele ihrem Orden den Rücken gekehrt und waren, getrieben von dem Hass gegen die *Síodhach*, Éremón gefolgt. Eigentlich wollte sie es gar nicht wissen.

»Kenan«, erklärte Aodh.

Es war, als würde er ihr ein Messer in den Brustkorb jagen. Ein weiterer ihrer Freunde, der sich für die andere Seite entschieden hatte, für die Männer, die den Tod ihrer Mutter befohlen hatten. Es fühlte sich an, als hätte Kenan vor allem sie hintergangen. Sie schluckte ihre Gefühle hinunter. »Was ist dann passiert?«

»Vor über einer Woche kamen Dan, Ian und Darach zurück. Sie erzählten, dass Éremón sich mit seinem Bruder verbündet hat und die beiden nach Norden marschieren und alles niedermetzeln, was ihnen im Weg steht. Islinds Truppen allein können sie nicht aufhalten. Die Elfe hat uns sogar um Hilfe gebeten.« Mac klang fassungslos, als wäre das der Beweis des drohenden Weltuntergangs. *Was denkst du, wird passieren, wenn Éber und Éremón Islinds Armee besiegt haben?*

Ihr Frühstück kam ihr wieder hoch. Sie würgte den bitteren Geschmack hinunter und öffnete das Fenster. Macs Hund gab erneut ein Fiepen von sich.

»Weißt du schon, wann wir aufbrechen?«, fragte Aodh und warf Ciarda einen vorsichtigen Blick über die Schulter zu.

Macs Kiefermuskeln spannten sich an. »Die meisten sind schon im *Síd*, um Islinds Armee zu unterstützen.«

Es war wie ein Boxhieb in ihren Magen. »Wir kämpfen mit den *Síodhach* Seite an Seite?« Sobald sie die Frage gestellt hatte, wurde ihr klar, wie dumm sie war. Wahrscheinlich war das sogar ihre einzige Chance zu gewinnen.

»Ich weiß, dass einige damit ein Problem haben.« Mac warf ihr einen vorwurfsvollen Blick zu. »Aber es ist sinnvoll, unsere Kräfte zu bündeln, wenn wir Éber und Éremón aufhalten wollen.«

Der Feind meines Feindes ist mein Freund. Es war eine vernünftige Entscheidung, dennoch fühlte sie sich verraten und alles sträubte sich in ihr. Der Hass saß einfach zu tief. Auch wenn niemand der *Síodhach* ihre Mutter getötet hatte, so waren sie keine Heiligen.

Genauso wenig wie ich.

»Was ist mit Logan?«, fragte sie mit kratziger Stimme.

»Er ist immer noch verschwunden«, erklärte Aodh tonlos und senkte betrübt den Kopf. Ihr ganzes Blut sackte ihr in die Beine. Sie wusste, was das bedeutete. Logan war wahrscheinlich längst tot. Ein weiterer Freund, den sie nie wiedersehen würde. Nach Macs Gesichtsausdruck zu urteilen, den sie im Rückspiegel erkennen konnte, ging er ebenfalls vom Schlimmsten aus.

Die restliche Fahrt verlief ruhig. Jeder hing seinen eigenen Gedanken nach. Erst als sich der Geländewagen den schmalen Feldweg hinaufgequält hatte und sie vom Hügelkamm aus über das Tal blicken konnten, über dem Gorm wie ein Adlerhorst thronte, wurden alle nervös.

Die trockene Erde knirschte unter den Reifen, während Mac das Fahrzeug langsam in die Senke hinabrollen ließ.

Über zwei Monate war Ciarda nun fort gewesen und die jahrhundertealte Burg hatte sich in dieser Zeit nicht verändert. Rau und kantig stand sie da, als würde ihr nichts etwas anhaben können. Die Schäden, die bei der letzten Schlacht entstanden waren, waren teilweise behoben worden und wirkten wie unbedeutende Narben des Mauerwerks. Doch der Schein trog. Es waren tiefgehende Wunden, die auch ihre Gemeinschaft von den Ereignissen davongetragen hatte.

Sie war wieder Zuhause. Und dennoch fühlte sie sich beklommen und fremd, als sie durch die Tore fuhren. Es war, als würde sie nicht mehr hierhergehören.

Mac parkte den Wagen im hinteren Teil bei den alten Stallungen, wo bereits andere Fahrzeuge standen. Kaum hatte Ciarda die Tür aufgemacht, preschte Scotty los und verschwand. Mac gab nur ein Brummen von sich, das so ähnlich klang wie »Wartet hier«, bevor er ihm nacheilte. Leichter Nieselregen setzte ein und wurde schnell stärker. Frustriert starrte sie in den grauen Himmel. Es war so vorhersehbar gewesen.

Zögernd nahm sie ihre Tasche von der Ladefläche und schulterte sie. Ihr Blick glitt unruhig über die Mauern, die über ihr aufragten und ihr ein beklemmendes Gefühl vermittelten, während sie früher immer genau das Gegenteil getan hatten.

»Ist alles in Ordnung bei dir?«, fragte Aodh besorgt und musterte sie eingehend.

Ciarda atmete tief ein und versuchte die Erinnerungen zu verdrängen, die sie bei diesem Anblick überkamen. »Klar. Was soll denn sein?«, fragte sie, als würde ihr nicht das Blut durch die Adern rauschen oder die Hände vor Nervosität schwitzen. Innerlich bebte sie und in ihrem Kopf lief der Refrain von *Bad Liar* in Dauerschleife.

Aodhs Blick sagte ihr deutlich, dass er sehr wohl wusste, was gerade in ihr vorging. »Na ja, das letzte Mal, als wir hier waren, warst du völlig panisch und wolltest nur noch weg.«

»Ich wollte eigentlich auch nicht wieder herkommen und siehe da …« Sie drehte sich einmal im Kreis und warf sich in Pose. »Hier bin ich.«

Ihr Bruder stieß ein lautes Stöhnen aus, als hätte man ihn zu drei Monaten Küchendienst verdonnert. »Das heißt, du wirst die nächsten Wochen noch schlechtere Laune haben als sonst?«

»Ich werde dir die Hölle auf Erden bereiten«, zischte sie, erbost darüber, dass er sie überredet hatte hierherzukommen und sie so blöd gewesen war sich darauf einzulassen.

Leise begann er zu glucksen. »Gib es zu. Du bist eigentlich ganz froh wieder hier zu sein.«

Frustriert wandte sie sich ab und stapfte über den kleinen Hof, der in einen größeren mündete, wo einige Druiden trainierten. Ein paar von ihnen verharrten, als sie sie bemerkten, und grüßten sie. Als ihr Blick einen weißen Haarschopf streifte, sackte ihr das Herz in die Hose und sie blieb stehen.

»Was ist?«, fragte Aodh hinter ihr.

Der *Síodhach* drehte seinen Kopf und sie stieß den angehaltenen Atem aus. *Er ist es nicht.* »Musst du mich alle fünf Minuten fragen, ob alles in Ordnung ist? Das nervt langsam«, giftete sie und beschleunigte ihren Schritt.

Die Tür zum Turm öffnete sich und Dan trat heraus. Suchend schaute er sich um. Als er sie sah, eilte er auf sie zu. Auch das noch.

Seufzend blieb Ciarda abermals stehen und ließ ihre Tasche auf das feuchte Gras fallen. Aodh trat neben sie und begrüßte Dan mit einem Schulterklopfen. Ungeduldig ließ sie die Begrüßungsprozedur über sich ergehen. »Schön, dass ihr kommen konntet. Wir brauchen jeden Mann … und jede Frau«, erklärte Dan angespannt. »Macht es euch nicht zu bequem. Wir brechen morgen auf.« Er wirkte fahrig und eilte direkt weiter, blieb aber noch einmal stehen und wandte sich zu ihnen um. »Ach, Ciarda.« Stirnrunzelnd warf er einen Blick auf seine Armbanduhr. »Bitte komm doch gegen drei in mein Büro«, rief er und war im nächsten Moment schon außer Sicht.

»Was will er von dir?« Irritiert sah Aodh ihm nach. Ciarda kam sich vor, als hätte sie ein Zug gestreift. *Er weiß es.* Genervt zuckte sie mit den Schultern. »Woher soll ich das wissen?«

Aodh warf ihr einen nachdenklichen Blick zu, dann lächelte er. »Treffen wir uns um halb zwei zum Essen?«, fragte er und hatte bereits die Richtung eingeschlagen, in der sein Zimmer lag. Ciarda nickte, nahm ihre Tasche auf und steuerte auf die Tür zu, die in den Westflügel führte. Sie wollte nur noch in ihr Zimmer. Ihre Haut kribbelte und sie hatte das Gefühl, beobachtet zu werden.

3

Einzelne kühle Tropfen berührten seine Haut. Darach blieb stehen, schloss für einen Moment die Augen und hob sein Gesicht dem feinen Regen entgegen. Der Geruch der Luft änderte sich, wurde frischer und mischte sich mit dem Aroma der Erde. In seiner Welt, die unterirdisch lag, gab es keinen Regen. Auch keinen Himmel in der Art, wie er ihn nun erblickte. Graue Wolken trieben wie gewaltige Schiffe über die blaue Weite, die sich am Horizont verlor. Er genoss die Hoffnung auf Freiheit, die ihm diese Welt versprach, auch wenn er wusste, dass es genauso eine Illusion war wie der Sternenhimmel seiner Heimat. Schwermütig dachte er an die letzten Wochen, die er in Begleitung von Logan, Dan und Ian dort verbracht hatte, um Kathrine zu finden. Nachdem Logan sich fortgeschlichen und Ébers Männer ihn gefangen genommen hatten, waren sie nach Gorm zurückgekehrt, um Verstärkung zu holen. Der Verfall des Reiches schritt immer schneller voran, genauso wie Ébers Armee, die gegen Norden zog, wo Islinds Krieger bereits auf sie warteten. Der Kampf war unausweichlich.

Seufzend richtete er seinen Blick wieder nach vorn und erstarrte. In diesem Moment hätte ihn ein Gegner angreifen können und er hätte es nicht einmal bemerkt, so vertieft war er in den Anblick, der sich ihm bot.

Mit einem frustrierten Ausdruck und zusammengekniffenen Augen marschierte Ciarda über den weiten Hof, auf dem einige Druiden trainierten. Er hatte nicht damit gerechnet, sie zu sehen. Nicht hier und nicht jetzt.

Jedes Detail an ihr nahm er innerhalb eines Sekundenbruchteils wahr. Der Wind spielte mit den losen Strähnen ihrer langen Haare, die ihr bis zu den Hüften fielen. Die Veränderungen waren nur marginal, aber in den letzten Monaten hatte die Sonne ihrer hellen Haut einen warmen Erdton verliehen und ihre pechschwarzen Haare ausgebleicht, sodass sie nun rötlich schimmerten.

Das lockere grau-rot gemusterte Shirt, das einen Raben zeigte, reichte bis zu ihren Oberschenkeln und schmiegte sich bei jedem Schritt an ihren Körper, ließ ihre Rundungen erahnen. Ihre hautengen, schwarz glänzenden Leggins betonten ihre langen Beine und machten ihn verrückt.

Am liebsten hätte Darach sämtliche männliche Wesen, die ihr verstohlen auf den Hintern starrten, bewusstlos geschlagen.

Ihr Kopf drehte sich in seine Richtung und er trat schnell einen Schritt zurück, sodass sie ihn hinter der Mauerecke nicht mehr sehen konnte. Sein Herz schlug ihm bis zum Hals und er versuchte kontrolliert ein- und auszuatmen, um ruhiger zu werden.

Was, bei den Göttern, tat sie hier?

Vorsichtig spähte er um die Ecke und beobachtete, wie Dan sie begrüßte.

Ihre missmutig aufeinandergepressten Lippen und die Mischung aus Zorn und Angst in ihren Augen zeigten ihm, dass sie nicht begeistert war wieder hier zu sein und am liebsten dahin zurückkehren würde, wo sie die letzten Monate verbracht hatte. Sein erster Impuls war es, zu ihr zu rennen, sie in die Arme zu ziehen, sein Gesicht in ihr dichtes Haar zu vergraben und sie nie wieder loszulassen. Allerdings spürte er gedanklich schon ihren Dolch an seinem Hals oder ihre Faust auf seiner Nase.

Etwas knirschte und das Mauerwerk, an dem er sich abstützte, bröckelte leicht unter dem Druck seiner Finger. Er presste die Zähne so fest zusammen, dass es bereits schmerzte. Bewusst bewegte er den Kiefer hin und her und versuchte ihn zu entspannen.

Wie sollte er auf ihr Auftauchen reagieren?

»Achtung, Kratzbürste im Anmarsch«, hörte er links von sich und warf den beiden Teenagern, die im Schatten der Mauer standen, einen wütenden Blick zu. Allerdings bemerkten sie ihn nicht.

Er hoffte, dass Ciarda es nicht gehört hatte. Doch ihre wundervollen braunen Augen wurden einige Schattierungen dunkler, sodass sie fast schwarz wirkten. Er kannte sie mittlerweile gut genug, um zu erkennen, dass sie verletzt war, auch wenn man meinen könnte, sie sei nur erbost.

Ihre Schritte wurden aggressiver, als sie auf die Jungs zuging. In dem Moment war er sich nicht sicher, ob er mit den beiden nicht doch Mitleid haben sollte.

Mit in die Hüften gestemmten Händen baute sie sich vor den Jugendlichen auf. »Müsstet ihr nicht eigentlich im Unterricht sein?«

»Der fällt aus, weil sich alle auf den Kampf vorbereiten«, erklärte einer der Jungen, als wäre es das Normalste auf der Welt. Sein Blick lag bewundernd auf den Kriegern, die ihre Fähigkeiten miteinander maßen.

»Ein Kampf ist nicht immer die Lösung«, murmelte sie so leise, dass Darach erst dachte, er habe sich verhört. »Ihr solltet lieber lernen, wie man Konflikte auf friedliche Weise löst«, führte sie weiter aus.

Überrascht zog Darach die Augenbrauen hoch. Das aus ihrem Mund zu hören, war seltsam. Normalerweise scheute sie keine Auseinandersetzung. Bisher hatte sie lieber erst zugeschlagen und dann nachgefragt, ob überhaupt ein Konflikt bestand.

»Du hast uns gar nichts zu sagen«, meinte der andere Junge trotzig.

»Ich glaube, ich sollte mal mit euren Lehrern reden, dass ihr der Sache die falsche Bedeutung beimesst.« Ciarda scheuchte sie in Richtung der Burg.

Ihre Verletzlichkeit stand so deutlich in ihren Augen, dass Darach sich wunderte, warum keiner die Wahrheit erkannte. Ciardas harte Schale schützte nur ihren weichen Kern. Sie war wie eine wunderschöne Rose.

Leider besaß sie verdammt viele spitze Dornen, an denen er sich schon mehrfach gestochen hatte.

»Sie ist also wieder da.«

Erschrocken zuckte Darach zusammen und drehte sich zu Rona um, die hinter ihm stand und Ciarda mit einer Mischung aus Misstrauen und Verachtung beobachtete.

»Mir wäre es lieber, sie wäre nicht hier«, murmelte er.

»Mir auch, allerdings dachte ich, dass du dich freuen würdest.« Rona zog sich von ihrem Beobachtungsposten zurück und lehnte sich mit dem Rücken an die Mauer.

Seufzend ließ er sich auf dem schmalen Streifen Gras nieder, das im Schatten der hohen Burgmauern wuchs. »Ich freu mich ja auch«, stieß er genervt aus.

Ronas Augen funkelten belustigt. »Aber?«

In ihrer Nähe benahm er sich wie ein Idiot. Verdammt, er hatte Fehler gemacht. Fehler, die ihn den Kopf hätten kosten können. Er zog die Füße zum Körper und stützte seine Unterarme auf die Knie. »Es ist kompliziert.«

»Wie ich diesen Spruch hasse.« Umständlich ließ sie sich neben ihm ins Gras plumpsen und zupfte nachdenklich einen Grashalm aus. »Du weißt, was ich von ihr halte.«

Enttäuscht ließ Darach den Kopf hängen. Er hatte nie viele Freunde besessen. Nicht, bis dieser impulsive Lockenkopf in sein Leben getreten war. Am Anfang war Rona nur ein Auftrag gewesen, den ihm Islind erteilt hatte, doch irgendwie hatte sie es geschafft, sich in sein Herz zu schleichen. Ihre Meinung war ihm wichtig. »Du kennst sie nicht. Gib ihr eine Chance.«

Sie schnaubte. »Sie wollte mich umbringen. Dich übrigens auch.«

Er erinnerte sich sehr gut an diesen Moment. Rona war Hals über Kopf in die Menschenwelt zurückgekehrt und er war ihr gefolgt. Damals war er seit Jahrzehnten das erste Mal wieder auf der Erde gewesen, hatte das Mondlicht auf seiner Haut gespürt und den Wind, der Geschichten aus fernen Ländern erzählte.

Er hatte Rona beschützen sollen, aber kaum hatte er in die wie Nussbaumholz schimmernden Augen von Ciarda gesehen, war seine Aufgabe vergessen. Er hätte der Druidin das Schwert, das sie an seine Kehle hielt, mit Leichtigkeit entwenden können. Allerdings hätte er sie dadurch wahrscheinlich verletzt. Also hatte er nichts getan und nur ihren Anblick genossen. Stattdessen hatte Rona sie jedoch wie eine Furie angegriffen. »Sie wusste nicht, wer du bist.«

»Warum verteidigst du sie ständig?«

»Du siehst nur das, was sie anderen von sich zeigt.«

»Ein arrogantes, aggressives Miststück?«, fragte sie sarkastisch.

»Ich hätte dich nicht für nachtragend gehalten.«

Verstimmt presste Rona ihre Lippen aufeinander und betrachtete den Grashalm zwischen ihren Fingern.

»Das alles ist nur Fassade, damit niemand sieht, was sich dahinter verbirgt«, erklärte er. Jedes Mal, wenn er in Ciardas Nähe war, konnte er ihre Verletzlichkeit und Unsicherheit spüren. Ihre Schuldgefühle standen ihr deutlich ins Gesicht geschrieben. Frustriert starrte er auf seine Hände. Warum konnte Rona in Ciarda nicht das erkennen, was er sah? »Hast du noch nie etwas getan, was du bedauerst?«

Sofort verspannte sie sich und ihr Blick verdunkelte sich vor Reue. »Öfter«, sagte sie mit gesenkter Stimme, ehe sie ihn im nächsten Moment schon wieder anfuhr. »Aber sie bedauert es nicht. Ganz im Gegenteil. Sobald sie mich sieht, fährt sie ihre Krallen aus und möchte mich am liebsten damit aufschlitzen. Wenn Blicke töten könnten, läge ich schon lange unter der Erde.«

»Könnte es daran liegen, dass du sie genauso ansiehst?« Aufmerksam beobachtete er ihre Reaktion. Sie wirkte zerknirscht, wollte es aber nicht zugeben. Ein Lächeln huschte über sein Gesicht. »Manchmal erinnert sie mich an dich.«

Rona gab ein missmutiges Brummen von sich. »Sie ähnelt mir in keiner Weise. Ich verstehe nicht, was du an ihr findest.«

Sein Blick huschte zu der Tür, durch die Ciarda vor einigen Minuten verschwunden war. Bilder tanzten durch seinen Kopf. Sie nackt unter ihm. Der zufriedene Ausdruck in ihren Augen. Hitze schoss durch seine Adern und ein Prickeln überzog seine Haut.

Aber es war mehr als das körperliche Vergnügen, was er mit ihr empfunden hatte. Ihr Lachen hatte ihn innerlich mit Wärme erfüllt. Sie könnte ihn retten und die Finsternis in ihm vertreiben.

»Liebst du sie?«, fragte Rona unvermittelt und brachte ihn damit aus dem Konzept. Nachdenklich betrachtete sie ihn und spielte mit dem Grashalm zwischen ihren Fingern.

Diese Frage hatte er sich nie gestellt. »Sie ist meine Seelengefährtin.« Er spürte diesen Sog, der ihn unweigerlich in ihre Richtung zog. Der ihn alles vergessen ließ. Seine Pflichten und Aufgaben. Was zählte, war sie. Nur sie.

»Das beantwortet meine Frage nicht.«

Das tat es nicht, aber er konnte ihr keine Antwort darauf geben. In Ciardas Nähe fühlte er sich frei und gefangen zugleich. Sie verlieh ihm Stärke und machte ihn ebenso schwach. War das Liebe? »Wieso ist das überhaupt wichtig? Wir sind füreinander bestimmt und beide Teile eines Ganzen«, gab er verstimmt zurück. Er akzeptierte es, warum also nicht auch sie? Warum wehrte sich Ciarda so gegen ihn?

Rona starrte ihn mit offenem Mund an, bevor sie fassungslos den Kopf schüttelte. »Vergiss es einfach.«

Eine Weile schwiegen sie und beobachteten die Druiden bei ihrem Training mit einem anderen *Síodhach*.

Ronas Worte stimmten ihn nachdenklich. Ciarda war keine *Síodhach*. Sie kannte nicht deren Traditionen und glaubte nicht an Seelengefährten. Genauso wenig, wie es Rona in Bezug auf Sean getan hatte. Ciardas Leben war so anders als seines. Er verstand sie oft nicht und hatte zugleich das Gefühl, sie schon ewig zu kennen. Es war verwirrend.

»In ihrer Nähe bist du wie ausgewechselt«, riss Rona ihn erneut aus seinen Gedanken.

»Ach ja?« Genervt warf er ihr einen Seitenblick zu und sie stupste ihn mit der Schulter an. »Dich kann man viel leichter auf die Palme bringen.« Sie grinste ihn frech an und er fühlte sich ertappt. Beunruhigt wich er ihrem Blick aus.

»Du kannst so charmant sein. Nur nicht bei ihr.«

»Sie ist nicht der Typ dafür. Jedes Mal, wenn ich nett zu ihr bin, wird sie giftig«, grummelte er und erinnerte sich, wie sie ihn während der gemeinsamen Trainingsstunden jedes Mal aggressiv angegriffen hatte, sobald er ihr nur ein Lächeln schenkte. Sie hatte ihn verspottet und provoziert. Jede Berührung ihres Körpers hatte er mit Schweiß und Blut bezahlt.

»Wahrscheinlich lässt sie sich einfach nur nicht gerne manipulieren«, meinte Rona neckend.

Irritiert musterte er sie. Ihre dunkelblauen Augen studierten jede seiner Reaktionen genau. »Was soll denn das heißen?«

»Du benutzt deinen Charme wie eine Waffe, um das zu bekommen, was du willst. Und sein wir mal ehrlich, die meisten Mädchen fallen auf dein hübsches Gesicht rein.«

»Du findest mich hübsch? Lass das aber Sean nicht hören, sonst wird er noch eifersüchtig«, neckte er sie grinsend und zwinkerte ihr zu.

Ein frustrierter Laut kam über ihre Lippen und sie funkelte ihn entrüstet an. »Genau das meine ich. Hör auf vom Thema abzulenken.« Spielerisch boxte sie ihm auf den Oberarm. »Wenn ich es mir genau überlege, habt ihr euch gegenseitig verdient«, murrte sie. »Vielleicht hört sie dann auch endlich auf meinem Freund nachzustellen, sonst muss ich ihr doch noch die Augen auskratzen.«

Die Erinnerung, wie seine Seelengefährtin einen anderen Mann angeschmachtet hatte, versetzte ihm einen Stich. Wenn er nicht wüsste, dass Sean Rona vergötterte und keinen Gedanken an Ciarda verschwendete, hätte er den Druiden schon längst im Wald verscharrt.

»Das war ein Scherz. Ich werde ihr schon nichts tun.«

»Bei dir bin ich mir da nicht so sicher.« Zweifelnd zog er die Augenbraue hoch und musterte sie, doch sie lächelte nur, beugte sich zu ihm und schloss ihn in die Arme. »Ich hoffe, sie erkennt, was für ein toller Mensch du bist.«

»Ich bin kein Mensch«, erklärte er tonlos.

»Dann halt ein großartiger Wechselbalg«, gab sie augenrollend zurück und löste sich wieder von ihm.

Er hatte schon den Mund geöffnet, um etwas zu erwidern, schloss ihn aber sofort und presste frustriert die Lippen aufeinander. Beinahe hätte er sich verraten.

Aufmunternd lächelte Rona ihn an. »Wenn sie dir jedoch wehtun sollte, kann ich nicht mehr für ihre Sicherheit garantieren«, erklärte sie kämpferisch.

Er spürte, wie ein Lächeln auf sein Gesicht trat, das zumindest ein wenig Düsternis in ihm vertrieb. »Danke, dass du für mich da bist.«

»Selbstverständlich. Wir sind Freunde. Du gehörst für mich zur Familie.« Sie stützte sich auf sein Knie auf und hievte sich hoch. Ein schmerzhaftes Stöhnen entwich ihrem Mund, obwohl sie versuchte es zu unterdrücken. Ihre Hand legte sich schützend an ihren Bauch, der die letzten zwei Wochen, in denen er im *Síd* gewesen war, eine rundlichere Form angenommen hatte. Ihre weiten Klamotten würden ihren Zustand nicht mehr lange verbergen können. Schnell sprang Darach auf und half ihr. »Alles in Ordnung? Ist was mit dem Baby?« Besorgt schob er seine eigenen Probleme zur Seite.

»Mir geht es gut. Und dem Baby auch«, erklärte sie fest, aber ihre Haut war blasser als sonst.

»Wir gehen zu deiner Mutter.« Bestimmt schob er sie in Richtung Krankenstation.

»Aber …«, protestierte sie

»Keine Widerworte«, unterbrach er sie.

Islind hätte ihn schon wegen der Sache in Wales am liebsten gevierteilt und er wollte sich keinen weiteren Fehler erlauben. Er brauchte ihr Wohlwollen. Ihren Schutz. Nur sie kannte die Wahrheit.

4

Ruhelos ließ Ciarda ihren Blick durch den Speisesaal gleiten. Es war ungewöhnlich still und die Nervosität und Angst wegen der bevorstehenden Kämpfe waren beinahe greifbar. »Du wirkst irgendwie verunsichert«, bemerkte Aodh nachdenklich. »Falls du Sean suchst, der ist bestimmt bei Rona.«

Genervt wandte sie sich ihm wieder zu. »Sean ist mir egal«, betonte sie und nippte an dem Glas, das vor ihr stand.

»Ach ja? Und warum schaust du dann alle fünf Minuten zur Tür?« Seine Augen wurden groß. »Oder wartest du etwa auf jemand anderes?«, fragte er gespielt entsetzt.

Erschrocken holte sie Luft und der Schluck Wasser in ihrem Hals nahm den falschen Weg. Hustend spuckte sie einen Teil wieder aus und das Grinsen von Aodh wurde immer breiter. »Nein!«, versuchte sie ihm klarzumachen. Manchmal konnte ihr Bruder eine solche Nervensäge sein. Erbost trat sie nach ihm, aber er zog seine Beine weg. »Hast du jetzt nicht einen Termin mit Dan?«, fragte er und sah demonstrativ auf die alte Uhr, die über der Tür hing, seit sie denken konnte, und im gleichmäßigen Takt die Zeit angab. In diesem Moment zuckte der große Zeiger eins weiter. Fluchend sprang sie auf. Es war bereits eine Minute vor drei und sie würde zu spät kommen. »Hättest du mir nicht früher Bescheid geben können?«, schimpfte sie und schob ihm ihr Tablett mit dem leeren Geschirr zu.

»Du hast doch die ganze Zeit in die Richtung gestarrt. Außerdem bin ich nicht dein Sekretär.«

Sie warf ihm einen wütenden Blick zu und versprach ihm wortlos Rache. Er grinste sie allerdings nur frech an. Verärgert rannte sie los und blieb erst vor Dans Arbeitszimmer schwer atmend stehen.

Nervös strich sie sich über ihre Kleidung und versuchte sich zu beruhigen. Sie hatte immer noch keine Ahnung, was ihr Offizier von ihr wollte.

»Du kannst reinkommen, Ciarda«, erklang seine Stimme ungeduldig aus dem Raum und ließ sie erschrocken zusammenzucken. Sie biss sich auf die Lippen und trat ein. Dan saß hinter einem großen antiken Schreibtisch und musterte sie erwartungsvoll. »Wie geht es dir?«

»Gut«, murmelte sie verunsichert und wich seinem durchdringenden Blick aus. Unruhig setzte sie sich auf einen der beiden Stühle.

»Du warst mehr als einen Monat fort und ich hoffe, diese Auszeit hat dir geholfen wieder zu dir selbst zu finden. Du zählst zu unseren besten Kämpfern. Ich möchte ungern auf dich verzichten.«

Seine Worte wühlten sie auf. Verstärkten ihre Gewissensbisse und zugleich ihren Widerstand. Sie wollte nicht hier sein. Wollte am liebsten wieder gehen. Stattdessen blieb sie stumm sitzen, schob ihren Kiefer hin und her und starrte auf die Maserung des Holzes.

»Ich verstehe, dass die letzten Monate für dich sehr hart waren. Die Sache mit Connor …« Er verstummte. Ihre Organe schienen sich zu verknoten. Trotzig hob sie das Kinn und erwiderte kämpferisch Dans mitfühlenden Blick.

Sie wollte nicht über Connor sprechen. Wollte diese falsche Schlange am liebsten vergessen. Sein hämisches Grinsen, als er ihr erzählt hatte, wie ihre Mutter gestorben war. Ihre Muskeln spannten sich an. »Er hat bekommen, was er verdient hat«, wiederholte sie kühl die Worte, mit denen sie seitdem versuchte ihre Schuldgefühle zu begraben.

Jahrelang hatte sie der Wunsch nach Rache angetrieben. Er hatte ihr Leben bestimmt. Doch die Befriedigung, sie endlich bekommen zu haben, fehlte. Stattdessen wusste sie nichts mehr mit sich anzufangen.

Dan stieß die Luft aus und fuhr sich durch die Haare, die danach zu allen Seiten abstanden. »Es tut mir leid, dass du nicht vorher die Wahrheit erfahren konntest. Über mich und den Untergrund.«

Weil ihr niemand vertraut hatte. Der Gedanke versetzte ihr einen Stich. Ihre Augen begannen zu brennen und sie starrte schnell auf die Bücher, die hinter Dan im Regal standen. Die Buchstaben auf den Rücken verschwammen.

»Ich verstehe, dass dir das alles irgendwann zu viel geworden ist und du eine Weile Abstand brauchtest.« Er sah sie erwartungsvoll an. Sie war unfähig auch nur ein Wort über die Lippen zu bringen. Als sie nichts dazu sagte, sprach er weiter. »Ich freue mich jedenfalls, dass du wieder da bist.« Müde rieb er sich über die Stirn. »Auch wenn ich die Umstände sehr bedaure.« Leise begann er mit den Fingern auf der Holzoberfläche des Schreibtisches zu trommeln.

Ihr Blick zuckte zurück zu Dan, der sie aufmerksam musterte.

»Du weißt bereits, dass wir in den *Síd* reisen werden, um Islinds Armee zu unterstützen?«, hakte er vorsichtig nach.

Seine Stimmlage ließ sie aufhorchen. Sie nickte und kaute auf der Innenseite ihrer Wange herum.

»Bist du bereit dich unter diesen neuen Voraussetzungen einem Kampf zu stellen? Seite an Seite mit unseren ehemaligen Feinden?« Fragend sah er ihr in die Augen und ihr wurde mit einem Mal klar, warum er sie in sein Büro bestellt hatte. Er vertraute ihr immer noch nicht.

Es tat weh, auch wenn sie seine Intention nachvollziehen konnte, nachdem so viele Druiden in den *Síodhach* und deren Verbündeten lieber weiterhin das Böse sehen wollten. »Du hast mit Mac geredet«, stellte sie fest und erinnerte sich an ihre eigenen Worte.

»Er kam zu mir, weil er sich ebenfalls um dich sorgt.«

»Um mich? Nicht eher darum, dass ich plötzlich durchdrehe und unsere neuen Verbündeten angreife?«, fragte sie bitter.

Seufzend zog Dan die Luft ein und gab Ciarda das Gefühl, dass sie eine Last sei. »Ich möchte wissen, ob du wirklich so weit bist wieder in den Kampf zu ziehen. In den letzten Monaten sind bereits zu viele gegangen. Ich möchte dich nicht auch verlieren.« Deutlich konnte man seinen Schmerz sehen.

Einen Schmerz, der auch in ihr wütete.

Sie stand auf und ballte die Hände zu Fäusten. »Ich bin eine Wächterin. Es ist meine Aufgabe, diese Welt zu beschützen. Dafür bin ich ausgebildet worden.« Für nichts anderes.

Sie war erst zehn gewesen, als sich das erste Mal ihre Kräfte gezeigt hatten. Fast zeitgleich wie bei ihrem Bruder, der drei Jahre älter war als sie. Mit vierzehn war sie bereits mit Aodhs Clique auf Streife gegangen, um Kobolde zu jagen. Sie hatte gesehen, wie manche ihrer Freunde im Kampf gegen die *Síodhach* starben. Hatte auf Freunde gewartet, die niemals von ihren Einsätzen zurückgekehrt waren. Der Hass und die Wut schienen ihr Inneres in eine dunkle Wolke zu hüllen, die drohte sie zu ersticken. Die *Síodhach* hatten diesen Krieg jedoch nicht zu verantworten.

»Ich würde alles tun, um Éremón zur Strecke zu bringen. Sogar mit meinen Feinden ins Bett steigen.«

Ciarda wurde erst, nachdem die Worte ihren Mund verlassen hatten, bewusst, was sie gesagt hatte. Wie viel Wahrheit in ihnen lag.

Ihr Puls dröhnte in ihren Ohren. Verunsichert wich sie nach hinten aus, bis sich die Klinke in ihren Rücken bohrte. »Solange Islind und ihre Leute die Grenzen der Menschenwelt respektieren, haben sie nichts zu befürchten«, sagte sie mit belegter Stimme.

Dan wirkte nicht begeistert, nickte aber. »Okay.«

Schnell flüchtete sie aus dem Raum, bevor ihr Offizier noch etwas sagen konnte. Bevor er sah, was in ihr vorging. Ihre Gefühle standen Kopf. Die Wut war längst verschwunden und geblieben waren nur die Zweifel und Schuldgefühle, die sie schon seit Monaten plagten.

Sie fühlte, wie der Druck in ihrer Brust anwuchs, bis ihre Rippen schmerzten. Die Wände des schmalen Flurs schienen immer näher zu kommen. Mit rasendem Herzen stieß sie sich von der Tür weg und rannte los. Nicht auf ihre Umgebung achtend prallte sie plötzlich mit jemandem zusammen. Sie stolperte einen Schritt zurück und blickte hoch. Ihr Herz setzte einen Takt aus. »Sean?«

»Ciarda?«, erwiderte er genauso überrascht. »Ich wusste gar nicht, dass du wieder da bist.«

»Ich … Ehm … « Ihre Wangen wurden heiß. »Erst seit heute.« Seit sie ihn das letzte Mal gesehen hatte, hatte er sich kaum verändert. Seine kupferroten Haare waren ein wenig länger und fielen ihm in die Stirn. Nur das glückliche Leuchten in seinen Augen, das Rona verursacht hatte, war von Kummer verdunkelt.

Ein unangenehmes Ziehen breitete sich in ihrem Magen aus. Ihn zu sehen, ließ sie an eine schönere Zeit denken. Eine Zeit, in der ihre Gedanken noch unschuldig und leicht und nicht von Sorgen überschattet gewesen waren. Er hatte sie immer zum Lachen bringen können. Den Nachhall des Glücks, der sie in seiner Gegenwart überkommen hatte, spürte sie selbst jetzt noch in ihren Knochen. Zugleich rissen die Wunden der Vergangenheit wieder auf. Ihre ständigen Streitereien, die Missverständnisse, die Eifersucht, die sie zerfressen hatte. Der Schmerz, als er sie verlassen hatte. All diese Gefühle stürzten auf sie ein, machten sie verwundbar.

Ein bedrückendes Schweigen breitete sich aus. Zwischen ihnen schien eine unsichtbare Wand zu stehen. Eine Wand, die seit Ronas Auftauchen zu einer soliden Mauer geworden war, bestehend aus bösen Worten und dem Hass, den sie ihr entgegengebracht hatte. Es tat ihr leid. Aber ihr Mund wollte diesen Satz einfach nicht formen.

»Ehm, wie geht es dir?«, fragte er nach einer Weile und musterte sie kurz, bevor er etwas hinter ihr fixierte.

Sie wusste gar nicht, was sie sagen sollte. In ihrem Kopf herrschte plötzlich Stille, obwohl kurz zuvor noch alle Gedanken laut durcheinandergewirbelt waren. Sie spürte ein leichtes Kribbeln zwischen ihren Schulterblättern. »Gut«, erwiderte sie knapp, nachdem sie sich vergewissert hatte, dass niemand hinter ihr stand.

»Na dann. Ich muss los«, sagte Sean und hob die Hand zum Abschied.

Erst jetzt fiel ihr die Sporttasche auf, die er lässig über der Schulter trug.

»Du gehst heute schon in den *Síd*?« Vielleicht sah sie ihn nie wieder.

Gedankenverloren starrte er auf die Tasche. Ein Schatten huschte über sein Gesicht, bevor er den Kopf schüttelte. »Ich fliege mit Rona nach New York.«

»Was? Aber ich dachte ... du ...« Sie verstummte verwirrt. »Was ist mit Logan?« Sie war davon ausgegangen, dass Sean seinen besten Freund suchen würde, weswegen sie nicht damit gerechnet hatte, ihm über den Weg zu laufen.

Frustriert rieb er sich über das Gesicht. »Ich kann Rona jetzt nicht allein lassen.« Er wirkte besorgt und verlagerte unruhig das Gewicht von einem Fuß auf den anderen.

Fassungslos sah sie ihn an. Während sie über ihren Schatten gesprungen war, um hier zu sein, haute er ans andere Ende der Welt ab, nur damit der Prinzessin auch ja kein Haar gekrümmt wurde. Verliebte Männer waren solche Trottel.

Ciarda konnte sich nicht vorstellen, dass dies die Idee der rothaarigen *Síodhach* oder diese begeistert von Seans Vorschlag gewesen war. Bisher war ihr Rona wie eine Kämpferin vorgekommen. »O bitte, sie ist erwachsen.«

Ein schiefes Lächeln umspielte seine Lippen. »Aye. Und schwanger.«

Es war, als würde sie eine Abrissbirne treffen. Schockiert klappte ihr der Mund auf. »Was? Aber wie konnte das passieren?«

Er lachte, doch schnell wurde er wieder ernst und ein schmerzlicher Ausdruck trat in seine hellbraunen Augen. »Die gleiche Frage hat Logan mir auch gestellt, als er es erfahren hat«, erinnerte er sich verzweifelt.

Es schmerzte sie, ihn so zu sehen. Sie konnte sich vorstellen, wie schwer es ihm fiel, nach New York zu gehen, während sein bester Freund sich irgendwo im *Síd* befand. Vielleicht war er schon tot. Wie hatte sie nur annehmen können, dass er ohne guten Grund verschwinden würde? »Ich ... Eh ... Ich wusste es nicht.« Sie biss sich auf die Unterlippe.

»Es weiß fast keiner.«

»Warum erzählst du mir das dann?«, fragte sie bitter.

Wollte er ihr damit sagen, dass es unmissverständlich aus zwischen ihnen war? Das wusste sie selbst. Oder wollte er sie verletzen? Überrascht sah er sie an. »Ich ... Ich weiß nicht.« Aufgewühlt fuhr er sich durch die Haare. »Wir waren einmal Freunde. Ich vertraue dir.«

Ihr Mund wurde ganz trocken und betroffen starrte sie zu Boden. Er hatte keine Ahnung, wie viel ihr diese Worte bedeuteten.

Er stieß die Luft aus. »Ich muss jetzt los«, erklärte er und machte schon Anstalten zu gehen. Sie hielt ihn am Oberarm fest. »Ich werde für dich nach Logan Ausschau halten«, versprach sie ihm. Es war ihre Art, sich bei ihm zu entschuldigen. Für alles.

Er sah sie überrascht an und ein schiefes Lächeln breitete sich auf seinem Gesicht aus. »Danke.« Sie war völlig überrumpelt, als er sie kurz in die Arme zog und drückte. Sanft schob er sie wieder von sich und warf einen Blick über ihre Schulter, bevor er sich ihr erneut zuwendete. »Sei aber vorsichtig und tu mir einen Gefallen, wenn du Éremón siehst, zögere nicht. Keine Sekunde. Er ist gefährlich«, warnte er sie.

Sie konnte nur nicken und sah ihm nach, während er in Richtung Burghof schritt. »Sean?« Er blieb stehen und drehte sich fragend zu ihr um.

Ihr Mund war ganz trocken. Es könnte sein, dass sie sich das letzte Mal sahen. Sie lächelte verkrampft. »Ich freu mich für dich. Für dich und Rona.« Erst jetzt, wo sie es laut ausgesprochen hatte, erkannte sie, wie richtig es sich anfühlte. »Wirklich«, fügte sie an.

»Ich weiß.« Er lächelte und sah gleich viel entspannter aus. Er schien mit sich zu ringen und noch etwas sagen zu wollen, als sie plötzlich etwas Weißes im Augenwinkel bemerkte. Ihr Blick zuckte zu der großen weißhaarigen Gestalt, die lässig an der Ecke stand und sie aus fliederfarbenen Augen beobachtete. Darach.

Das Herz rutschte ihr bis in den Magen. Wie alle *Síodhach* sah er gut aus. Seine Gesichtszüge erinnerten an eine griechische Statue. Markante Linien, die eine herrische Arroganz ausstrahlten und ihre Knie weich werden ließen. Die dunkle Denim-Jeans und das Black-Sabbath-Shirt saßen wie angegossen und ließen ihn wie einen Rebellen erscheinen. Die anderen *Síodhach*, die wie er in der Burg wohnten, trugen ihre traditionelle Kleidung, die aus eleganten Roben oder locker fallenden Stoffhosen und Tuniken bestand. Ihre weißblonden Haare waren lang und teilweise geflochten, während Darach diese mittlerweile kurz trug, sodass sie seine spitzen Ohren deutlich sehen konnte.

Ihm fehlte auch die kühle Gleichgültigkeit seines Volkes. In seinen Augen brannte eine Leidenschaft, die drohte sie in ein Häufchen Asche zu verwandeln. Er wirkte wütend, seine Lippen waren nur noch eine schmale Linie, was seinem guten Aussehen jedoch keinen Abbruch tat. Ihr Herz begann zu rasen und ihr Atem wurde flacher.

Die Vorstellung, wortlos in einen der Jeeps zu steigen, mit Höchstgeschwindigkeit nach Inverness zu fahren, um dort das erstbeste Flugzeug zu nehmen, das sie weit wegbrachte, egal wohin, war mehr als verführerisch. Irgendwie konnte sie sich jedoch nicht bewegen.

Sean sagte etwas neben ihr und berührte ihren Arm, als sie nicht sofort reagierte. Erschrocken zuckte sie zusammen. »Was?«, murmelte sie irritiert, konnte den Blick aber nicht von dem gut aussehenden *Síodhach* abwenden.

Darach trat einen Schritt vor und ihre Beine schienen sie nicht mehr länger tragen zu können. Es sah so aus, als wollte er zu ihr kommen, doch kaum war Sean mit ihm auf einer Höhe, wandte er sich ab und unterhielt sich mit dem Druiden.

Jetzt, wo seine Augen sie nicht mehr gefangen hielten, konnte sie ihre Lungen wieder mit Sauerstoff füllen. Schwer atmend stand sie da und beobachtete die beiden Männer, die immer wieder zu ihr schielten.

Erst jetzt erfasste ihr Gehirn Seans Worte. »Gib ihm eine Chance.«

Niemals. Seans Worte waren genau das, was sie gebraucht hatte, um endlich wieder klar denken zu können. Wütend ballte sie die Faust, drehte sich um und stürmte davon.

***

Der nächste Tag begann früh. Viel zu früh. Ciarda hatte das Gefühl, gerade erst eingeschlafen zu sein, als jemand an ihre Tür klopfte. Aus ihrem Handy erklang ein nervtötendes Piepen. Die Sonne war noch nicht einmal aufgegangen. Blind streckte sie ihre Hand aus und tastete nach dem kühlen Display, bis der Ton verstummte. Wahrscheinlich war sie vor kurzem erst eingedöst, nachdem sie die ganze Nacht Löcher in die Decke gestarrt hatte. »Noch zehn Minuten«, murmelte sie. Sie drehte sich um, zog das Kissen über den Kopf und dämmerte wieder ein. Noch einige Male hörte sie es in weiter Ferne klopfen. Auch ihr Name wurde gerufen, aber sie vergrub sich nur noch tiefer in ihr Bettzeug. Sie wollte nicht aufstehen, wollte nicht erneut diesem weißhaarigen Schönling begegnen. Als jemand an ihrer Schulter rüttelte, murmelte sie nur »Geh weg« in ihr Kissen und drehte sich zur Wand. Plötzlich wurde das Kissen mit einem Ruck weggezogen. »Was zum …« Weiter kam sie nicht, denn etwas traf sie ins Gesicht. Es war eiskalt und ihr Herz setzte einen Takt aus. Flüssigkeit lief ihr in Mund und Nase und verteilte sich in Richtung ihres Dekolletés.

»Iaaahhh!« Sie war sofort aus dem Bett und versuchte das klebrige Shirt von ihrer Haut zu zupfen. »Spinnst du?«, brüllte sie nun hellwach und starrte entgeistert Aodh an, der mit einem leeren Glas neben ihrem Bett stand und sie hinterlistig angrinste.

»Wir müssen in fünfzehn Minuten im Hof sein«, erklärte ihr Bruder und ging. Wütend schnappte sie sich das Erstbeste – was leider nur das Kissen war – und warf es ihm hinterher. »Das kann man auch netter sagen!«

»Ich versuch dich schon seit einer Stunde zu wecken.«

Was? Ein Blick auf ihr Handy zeigte ihr, dass Aodh ausnahmsweise nicht übertrieben hatte. Scheiße, sie war viel zu spät.

Schnell flitzte sie ins Bad. In Rekordzeit hatte sie sich die Zähne geputzt, geduscht und sich bequeme Klamotten übergeworfen, in denen sie kämpfen konnte. Über ihren Bruder fluchend band sie sich das nasse Haar hoch und schnallte sich ihre Wurfmesser und Dolche im Laufen um.

Knapp fünfzig Druiden drängten sich im Hof und sahen ihr erwartungsvoll entgegen. »Sind wir dann alle vollständig?«, fragte Dan schroff.

Sie wäre am liebsten im Erdboden versunken, stattdessen erwiderte sie wütend die hämischen Blicke.

»Du hast da noch Zahnpasta.« Aodh grinste über das ganze Gesicht und zeigte mit dem Finger auf ihre Mundwinkel.

Sie wischte sich mit dem Handrücken über den Mund und stellte sich zwischen ihn und Gavin. »Ich hätte nicht übel Lust, dich zu erwürgen«, knurrte sie.

»Man erkennt dich ohne die viele Schminke kaum«, schlug Gavin in die gleiche Kerbe und ging hinter ihrem Bruder in Deckung, als sie ihm einen mörderischen Blick schenkte.

Sie wollte gerade etwas sagen, als einer der Ältesten mit lauter Stimme um Ruhe bat. Sofort herrschte Stille und alle sahen neugierig zu Dan, der auf der Treppe vorm Eingang stand und die versammelten Druiden musterte. »Ich weiß, die letzten Monate waren hart. Wir haben viel verloren. Nicht nur Freunde. Auch unser Vertrauen. In uns und unsere Aufgabe.«

Erneut drückte etwas auf Ciardas Brust. Sie fühlte sich ertappt. Unsicher sah sie zu ihrem Bruder, der Dans Worten aufmerksam lauschte.

»Ich will ehrlich zu euch sein. Einige der Ältesten waren dagegen, in diese Schlacht zu ziehen und mit den *Síodhach* Seite an Seite zu kämpfen. Und ich weiß, dass viele von euch genau die gleichen Vorbehalte hegen. Warum sollen wir nach allem, was gewesen ist, den *Síodhach* helfen? Unseren Feinden?« Fragend sah Dan in die Menge. Die Unsicherheit, die viele besaßen, seit Gorm angegriffen worden war, schien regelrecht greifbar. Gemurmel wurde laut, das sofort verstummte, als Dan weitersprach.

»Es ist erst ein halbes Jahr her, seit wir uns vor unseren Toren gegenüberstanden. Mir ist bewusst, dass die Wunden, die in dieser Schlacht geschlagen wurden, noch immer nicht verheilt sind, und ich verstehe euer Misstrauen und eure Zweifel. Doch damit sind wir nicht allein. Unsere neuen Verbündeten leiden unter den gleichen Ängsten wie wir, teilen die gleichen Hoffnungen und Wünsche. Sie sind nicht unsere Feinde. Nicht mehr.«

Dans Blick wanderte über die Menge und verharrte auf ihr. »Wenn wir jetzt nichts tun, verraten wir nur das, was wir sind. Wir sind Wächter. Wir beschützen diese Welt vor dem Bösen, das aus dem *Síd* hierher gelangen will. In der Vergangenheit haben wir es uns zu einfach gemacht. Haben die Grenze zwischen Gut und Böse anhand von Oberflächlichkeiten gezogen, aber nicht dort, wo es darauf ankam.« Er hob die Hand und klopfte sich in Höhe seines Herzens mit den Fingern auf die Brust.

Bewegt hielt Ciarda den Atem an. Wie von selbst glitt ihr Blick suchend über die *Síodhach*, die in einer Gruppe am Rand standen und ebenfalls Dans Worten lauschten.

Ihr Herz schlug kräftig, als sie Darach entdeckte, der etwas abseits von seinen Leuten an die Mauer gelehnt stand und in ihre Richtung schaute. Ihre

Blicke trafen sich und in ihrem Bauch spürte sie ein verdächtiges Flattern. Schnell wandte sie sich ab und bemerkte, wie Aodh sie nachdenklich betrachtete. Ihr wurde ganz mulmig zumute und am liebsten wäre sie geflüchtet. Schon wieder.

5

Die Sonne blinzelte sporadisch durch die dicke Wolkendecke hindurch und ließ den Morgentau auf dem Gras wie ein Meer aus Diamanten glitzern, als sie endlich aufbrachen. Der Druck auf Ciardas Brust war mittlerweile unerträglich. Sie versuchte ruhig gegen die Panik, die sie zu übermannen drohte, anzuatmen, doch das Zittern, das sie innerlich durchlief, wurde immer stärker. Irgendetwas würde passieren. Sie wusste es.

Gedanklich schüttelte sie über sich selbst den Kopf. Natürlich würde etwas passieren. Sie zogen in die Schlacht. Wer wusste schon, wie viele von ihnen jemals zurückkehren würden? Ihr Blick wanderte weiter zu ihrem Bruder und ihr Herz zog sich zusammen. Die Vorstellung, ihn zu verlieren, egal wie sehr er ihr manchmal auf die Nerven ging, verstärkte das Zittern.

Ihre Finger strichen wie von selbst über den Griff eines Dolches, der an ihrer Hüfte festgeschnallt war, und umklammerten das kühle Leder. Obwohl sie durch die in ihre Haut gestochenen Runen ihr Schwert und andere Waffen immer mit sich führte, beruhigte sie es, das Gewicht der Dolche und Wurfmesser zu spüren, die sie an ihrem Körper trug.

Bevor die Grenzen zwischen ihrer Welt und dem *Síd* gefallen waren, hatte sie nie unter Panikattacken gelitten. Hatte ihre Aufgabe erfüllt, ohne nachzudenken. Jetzt dachte sie ständig nach. Vor allem über Dans Worte, die ihr einen kurzen Moment Hoffnung geschenkt hatten, sich wiederzufinden.

Ihr Blick wanderte über die anderen Druiden, die wie sie den ausgetretenen Pfad entlangliefen. Auf ihren maskenartigen Gesichtern spiegelte sich gleichermaßen Angst und Entschlossenheit. Sie waren auf dem Weg in eine andere Welt, die sie nie zuvor gesehen hatten. Eine Welt, die für alles stand, wogegen sie in den letzten Jahrhunderten gekämpft hatten, und die sie jetzt versuchten zu retten und damit vielleicht auch sich selbst. Eine gespenstige Stille lastete auf ihnen und selbst der Wind schwieg.

Nach zwei Stunden kamen sie bei dem Übergang, der in den *Síd* führte und Gorm am nächsten lag, an. Eingebettet zwischen scharfkantigen Felsen erhoben sich kreisförmig angeordnete Monolithen, die die Grenze jahrtausendelang bewacht hatten. Jetzt zogen sich Risse durch die grauen Steine, die von der Macht zeugten, die Rona damals entfesselt hatte, als sie die magische Grenze zwischen den Welten gesprengt hatte.

»Ihr werdet in Gruppen mit jeweils zehn Leuten eingeteilt. Jeder davon werden ein *Síodhach* und zwei Heiler angehören«, erklärte Dan. »Denkt bitte daran, dass ihr die Magie nicht wie gewohnt nutzen könnt, sobald ihr den Feenhügel betreten habt.«

Aidan und Killian traten vor und begannen die jeweiligen Mitglieder aufzurufen. Nervös schluckte Ciarda und schloss für einige Sekunden die Augen, als Darach nach vorne trat und auf sein Team wartete. Bei jedem Namen, der genannt wurde, rechnete sie fest damit, dass es ihrer sein würde. Glücklicherweise ging der Kelch an ihr vorüber und sie wurde einer zierlichen Elfe zugeteilt, die sich mit Mhairi vorstellte.

Ciarda konnte Darachs Blick auf sich fühlen, aber sie weigerte sich in seine Richtung zu sehen. Das Zittern wurde immer stärker und sie betrachtete verunsichert den Grenzübergang. Von dieser Seite war nichts zu sehen, doch sie spürte einen leichten Widerstand, als sie vorsichtig eine Hand ausstreckte. Ein elektrisches Kribbeln durchwanderte ihren Körper, als sie die unsichtbare Linie überschritt. Sofort schien alles dunkler, als hätte sie eine Sonnenbrille aufgesetzt. Ein kühler Wind pfiff durch die Felsspalten und ließ das türkise Gras leise rascheln. Neugierig drehte sich Ciarda um und betrachtete die von dieser Seite wie eine Seifenblase schimmernde Grenze und konnte es immer noch nicht glauben.

Sie war in der Anderswelt.

»Folgt mir.« Mhairi raffte ihr langes weißes Kleid und schritt majestätisch über das kurze Gras bis zu einer Ansammlung von Felsen, in der ein Spalt klaffte. Einem sogenannten Feenhügel, durch den man in den *Síd* gelangte. Ausgetretene natürliche Steinstufen führten hinab in die Finsternis. Eine weiß-blaue Lichtkugel formte sich in der Hand der Elfe und beleuchtete nur wenige Meter des schmalen Pfades, der geradewegs in die Hölle zu führen schien. »Seid vorsichtig. Die Stufen sind an einigen Stellen feucht und glatt«, warnte Mhairi und ging voraus.

Es dauerte eine ganze Weile, bis sie endlich wieder ins Freie traten. Für einige Sekunden verschleierte Nebel ihre Sicht, bevor er sich auflöste und einen außergewöhnlichen Ausblick gewährte.

Sie befanden sich auf einem Felsvorsprung und konnten kilometerweit sehen. Vor ihnen erstreckte sich ein sanftes Tal, in dessen Mitte ein schwarzer See lag. Ein mit Sternen übersäter Himmel spiegelte sich darin, der niemals echt sein konnte. An seinem Ufer ragten Bäume bis zu den leuchtenden Punkten hinauf, die das violette Firmament zu stützen schienen. In der Ferne hoben sich Berge als schwarze Silhouetten gegen den heller werdenden Horizont ab.

Überwältigt blieb Ciarda der Mund offen stehen. Langsam drehte sie sich im Kreis und versuchte die verschiedenen Gerüche, Töne und Farben, die so fremdartig waren, in sich aufzunehmen. Diese Welt besaß ihre ganz eigene Schönheit. Düster und magisch. Ehrfurcht und Demut erfassten sie. Endlich hatte sie das Gefühl, nach Hause gekommen zu sein.

»Es gefällt dir.«

Ertappt zuckte Ciarda zusammen und betrachtete Darach, der leise an sie herangetreten war und sie von der Seite musterte. Seine klare Stimme löste wie immer einen Sturm der Gefühle in ihr aus, den sie gerne zum Schweigen gebracht hätte. Er war ihr so nah, dass sie nur ihre Hand ausstrecken müsste, um ihn zu berühren. Wie sehr sie sich wünschte es einfach tun zu können. »Aye«, gestand sie widerstrebend und wandte sich ab. Noch einmal genoss sie den Ausblick, der ihr das Gefühl gab, endlich angekommen zu sein. Hier gehörte sie hin.

Sie schüttelte den Kopf, um diesen blödsinnigen Gedanken zu vertreiben, doch er setzte sich fest, war wie eine Klette, die sie nicht mehr loswurde.

Sie schaute zu Boden und kickte einen Stein weg. »Was machst du hier? Solltest du nicht bei deiner Gruppe sein?«

»Ich bin bei meiner Gruppe. Mhairi war so freundlich mit mir zu tauschen«, erklärte er tonlos.

»Warum hast du das getan?« Entgeistert sah sie zu ihm auf.

Er verschränkte die Arme vor der Brust und atmete tief ein, sodass sich die Konturen seiner Brustmuskeln unter dem Stoff abzeichneten, als wollte er sie erinnern, was sich darunter befand. »Es war Mhairis Vorschlag, nachdem ich ihr sagte, dass ich sie dafür verantwortlich mache, wenn dir etwas geschieht.«

Ihr klappte der Mund auf. Ihre Fassungslosigkeit wich jedoch schnell Zorn. Eigentlich hätte sie mit so etwas rechnen müssen. Wütend trat sie von dem Abgrund zurück, in den sie Darach in diesem Moment gerne werfen würde. Wie konnte er es wagen? »Ich bin nicht dein Eigentum!«

»Das habe ich nie behauptet.« Wirklich zufrieden sah er nicht aus, obwohl er sein Ziel doch erreicht hatte. »Du verhältst dich aber so. Es war nur eine Nacht. Ohne Bedeutung. Mehr ist da nicht. Bekomm das endlich in deinen sturen Elfenschädel«, zischte sie, drehte sich um und marschierte los. Die anderen hatten bereits den Abstieg begonnen und folgten einem steilen Pfad, der sich langsam in die Tiefe schlängelte und immer schmaler wurde.

Schließlich fand nur noch eine Person auf dem Sims Platz, sodass ihr Darach nun im Nacken saß. Sie spürte seine Präsenz wie einen drohenden Schatten. Mühsam konzentrierte sie sich auf den Weg vor sich und versuchte ihn auszublenden. Nervös prüfte sie mit ihrem Fuß den porösen Untergrund und verlagerte dann ihr Gewicht.

»Es tut mir leid«, flüsterte Darach plötzlich.

Überrumpelt kam sie aus dem Tritt und ihr Fuß fand auf dem Stein keinen Halt mehr. Ihr Herz setzte aus. Kleinere Kiesel polterten in die Tiefe, in die sie ebenfalls gestürzt wäre, wenn Darach sie nicht am Oberarm gepackt und an seine Brust gezogen hätte. Ihre Füße baumelten über dem Abgrund und dennoch verspürte sie keine Angst. Fühlte sich sicher. »Sei vorsichtig.« Sein Atem spielte mit ihrem Haar, strich über ihre Wange und verursachte bei ihr eine Gänsehaut.

Mit einem Schlag war die Panik da und sie wollte nur noch weg. Weg von ihm. Von diesem Berg. Am besten wäre sie niemals nach Schottland zurückgekehrt. »Rück mir nicht ständig auf die Pelle!«, giftete sie ihn an und versuchte sich aus seinem Griff zu befreien.

»Ich habe dich nur vor einem Sturz bewahrt«, sagte er gedehnt und schob sie zur Felswand, sodass sich der kühle Stein in ihren Rücken bohrte.

Seine Worte drangen langsam bis in ihren Verstand vor und ihr wurde klar, wie idiotisch sie sich aufführte. Frustriert schloss sie die Augen und kaute auf der Innenseite ihrer Wange. Was dachte er wohl jetzt von ihr? Sie musste sich beruhigen.

»Ich verstehe, dass du deinen Freiraum brauchst.«

Wieso hatte sie das Gefühl, dass er nicht nur die aktuelle Situation meinte? »Müssen wir das unbedingt jetzt besprechen?« Wobei sie nicht vorhatte, dieses Thema jemals mit ihm auszudiskutieren. In seiner Nähe fühlte sie sich schwach. Verletzlich. Noch verletzlicher sogar als bei Sean.

Tief atmete sie ein und langsam aus, bis ihr Herzschlag wieder einen normalen Rhythmus angenommen hatte.

Er sagte nichts und ließ sie los. Der restliche Abstieg verlief schweigend. Der Pfad wurde immer breiter und der Fels wich langsam einer üppigen Vegetation. Dunkelrote Blüten hingen in den Bäumen und verströmten einen süßlichen Duft.

Neugierig streckte sie die Hand danach aus, doch Darach hielt sie auf, indem er ihr Handgelenk umfasste. »Vorsicht. Die sind giftig.«

Schnell riss sie sich von ihm los. »Tja, da sieht man mal wieder, wie der Schein trügen kann«, murmelte sie und stapfte weiter.

»Warum bist du zurückgekommen?«, fragte Darach neugierig, der nun neben ihr herlaufen konnte.

»Jedenfalls nicht wegen dir.« Den Zahn wollte sie ihm gleich ziehen.

»Es wäre besser gewesen, wenn du fortgeblieben wärst«, sagte er mit einer seltsam monotonen Stimme.

»Da sind wir ja mal einer Meinung!«, brauste sie auf und hielt inne. Moment. Er wollte sie nicht hier haben? »Warum wäre es besser gewesen?« Misstrauisch warf sie ihm einen Seitenblick zu.

Er zögerte. »Es ist zu gefährlich. Ich möchte nicht, dass du in etwas hineingezogen wirst«, erklärte er und presste die Lippen fest aufeinander.

»Wie in einen Krieg?«, fragte sie sarkastisch. Warum dachten die meisten Kerle eigentlich immer, dass es ihre Pflicht sei, einen zu beschützen, sobald man mit ihnen im Bett gelandet war? Genervt verdrehte sie die Augen. »Stell dir vor, das ist mein Job. Ich brauche keinen Aufpasser«, fuhr sie ihn an und bemerkte, dass sie die anderen wieder eingeholt hatten.

»Ciarda, ich …«, begann Darach leise, doch sie hatte bereits ihren Bruder entdeckt und eilte zu ihm, bevor er sie weiter bedrängen konnte.

Aodh nickte in die Richtung des *Síodhachs* und sah sie misstrauisch an. »Was wollte er von dir?«

»Nichts!«, blaffte sie und hätte sich am liebsten auf die Zunge gebissen.

Aodh hob beschwichtigend die Hände. »Ist ja gut. Du musst mich nicht gleich fressen.«

»Es tut mir leid«, entschuldigte sie sich zerknirscht und warf einen Blick zurück. Darach war ihr glücklicherweise nicht gefolgt, beobachtete sie jedoch mit Argusaugen. Ihm war offensichtlich nicht entgangen, wie sie reagiert hatte. Schnell starrte sie wieder nach vorn und verschränkte ungehalten die Arme vor der Brust. Dieser Mann brachte sie viel zu sehr aus dem Gleichgewicht.

6

Es war erschreckend, wie weit Milesius' Söhne mit ihren Truppen vorgerückt waren, seit Dan, Ian und er zurück nach Gorm gereist waren, um Verstärkung zu holen. Viel zu schnell erreichten sie das Lager von Islinds Armee, das in den Wäldern nahe von *Kasdale* versteckt lag. Darach sah zurück zu der Stadt, die sich über die ausladenden Baumwipfel erhob. Ihre hohen und mächtigen Mauern, die im Licht der Sternenmotten bläulich schimmerten, wirkten, als könnte ihnen nichts etwas anhaben. Ein trügerischer Eindruck, denn die schwarze Fäulnis, die den *Síd* langsam sterben ließ, war bereits bis zu ihren Toren vorgedrungen. Feine schwarze Adern durchzogen längst den umliegenden Wald.

Die Angst vor der Verderbnis, die sich immer schneller ausbreitete und Flora und Fauna befiel, sorgte dafür, dass sich mehr und mehr *Síodhach* Éber anschlossen. Sie sahen ihre einzige Rettung darin, in die Welt der Menschen zu fliehen, während die beiden Brüder nur Rache und ihre Macht im Sinn hatten.

»Lady Islind wünscht dich zu sehen«, erklang eine sanfte Stimme in seiner Nähe. Seine Aufmerksamkeit richtete sich auf das kindliche Geschöpf, das demütig vor ihm stand und auf seine Antwort wartete. Das höfliche Gebaren erinnerte ihn daran, wo er sich befand.

Er nahm sofort Haltung an. »Natürlich«, erwiderte er kühl und deutete eine Verbeugung an. Die Fee nickte steif und wandte sich in Richtung der größeren Zelte. Deutlich spürte er Ciardas fragenden Blick in seinem Rücken, als er der Dienerin folgte. Er konnte den Wunsch, sich zu ihr umzudrehen, nicht unterdrücken. Schnell sah sie weg und ihre Wangen nahmen eine rötliche Färbung an, während sie griesgrämig den Druiden anfuhr, der das Pech hatte, direkt neben ihr zu stehen.

Sie besaß Feuer, eine lodernde Kraft, die ihn magisch anzog. Mit einem wehmütigen Schmunzeln wandte er sich wieder ab und hatte das Gefühl, sich mit jedem Schritt, den er sich von ihr entfernte, zurück in die Kälte zu begeben, die Jahrhunderte seine Begleiterin gewesen war. Ihr die nötige Zeit zu geben, sich an den Gedanken zu gewöhnen, dass sie zusammengehörten, fiel ihm schwer. Enttäuschung und Sehnsucht hielten ihn schon seit Wochen gefangen.

Tief atmete er ein, versuchte seine Gefühle hinter einer neutralen Maske zu verstecken und trat an den Wachen vorbei in das Innere des Vorzeltes, zu dem ihn die Fee geführt hatte. Der dunkelgrüne Stoff fiel hinter ihm hinab und Dunkelheit umfing ihn, an die sich seine Augen schnell gewöhnten. Die Fee schlüpfte hinter einen Vorhang und kam kurze Zeit später zurück. Mit einem stummen Wink gab sie ihm zu verstehen einzutreten.

Mit einem Blick erfasste er die Szene im Raum, die sich vor ihm auftat. Mehrere *Síodhach* standen um einen Tisch in der Mitte des Zeltes und diskutierten das weitere Vorgehen. Islind stand zwischen ihren Beratern und Generälen und schien sein lautloses Eintreten nicht bemerkt zu haben, aber er wusste es besser.

Ein Elf, den Darach als Lord des benachbarten Gebietes erkannte, warf ihm über die Schulter einen missbilligenden Blick zu, bevor er sich wieder auf das Modell der Schlacht konzentrierte, das vor ihm stand. Wahrscheinlich war er nicht der Einzige, der Darachs Gegenwart als Affront betrachtete. Ein Wechselbalg, halb Mensch, halb Irrwisch. Jedoch würde sich niemand über Lady Islinds Anweisungen und Wünsche hinwegsetzen. Nicht, solange sie die Wahrheit nicht einmal erahnten. Neugierig trat Darach näher an die Gruppe heran.

»Wenn wir die Hochebene von *Dalvaran* verlieren, bleibt uns der Rückzug zum Fluss oder in Richtung des Meeres.« Mit einer Handbewegung ließ der

Elf die Bilder auf dem Tisch verschwinden und neue entstehen, die die besagten Gebiete zeigten. Das Gewässer floss durch das Waldgebiet von *Kasdale* direkt bis zur Ostküste.

»Der Fluss wird hier einfacher zu halten sein und uns nicht so viele unserer Krieger und Kriegerinnen kosten«, erklärte er kühl und deutete auf eine Flussbiegung östlich des Lagers.

In der Nähe ihres jetzigen Standpunktes wurde der Strom breiter und somit seichter. Darach hatte das Gefühl, ihm würde die Luft abgeschnürt. Es wäre die ideale Stelle für Éber, mit seiner Armee überzusetzen und direkt auf *Kasdale* zuzumarschieren, sobald sich die Verteidiger zurückzogen.

»Wir wussten, dass es schwer werden würde, unsere Stellungen zu halten und gleichzeitig die Stadt zu beschützen, sobald Ébers Armee angreift, Lord Bramor. Ich bin jedoch nicht willens *Kasdale* und ihre Bewohner kampflos aufzugeben.« Fest sah Islind dem Mann in die Augen, bis dieser seinen Blick senkte.

Sie richtete ihre Aufmerksamkeit wieder auf den Tisch und zeichnete mit ihrer Magie ein anderes Bild. »Wir werden Éber an diesem Punkt so lange wie möglich aufhalten, um die Stadtbevölkerung zu evakuieren und in Sicherheit zu bringen.« Sie wandte sich einem ihrer Generäle zu. »Sorgt dafür, dass die Evakuierung noch heute beginnt, und schickt Dan Craig von den Druiden zu mir, seine Leute sollen bei unserem Rückzug helfen.«

Er nickte und eilte aus dem Zelt.

Herausfordernd blickte sie jedem der Anwesenden in die Augen. »Gibt es sonst noch etwas zu besprechen?«, fragte sie höflich, aber bestimmt.

»Nein, Mylady«, erklärte Bramor, verneigte sich und ging. Die anderen verließen ebenfalls das Zelt. Mancher von ihnen warf ihm im Vorbeigehen einen abfälligen Blick zu.

»Folge ihm und achte darauf, dass er keine Dummheiten begeht«, befahl sie ihrer Dienerin, die schnell hinter Lord Bramor hereilte. Erst dann wandte sie sich Darach zu und betrachtete ihn von Kopf bis Fuß. Offensichtlich missfiel ihr, was sie sah, denn ihre Augen, die wie der Sternenhimmel aussahen, verdüsterten sich.

»Wie geht es meiner Tochter?«, erklang eine Stimme, so dünn wie Pergament, aus dem Hintergrund. Darach wandte sich um und entdeckte Milesius, der auf einem Stuhl im hinteren Teil des Zeltes saß und ihn neugierig musterte.

Das letzte Mal, als er ihm begegnet war, hatte Ronas Vater kaum aufrecht sitzen können und war bis auf die Knochen abgemagert gewesen. Mittlerweile sah er besser aus, doch er wirkte immer noch geschwächt.

Islind trat zu ihrem Seelengefährten und legte ihre Hand auf seine Schulter, die er sofort ergriff und liebevoll drückte. Eine Geste, die Darach in den letzten Monaten bei den Menschen öfter beobachtet hatte, jedoch in dieser Welt als seltsam empfand, besonders bei Islind, die normalerweise nie Gefühle zeigte. »Den Umständen entsprechend gut.« Er erzählte, was die letzten Tage seit seinem letzten Bericht geschehen war. »Sie war nicht sehr angetan davon, nach New York zurückzukehren, und wäre lieber hier, um zu helfen.«

Tiefe Sorgenfalten gruben sich in das sonst so ebenmäßige Gesicht von Islind. »Sie hat die Sturheit ihrer druidischen Mutter geerbt.«

»Wohl eher deinen Kampfgeist«, erklärte Milesius neckend.

Die Elfe löste sich schnaubend und drehte ihnen den Rücken zu. Sie griff zu einer Karaffe, die auf einem kleinen Tischchen stand, und goss sich etwas Wasser ein.

Darach räusperte sich. »Konntet Ihr etwas über Kathrine in Erfahrung bringen?«

Milesius schüttelte bedauernd den Kopf.

»Es gibt keine Spur von ihr«, sprach nun Islind und zögerte. »Oder Logan.« Sie hielt in ihrer Bewegung inne und senkte den Kopf. Ihre Schultern sackten herab. »Éber ist im Besitz von Excalibur. Er hat erhalten, was er sich von dieser ganzen Aktion erhoffte.«

Es war unnötig zu sagen, dass er Kathrine nun nicht mehr brauchte. Logans Tod war bereits unabwendbar gewesen, als Darach ihn zuletzt gesehen hatte. »Habt Ihr es mittlerweile Dan mitgeteilt?«

Für einen Moment schloss sie müde die Augen und schüttelte bedauernd den Kopf.

Der Vorhang raschelte und Islind nahm sofort ihre gerade Haltung an, bevor die Fee, die Darach zum Zelt gebracht hatte, eintrat und sich demutsvoll verbeugte. »Herrin. Dan Craig von den Druiden ist da.«

»Er möchte einen Moment warten«, erklärte Islind und die Dienerin verschwand lautlos. Islinds Blick richtete sich wieder auf ihn. »Du hast dich verändert«, bemerkte sie mit schräg gelegtem Kopf.

Er sah an sich hinab und lächelte. »Ich habe mich ihnen angepasst, damit sie mich akzeptieren.«

»Wer? Die Druiden? Oder nicht eher deine Seelengefährtin?«, fragte sie mit leichtem Spott in der Stimme.

Überrascht öffnete er den Mund. Er hatte Islind bisher nichts von Ciarda erzählt.

Bedauernd sah sie ihm fest in die Augen. »Vergiss nicht, wer du bist.«

»Als ob ich das jemals könnte.« Er schluckte und versuchte die dunkle Vorahnung zu verdrängen, die ihn beschlich.

»Einige meiner Krieger haben berichtet, dass sich die Augen unserer Leute schwarz färbten, bis nichts Weißes mehr zu sehen war.«

Darachs Herz setzte einen Schlag aus. Sein Blick glitt zu Milesius, doch der Mann schien Islinds versteckte Warnung nicht bemerkt zu haben.

Er neigte den Kopf ehrerbietig. »Ich werde das überprüfen.«

Mit einer Handbewegung entließ Islind ihn.

Sobald er das Zelt verlassen hatte, atmete er tief durch. Seine Hand zitterte und er ballte sie zur Faust. Hoffentlich irrte sich Islind. Sein Blick glitt wie von selbst zu Ciarda. Ein Anflug von Furcht breitete sich in seinem Magen aus und ließ seinen Mund ganz trocken werden. Nervös befeuchtete er seine Lippen. Es wäre wirklich besser gewesen, sie wäre nicht zurückgekehrt, auch wenn er sich, seit sie vor ihm geflohen war, nichts sehnlicher gewünscht hatte.

Islind musste sich irren. Sie musste es einfach!

***

Der Druck in ihrem Inneren war erneut so stark, dass sie das Gefühl hatte, jeden Moment in Flammen aufzugehen. Ihr linkes Bein wippte ohne ihr Zutun nervös auf und ab.

»Kannst du mal damit aufhören? Das nervt«, murrte Aodh und stopfte sich eine der seltsamen Früchte in den Mund, die ihnen einige *Síodhach* vorbeigebracht hatten.

Sie setzte sich anders hin und zog ihr Bein unter ihren Körper. »Es macht mich verrückt, hier zu sitzen, zu essen und zu trinken, während irgendwo gekämpft wird.« Sie hatte kaum etwas herunterbekommen und schob ihre Reste zur Seite. Selbst die neuen Eindrücke, die von überall auf sie einströmten, konnten sie nicht mehr ablenken.

Gavin streckte seine Finger nach ihrem Teller aus. »Willst du das noch?«

Genervt verdrehte Aodh die Augen. »Wir werden uns früh genug in die Schlacht stürzen. Wer weiß, wann wir das nächste Mal etwas zu essen bekommen? Also iss. Oder hast du etwa Angst, dass uns die *Síodhach* vergiften könnten?«

Misstrauisch verharrte Gavin in seiner Kaubewegung und sah Ciarda entgeistert an. Seufzend schüttelte sie den Kopf, schnappte sich eine Frucht und biss hinein, sodass der Saft ihr über das Kinn lief. Kauend ließ sie ihren Blick durch das Lager streifen. Ihre Unruhe schien sich langsam auszubreiten. Die ersten Gruppen brachen auf.

Satzfetzen drangen an ihr Ohr. »Die Evakuierung hat bereits begonnen.« Normalerweise hätte sie der Unterhaltung keine Aufmerksamkeit geschenkt, doch Darachs kräftiger Bass ließ sie die Ohren spitzen. »Éremón und Éber sind nur noch einen halben Tagesmarsch entfernt. Wir werden uns beim Fluss treffen. Von da …«

Ein Dröhnen wie von einem Hubschrauber zerschnitt den Satz und ein riesiger Schatten fiel auf die Zelte, verdunkelte die Sterne, die in dieser Welt Licht spendeten, und ließ Ciarda nach oben sehen. Ein Schwarm riesiger Libellen zog über ihnen hinweg und flog in Richtung der Stadt, die sich drohend in der Ferne über der Landschaft erhob. Die riesigen Tiere wirkten, je weiter sie sich entfernten, tatsächlich wie Hubschrauber und landeten auf großen Terrassen, die ähnlich wie Baumpilze die miteinander verflochtenen Gebäude umliefen.

»Wir müssen aufbrechen«, erklärte Mhairi ruhig. Verwundert betrachtete Ciarda die Elfe, die sich vor der Gruppe positioniert hatte. Sie trug über ihrem weißen Kleid einen Brustschutz und Armschienen aus Metall. Mit einer Hand hielt sie die Sehne eines Langbogens fest, der über ihrer Schulter hing. An ihrer Hüfte war ein Köcher mit blau gefiederten Pfeilen befestigt. Die anderen standen sofort auf.

Ciardas Magen wurde zu einem Klumpen. Auf ihrer Zunge lag die Frage, wo Darach war, der ja eigentlich ihre Gruppe führen sollte, aber sie schluckte sie hinunter. Vielleicht hatte er sie damit nur aufgezogen. Oder er hatte doch einmal auf sie gehört und ließ sie in Ruhe. Auch wenn ihr das in diesem Moment missfiel. Was wäre, wenn Islind ihm einen gefährlichen Auftrag erteilt hätte? Ihre Besorgnis wuchs. Doch sie durfte jetzt nicht darüber nachdenken. Musste einfach funktionieren. »Was wird unsere Aufgabe sein?«

»Ich erkläre euch alles unterwegs«, sagte Mhairi gefühllos, während unter den Druiden weitere Unruhe aufkam.

Sie verließen das Lager und liefen eine Anhöhe hinauf. Es dauerte nicht lange, bis Schreie zu hören waren und ein unheimliches farbiges Leuchten die Umgebung erhellte.

Sobald sie aus dem Wald brachen, konnte Ciarda das Schlachtfeld erkennen, das sich zwischen hohen Felsen befand. Waffenklirren, Schmerzensschreie und Befehle mischten sich zu einem lauten Rumpeln, sodass sich Ciarda am liebsten die Ohren zugehalten hätte.

Islinds Soldaten bildeten eine Phalanx, gegen die die Gegner anstürmten. Die dichte, lineare Kampfformation brach bereits an einigen Stellen. Immer weiter wichen die Kämpfenden zurück. Sie verloren. Nicht nur an Boden, sondern auch an Leben. Es ähnelte nur noch einem sinnlosen Abschlachten.

»Wir müssen den Rückzug unserer Truppen sichern«, erklärte Mhairi, als würden sie die Schrecken der Schlacht nicht berühren. Ciarda strich über die kleine Rune mit den roten Blüten an ihrem Arm und in ihrer Hand materialisierte sich ihr Schwert.

Für Zweifel war in diesem Moment kein Platz mehr.

7

Nur das Erlöschen der Sterne zeigte, dass die Zeit in dieser Welt nicht stillstand und eine weitere Nacht im Kampf gegen Ébers Armee anbrach. Lichterloh brannte der Wald um *Kasdale*. Der Schein der Feuer durchbrach die Finsternis, die dem Grauen ein Versteck bot, und tauchte die blutrünstige Schlacht in ein kränkliches grünes Licht.

Immer weiter drängten die Angreifer sie zurück und zerschlugen ihre Truppenverbände und die magischen Barrieren, die ihnen Schutz und kurze Auszeiten boten. In den Wäldern versuchten sie ihre Gegner in den Hinterhalt zu locken, doch viel Zeit konnten sie sich nicht erkaufen. Nach zwei Tagen, die sie ununterbrochen auf den Beinen waren, brach ihre Verteidigung langsam, aber sicher zusammen.

Ciarda hatte schon in der Vergangenheit einige Kämpfe gegen die *Síodhach* geführt, doch noch nie in dieser Größenordnung. Selbst die Schlacht vor den Toren von Gorm war im Vergleich nur ein kleines Scharmützel gewesen.

Das Schwert in ihrer Hand wurde schwerer. Immer mehr Feinde durchbrachen ihre Schutzzauber. Nur noch mit Mühe konnte sie den Schlag eines Gegners abblocken, bevor sie ihn niederstreckte. Ihr Atem ging rasselnd und sie stützte sich auf ihre Knie ab.

»Du musst eine Pause machen. Lass dich zurückfallen.« Besorgt musterte Aodh sie und fuhr sich durch die Haare. Er sah genauso erschöpft aus, wie sie sich fühlte. Sein Gesicht war mit Blut, Ruß und Dreck verschmiert.

»Nicht jetzt.« Müde rieb sie sich mit dem Arm den Schweiß von der

Stirn. Es war unerträglich heiß durch die Feuer, die in der Nähe brannten. Nur das Adrenalin, das durch ihre Adern pulsierte, hielt sie noch aufrecht. Sie wusste, dass alles, was sie die letzten Tage erlebt und verdrängt hatte, auf sie einstürzen würde, sobald sie sich auch nur eine ruhige Minute gönnte.

»Wir haben es fast geschafft, das müssten die Letzten sein«, erklärte Mhairi und betrachtete die Libellen, die über ihnen hinwegflogen und sich anschickten zu landen. Ihre aufgesetzte Gleichgültigkeit war mittlerweile verflogen, genauso wie ihre ordentliche Aufmachung. Wenn die spitzen Ohren und blassvioletten Augen nicht wären, könnte Ciarda fast vergessen, dass vor ihr eine *Síodhach* stand.

Aber nur fast.

Zwischen einigen Bäumen stürzte ein Soldat hervor und blieb keuchend vor ihnen stehen. »Die rechte Flanke ist gerade zusammengebrochen. Wir geben die Stellung auf.«

Ciarda stieß einen Fluch aus. Innerlich sammelte sie all ihre verbliebenen Kräfte. »Wir müssen hier weg.«

Die anderen aus ihrer Gruppe ließen alles stehen und liegen und liefen den flüchtenden Soldaten nach. Nur Braden, Gavins jüngerer Bruder, saß noch auf der Erde und zeichnete mit der Hand die letzte Linie einer Rune in den feuchten Boden. »Komm schon«, fuhr sie ihn an und packte ihn am Oberarm, aber er riss sich los.

»Ich bin gleich so weit«, murmelte er. Sobald er fertig war, leuchteten die ineinander verwobenen keltischen Symbole in einem sanften Rot auf und ein leichtes Beben war unter ihren Füßen zu spüren.

Braden richtete sich auf und klopfte sich die Erde von den Händen. »Damit werden sie eine Weile beschäftigt sein«, meinte er grinsend.

»Los jetzt«, drängte Ciarda und wehrte einen weiteren Angreifer ab, der sich ihnen genähert hatte. Die Vibrationen der auf sie einprasselnden Schläge durchliefen ihren Arm und hinterließen ein dumpfes Pochen, das immer schmerzvoller wurde. Sie ließ sich fallen, rollte zur Seite und stieß das Schwert nach oben in den Unterleib des Gegners. Schreiend brach er zusammen und ihr wurde übel. Wie oft hatte sie die *Síodhach* in der Vergangenheit verletzt oder getötet, ohne etwas zu empfinden?

Zu oft. Jetzt wünschte sie sich diesen Zustand zurück. Keuchend kam sie wieder auf die Füße und starrte entgeistert in Richtung der Felder, wo die Schlacht hauptsächlich stattfand. Weitere *Síodhach* brachen durch das Unterholz, das ihnen bisher Schutz geboten hatte, und umzingelten sie und ihre Verbündeten. Die Augen der Angreifer waren leer, als würde keine Seele mehr in ihnen wohnen. »Wir müssen endlich hier weg! Aodh!«, brüllte sie und zog die Aufmerksamkeit des Gegners, der ihren Bruder attackierte, auf sich. Er wusste sofort, was sie von ihm erwartete, warf seine Waffe fort und strich über die Tattoos an seinem Bauch. Das Laub raschelte in der Nähe und die Feuer loderten höher, als der Wind durch die Bäume rauschte. Sein Gesicht war vor Anstrengung verzerrt, denn überall hatten sie Runen angebracht, die Magie unterdrückten.

»Lauft!«, schrie er und stieß die Gegner mit einer kräftigen Böe um. Sie schluckte und rannte los. Die anderen aus ihrer Gruppe waren längst weg. Nur Aodh und Braden waren noch bei ihr. Ihr eigener Atem übertönte die Geräusche in ihrer Umgebung. Hoffentlich hielt Bradens Falle ihre Verfolger lange genug auf, damit sie ihnen entkommen konnten.

Rauchschwaden verdeckten ihr die Sicht, als sie versuchte sich zu orientieren. Ein Baum stürzte krachend neben ihr um. Funken stoben in den Himmel und versengten ihren Arm. Sie konnte niemanden sehen. Alles brannte. Orientierungslos stürzte sie weiter. Irgendwo in der Nähe musste der Fluss sein, dem sie bis zum Sammelpunkt folgen konnte. Ihr Bruder war nirgends zu entdecken. Eine Gestalt taumelte durch die Flammen. Ihr Herz raste.

Es war nicht Aodh. »Mhairi!«

Die Elfe wandte sich zu ihr um und ihre Augen waren genauso seelenlos wie die der anderen. Ein Knoten bildete sich in Ciardas Magen und Entsetzen lähmte sie, als die *Síodhach* auf sie mit erhobenem Dolch zukam. »Mhairi. Ich bin es.«

Die Elfe schien ihre Worte nicht zu verstehen. Schnell duckte Ciarda sich unter ihrem Hieb weg. Der Dolch ritzte ihre Haut und hinterließ ein Brennen.

Verdammt, sie hatte geahnt, dass man den *Síodhach* nicht trauen durfte! Mit einem Tritt in den Bauch beförderte sie Mhairi zu Boden und rannte weg. Fort von den Schrecken und dem grünen Inferno. Erneut belasteten sie Zweifel und Schuldgefühle. Mhairi war nur ein Opfer.

Sie preschte durch eine schmale Lücke zwischen brennenden Büschen und stand direkt vor den Feldern von *Kasdale*, auf denen nichts mehr wuchs außer dem Tod. Sie war im Kreis gelaufen. Schnell duckte sie sich hinter einen Felsbrocken und beobachtete den Kampf, der auf dem Feld vor ihr tobte.

Wie ein Berserker pflügte eine Gestalt mit einem Zweihänder durch die Menge an Gegnern. Leichen säumten ihren Weg. Die Gefallenen blieben jedoch nicht liegen, sondern standen auf und richteten ihre Waffen gegen ihre einstigen Verbündeten.

Trotz der Hitze wurde Ciarda eiskalt. Wie hypnotisiert schaute sie dem grausamen Treiben zu, das ihre Hoffnungslosigkeit nährte. Sie hatten keine Chance. Nicht gegen eine solche Übermacht.

Sie würden verlieren.

Es war alles sinnlos.

Verzweifelt löste sie ihren Blick von der Person, von der sie annahm, dass es sich um Éber handelte, und entdeckte in einiger Entfernung eine zweite Gestalt in einem weiten schwarzen Mantel. Die Kapuze hatte sie tief ins Gesicht gezogen, während sie unbehelligt von den Soldaten am Rande des Schlachtfeldes stand und den Kampf beobachtete. Lässig streckte sie eine Hand aus und malte mit zwei Fingern irgendwelche Symbole in die Luft, die anfingen bläulich zu schimmern. Abermals erhoben sich die Gefallenen wie Marionetten, die die unbekannte Person mit wenigen Gesten steuerte.

Für einen Moment weigerte sich Ciardas Verstand zu begreifen, was sie sah. Es wirkte nicht real, wie ein Traum. Keiner schien sich für die Gestalt mit dem schwarzen Mantel zu interessieren, die eine Armee aus Zombies erschuf. Sie drehte den Kopf und die Feuer warfen unheimliche Schatten auf das mit Narben verzerrte Gesicht.

Éremón.

Ciarda erinnerte sich nur zu gut, wie sie dem ältesten Druiden das erste Mal begegnet war. Zwei Wochen zuvor waren ihre Kräfte erwacht und ihre Mutter hatte sie nach Gorm gebracht, damit sie diese zu beherrschen lernte. Alles machte ihr Angst und sie irrte durch die labyrinthartigen Gänge. Eine schwarze Gestalt tauchte plötzlich wie aus dem Nichts vor ihr auf und sie lief direkt hinein. Als sie aufschaute, hatte sie in das Antlitz eines Monsters geschaut.

So lange hatte sie sich für ihren Gedanken geschämt. Doch jetzt sah sie die Wahrheit, die sie als Kind bereits erkannt hatte. Er war für all das hier verantwortlich. Er hatte den Tod ihrer Mutter befohlen. Er hatte seinen eigenen Vater, Milesius, jahrtausendelang angekettet an einen Stein gefangen gehalten. *Er ist ein Monster.* Nichts Weißes war mehr in seinen Augen zu erkennen, nur dämonisches Schwarz, in dem sich die Feuer der Schlacht spiegelten.

In ihr brach etwas.

Zögere nicht! Keine Sekunde!

Die Müdigkeit und Angst waren vergessen. Ein wütender Schrei löste sich aus ihrer Kehle und sie stürmte in seine Richtung. Mit der Hand wischte sie über ihren Arm und ihr Schwert materialisierte sich in der Luft. Ihre Finger schlossen sich um den mit Leder umwickelten Griff. Das Gewicht der Waffe vermittelte ihr Sicherheit und Stärke.

Etwas traf sie an der Seite und riss sie von den Füßen. Zuerst spürte sie gar nichts, dann brandete Schmerz durch ihren ganzen Körper und raubte ihr den Atem. Verzweifelt rollte sie sich zusammen und versuchte zu erkennen, was sie getroffen hatte. In der Nähe bemerkte sie einen *Síodhach,* der mit gezogenem Breitschwert auf sie zuhielt.

Ihr eigenes Schwert lag außer Griffweite. Sie streckte sich danach, doch es löste sich auf, bevor sie es erreichen konnte. Ein frustrierter Schrei entwich ihrer Kehle.

»Beweg dich nicht«, erklang eine vertraute Stimme über ihr.

»Darach?«

Nur kurz spürte sie seine Hand beruhigend auf ihrem Arm, dann hörte sie, wie Metall auf Metall traf.

Ihre ganze rechte Körperhälfte pulsierte schmerzhaft. Sie versuchte sich aufzusetzen, doch es war, als würde sie ein Blitz treffen. Unterhalb ihrer Rippen konnte sie etwas Metallisches ertasten, was in ihren Körper eingedrungen war. Feuchtigkeit benetzte ihre Finger. Als sie das, was auch immer in ihrem Leib steckte, herauszog, sprudelte das Blut nur so. Stöhnend betrachtete sie das bläuliche, blutverschmierte Metall in ihrer Hand. Ein Wurfmesser.

»Verdammt. Ich sagte, du sollst dich nicht bewegen. Du bist verletzt.«

»Echt? ... Wäre mir ... gar nicht ... aufgefallen«, japste sie und hielt sich die Seite. Jeder Atemzug bereitete ihr Qualen. Die Kampfgeräusche waren verstummt und Darach kniete neben ihr. »Hoffentlich ... hast du ... diesem Arsch... loch weh...getan«, stieß sie gepresst aus und versuchte erneut sich aufzusetzen. Sie ärgerte sich über sich selbst, weil sie die Gefahr nicht erkannt hatte.

»Scheinbar wirst du es überleben«, murrte er und schob einen Arm unter ihren Rücken und den anderen unter ihre Kniekehlen. Seine Berührung ließ das Blut in ihren Adern singen. Panik machte sich in ihr breit. Sein Gesicht kam ihrem näher – viel zu nah – und ihr Herz begann zu rasen. »Wenn du mich jetzt ... durch die Gegend trägst ... wie ein hilfloses ... Püppchen, bring ich dich um.«

»Das kannst du gern versuchen, wenn es dir wieder besser geht und wir hier nicht draufgehen«, giftete er zurück und hob sie trotz ihres Protestes vom Boden hoch und begann zu rennen.

Erst jetzt bemerkte sie die gegnerischen Soldaten, die sich ihnen genähert hatten. Sie wäre ihnen mit dieser Verletzung niemals zu Fuß entkommen. Peinlich berührt vergrub sie ihren Kopf an seine Schulter. Sofort strömte sein vertrauter Geruch in ihre Nase und betäubte ihre Sinne. Aprikosen und Wald. Alles um sie herum wurde unwichtig und verlor sich in einem Sturm aus Gefühlen. Das flammende Inferno, das um sie herum tobte, schien ihr nichts anhaben zu können. Nicht, solange ein viel Stärkeres in ihr brannte. Sein gleichmäßiger Herzschlag drang an ihr Ohr und beruhigte sie.

Sie fühlte sich geborgen. Verbunden mit ihm und zugleich so verloren. In seiner Nähe war sie nicht sie selbst.

Als Darach langsamer wurde, vernahm sie das Rauschen von Wasser in der Nähe und hob den Kopf. Er setzte sie auf etwas ab und ging vor ihr in die Hocke. Als sie sich abstützte, spürte sie den rauen, kühlen Stein unter ihrer Hand und konnte den breiten Fluss erkennen, der an *Kasdale* vorbei in Richtung des Meeres floss.

»Das sieht nicht gut aus.« Vorsichtig strich er ihr zerfetztes Oberteil zur Seite. Seine Fingerspitzen berührten zärtlich ihre Haut und hinterließen ein warmes Kribbeln.

»Die Heilung hat bereits eingesetzt«, murmelte sie und wischte seine Hand fort, die er auf ihr Knie legte. Wortlos starrte er mit gesenktem Kopf auf ihre Wunde. Mit jeder Sekunde, die verstrich, wurde Ciarda nervöser. Sie war sich seiner Gegenwart mit jeder Faser ihres Körpers bewusst.

Sein Daumen rieb über ihr Knie. Es sollte wahrscheinlich beruhigend sein, doch bei ihr löste es nur den gegenteiligen Effekt aus. Wellenartig pulsierte Hitze durch ihren Körper. Ein Teil von ihr wollte aufspringen, um so viel Raum wie möglich zwischen ihnen zu schaffen, ein anderer wollte ihm noch näher kommen. Sie starrte auf das glitzernde Wasser, in dem sich die Feuer in der Ferne spiegelten. Etwas hob seinen schmalen Kopf für einen Moment aus den Fluten und starrte sie aus großen braunen Augen an. Es sah aus wie ein Pferd. »Sind das etwa Kelpies?«

Darach stieß hörbar die Luft aus und legte seine Hände auf ihre Oberschenkel. »Hör auf vom Thema abzulenken.«

»Wir hatten ein Thema?« Ihr Kopf ruckte zu ihm zurück. In seinen Augen konnte sie eindeutig Zorn erkennen, der sie innerlich zusammenschrumpfen ließ.

»Was, bei allen Göttern, hattest du dort zu suchen?«, fragte er laut und sie zuckte zusammen. Sie schluckte. »Éremón«, stieß sie heiser aus.

Entsetzt riss er den Mund auf. »Verdammt, du hättest sterben können.«

Im Nachhinein war ihr das jetzt auch bewusst. »Und wenn schon! Ich bin nicht wichtig.«

»Für mich schon. Für mich bist du alles«, stieß er leidenschaftlich hervor.

Erneut spürte sie dieses Flattern, bei dem sie manchmal nicht sicher war, ob es Freude oder einfach nur blanke Panik war. Wahrscheinlich beides.

Seine Finger gruben sich tiefer in ihre Oberschenkel und er kämpfte sichtlich mit seinen Emotionen. »Ich würde dich am liebsten für diese Torheit übers Knie legen«, rief er wütend aus.

Schockiert riss sie die Augen auf. »Das wagst du nicht.«

Seine Kiefermuskeln spannten sich an und sie befürchtete, dass er es doch tun würde. »Ich bin verletzt«, quiekte sie.

Es schien, dass er sich erst jetzt wieder daran erinnerte, denn sein Blick glitt zurück zu der Wunde. Tief atmete er mehrfach ein und aus, bis er ruhiger wurde und vorsichtig an den Rändern entlangstrich. Mit beiden Händen schlüpfte er unter das Shirt, das an ihrer Haut klebte, und schälte ihr das blutdurchtränkte Kleidungsstück vom Körper.

Sie ließ es geschehen, denn sein Gesichtsausdruck war immer noch finster. »Du nutzt auch jede Gelegenheit, mich auszuziehen, oder?«

Wortlos stand er auf und ging zum Fluss. Nervös beobachtete sie ihn, wie er den schwarzen Stoff wusch und auswrang. Erst jetzt fiel ihr auf, dass Darach statt einer einfachen Jeans und einem Shirt eine locker sitzende grüne Tunika über einer eng sitzenden Stoffhose trug, die seine Beinmuskulatur betonte. Seine kurzen weißen Haare standen wirr in alle Richtungen. Ihre Finger kribbelten bei dem Wunsch, hindurchzufahren und die Spitzen seiner Ohren zu erkunden. Schnell schaute sie weg. »Wo warst du die letzten zwei Tage?«

Als er ihr nicht antwortete, sah sie erneut zu ihm. Er richtete sich auf und kam auf sie zu. »Hast du mich etwa vermisst?«, fragte er leise.

»Bestimmt nicht.« *Vielleicht ein bisschen.*

Er lachte und ihr Herz geriet aus dem Takt, was er eindeutig gehört hatte, denn sein umwerfendes Lächeln vertiefte sich noch. »Rede dir das nur weiter ein.«

Erneut kniete er vor ihr und begann die Wunde mit ihrem Shirt auszuwaschen. Es brannte und sie stieß einen widerwilligen Laut aus.

»Halt still.«

»Du könntest ruhig etwas zärtlicher sein.«

»Wenn ich mich recht erinnere, hat es dir gefallen, wenn ich dich etwas härter angefasst habe«, grollte er und der Ton seiner Stimme löste einen Schauer aus. Erinnerungsblitze zuckten durch ihre Gedanken. Seine Hände auf ihrer Haut. Sein Mund auf ihren Lippen. Ihr Verlangen nach mehr.

Wütend stieß sie ihn von sich. »Ich wollte, dass du mich gar nicht anfasst.« Die plötzliche Bewegung rächte sich sofort. Es war, als würde das Messer sich erneut in ihre Seite bohren. Sie krümmte sich, legte schützend die Arme um sich, um den Schmerz abzuwehren. Sanft schob Darach sie wieder zur Seite. »Ich hatte schon Angst, dass du dein Feuer verloren hast, seit du weggelaufen bist«, bemerkte er amüsiert.

»Ich bin nicht weggelaufen!« Warum dachten alle, sie sei geflohen? *Weil ich es bin. Mit wehenden Fahnen.*

»Wenn du meinst«, gab er grinsend zurück und zeigte ein Grübchen im Kinn.

Frustriert sah sie weg und fixierte einen Punkt im Wald, während seine Hand sich an die Wunde legte. »Das wird jetzt wehtun«, murmelte er besorgt.

Fest biss sie die Zähne zusammen, um nicht aufzuschreien, als ein stechender Schmerz durch ihren Körper schoss. Wärme durchströmte die verwundete Stelle kurz darauf und betäubte sie nach einigen Sekunden. »Ich wusste ... gar nicht ..., dass du ... heilen kannst«, keuchte sie und hielt sich an seiner Schulter fest.

»Du weißt so einiges nicht über mich«, sagte er leise und mit einem seltsamen Unterton, der sie stutzig machte.

Kühl legte er seine Hand auf ihre und strich mit dem Daumen leicht über ihre Haut. Die Berührung reichte, um ein elektrisierendes Prickeln bis zu ihrem Ellenbogen auszulösen. Ihr Atem wurde flacher und ihre Gedanken verloren sich in seinem Anblick. Er sah sie mit dieser Intensität an, die alles in ihr Kopf stehen ließ und etwas wachrief, das sie lieber vergessen wollte. Sie fühlte sich wie ein Tier in der Falle. Verspürte das Bedürfnis zu rennen. Weg von ihm.

Aber sie konnte nicht, war vollkommen erstarrt, denn ein anderer Teil von ihr wollte ihm ganz nah sein. Ein wesentlich stärkerer Teil von ihr. Langsam beugte sie sich vor, bis ihre Köpfe sich fast berührten. Sein Atem strich über ihre Haut. Das Knistern zwischen ihnen bereitete ihr Gänsehaut. Ihre Hand rutschte von der Schulter zu seiner Brust und sie spürte seinen kräftigen Herzschlag. Sein Adamsapfel hüpfte, als er hart schluckte und sehnsüchtig auf ihren Mund starrte. In seinen Augen erkannte sie den Wunsch, sie zu küssen. Spürte ihn wie ein Echo in sich widerhallen. Wie sehr sie sich danach sehnte, dass er genau das tat. Dass er seine Lippen über ihre Haut wandern ließ, bis ihr die Sinne schwanden. Bis sie all das Schlechte vergaß, all die Probleme. »Küss mich.«

Hatte sie das jetzt etwa laut gesagt?

Sie wollte erschrocken zurückzucken, doch da legte sich sein Mund bereits auf ihren. Ihre Gedanken zersplitterten, als seine Lippen zögernd über ihre strichen, als würde er um Erlaubnis bitten. Sie sollte ihn wegstoßen, stattdessen wanderte ihre Hand wie von selbst in seinen Nacken, zog seinen Kopf näher zu ihrem. Sie streckte sich ihm entgegen, intensivierte den Kuss und schien mit ihm zu verschmelzen. Immer näher rückte sie zu ihm. Sein Mund war ein leises Versprechen von Glück, dem sie nicht widerstehen konnte. Sie wollte mehr, wollte nicht zaghaft sein. Fordernd biss sie in seine Unterlippe. Er stöhnte und hielt sich nicht länger zurück. Seine Arme legten sich um sie, zogen sie auf seinen Schoß und so dicht an sich, dass kein Blatt mehr zwischen sie passte. Anders wollte sie es auch gar nicht. Seine rechte Hand wanderte über ihren Arm, hinterließ eine prickelnde Spur auf ihrer Haut und blieb in ihrem Nacken liegen, während seine linke über ihren Rücken strich bis zu ihrem Po. Der Tanz ihrer Zungen brachte sie um den Verstand. Ein Sturm tobte in ihrem Inneren. Sie wollte vergessen, wollte sich in diesem Kuss verlieren, doch je mehr sie es sich wünschte – es erzwingen wollte –, desto lauter wurden die Zweifel. Das hier war ihr Feind. Ein *Síodhach*.

Nein. Er war nicht ihr Feind. Das war alles nur eine Lüge gewesen.

Eine Lüge, deren Konsequenzen immer zwischen ihnen stehen würden.

Sie waren zu verschieden.

Panik machte sich in ihr breit. Die Angst, wohin dies am Ende führen würde. Sie hatte das Gefühl, keine Luft mehr zu bekommen, versuchte ihn wegzudrücken. »Ich kann nicht«, fiepste sie.

Schwer atmend löste er sich von ihr, seine Schultern sackten herab. »Ich weiß«, stieß er hervor und legte seine Stirn an ihre. Sie spürte seine Enttäuschung. Oder war es ihre eigene? Ihre Hände krallten sich in seine Tunika. »Gib mir Zeit«, brach es flehend aus ihr heraus. Sie biss sich auf die Zunge. Zeit? Wofür? Um zu erkennen, was sie bereits von vorneherein gewusst hatte? Dass das hier ein Fehler war? Dass ihre Beziehung zum Scheitern verurteilt war? Ihr Herz brach bei dem Gedanken.

»Ich versuche es, aber es fällt mir schwer. Wenn du in meiner Nähe bist, wird alles andere nebensächlich. Ohne dich bin ich nicht vollständig«, flüsterte er voller Sehnsucht.

Schwermütig zog sich ihr ganzes Inneres zusammen. Ihr Mund war vollkommen trocken. Dafür waren ihre Augen feucht und sie spürte die heiße Spur einer Träne auf ihrer Wange. Warum zum Teufel fing sie ausgerechnet jetzt an zu heulen? Es gab doch gar keinen Grund.

Darach strich mit dem Daumen die Träne fort. »Ich werde warten.«

»Tu das nicht.«

»Du bist es wert.«

Verwirrt sah sie in seine Augen, in dieses faszinierende Violett. Seine Worte verstärkten das sehnsüchtige und zugleich schmerzliche Ziehen in ihrem Inneren. Sie klangen einfach zu schön, um wahr zu sein. »Du kennst mich gar nicht.«

Seine Augen wanderten über ihr Gesicht, als würden sie in diesem lesen. All ihre Geheimnisse. »Du hast so viele in deinem Leben verloren, die dir nahestanden, dass du niemanden mehr an dich heranlässt. Du bist verletzt, voller Wunden und Narben, die du vor aller Welt versteckst, damit niemand sieht, wie schwach du bist.«

Perplex starrte sie ihn an. Verwirrt, wie er darauf kam. Erschrocken, wie viel Wahrheit in seinen Worten steckte.

Sein Daumen strich über ihre Wange. »Dabei bist du das nicht, ganz im Gegenteil. Du bist nicht schwach. Nur verletzlich«, wisperte er. »Ciarda, ich …« Etwas in ihrem Rücken forderte seine Aufmerksamkeit. Er schüttelte den Kopf und fuhr sich durch die Haare. »Wir sprechen später weiter«, erklärte er ihr und stand auf. Sie fühlte sich völlig überfahren.

Seine Hand umschloss ihren Oberarm. Er wollte eindeutig noch etwas sagen, doch dann stieß er nur ein Seufzen aus, küsste ihre Schläfe und murmelte: »Pass auf dich auf.« Die Stelle, wo er sie eben noch festgehalten hatte, fühlte sich kalt an. Ihr Kopf war völlig leer. Verdattert sah sie ihm nach und betrachtete den Elfen, der auf Darach wartete. Das elegante Gewand, das er trug, war so strahlend weiß und hob sich gegen die Dunkelheit ab, dass der *Síodhach* super für Waschmittel Werbung machen könnte.

Worüber machte sie sich eigentlich einen Kopf? Hatte sie nicht gerade ganz andere Probleme?

Frustriert vergrub sie ihren Kopf in ihre Hände und zog ihr Gesicht lang.

8

Es fiel Darach schwer, sich nicht zu ihr umzudrehen. Ihr süßer Duft hing noch an ihm. Fest hielt er seinen Blick auf Tamorin, einer von Islinds Ratgebern, gerichtet und versuchte seine Gefühle unter Kontrolle zu bekommen. Er wollte nicht warten. Er wollte sie. Jetzt.

Der Zeitpunkt konnte allerdings nicht schlechter gewählt sein. Aufgewühlt ballte er die Hände zu Fäusten und verbarg vor dem *Síodhach* seine Emotionen. Er musste sich auf seine Pflichten konzentrieren. »Was gibt es, Tamorin?«

Der Elf musterte ihn abschätzig. »Die Druiden haben ihre Stellung aufgegeben und einen Angriff forciert«, erklärte er hochnäsig und wandte sich ab. Seufzend folgte Darach dem Elfen. Tamorin musste nicht erklären, was er von ihm erwartete. Darach sollte mit den Druiden reden und herausfinden, was vor sich ging. Nicht, weil es seine Aufgabe war, sondern weil Tamorin die Druiden verabscheute und es als unter seiner Würde ansah, mit ihnen zu kommunizieren. Weil er alles ablehnte, was anders war. Feindseligkeit und Misstrauen waren nicht nur auf der Seite der Druiden vorhanden. In solchen Momenten verstand er Ciardas Ängste. Für sie beide schien in dieser Welt kein Platz zu sein. Darach biss die Zähne zusammen und schluckte den Zorn hinunter, der in ihm zu wüten begann. Wenn dieser aufgeblasene Pfau wüsste, wen er vor sich hatte.

Sofort wurde er ruhiger und musste schmunzeln. Bevor er Rona begegnet war, hatte er mit diesem Ausdruck nicht einmal etwas anfangen können.

Genauso wenig wie mit »Unter dem Pantoffel stehen«, was Logan ihm immer in Bezug auf Rona vorgeworfen hatte.

Logan.

Abermals trübte sich seine Stimmung, als er an den lebenslustigen Druiden dachte. Er hatte ihn wirklich gemocht. Deprimiert musterte er die Krieger, meist Kobolde und Irrwische, die sich sammelten. Er zeigte auf einige gute Männer, die ihm murrend folgten. Auf halbem Weg kamen ihnen bereits die Druiden entgegen. Sie wirkten verschwitzt, erschöpft und flüchteten vor ein paar wenigen Männern. Bogenschützen sicherten ihren Rückzug. Die Schutzbarrieren, die die Druiden im Vorfeld errichtet hatten, hielten den schwersten Angriffen stand.

Allerdings hatte Darach keine Augen dafür. Er starrte auf den hochgewachsenen Druiden mit den rötlichen Haaren, der eine Frau in den Armen trug. Honigblondes Haar floss über ihre Schultern. Das war unmöglich. Es war, als hätten ihn seine Gedanken heraufbeschworen. »Logan?«, stieß er überrascht aus und schüttelte ungläubig den Kopf. Logan war tot.

Und doch stand der Druide vor ihm und ließ Kathrine langsam herunter. Sein Arm lag schützend um ihre Schultern, während Dan ihn begrüßte. Das war tatsächlich Logan. Aber wie war das möglich? Die Verderbnis hatte ihn befallen, er müsste längst tot sein.

Es gab kein Entkommen.

Oder doch?

Kathrine drehte sich um und ihre grünen Augen leuchteten erfreut auf, als sie ihn bemerkte.

Er war dermaßen glücklich die beiden lebend und wohlauf zu sehen, dass er völlig vergaß, wo er sich befand. Erleichtert zog er die junge Frau in die Arme. »Kathrine, es geht dir gut.« Obwohl sie die letzten Wochen einiges mitgemacht haben musste, konnte er das Strahlen in ihren Augen sehen. Ein Blick auf Logan lieferte ihm die Erklärung. Zwischen den beiden hatte sich etwas verändert und er freute sich ungemein für die beiden. Übermütig ließ er seine Hände über ihren Rücken gleiten und musste grinsen.

Logan sah ihn an, als wollte er ihm am liebsten einen Dolch zwischen die Rippen rammen, wenn er nicht gleich die Finger von Kathrine ließ. »Es tut gut zu sehen, dass du ganz der Alte bist«, gluckste Darach. Wenn er bisher noch nicht davon überzeugt gewesen war, dass dies Logan war, dann spätestens jetzt.

Neben ihm entdeckte Darach jemanden, mit dem er ebenfalls nicht gerechnet hatte. Erst jetzt wurde er sich wieder seiner Umgebung, seines unangemessenen Benehmens und der anderen *Síodhach* bewusst, die ihn misstrauisch beäugten.

Höflich deutete er eine Verbeugung an und wurde ernst. »Thorn. Es freut mich, Euch wohlauf zu sehen.«

Der Herr von *Cymru* erwiderte seine Geste. »Bring mich zu Lady Islind. Wir haben Neuigkeiten.«

»Ich hoffe gute. Denn lange können wir Éber nicht mehr aufhalten.« Sein Blick wanderte zu den Barrieren, die ihnen Schutz bieten sollten, während sie flohen. So weit war es schon gekommen. Sie liefen weg.

***

»Ciarda!« Die Stimme ihres Bruders ließ sie zusammenzucken und aufschauen. Mit den Händen in den Hüften stand Aodh vor ihr und sah unergründlich auf sie herab. Er hatte noch immer die vom Kampf schmutzige und zerrissene Kleidung an, aber sein Gesicht war sauber, sodass sie deutlich seine angespannten Kiefermuskeln erkennen konnte. In seinen Augen tobte ein Sturm, der sich jeden Moment über ihr entladen würde.

»Eh … Es ist nicht so, wie es aussieht.« Schnell klaubte sie ihr Shirt vom Boden und aktivierte mit einer Handbewegung eine kleine Rune auf ihrem Arm. Mühsam konzentrierte sie sich auf die Wasserpartikel in dem Stoff und zog sie heraus.

»Du hast also nicht mit ihm geschlafen?«, fragte er scharf und ihr sackte der Magen in die Kniekehlen. Entgeistert starrte sie ihn mit offenem Mund an. Sie hatte gedacht, er sei sauer, dass sie sich verletzt hatte. Wusste er etwa, dass Darach und sie sich geküsst hatten?

Sie blinzelte, dann fing sie sich. »Wie kommst du denn jetzt auf den Scheiß?«, gab sie angriffslustig zurück.

Aodhs starrer Blick sagte deutlich, dass er sie zu lange kannte und sie gar nicht erst zu versuchen brauchte ihm irgendwelche Lügen aufzutischen.

Sie versuchte es trotzdem. »Er hat nur die Wunde ausgewaschen. Mehr nicht.«

Natürlich glaubte er ihr nicht. Fassungslos schüttelte er den Kopf. »Du warst schon immer eine schlechte Lügnerin, Schwesterherz.«

Erbost zog sie das noch klamme Shirt über ihren Kopf und war erstaunt, dass sie keinerlei Schmerz spürte. Als sie über ihre Wunde strich, war nichts mehr zu sehen. Nicht einmal eine Narbe ertasteten ihre Finger. Selbst ihre besten Heiler waren dazu nicht in der Lage.

»Ci, hörst du mir überhaupt zu?«

»Ich … Was?«, irritiert musterte sie ihren Bruder.

»Wir sollten zu den anderen«, meinte er seufzend.

Ihr fiel ein Stein vom Herzen, dass er das unangenehme Thema nicht weiterverfolgte.

Wortlos zogen sie durch das Dickicht. Bis auf das Knistern der Feuer war es gespenstig still. Sie passierten einen Schutzzauber, der eindeutig druidischen Ursprungs war, und trafen auf die Reste von Islinds Armee, die sich hier sammelten. Mit ihrer Entourage war die Elfe nicht zu übersehen. War das etwa Logan bei ihr?

»Hat er dir wehgetan?« Plötzlich war Aodh stehen geblieben und hielt sie am Arm fest.

»Wer?«, fragte sie verdattert.

Eindringlich sah er sie an und ihr Herz zog sich bei seinem besorgten Blick zusammen. Sie ahnte, worauf ihr Bruder hinauswollte. Offenbar war für ihn das Thema, dass Darach und sie miteinander geschlafen hatten, noch lange nicht beendet. »Es war nichts. Wir haben uns nur geküsst.«

Seine Augenbrauen zogen sich düster zusammen und seine Aufmerksamkeit richtete sich auf die Gruppe um Islind. Ihr Herz machte einen Sprung, als sie Darach entdeckte. Sein Kopf war schräg gelegt und er hörte aufmerksam der Unterhaltung zu. Trotz seiner Kleidung wirkte es, als gehörte er nicht dazu. Er überragte die meisten *Síodhach* und war kräftiger gebaut als sie. Das kurz geschnittene Haar stand ihm ungemein gut und sie wollte mit ihren Fingern hindurchfahren, um die seidige Fülle zu spüren. In Gedanken wanderte ihre Hand weiter, strich über seine muskulöse Brust. Sie wusste nur zu genau, was sich unter der Tunika verbarg. Verzweifelt biss sie sich auf die Unterlippe.

Aodh setzte sich in Bewegung.

Schnell hielt sie ihn am Arm fest. »Nicht. Ich wollte es.«

»Du wolltest es?«, echote er ungläubig. »*Du*?«

Sie verdrehte genervt die Augen und fühlte sich zu einer Erklärung genötigt. »Er hat immerhin siebenhundert Jahre Erfahrung. Ich war neugierig.« Gespielt lässig zuckte sie mit den Schultern, allerdings nahm ihr Aodh das genauso wenig ab wie ihre Lüge zuvor. Sein Gesichtsausdruck wurde noch finsterer. »Ich bring ihn um«, grollte er und setzte sich erneut in Bewegung.

Mit ihrer ganzen Kraft stemmte sie sich gegen ihn. »Ich war sauer, weil Sean mich keines Blickes mehr gewürdigt hat, nachdem Rona da war. Wolltest du das hören?«, fauchte sie.

Er blieb stehen. »Hast du nicht vor wenigen Tagen erst behauptet, dass du nicht eifersüchtig seist?«

Ertappt blickte sie zur Seite und starrte auf den Boden. Die Stunde der Wahrheit. »Ich war auch nicht wirklich eifersüchtig.« Sie senkte den Kopf und scharrte mit ihrem Fuß im farbenfrohen Sand. »Nur neidisch auf das, was die beiden haben«, murmelte sie.

Aodh schien tief in sie hineinzusehen. »Ich weiß, wovor du davongelaufen bist.«

»Du verstehst das nicht!«

»Ich verstehe das besser, als du denkst. Du empfindest etwas für ihn.«

Entsetzt erstarrte sie. Es war, als hätte er sie geohrfeigt.

Er schnaubte. »Du hast Angst. Du bist vor ihm und deinen Gefühlen weggelaufen und nicht weil sich alles verändert hat oder du neidisch auf die Beziehung von Rona und Sean warst. Gib es doch endlich zu.«

Sie hatte schon den Mund geöffnet, um zu protestieren, doch er schnitt ihr erbost das Wort ab. »Ich will nicht länger deine Ausreden hören.«

Sie wich einen Schritt zurück, aber Aodh folgte ihr. »Du denkst, dass du all jene verrätst, die in diesem Krieg zwischen uns und den *Síodhach* gestorben sind. All jene, die ihr Leben geopfert haben, um unsere Welt zu beschützen. Vor ihnen. Vor jemandem wie Darach.«

Auch wenn ihr das vollkommen bewusst war, für einen Moment hatte sie es vergessen. Es nun laut ausgesprochen zu hören, versetzte ihr einen Schock. Ihre Hand zitterte. Entsetzt führte sie sie an ihre Lippen, auf denen sie noch Darachs spürte. Mit der anderen hielt sie sich den Bauch. Sie hatte das Gefühl, jeden Moment zusammenzubrechen.

»Hör auf.« Sie schluckte und wich einen weiteren Schritt zurück, stolperte über einen Stein. Ihr Bruder umklammerte ihre Oberarme und bewahrte sie davor zu stürzen. »Nein, ich höre nicht auf. Nicht solange du dabei bist, einen Fehler zu machen.«

»Ich weiß, dass es ein Fehler war!«, brüllte sie ihn an und versuchte sich von ihm zu lösen. Sie hätte Darach nicht erlauben dürfen sie erneut zu küssen. Sie hätte nicht schwach werden dürfen in seiner Nähe.

Sanft schlangen sich Aodhs Arme um sie und zogen sie an seine Brust. »Ich verstehe dich. Du hast Angst, dass alles nur eine Lüge ist und er morgen wieder dein Feind«, flüsterte er zärtlich und trieb ihr die Tränen in die Augen. Sie wusste, dass Darach irgendwann wieder ihr Feind wäre. Wenn nicht morgen, dann vielleicht im nächsten Jahr. Selbst wenn sie Éremón und Éber besiegen würden, irgendwer würde ihren Platz einnehmen. Es konnte keinen Frieden geben.

Erneut bäumte sie sich gegen Aodhs Griff auf, doch er fuhr unbeirrt fort. »Du hast Angst, dass du ihn verlieren könntest, dabei hast du ihn längst verloren, wenn du euch keine Chance gibst. Verdammt, Ci! Lass dir deine Zukunft nicht von den Geistern der Vergangenheit nehmen. Du darfst glücklich sein.«

Die Worte sickerten nur langsam in ihren Verstand. Verwirrt drückte sie sich von ihm fort. »Ich dachte, du bist sauer, weil er …«

»Ein *Síodhach* ist?«, beendete er ihren Satz. »Du bist diejenige, die ein Problem damit hat. Nicht ich.« Spöttisch sah er auf sie herab. »Ich habe nur ein Problem damit, dass der Kerl meiner kleinen Schwester an die Wäsche will. Er bekommt nur die gleiche Warnung wie Sean und all die anderen, dass er es mit mir zu tun bekommt, wenn er dir wehtun sollte.« Er grinste sie an und ließ seine Fingerknöchel knacken.

Entgeistert klappte ihr der Mund auf. Zweimal blinzelte sie, bevor ihr die Tragweite seiner Worte bewusst wurde. »Du verdammter ... Was hast du getan?« Wobei, das konnte sie sich denken. Zu oft hatte einer der Jungs ihr Date abgesagt.

»Ich beschütze dich.«

Fluchend beschimpfte sie Aodh, so ein arroganter Vollidiot, doch der amüsierte sich nur köstlich. Frustriert schlug sie zu. Nicht fest.

Er rieb sich den Oberarm. »Au!«

»Ich kann meine Kämpfe sehr gut allein austragen und solltest du Darach auch nur ein Haar krümmen, bekommst du es mit mir zu tun«, warnte sie ihn mit schneidender Stimme.

»Ach? Jetzt verteidigst du ihn?«

»Das geht dich einen Scheiß an«, fauchte sie.

»Vielleicht sollte mir eher Darach leidtun. So wie du ihn damals bei eurem Training vermöbelt hast, dachte ich schon, du willst ihn umbringen.«

»Das wollte ich auch!« Wütend drehte sie sich um und stapfte davon. Männer!

***

Gespenstische Stille hatte sich über die noch glimmenden Reste des Waldes gelegt. Asche trieb durch die Luft und hinterließ den beißenden Geschmack nach Holzkohle. Überall lagen Leichen, deren Anblick Darach normalerweise gar nicht mehr berührt hätten, wenn Kathrine sich nicht schaudernd von ihnen abgewandt hätte. Bald würden die Banshees aus ihren Löchern kriechen und das Tal mit ihren in den Ohren schmerzenden Klageliedern erfüllen. Sie würden die Seelen der Verstorbenen ins Jenseits führen, vor deren Tod sie bereits vor Tagen gewarnt hatten.

Missmutig eilte Darach weiter, immer Logan und Kathrine nach, die zielstrebig auf die bereits evakuierte Stadt zueilten. Er konnte immer noch nicht glauben, was die beiden berichtet hatten. Wenn sie wirklich *Avalach* entdeckt hatten, gab es noch Hoffnung. Seine Welt war nicht verloren. Fragen wirbelten in seinem Kopf herum und er wollte dringend mehr erfahren, doch die Antworten mussten warten. Sie waren auf der Jagd.

Solange Éber das Schwert besaß, würde es nie Frieden geben. Die Kluft zwischen den *Síodhach* und den Druiden würde früher oder später wieder aufbrechen. Die hauchdünnen Bande, die zwischen den beiden Völkern bisher geknüpft worden waren, durch Misstrauen und Intrigen wieder zerreißen.

Sehnsüchtig warf er einen Blick zurück in die Richtung, in der er Ciarda vermutete. Die Druidin kämpfte bereits jetzt mit ihren Vorurteilen. Und dabei kannte sie nicht einmal die ganze Wahrheit. Zweifel begannen an ihm zu nagen, ob sie jemals eine reelle Chance haben würden.

Kathrine zuckte zusammen, als ein *Fheannag* einen spitzen Schrei ausstieß. Schnell zog Logan sie in das schützende Dickicht. Darach und auch alle anderen suchten sich ebenfalls Deckung. Sie hatten die Felder vor *Kasdale* erreicht, über die die krähenartigen Vögel ihre Kreise zogen und warteten, dass die Soldaten ihre Suche nach Überlebenden und die Leichenfledderer ihre Arbeit beendeten. Vor wenigen Wochen hatten die Arbeiter die Saat ausgebracht. Nun lagen die Sprösslinge verwelkt und zertrampelt im Blut der Opfer eines sinnlosen Krieges.

»Wir müssen dort hoch«, erklärte Kathrine und Darach ließ ebenfalls seinen Blick zu der Festungsmauer wandern, die über ihnen in den unterirdischen Himmel ragte. Was wollte Éber in *Kasdale*? Seit die Grenzen zwischen dem *Síd* und der Menschenwelt gefallen waren, schien der Herr der Elfen wahnsinnig geworden zu sein. Sein einziger Lebenszweck bestand darin, seinen Vater, Milesius, zu töten. Doch der befand sich bei seiner Gefährtin Islind, die die Reste ihrer Armee in den Osten führte.

»Es gibt einen Geheimgang in der Nähe, durch den wir die Stadtbewohner evakuiert haben, so kommen wir ungesehen in die Burg.« Er nickte den Männern zu, die ihm Islind unterstellt hatte. Einzeln oder zu zweit überquerten die Männer die freie Fläche.

Logan nahm Kathrine auf die Arme und lief als Letzter zu dem von Sträuchern überwucherten Eingang. Selbst in dieser verfahrenen Situation lächelte er sie glücklich an und neckte sie, um ihr die Angst zu nehmen.

Wie eine erhitzte Klinge wühlte Eifersucht in Darachs Eingeweiden. Er gönnte ihnen ihr Glück. Dennoch tat es weh und erinnerte ihn daran, was er ebenfalls besitzen könnte. Sein eigenes Glück schien unerreichbar und manchmal fragte er sich, ob er es überhaupt verdient hatte und das Schicksal ihn nicht zu Recht an der Nase herumführte.

»Hört auf zu turteln«, maßregelte Dan die beiden.

Darach schob Äste und Zweige zur Seite, hinter denen das Tunnelsystem begann. »Beeilt euch und seid leise.«

Logan ließ Kathrine hinunter, nahm seine Waffe wieder an sich und sie eilten durch die finsteren, steil ansteigenden Gänge.

Darach konnte hervorragend sehen und lauschte in die Dunkelheit. Vor sich hörte er leise Schritte. »Dort sind sie.«

»Scheiße, sie haben uns entdeckt«, rief Logan im selben Augenblick und Chaos brach aus.

»Bring sie hier weg«, rief Dan. »Wir kommen nach.«

Mit einer Handbewegung bedeutete Darach Logan, ihm mit seiner kostbaren Last zu folgen. Er kannte das Tunnelsystem wie kein Zweiter. Bereits kurze Zeit später erklangen Kampfgeräusche hinter ihnen. Immer wieder wich er anderen feindlichen Gruppen aus, die sich in den Gängen herumtrieben. Es schien, als hätte sich Éber gesamte Armee in den Fluchttunneln verteilt und veranstaltete eine Treibjagd, mit ihnen als Beute.

Jetzt wurde ihm klar, warum dieser verfluchte Mistkerl hier war. Eine Falle, um Kathrine daran zu hindern, ihm das Schwert abnehmen zu können. Wütend blieb er stehen und bedeutete den anderen zu schweigen. Er warf Thorn einen Blick zu und der Elfenlord nickte. Sie würden sich aufteilen, um ihre Gegner zu dezimieren und von ihrer Gruppe fernzuhalten, während Logan Kathrine zu Éber brachte, damit diese ihre Aufgabe erfüllen konnte.

Eine Weile begleitete er die beiden und stürzte sich mit Logan in den Kampf, als einige *Síodhach* so dumm waren, ihnen in die Quere zu kommen. Schnell hatten sie die drei Soldaten besiegt, jedoch nicht schnell genug. Als sie sich umsahen, war Kathrine verschwunden.

»Wir finden sie«, versuchte er den völlig verstörten Druiden aufzumuntern, der gehetzt durch die Gänge rannte.

»Das hoffe ich!« Deutlich erkannte Darach, dass Logan wütend auf sich selbst war und sich Vorwürfe machte. Thorn, der eine Weile später zu ihnen stieß, streute weiteres Salz in die Wunde. »Wo ist Kathrine?«

Sofort explodierte Logan. »Ich weiß es nicht!«

Hoffentlich nahm Thorn den Ausbruch des Druiden nicht persönlich. Der Elfenlord konnte sich ohne Weiteres mit Islind messen – und somit auch mit ihm – und würde Logan zu Staub zermahlen. Beunruhigt beobachtete Darach das Gespräch zwischen den beiden und war erleichtert, dass die Männer sich auf das Wesentliche konzentrierten. Schließlich schlug Thorn vor sich abermals zu trennen.

»Pass auf dich auf«, sagte Thorn zum Abschied zu Logan. Verwirrt starrte Darach ihm nach und musterte den Druiden neugierig. »Was war das?«

»Was war was?«, fragte Logan genervt und stapfte weiter.

»Es schien, als würde er sich um dich sorgen.«

»Da er mein Vater ist, könnte da sogar was dran sein«, meinte Logan ohne eine Spur von Gefühl.

Darach wäre fast über seine eigenen Füße gestolpert. Er hatte gewusst, dass der Druide ein Halbblut war, hätte aber niemals gedacht, dass jemand wie Thorn etwas mit einem Menschen anfangen würde. Das konnte nicht stimmen. Als er merkte, dass sein Mund weit offen stand, klappte er ihn zu.

»Du verarschst mich«, stieß er entgeistert aus und hörte sich schon an wie Rona.

Das würde Logan eigentlich ähnlichsehen. Allerdings blickte dieser ihm fest in die Augen. »Der Tag wird immer besser«, murrte Darach sarkastisch.

»Sag mal, musst du dich jetzt eigentlich auch vor mir verbeugen?«, fragte Logan mit einem Funkeln in den braunen Augen.

Für eine Sekunde war Darach versucht um Verzeihung zu bitten für sein bisheriges Verhalten gegenüber dem Sohn eines direkten Nachfahren der Göttin Danu. Aber nur eine Sekunde lang. »Vergiss es!«, grollte er und Logan begann zu lachen.

Wenigstens hatte das Ganze dazu beigetragen, ihn auf andere Gedanken zu bringen. Wenn auch nur für einen Augenblick, bevor sein Gesicht wieder zu einer besorgten Maske erstarrte. Glücklicherweise war nun jedoch die Panik aus seinem Blick verschwunden. »Lass uns weiter«, sagte er gepresst.

Immer wieder stießen sie auf gegnerische Krieger, die sie aufhielten, als wollten sie nicht, dass sie zu Kathrine gelangten.

Ihr Schrei hallte durch die Tunnel. Logan wurde sichtlich blass. »Kat.« Wie ein Besessener stieß er seinen Gegner zur Seite und rannte los.

Darach hatte Mühe, ihm zu folgen. Als sie um eine Ecke bogen, sahen sie, wie Kathrine Éber allein gegenüberstand, während sein Bruder reglos am Boden lag. »Das wirst du mir büßen.« Tiefe Schwärze füllte seine Augen, in denen es bösartig funkelte. Die Zeit schien eingefroren. Er war so dumm gewesen. Hochmütig, dass er nicht von vorneherein die tatsächliche Gefahr erkannt hatte. Den Plan, der hinter allem steckte.

Leicht schimmerte das Narbengewebe von Éremóns verbrannter Haut durch den Zauber, mit dem er das unversehrte Gesicht seines Zwillingsbruders angenommen hatte. Wie feiner Nebel legte sich etwas Dunkles um seine Gestalt und verstärkte seine Macht.

Nicht Éber und die Waffe, die nun in den Händen ihrer Hüterin lag, waren das, was die Welt der *Síodhach* und die der Menschen bedrohte. Der Krieg der letzten Tage war nur ein Geplänkel verglichen mit dem, was ihnen noch bevorstand.

Blitze zuckten zwischen den Fingern von Éremón. Die Magie ballte sich um ihn wie ein dunkler Mantel, den der Wind aufbauschte.

»Kathrine!«, schrie Logan und erstarrte.

Darach stürzte sich, ohne zu zögern, auf den *Milesier* und die Magie entlud sich in die Erde, statt Kathrine zu treffen.

Scharfkantige Splitter schnitten ihm ins Fleisch. Steine prasselten auf ihn nieder. Begruben ihn und das Böse, das sich in Éremón eingenistet hatte. Staub wirbelte durch die Luft und tauchte alles in einen unwirklichen Nebel. Etwas Flüssiges lief ihm über die Stirn und der Geruch von Blut vermischte sich mit dem von feuchter Erde. »Logan, bring sie hier weg!«, schrie er und umklammerte seinen Gegner, damit dieser nicht fliehen konnte.

Ein wissendes Lächeln lag auf den schmalen Lippen des einstigen Führers der Druiden. »Ich soll dich von *ihm* grüßen.«

Darach wurde eiskalt. Es war noch nicht vorbei. Seine Gedanken galten Ciarda. Wenn er jetzt nichts unternahm, würde sie für seine Untätigkeit leiden. Alle würden leiden.

Er hörte Kathrines verzweifelten Ruf durch die Steine.

Seine Entscheidung stand fest. »Fahr zur Hölle«, stieß er aus und wusste, dass seine Augen das gleiche Schwarz angenommen hatten wie Éremóns. Er streckte eine Hand aus, rief die Macht, über die er gebot, bis der Boden erzitterte. Wie schwarzer Rauch kroch sie aus der Erde, umschlang ihn, begrüßte ihn nach all den Jahrzehnten wie einen Freund. Es entbehrte nicht einer gewissen Ironie, dass er sie nun dafür einsetzte, um *seine* Pläne zu durchkreuzen.

Das Grinsen auf Éremóns Gesicht schwand, während sich sein eigenes festigte.

Wir sehen uns im nächsten Leben, Gefährtin.

Er schloss die Augen, denn das Letzte in diesem Leben, das er sehen wollte, war sie.

9

Wie eine lästige Fliege schwirrten Aodhs Worte in Ciardas Kopf herum. Ihr Bruder hatte sie schon immer besser verstanden als sie sich selbst. Er hielt ihr einen Spiegel vor, sodass sie der unliebsamen Wahrheit ins Gesicht sehen musste.

Am liebsten hätte sie ihn erwürgt. Natürlich nicht wirklich. Aber manchmal war Aodh eine verdammte Nervensäge. Es war auch einfacher, wütend auf ihn zu sein, weil er sich ungefragt in ihr Leben einmischte, als sich mit ihren Gefühlen gegenüber Darach auseinanderzusetzen. Seit dem Kuss am Fluss fühlte sie sich vollkommen durcheinander. Mal wieder. Sie ertappte sich ständig dabei, wie sie ihren Blick über Islinds Soldaten gleiten ließ und ihr Herz aufgeregt pochte, wenn sie jemanden entdeckte, der im ersten Moment wie Darach aussah.

Seit sie in Richtung Meer gezogen waren, hatte sie ihn jedoch nicht mehr zu Gesicht bekommen. Und langsam wurde sie deswegen unruhig. Mittlerweile hatten sie *Kasdale* und die Feuer, die um die Burg herum brannten, weit hinter sich gelassen. Dennoch hatte Ciarda das Gefühl, noch immer den kräftigen Rauch der Flammen einzuatmen. Ihre Lungen füllten sich mit Luft und trotzdem schien sie zu ersticken. Ihre Finger spielten nervös mit einem ihrer Wurfmesser.

Angespannt begann sie eine Melodie zu summen, bis ihr auffiel, dass es *Bad Liar* war. Na toll, als wollte ihr Unterbewusstsein ihr jetzt auch noch auf den Keks gehen. Sie stieß frustriert die Luft aus und hackte im Vorbeigehen auf die Büsche neben sich ein. Wem machte sie eigentlich etwas vor? Nur sich selbst!

Aodh hatte recht. Sie tänzelte die ganze Zeit um eine Entscheidung herum, die sie nicht treffen wollte, weil sie sich vor deren Konsequenzen fürchtete. Dabei war ihr nie eine Wahl geblieben, wenn sie Darachs Worten Glauben schenkte, dass sie schon füreinander bestimmt gewesen waren, bevor sie überhaupt geboren worden war.

Das tat sie natürlich nicht. Es war lächerlich.

Andererseits hatte sie sich von Anfang an zu ihm hingezogen gefühlt, auch wenn sie es nicht wahrhaben wollte. Nachdenklich ließ sie den Kopf hängen und dachte an den Tag, als Darach in Gorm aufgetaucht war.

***

Einige Monate zuvor

Es war für sie ein Schock, als Ian einige *Síodhach* vorstellte, die als Verbindungsoffiziere vorerst auf Gorm leben und mit ihnen zusammenarbeiten sollten. Nur Tage nach der verheerenden Schlacht, wo sie noch auf unterschiedlichen Seiten gestanden und in der viele ihrer Freunde ihr Leben geopfert hatten, damit sie sicher waren vor diesen Bastarden, die nun einfach durch die Tore marschierten.

Es verschlug ihr buchstäblich den Atem, als sie Darach entdeckte. Er überragte die anderen um einen halben Kopf. Seit dem Kampf im Wald, bei dem sie Rona beinahe getötet hätte, war sie ihm nicht mehr begegnet.

Aber sie hatte oft an ihn denken müssen. Daran, wie sich seine Muskeln unter ihren Fingern anspannten, das herausfordernde Leuchten in seinen Augen, die Hitze, die plötzlich durch ihre Adern rauschte, als er sie besiegt hatte.

Ihre Atmung wurde schneller. Vor unterdrücktem Zorn, nichts anderem. Sie wollte Revanche. Er hatte sie nur austricksen können, weil sie abgelenkt gewesen war. Wegen Sean und dieser *Síodhach,* von der er behauptete, dass er sie lieben würde. Pah!

Es hatte nichts damit zu tun, dass Darach das Gesicht eines Engels besaß. Er war der Teufel. Der Feind.

Als hätte er gespürt, dass sie ihn betrachtete, drehte er sich zu ihr und die dunklen, fliederfarbenen Augen bohrten sich in ihre. Ihr Herz machte einen solchen Satz, dass sie sich verschluckte. Seine Mundwinkel hoben sich und entblößten eine Reihe weißer gleichmäßiger Zähne. Ein Grübchen zeigte sich in seinem Kinn. Ihr Magen zog sich zusammen und sie verspürte ein Flattern. Nur mit Mühe konnte sie ihren Blick von ihm losreißen und aus dem Saal stürmen, weswegen sie sich später noch einiges von Dan anhören durfte.

Es war wie verhext. Egal wo sie war, tauchte er auf und brachte sie jedes Mal völlig aus dem Konzept. In seiner Nähe verschlug es ihr die Sprache. Sie stolperte oder stieß gegen Dinge, weil sie ihren Blick einfach nicht von ihm abwenden konnte.

Es machte sie wütend. Am liebsten hätte sie ihm dieses verdammte Lächeln und dieses Grübchen, das ihre Knie immer weich werden ließ, aus dem Gesicht geschlagen.

Nicht einmal im Gemeinschaftsraum hatte sie ihre Ruhe. Seine Präsenz füllte den Raum vollkommen aus, sobald er ihn betrat. Wütend ballte sie die Hände zu Fäusten und warf ihm einen warnenden Blick zu, doch er lächelte nur und zwinkerte.

»Ich muss hier raus«, murmelte sie und wollte aufstehen. Allerdings hielt Aodh sie zurück. »Hey, hast du etwa Angst vor ihm?«, zog er sie auf.

»Natürlich nicht!«, gab sie gereizt zurück. Frustriert rutschte sie mit verschränkten Armen tiefer in die Kissen der Couch und starrte auf den Fernseher, wo gerade die aktuelle Folge von *Game of Thrones* lief. Wirklich konzentrieren konnte sie sich nun aber nicht mehr. Die Bilder verschwammen vor ihren Augen. Sie fühlte den Blick des *Síodhachs* in ihrem Nacken. Das Blut rauschte ihr so laut in den Ohren, dass sie Aodh kaum verstand, als er sich flüsternd zu ihr beugte. »Ich dachte, ihr hättet das zwischen euch geklärt.«

Verwirrt starrte sie ihn an und versuchte sich in ihre Wut zu flüchten. »Was sollen wir geklärt haben?« Etwa, dass sie sich langsam von diesem spitzohrigen Mistkerl gestalkt fühlte?

»Deine Reaktion auf Rona.« Er stieß sie mit den Ellenbogen an und grinste dämlich. Ihre kindische Eifersucht würde sie wohl ewig vorgehalten bekommen, aber sie würde sich ganz sicher nicht dafür entschuldigen, erst recht nicht bei diesem weißblonden Baumschmuser.

»Ich habe nur meinen Job gemacht! Sie ist … war der Feind.« Schnell schnappte sie den Arm ihres Bruders und drehte ihn, sodass sie ihn im Hebelgriff hatte.

»AAAU, ich geb auf«, brüllte er und rieb sich die Stelle, nachdem sie ihn wieder losgelassen hatte. »Sag mal, spinnst du?«

Diese Frage war berechtigt. Sie kam sich vor, als würde sie langsam verrückt. Ihr Hals war wie zugeschnürt. Ihr Herz raste und sie atmete, als wäre sie gerade einen Marathon gelaufen.

Prima, alle Blicke im Raum waren auf sie gerichtet.

Verunsichert sah sie über die Schulter zu Darach und bemerkte erst jetzt, dass er in Begleitung von Sean war. Der hatte ihr gerade noch gefehlt. Beide sahen sie nachdenklich an und sie wandte sich schnell ab.

»Bist wohl immer noch in ihn verschossen«, stichelte Aodh neben ihr und für einen Moment fragte sie sich, ob er die ganze Zeit über Sean gesprochen hatte und nicht über Darach. Erbost versetzte sie ihm einen Stoß. »Ach, halt die Klappe.« Schnell stand sie auf und eilte aus dem Raum.

Wie peinlich. Ein weiterer Grund, diesen aufgeblasenen *Síodhach* zu hassen.

Sie hasste ihn! Nichts anderes.

Wütend stürmte sie durch die Gänge und lief wie so oft in einen der alten Trainingsräume im Keller der Burg, die nur noch selten benutzt wurden und daher ein wenig Abgeschiedenheit boten. Es kam ihr vor, als würde ein Feuer in ihr wüten. Sie war ein Vulkan, der drohte jeden Moment auszubrechen. Für einen Moment lehnte sie sich mit dem Rücken an die Wand und ließ den Kopf dagegen fallen. Aber es half nichts, in ihr brodelte es.

Sie stieß sich von der Wand ab und begann sich aufzuwärmen. Beim Dehnen fiel ihr auf, wie angespannt sie war. Seit Tagen hatte sie ihr Training vernachlässigt, aus Angst, ihm über den Weg zu laufen. Idiotisch! Sollte er ruhig kommen, sie würde ihm in den Arsch treten.

Wütend stellte sie sich vor, wie die Holzpuppe, die aus einem geraden

Stamm bestand, in dem mehrere Stöcke steckten und der sich in seiner Halterung drehte, Darachs Gesicht trug. Schnell stieß sie zu, versetzte dem Trainingsgerät einen Schlag gegen einen der oberen Äste, drehte ihren Arm in Verteidigungsstellung. Die jahrelang eintrainierten Bewegungsabläufe konnte ihr Körper im Schlaf durchführen. Sie konzentrierte sich auf jeden einzelnen Muskel, versuchte noch mehr Kraft in ihre Attacken zu legen. Fast freudig begrüßte sie den leichten Schmerz, wenn ihre Haut gegen das Holz klatschte.

»Du musst deinen Ellenbogen höher nehmen, wenn du konterst«, ertönte eine raue Stimme, die ihr durch Mark und Bein ging.

Ihr Herz sackte ihr in die Hose und sie erstarrte in der Bewegung. Nervös schluckte sie, bevor sie sich langsam umdrehte. Darach stand mit verschränkten Armen gegen die Wand gelehnt und beobachtete sie.

Fast gierig sog sie seinen Anblick in sich auf, bis ihr bewusst wurde, was sie da tat. Ertappt wusste sie nicht, wie sie reagieren sollte. Starrte ihn einfach an, bis sie wieder gleichmäßig und ruhig atmete. »Wie lange stehst du schon da?«

Er stieß sich von der Wand ab und kam auf sie zu. »Lang genug, um zu sehen, dass du deine Deckung vernachlässigst, wenn du angreifst.«

Das hatte ihr Dan auch schon oft genug gesagt. Oder Mac. In seinem Gesicht konnte sie nicht lesen, was er in diesem Moment dachte oder was er mit seiner Aussage bezweckte. »Und? Was geht dich das an?« Sie wandte sich ab und begann erneut, die Trainingspuppe zu malträtieren. Fester. Härter. »Oder willst du mir etwa dabei helfen, deine eigenen Leute noch effektiver zu töten?«

Warum verschwand er nicht einfach? Am besten auf Nimmerwiedersehen. Seine Gegenwart machte sie nervös, ließ sie innerlich brennen. Schweiß sammelte sich zwischen ihren Schulterblättern. Ihr Atem wurde schneller, regelrecht gehetzt. Was zum Teufel war mit ihr los?

Sie rutschte ab und traf das Holz ungünstig mit ihrem Ellenbogen, sodass der Schmerz wie ein Blitz durch ihren Arm bis in ihre Schulter schoss. Keuchend trat sie einen Schritt zurück und prallte gegen etwas.

Arme legten sich um sie, gaben ihr Halt. Für einen Wimpernschlag fühlte sie sich geborgen.

Etwas, das unmöglich war. Nicht bei ihm. »Rück mir nicht so auf die Pelle.« Zornig wirbelte sie herum und seine Arme fielen von ihr ab, dennoch versetzte sie ihm einen Stoß gegen die Brust. Er stand fest wie ein Fels.

Mit einer Hand umfasste er ihren Oberarm und glitt langsam bis zu ihrem verletzten Ellenbogen hinab. Seine Berührung war zärtlich, warm und löste ein angenehmes Prickeln aus.

Sofort entriss sie ihm ihren Arm.

»Warum bestrafst du dich?«, fragte er und legte den Kopf schräg. Seine fremdartigen, unheimlichen Augen schienen bis in die tiefsten Winkel ihrer Seele sehen zu können. Dort, wo die Dunkelheit hauste.

»Ich trainiere. Das hat nichts mit Bestrafung zu tun.« Sie warf ihm einen misstrauischen Blick zu. »Oder werdet ihr zum Training verdonnert, wenn ihr etwas ausgefressen habt?«

»Das meine ich nicht. Und das weißt du auch.«

Das tat sie. Beunruhigt schluckte sie.

Aber woher wusste er, dass die Schuldgefühle sie langsam auffraßen? Sie wusste nur nicht, welche Schuldgefühle ihr mehr zusetzten. Die gegenüber ihrer Mutter, weil diese für den Versuch gestorben war, Frieden zwischen Druiden und *Síodhach* zu stiften? Oder jene gegenüber seiner Art, die sie immer noch hasste? Vielleicht auch die, die in ihr wegen Connor rumorten, weil sie dessen falsches Spiel nicht früher durchschaut hatte? Oder das von Éremón. *Lügen!*

Sie hätte am liebsten laut geschrien. Ihrem Schmerz und ihrer Verzweiflung freien Lauf gelassen, weil sie nicht mehr wusste, was sie hier tat. Ihre Welt stand Kopf, wirkte fremd und beängstigend. Sie fühlte sich allein und hilflos.

Oder ist es wegen des Mannes, der dir gegenübersteht und zu dem du dich hingezogen fühlst, obwohl du ihn als Feind betrachtest?

Ihr Inneres formte sich zu einem eisigen Knoten. Nein. Sie fühlte sich nicht zu ihm hingezogen. Nicht zu ihm! Wie kam sie nur auf diesen absurden

Gedanken? »Verschwinde einfach«, fauchte sie, drehte ihm den Rücken zu und schnappte sich ein Handtuch, um sich den Schweiß aus dem Gesicht zu wischen. Sie ließ sich Zeit und hörte, wie sich seine Schritte entfernten, bis es mucksmäuschenstill wurde. Enttäuschung schwappte über sie hinweg und sie wusste nicht einmal, warum. Ihre Gefühle waren widersprüchlich, verwirrten sie noch mehr, als sie es eh schon war nach den letzten Tagen.

Frustriert pfefferte sie das Frottee auf die Bank. Als sie sich umwandte, zuckte sie zusammen. Statt den Raum verlassen zu haben, stand dieser Mistkerl am Ausgang gelehnt und lächelte sie an.

Sie gab ein abfälliges Schnauben von sich. »Das hast du mit Absicht gemacht.«

»Was?«, fragte er unschuldig und mit einem schelmischen Grinsen, das dieses verdammte Grübchen auf sein Kinn zauberte. Seine violetten Augen waren dunkler und funkelten herausfordernd.

Er wollte mit ihr spielen? Das konnte er haben. »Scheinbar möchtest du unbedingt eine Tracht Prügel kassieren.«

Das Dröhnen seines herzhaften Lachens jagte ihr einen Schauer über den Rücken. »Du hättest keine Chance, *mo chridhe*«, erklärte er arrogant.

Er nannte sie ›mein Herz‹? Ernsthaft? *Das wollen wir doch mal sehen.* Sie stieß die Luft aus und es hörte sich verdächtig wie ein Knurren an. »Wenn ich gewinne, gehst du dahin zurück, wo du hergekommen bist.« Verdammt, warum nahm sie nur immer ihren Mund so voll?

»Du forderst mich heraus?« Ungläubig zog er eine Augenbraue hoch und musterte sie.

Hitze sammelte sich in ihrem Unterleib und ließ sie nur noch wütender werden. »Was ist los? Hast du etwa Angst, dass ich dich besiegen könnte? Oder verstößt es gegen deine Ehre, gegen eine Frau zu kämpfen?«, spottete sie.

»Ich habe dich schon einmal besiegt«, erinnerte er sie an ihre kleine Darbietung im Wald, als sie sich das erste Mal begegnet waren.

»Das war doch nur ein kleines Geplänkel, um die Zeit totzuschlagen«, winkte sie ab.

»In Ordnung.« Sein Lächeln war umwerfend. »Wenn du gewinnst, kehre ich in den *Síd* zurück. Wenn ich gewinne …« Er machte eine bedeutungsschwere Pause und Ciarda ahnte bereits, dass ihr nicht gefallen würde, was er jetzt sagte. »Einen Kuss.« In seine Augen trat ein gieriges Funkeln.

»Was?«, fragte sie entgeistert.

»Wenn ich gewinne, möchte ich, dass du mir einen Kuss gibst.«

Offenbar hatte sie sich nicht verhört. »Du verarschst mich.«

Mit seinem durchdringenden Blick musterte er sie eingehend. Es war ihm wirklich ernst.

»Das kannst du vergessen.« Ihre Stimme war hoch und kratzig.

Ein süffisantes Lächeln zupfte an seinen Mundwinkeln. »Ich wusste, dass du nicht gegen mich kämpfen willst.«

Dieser selbstgefällige Bastard! Am liebsten würde sie ihn erwürgen. »Das habe ich nicht gesagt. Ich will dich nur nicht küssen!« Allein die Vorstellung. Erneut spürte sie dieses verdammte Flattern in ihrem Magen.

»Du denkst also, du verlierst. Dabei hätten wir sicherlich eine Menge Spaß.« Seine Stimme war immer heiserer geworden. Die Betonung des Wortes *Spaß* und das Funkeln in seinen Augen ließen sie erschauern. Sie wusste, dass es ein Fehler gewesen war, ihn herauszufordern, dennoch konnte sie sich nicht dazu durchringen, dies einzugestehen und einen Rückzieher zu machen. »Dann los«, meinte sie mehr zu sich selbst als zu ihm und schoss auf ihn zu. Ihre einzige Chance bestand darin, ihn zu überrumpeln. Allerdings wich er ihrem ersten Schlag aus. Sofort täuschte sie einen weiteren Angriff von der anderen Seite vor, zielte aber stattdessen auf seine Knie, damit er zu Boden ging.

Es interessierte sie in diesem Moment nicht ansatzweise, ob sie ihn ernsthaft verletzte. Sie sammelte ihre ganze Wut, auf sich selbst und auf die Welt, die nicht mehr ihre zu sein schien.

Einige Sekunden lang verteidigte er sich nur. Geschmeidig folgte er ihren Bewegungen, nahm ihren Angriffen die Wucht. »Hör auf mit mir zu spielen«, fauchte sie und zielte auf seine Weichteile.

Seine Augen wurden eine Spur dunkler. »Wie du willst.«

Seine Bewegungen waren plötzlich so schnell, dass sie ihnen trotz ihrer übernatürlichen Fähigkeiten mit den Augen nicht folgen konnte. Zack, lag sie auf dem Rücken und die Luft entwich ihren Lungen.

»Ich habe gewonnen«, sagte er mit selbstgefälliger Miene und hielt ihr die Hand hin, um ihr aufzuhelfen.

Was zur Hölle war das? Sie hatte noch nie einen *Síodhach* so kämpfen sehen. Selbst auf der Lichtung damals im Wald war er nicht so schnell gewesen.

Fassungslos starrte sie ihn an. Ihr Kopf war wie leer gefegt. Er erwartete doch nicht ernsthaft, dass sie ihn jetzt küsste?

Als sie sich immer noch nicht rührte, legte er besorgt den Kopf schief. »Bist du verletzt?«

Nur ihr Stolz, aber das würde sie diesem aufgeblasenen Idioten nicht auf die Nase binden. »Du hast mich ausgetrickst«, stellte sie zornig fest. Sie hatte niemals eine Chance gehabt und das hatte er gewusst. Erbost rollte sie sich auf den Bauch und stand auf. Innerlich brodelte es in ihr. Sie drückte ihren Rücken durch, schob trotzig das Kinn vor und reckte ihren Hals. Sie packte sein Shirt und zog ihn zu sich herab. Er wirkte irritiert und verunsichert, was ihr die nötige Stärke gab, das durchzuziehen. »Hier ist deine Belohnung.« Lieblos presste sie ihre Lippen auf seine.

Sofort hob er die Arme und ließ seine Hände in ihren Nacken gleiten. Ein Kribbeln entstand dort, wo er sie berührte. Sie spürte, wie ihr Körper nachgiebig wurde. Wie in ihr der Wunsch entstand, ihn richtig zu küssen. Sie wollte mit ihren Lippen sanft über die weiche Haut seines Mundes streichen, bis er ihn öffnete. Ihre Finger krampften sich um den Stoff seines Shirts, obwohl sie lieber mit ihnen seine Haare zerwühlt hätte. Entsetzt riss sie ihr Knie hoch und Darach klappte mit einem gequälten Zischlaut zusammen.

»Und das war dafür, dass du mich reingelegt hast. Kommst du mir noch mal zu nah, kastrier ich dich.« Ohne ihn eines weiteren Blickes zu würdigen, marschierte sie aus dem Raum und warf mit aller Kraft die Tür hinter sich zu.

***

Rückblickend musste sie sich eingestehen, dass sie sich kindisch benommen hatte. Aber sie hatte sich noch nie so gefühlt. Nicht einmal bei Sean. Es war falsch. Sie musste sich dagegen zur Wehr setzen, durfte ihren Gefühlen nicht nachgeben. Niemals. Und dennoch konnte sie nicht aufhören an Darach zu denken. War drauf und dran, ihre Prinzipien über Bord zu werfen.

Lass dir deine Zukunft nicht von den Geistern der Vergangenheit nehmen.

Verdammt, aus Aodhs Mund hatte es so einfach geklungen. Er hatte recht. Sie hatte Angst. War regelrecht panisch. Stand sie sich am Ende nur selbst im Weg, um das zu besitzen, was Sean und Rona besaßen?

Ihre Augen schweiften über Islinds Soldaten, doch sie konnte Darachs hünenhafte Gestalt nirgendwo entdecken. Auch nicht bei ihren eigenen Leuten. Sie entdeckte nur Aodh, der ein wenig humpelte. Verdammt, wo steckte er?

Der salzige Duft des Meeres lag in der Luft und sie konnte das Donnern der Brandung in der Nähe hören. Das Gefühl eines drohenden Unheils hatte sie immer noch nicht losgelassen.

Aodh sah zu ihr zurück und blieb stehen, bis sie ihn eingeholt hatte. »Geht es dir mittlerweile besser?«, fragte er vorsichtig.

»Ich … Hast du Darach gesehen?« Unsicher kaute sie auf der Innenseite ihrer Wange.

Ihr Bruder lächelte. »Also hörst du auf meinen Rat?«

Es war beruhigend, dass ihr Bruder einer Beziehung mit Darach nicht im Wege stehen würde. Dass die anderen so verständnisvoll wären, konnte sie sich nicht vorstellen. Auch wenn sie Seite an Seite mit Islinds Leuten in die Schlacht gezogen waren, so hatten sie dennoch gegen *Síodhach* gekämpft. Ihre Feinde.

Sie fühlte sich hin- und hergerissen. Ein Zustand, den sie hasste. Seufzend stieß sie den Atem aus und kniff sich in die Nase. »Ich weiß es nicht.« Aber sie musste mit Darach sprechen. Dringend. Sie hatte ein ungutes Gefühl.

Plötzlich krampfte ihr Herz. Feine Stiche malträtierten es und sie klappte keuchend zusammen. Ihre Finger krallten sich in ihre Brust.

Darach.

Irgendetwas war passiert. Etwas Schreckliches. Sie konnte es fühlen. Einen dumpfen Schmerz, als würde ihr etwas entrissen werden. Ein Teil von ihr.

»Ci, was ist los?«, rief Aodh und hockte sich neben sie.

Sie schüttelte den Kopf. Schnell rappelte sie sich auf und rannte los. Beachtete nicht die Leute, die ihr verwundert hinterhersahen.

Die Bäume flogen an ihr vorbei, verwischten zu einem dunkelgrünen Streifen. Instinktiv fand sie ihren Weg. Sprang über Steine und Wurzeln, wich Löchern aus, noch bevor ihr Geist wirklich erfassen konnte, was sie sah. Noch nie im Leben war sie so schnell gerannt.

Und doch hatte sie das Gefühl, zu spät zu kommen. Sie sprang über einen umgefallenen Baumstamm und entdeckte schon von Weitem die Gestalten, die am Rand der Felder im Kreis standen. Sie erkannte Logan an seiner baumartigen Statur und den roten Haaren. Er hockte vor jemandem, der auf einem Felsen saß. Dan stand neben ihm. Genauso wie einige *Síodhach*.

Erst beim Näherkommen erkannte sie, dass alle lange Haare besaßen. Ihre Hoffnung zerstob, mit jedem Meter, den sie auf die Gruppe zuraste.

Sie hörte jemanden schluchzen. Tränen hatten Spuren in dem mit Staub und Erde überzogenen Gesicht der jungen Frau hinterlassen, die auf einem Stein saß und die Logan versuchte zu beruhigen. Das musste Kathrine sein.

Dan kam ihr entgegen und musterte sie fragend. Der Schmerz in ihrer Brust nahm weiter zu und schien sie zu zerreißen. »Wo ist er?«, fragte sie atemlos. Seine Hände umfassten ihre Oberarme, stoppten sie, bevor sie bis zu Logan und den anderen gelangen konnte. »Wer?«

Mit einer Mischung aus Irritation und Verständnislosigkeit sahen sie die meisten der *Síodhach* an. In Logans Blick lagen Schuldgefühle.

»Wo ist er?« Die Angst, die sie die letzten Monate vor ihren eigenen Gefühlen gehabt hatte, war nichts im Vergleich zu der Panik, die jetzt in ihr aufstieg. Verzweifelt begann sie sich gegen Dans Griff zu wehren. Trommelte gegen seine Brust, während er sie einfach nur fest in die Arme zog. »Beruhig dich.«

Sie sollte sich beruhigen? Ihre Gedanken zersplitterten in tausend Teile. Nichts ergab mehr einen Sinn. Alles schien sich zu drehen. Schneller und schneller. Sie kämpfte gegen das Gefühl an, immer weiter in einen gefährlichen Strudel gezogen zu werden, der im Nichts enden würde. »Was ist passiert?«

Dan runzelte die Stirn. »Es gab einen Erdrutsch«, sagte er leise und strich beruhigend über ihren Rücken.

Ihr Blick folgte seinem hoch zu der Stadt. Noch immer waberte der Rauch der Feuer wie dichter Nebel um die Mauern von *Kasdale*.

Erst auf den zweiten Blick erkannte sie, dass es sich nicht um Rauch, sondern feinen Staub handelte. Sie nahm den torfigen Geschmack der feuchten Erde wahr, die in Dans Haaren und Kleidung hing. Kleine Sandkörner knirschten zwischen ihren Zähnen. Ihr wurde übel. Der graubraune Staub legte sich langsam und entblößte den Schrecken.

Der Berghang, der sich unterhalb der Stadt befand, war fort, hatte einen Teil der Mauer mit sich gerissen. Noch immer rutschte Geröll nach. Ein Zischen erklang und sie erkannte, dass es feiner Sand war, der alle möglichen Lücken in dem Schutt ausfüllte.

»Darach war in dem Stollen, als er einbrach«, erklärte Logan vorsichtig.

Ihr Herz setzte aus. Erst, als ihr bewusst wurde, dass sie kurz vor dem Kollaps stand, weil sie vergessen hatte zu atmen, sog sie tief die Luft ein. »Er ist nicht tot.«

Er darf einfach nicht tot sein.

10

Weißes Rauschen umgab Ciarda. Bewegungslos wie eine Skulptur stand sie da und starrte auf die Stelle, wo Erde und Steine alles unter sich begraben hatten. Die geflüchteten *Síodhach* und Druiden kamen aus dem umliegenden Wald. Satzfetzen streiften ihren Geist. »Die Schlacht ist gewonnen.«

»Éber ist tot.«

»Was ist passiert?«

Das Echo der Fragen strich durch ihre Gedanken. Wurde lauter und lauter. Formte sich zu einem Schrei, der aus ihr herausbrach, ihr Trommelfell platzen ließ und wie ein Orkan über die anderen hinwegfegte.

Ein stummer Schrei, denn ihre Lippen hatten sich nicht einmal geöffnet. Er dröhnte nur in ihrem Schädel, bis sie erneut das Gefühl hatte zu bersten. Sie sank auf die Knie und hielt ihren Kopf fest, damit er nicht zersprang.

Noch immer hatte sie sich keinen Millimeter bewegt. Nicht einmal geblinzelt. Es war, als würde sie neben sich stehen. Als wäre sie eine bloße Beobachterin des Chaos, das in ihrem Inneren tobte.

Die klare Stimme von Islind, die Befehle rief, berührte sie nur am Rande. Sie konnte ihren Blick nicht abwenden. Jeder wusste scheinbar, was zu tun war, wusste, wie es weiterging. Wie ein geschäftiger Bienenschwarm summten Druiden und *Síodhach* um sie herum.

Einzelne Felsen lösten sich. Polterten den Hang herab. »Vorsicht!«, schrie jemand. Ein wütendes Grollen lief durch den Berg. Rauschend rutschte die

Erde nach und verschüttete das Loch, das die Helfer bereits freigelegt hatten. Immer mehr schien der Hang in Bewegung zu geraten.

Ein Dröhnen begleitete die Rufe, wurde lauter, bis auch ein Stück der Mauer, die *Kasdale* umgab, wegbrach und in die Tiefe stürzte.

Staub wirbelte auf und legte sich gemeinsam mit der Stille wie ein Schleier über die Ebene.

»Das kann keiner überlebt haben.«

Er ist tot.

»Ciarda, was spürst du?«

Verwirrt starrte sie zu der Elfenfürstin, die sie mitfühlend angesprochen hatte. In ihren hellen Augen schienen Sterne zu funkeln.

»Sie steht unter Schock«, erklärte Dan und dirigierte sie auf einen verkohlten, quer liegenden Stamm. »Ciarda, setz dich.« Seine Hand lag schwer auf ihrer Schulter und drückte sie hinunter.

Islind folgte ihnen und ließ Ciarda nicht aus den Augen. »Sie ist Darachs Seelengefährtin. Sie kann vielleicht fühlen, ob er noch lebt oder nicht.«

Fühlen? Verzweiflung, Einsamkeit, Verlust, Angst, Schmerz, Schuld, Demut, Hass, Reue ... Sie fühlte so viel, dass sie zerbrach. In tausend Stücke. Bis nichts mehr existierte. Kein Schmerz, kein Druck. Keine Gefühle. Nichts. Nur Leere. »Er ist tot.« Ihre Stimme klang seltsam fremd in ihren Ohren. Sie straffte sich, streifte Dans Hand ab und stand auf.

Ohne ein weiteres Wort drehte sie sich um und bemerkte Aodh, der sie entsetzt und mitleidig anstarrte. »Ich will nach Hause«, sagte sie mit fester Stimme und schritt an ihm vorbei.

***

Eine seltsame Stille lag auf der Burg. Trauer und Unsicherheit hatte sich in den Köpfen ihrer Bewohner eingenistet. Vier Druiden waren nicht mit ihnen aus dem *Síd* zurückgekehrt. Würden nie wieder durch die dunklen Flure von Gorm streifen, wie sie es jetzt tat. Stattdessen warteten ihre Seelen in der Anderswelt darauf, dass sie irgendwann wiedergeboren wurden, ohne Erinnerungen an ihr altes Leben.

Ihre Verluste wären jedoch sehr viel höher gewesen, wenn die *Síodhach*, die an der vordersten Front gekämpft hatten, sie nicht geschützt hätten, während sie ihre Schutzzauber gewirkt hatten. *Du hast dich in ihnen geirrt. In ihm!*

Sie hatten sich hervorragend ergänzt. Die Angriffsmagie der Elfen mit den Schutzrunen der Druiden war eine beeindruckende Kombination. Auch wenn es jedes Mal sehr viel Kraft gekostet hatte, die Elemente zu rufen. Denn um ihre Mitstreiter vor Zaubern zu schützen, hatten sie versucht jegliche Zauberkraft zu binden und zu unterdrücken.

Ciarda war schon eine Weile wach. Starrte auf die gegenüberliegende Wand. Der Wecker klingelte. Tief atmete sie durch und rollte aus dem Bett. Sie ging aufs Klo und tapste weiter zu den Gemeinschaftsduschen. Mit einem Nicken grüßte sie ihre Zimmernachbarin Marla, die ihre nassen Haare in ein Frottee wickelte. Das Mädchen blickte bedrückt zu Boden.

Ciarda ließ sie in Ruhe. Rasch entledigte sie sich ihrer Kleidung und stieg in die Dusche. Die Tür klapperte, als Marla den Raum verließ. *Du hättest etwas sagen sollen.*

Sie schüttelte den Kopf und drehte an den Hähnen. Das Wasser war kühl. Sie schloss die Augen und ließ das Nass über ihre Haut laufen, bis diese taub wurde. *So taub wie dein Inneres.*

Sie beobachtete das Wasser, wie es in einem Strudel um den Abfluss kreiste. Schneller und schneller, bis es darin verschwand. Die Zeit blieb stehen und zugleich zerrann sie zwischen ihren Fingern, folgte dem Wasser in die Kanalisation. *Was machst du hier?*

Sie riss sich von dem Anblick los, stellte das Wasser aus und griff durch den Spalt in der Tür nach dem Handtuch, das sie an den Haken gehängt hatte. Wie ferngesteuert rieb sie sich mit dem weichen Frottee ab. Ihr langes Haar wrang sie aus und wickelte es in ein weiteres Handtuch, das sie wie einen Turban um ihren Kopf schlang. Ihre Füße hinterließen feuchte Abdrücke auf den alten, dunkelgrünen Fliesen, während sie ihre zusammengeknüllte Kleidung einsammelte und anzog. Sie stellte sich vor den Spiegel, putzte sich die Zähne und verließ im Anschluss den Raum.

Auf dem Weg zum Speisesaal im Westflügel begegneten ihr weitere Leute. Sie hielt den Kopf gesenkt.

Das Frühstücksbuffet sah wie immer aus. Frisches Obst und Gemüse, verschiedene Sorten Brot, Würstchen, Eier, Speck und vieles mehr, doch nichts regte ihren Appetit an. Ganz im Gegenteil. *Du musst etwas essen.*

»Morgen, Schwesterherz.«

Ertappt zuckte Ciarda zusammen und schaute über die Schulter zu ihrem Bruder, der mit einem Tablett hinter ihr aufgetaucht war. »Morgen«, murmelte sie tonlos.

Gavin stand schräg hinter Aodh, winkte grüßend und begann sich seinen Teller vollzuschaufeln. Sie beobachtete ihn, wie er sich vorbeugte, mit der Gabel ein paar Würstchen aufspießte.

»Wie geht es dir heute?«, fragte ihr Bruder leise und sicherte sich so wieder ihre Aufmerksamkeit. Er hatte dunkle Augenringe, sein kupferrotes Haar war verstrubbelt und sie bemerkte einen Knutschfleck an seinem Hals, der unter dem Kragen hervorlugte.

»Wie ich sehe, hattest du deinen Spaß.« Wenigstens einer. *Du hast keinen Spaß verdient.*

Schnell zupfte er an dem Kragen seines blauen Hemdes, bis der blauviolette Fleck verborgen war. »Eine der Rekrutinnen.«

»Hmm«, machte sie nur und wusste nicht, was sie davon halten sollte. Es spielte keine Rolle. Sollte er machen, was er wollte. Nachdenklich fixierte sie die Speisen.

»Ich habe dich gefragt, wie es dir geht«, erinnerte Aodh sie.

Sie zuckte nur mit den Schultern. Hunger hatte sie jedenfalls keinen. Sie wollte schon gehen, doch ihr Bruder stellte sich ihr in den Weg und begann ihren Teller mit Speisen zu beladen. Vielleicht sollte sie ihm sagen, dass sie keinen Appetit besaß, doch stattdessen fixierte sie das Tablett, das immer farbenfroher wurde. Sie hatte keine Lust, mit ihm zu diskutieren. Wollte nur ihre Ruhe haben.

»Was machst du heute?«, fragte er, während er sie zu dem Tisch bugsierte, an dem sie normalerweise immer gemeinsam aßen. Erneut zuckte sie mit den Schultern und setzte sich. Gavin und er unterhielten sich leise. Immer wieder bemerkte sie, wie er sie von der Seite musterte, aber sie ignorierte es und stocherte lustlos in den Speisen.

Das Stimmengewirr im Raum wandelte sich zu einem monotonen Summen, das in ihrem Kopf dröhnte. Sie starrte ins Leere, aß mechanisch das, was auf dem Teller lag, ohne es wirklich zu schmecken.

Etwas berührte ihre Schulter und sie zuckte zurück. Als sie aufsah, standen Aodh und Gavin neben ihr. Ihr Bruder wirkte verstimmt. »Willst du nun mitkommen?«

»Wohin?«, fragte sie.

»Ciarda, ich …«

»Du wolltest ihr Zeit lassen«, unterbrach ihn Gavin murmelnd und zupfte an seinem Hemd.

Aodh seufzte, strich sich durch die Haare und schüttelte betrübt den Kopf. »Wir reden später«, meinte er, drückte sie kurz und ging. Sie starrte ihm nach. Blinzelte. Ihr Kopf schien wie in Watte gepackt. Irgendwann stand sie auf, räumte ihr Tablett weg und verließ den Saal.

Ziellos schlenderte sie durch die Flure. Sie könnte trainieren. Oder auch nicht. Irgendwie konnte sie sich nicht dazu aufraffen, obwohl sie sonst nicht viel mit sich anzufangen wusste. Sie lief an dem Gemeinschaftsraum vorbei. Unentschlossen blieb sie stehen und ging weiter. Sie wollte allein sein.

Wenn sie sich einem ihrer früheren Lieblingsplätze näherte, sträubte sich etwas in ihr und sie drehte um. Ihr Blick streifte die alten Kunstwerke, die an den Wänden hingen. Nichts berührte sie oder löste irgendetwas in ihr aus. Sie war tot. Innerlich.

Nach dem Mittagessen schlurfte sie direkt in ihr Zimmer und ließ sich auf das Bett fallen. Eine ganze Weile lag sie da, stierte ins Nichts. Sie war müde. An Schlaf war aber nicht zu denken. Ihr Kopf schien zu bersten. Sie konnte keinen klaren Gedanken fassen, wollte es auch gar nicht. Träge zog sie ihren Laptop vom Schreibtisch, fuhr ihn hoch und klickte sich durch ihre E-Mails. Vertrieb sich die Zeit, bis sich Dunkelheit über den Raum senkte.

Der nächste Tag brach an. Sie war erneut wach geworden, bevor der

Wecker geklingelt hatte und die Sonne aufgegangen war. Sie ließ ihn klingeln. Irgendwann machte sie ihn aus, stand auf, ging aufs Klo. Sie band sich die Haare hoch, duschte, zog sich an, putzte sich die Zähne und ging im Anschluss in den Speisesaal.

Sie war ein Hamster in einem Rad. Sie bewegte sich, weil es sich drehte. Es drehte sich, weil sie sich bewegte. Die Tage schienen ineinander überzugehen. Einer war wie der andere, zog sich in die Länge und wenn sie zurückdachte, schienen sie so schnell verflogen zu sein, als hätte sie nur mit den Fingern geschnippt. Sie versuchte ihren alten Tagesrhythmus wieder aufzunehmen, weiterzumachen, als wäre nichts geschehen. Irgendwann würde sich der alte Trott wiedereinstellen, würde sie vergessen lassen. *Du wirst ihn niemals vergessen. Er ist ein Teil von dir.*

In ihren Gedanken gefangen sah sie den *Síodhach*, der ihr in den Weg trat, nicht. Sie bemerkte nur die weißen Haare, die hoch aufgerichtete stolze Statur und die spitzen Ohren.

Es war das erste Mal, seit sie den *Síd* nach der Schlacht verlassen hatte, dass sie einen Elfen sah. Kein einziger war mit ihnen nach Gorm zurückgekehrt. Verständlich, wenn man bedachte, welche Verluste ihr Volk erlitten hatte.

Ein winziger Funke Hoffnung flammte auf, der ihr Herz in einen wilden Galopp fallen ließ, nur um direkt wieder zu erlöschen. *Es ist sinnlos zu hoffen.*

»Ciarda Bain.« Formvollendet, mit der Hand am Bauch und dem anderen Arm auf dem Rücken, verbeugte sich der *Síodhach* vor ihr. »Mein Name ist Batair.«

Es war nicht Darach. Das Gesicht des Elfen war so leblos wie das der anderen. Seinen Augen fehlte der neckische Ausdruck. Die Sehnsucht, wenn er sie ansah. Das schelmische Lächeln, das Darach so gerne aufsetzte ... aufgesetzt hatte. *Darach ...*

Seit der Schlacht im *Síd* hatte sie es geschafft, jeglichen Gedanken an Darach zu ignorieren oder zu verdrängen. Doch nichts ließ sich ewig wegsperren. Wie ein Messer durchschnitt ein stechender Schmerz ihren Brustkorb.

»Lady Islind schickt mich, um Euch eine Nachricht zu übermitteln. Wir stellen die Suche nach Darach ein und werden ...« Die melodische Stimme verlor sich in dem Rauschen ihres Blutes in den Ohren. Es kam ihr so vor, als würden sich unsichtbare Hände um ihren Hals legen und zudrücken. Dort, wo ihr Herz saß, schien nur noch ein schwarzes Loch zu sein, das sie zu verschlingen drohte. Ihr Blick verschwamm.

Islinds Abgesandter redete weiter auf sie ein. Sie nickte, als würde sie die von seinem Mund geformten Laute verstehen. Als würden nicht sämtliche Schutzmauern, die sie bisher vor dem Zusammenbruch bewahrt hatten, in sich zusammenfallen. Warum sie überhaupt noch aufrecht stand, war ihr in diesem Moment unbegreiflich. Sie drohte unterzugehen. Wegen ihm. Wegen eines verfluchten *Síodhachs*.

Batair verabschiedete sich mit einer knappen Verbeugung. Sofort drehte sie sich auf dem Absatz um und marschierte mit festen Schritten über den Hof. Alle schienen sie zu beobachten. Sie musste hier weg. Sofort! In der Bibliothek war meist keiner. Es kostete sie Kraft, die große Eichentür aufzuziehen. Licht, das durch hohe Buntglasfenster fiel, tauchte den Raum dahinter in ein farbenfrohes Leuchten und zugleich wirkte die alte Bibliothek düster und verlassen. Zitternd stand sie mit den Schultern an das Holz gelehnt und hielt den Knauf in ihrem Rücken mit beiden Händen fest umklammert.

Ciarda wusste nicht, wie lange sie so dastand und gegen die Verzweiflung ankämpfte, doch irgendwann schlug ihr Herz wieder in einem gleichmäßigen Rhythmus und der Sturm in ihrem Inneren war in die Kiste gesperrt, aus der er zuvor ausgebrochen war. Tief atmete sie durch und stemmte sich von der Tür fort.

Du schaffst das.

Leise streifte sie durch die Regalreihen. Ihre Finger glitten über die Buchrücken, bis sie wahllos eines ergriff. Sie suchte sich einen Sessel in einer der hintersten Ecken und setzte sich. Es war vollkommen still. Nur beim Umblättern raschelten die Seiten leise. Sie mochte den beruhigenden Geruch, der in der abgestandenen Luft hing. Staub, Papier und eine Spur Leder.

Buchstaben formten sich zu Wörtern. Wörter zu Sätzen. Sätze zu einer Geschichte, die die Realität verdrängte.

Nur das raue Papier unter ihren Fingerspitzen hielt sie in dieser Welt fest. *Du kannst der Wahrheit nicht entfliehen.*

»Hier versteckst du dich«, vernahm sie die Stimme ihres Bruders, die sie aus ihrer Fantasie herauszerrte. Ihr Blick löste sich von den Seiten und wanderte zu ihm. Breitbeinig stand er vor ihr, die Hände in den Hosentaschen vergraben und die Daumen in die Gürtelschlaufen gehakt. In seinen Augen lag Sorge, doch seine angespannte Haltung wirkte kriegerisch.

Ihr Magen zog sich mit einem unguten Gefühl zusammen. »Hi«, murmelte sie.

Er trat näher und sein Schatten fiel auf die aufgeschlagene Seite. »Was liest du da?«

Sie hatte schon den Mund geöffnet, um ihm zu antworten. Worum ging es noch mal? Ihr fiel es nicht mehr ein. Ihre Finger glitten über die aufgeschlagene Seite, doch die Worte kamen ihr nicht bekannt vor. Sie schluckte. Panik kroch langsam ihre Füße hoch, fühlte sich feucht und schleimig an. Wie Teer, der ihre Haut immer mehr bedeckte. In dem sie langsam versank.

Sie klappte das Buch fest zu, als könnte das die Angst vertreiben. »Unwichtig«, murmelte sie und legte es neben sich auf ein kleines Tischchen ab. »Was willst du?«

»Ciarda, ich …« Ihr Bruder unterbrach sich, raufte sich die Haare und stieß die Luft aus. »Wir wollen heute einen Filmabend machen. Hast du Lust?«

Er hatte eindeutig etwas anderes sagen wollen und Ciarda konnte sich nur zu gut vorstellen, was. Ihre Unterlippe bebte. Sie schüttelte den Kopf. Abermals sog Aodh geräuschvoll die Luft ein und stieß sie wieder aus. »Wie du willst.«

Aufgewühlt wandte er sich ab und marschierte zum Ausgang. Bevor er ihn erreichte, drehte er sich um und kam mit schnelleren Schritten wieder auf sie zu. Kurz vor ihr zögerte er. Sein Blick glitt zurück zum Ausgang, dann zu ihr. Entschlossenheit machte seine Gesichtszüge hart und verlieh seinen Augen einen unnachgiebigen Glanz. »Es reicht! Ich kann mir das nicht länger ansehen. Du verhältst dich wie ein Zombie!« *Er hat recht.*

Niedergeschlagen wandte sie den Blick ab und fixierte einen imaginären Punkt neben Aodh. »Hast du mal in den Spiegel gesehen?«, fragte sie gefasst.

»Jeden Morgen beim Rasieren. Und du?«

»Lass mich in Ruhe.«

»Das habe ich lange genug. Es reicht, Ci.« Er packte sie an den Oberarmen, zerrte sie vom Sessel hoch und schleifte sie zielstrebig aus dem Raum und den Flur entlang. Die zweite Tür rechts stieß er mit dem Fuß auf und schob sie in ein Zimmer. Staub und Spinnweben zeugten davon, dass er eine Weile nicht mehr benutzt worden war. Tücher schützten die alten Möbel. Mit einem Ruck zog Aodh eines von einem Gegenstand, der so groß wie Ciarda war. Der Staub umhüllte sie wie eine Wolke und sie bekam einen Hustenanfall. Als sie aufblickte, stand ein antiker Spiegel vor ihr. Seine ovale Fassung war aus glänzendem Messing und mit Blumen verziert.

Ein leichtes panisches Flattern machte sich in ihrem Bauch breit. Sie wollte aus dem Zimmer flüchten, doch Aodh hielt sie fest, drehte sie, sodass sie in den Spiegel sehen musste.

Die Frau ihr gegenüber war ihr vollkommen fremd. Ihre Haut war so blass, dass sie fast durchsichtig wirkte. Kein Make-up, kein Kajal, keine blutroten Lippen. Die schwarzen Linien der keltischen Symbole, die in ihre Haut gestochen waren, wirkten ausgewaschen. Sie hob die Hand und ihr Gegenüber tat es ihr gleich. Ließ ebenfalls die Fingerspitze über die normalerweise kräftigen roten Blüten wandern, die nun welk waren.

In ihrem Hals bildete sich ein Knoten. Das Schlucken schmerzte. Erneut wollte sie sich umdrehen und flüchten. Die Mauern fingen bereits wieder an Risse zu bekommen.

»Sieh dich an«, sagte Aodh hart und hielt sie unnachgiebig an ihren Schultern fest. Er überragte sie zornig, seine Augenbrauen wölbten sich nach vorn und eine steile Falte hatte sich auf seiner Stirn gebildet. »Sieh hin!«

»Warum tust du mir das an?« Ihr Hals war ganz rau, genauso wie ihre Worte.

Sofort wurden seine Gesichtszüge weich. »Weil ich dich liebe und mich um dich sorge.« Er drehte sie sanft um, sodass sie sich erneut betrachten musste. Er stand hinter ihr, gab ihr Halt.

Sie trug einen ausgeleierten ärmellosen Hoodie und eine graue Trainingshose, auf der ein Fettfleck oberhalb des Knies prangte. »Das bist nicht du.« Schmerz und Verzweiflung färbten seine Stimme dunkel. »Es ist mehr als drei Wochen her.«

Ihr Augenlid zuckte. »Ich weiß.«

»Seit wir zurück sind, hast du keine Träne vergossen. Du hast nicht geschrien, getobt oder irgendwie sonst deinen Gefühlen freien Lauf gelassen.«

Ihre Finger begannen zu zittern und sie ballte ihre Hände zu Fäusten. »Ich kann nicht«, flüsterte sie. *Du hast es nicht verdient zu trauern. Nicht um ihn.*

Aodhs Griff um ihre Schultern wurde fester. »Er ist tot«, erinnerte er sie an die Tatsache, die sie, seit sie zurückgekehrt waren, versuchte zu verdrängen.

Sie starrte ihr Spiegelbild an, sah in die emotionslosen braunen Augen, in denen keine Empfindung aufblitzte. Sie fühlte nichts. Es waren nur bedeutungslose Worte, die nichts in ihr auslösten außer Kälte.

»Darach ist tot, Ciarda«, wiederholte er.

Sie war innerlich wie tot, als hätte Darach den lebenslustigen Teil von ihr mit ins Jenseits genommen. »Das weiß ich«, sagte sie tonlos und wollte sich wieder abwenden, aber er hielt sie weiterhin fest.

»Ich erkenne dich nicht wieder. Normalerweise schleuderst du mit bissigen Kommentaren um dich, wenn du verletzt bist oder trauerst. Als Mom starb, hast du drei Tage lang trainiert, bis du zusammengebrochen bist. Selbst als Connor gestorben ist, hast du ...«

»Du meinst, als ich ihn getötet habe«, unterbrach sie ihn trocken. Sie konnte im Spiegel sehen, wie sich sein Kinn hin und her bewegte.

»Hör auf dir das vorzuwerfen. Er hätte dich umgebracht, wenn du ihm nicht zuvorgekommen wärst«, stieß er nach einer Zeit aus. »Du schleichst durch die Burg wie ein Geist. Verdammt, ich will meine Schwester wiederhaben. Die, die sich nie unterkriegen lässt. Die eine Kämpferin ist.«

Das bist du nie gewesen.

Die Person, die Aodh erwartete zu sehen, existierte nicht. Hatte sie nie. Es war nur eine Maske gewesen, die sie aufgesetzt hatte. Die sie so lange getragen hatte, bis sie sich selbst vergaß. Sie war ein Feigling, hatte die Pflicht, die

Welt zu beschützen, vorgeschoben, damit sie nicht ihr eigenes mittelmäßiges Leben musste. Damit sie nicht die Fehler ihrer Mutter wiederholte. Einen Mann heiratete, den sie nicht liebte. Einen Job ausführte, der sie unglücklich machte. Ihr Leben war genauso Schein gewesen wie ihr eigenes. Sie hatte sich all die Jahre selbst belogen.

Nur Darach hatte hinter die Maske gesehen und ihr wahres Wesen erkannt.

»Er ist tot«, murmelte sie und sah sich beschwörend in die Augen. Nichts.

Du belügst dich selbst. Du fühlst nicht nichts. Du willst nur nichts fühlen. Du hast Angst zu fühlen.

Ein Schauder lief über ihren Rücken.

»Er hat dir etwas bedeutet, auch wenn du es nicht zugeben möchtest.« Sie sah die Sorgen in den Augen ihres Bruders. »Er war nur ein *Síodhach*.« *Wie lange willst du dir das noch einreden? Das war er für dich nie!*

Die Stimme in ihrem Inneren wurde lauter, sodass sie es nicht länger schaffte, sie und die Vorwürfe, die sie sich selbst machte, zu ignorieren. Innerlich schrie sie. Schrie, bis die dicke Eisschicht um ihr Herz, die sie bisher vor dem Schmerz beschützt hatte, in tausend Stücke zerbarst. Das Zittern kehrte zurück. Der Druck auf ihrer Brust wurde unerträglich, sie drohte zerquetscht zu werden, bekam keine Luft.

Er ist tot. Und er kommt nicht wieder. Nie wieder!

Nicht vergossene Tränen brannten in ihren Augen. Verzweifelt versuchte sie sich von Aodh loszureißen. Er hielt sie fest. Sagte etwas, doch sie verstand ihn nicht. Mit aller Kraft stieß sie ihn weg. Ihr Oberteil gab nach und riss. Sie stolperte zurück, drehte sich auf dem Absatz um und stürzte aus der Tür.

Hinter ihr vernahm sie ein Klirren, wie wenn Glas zerbrach. Sie rannte weiter, ohne sich umzusehen. Ihre Umgebung verwischte zu einem Farbwirrwarr. Ihr Herz raste und ihr Puls dröhnte ihr in den Ohren. Sie lief, als wäre eine ganze Armee von Kobolden hinter ihr her.

Mehrfach begegnete sie Leuten. Hetzte an ihnen vorbei und rannte weiter. Am Ende landete sie in einem der Trainingsräume. Atemlos und weggetreten starrte sie auf die ausgebleichten roten Matten, die den Boden bedeckten. Hier hatte sie sich immer mit Darach getroffen.

Sie konnte ihn regelrecht vor sich sehen. Meistens hatte er bereits auf sie gewartet, tigerte hin und her und wirkte in Gedanken versunken, sodass sie ihn in Ruhe betrachten konnte. Die gewöhnlichen Trainingssachen schmiegten sich bei jeder Bewegung an seinen schlanken und muskulösen Körper.

Kaum betrat sie den Raum, richteten sich seine ungewöhnlichen Augen auf sie. Ein verheißungsvolles Glitzern lag in ihnen und sorgte für Hitze in ihrem Unterleib. Seine damals noch langen weißblonden Haare waren zu einem Zopf geflochten und ließen seine spitzen Ohren frei.

Der Anblick erinnerte sie immer wieder daran, dass er kein Mensch war. Holte sie auf den Boden der Tatsachen zurück. Ihre Wut war wie ein Schild.

Nicht einmal ihrem Wunsch, ihn zärtlich zu berühren, hatte sie nachgegeben. Selbst jetzt kribbelten noch ihre Fingerspitzen bei dem Bedürfnis, die feinen Linien seiner Ohrmuscheln nachzufahren.

Sie wollte ihn berühren und sehnte sich nach seiner Gegenwart. Wollte sich an seine Schulter lehnen, während er sie tröstend in die Arme zog und ihr zuflüsterte, dass alles gut würde.

Das würde es nie wieder!

11

Wie konnte man jemanden, den man kaum kannte, nur dermaßen vermissen? So sehr, dass es wehtat? Der Verlust zerriss sie, schmerzte und stieß sie in einen finsteren Abgrund. Sie hatte nie etwas für diesen spitzohrigen Idioten empfinden wollen. Warum hatte er ihr das angetan? Warum hatte er sie nicht einfach in Ruhe gelassen? *Und warum hast du dich ständig mit ihm getroffen?*

Weil er sie besiegt und ihr hatte zeigen können, wie es ihr möglich wäre, ihn und seinesgleichen zu schlagen.

Eine Ausrede! Du wolltest ihn einfach nur sehen. Wolltest ihm nah sein.

Wütend schrie sie auf, schritt zur Seite und nahm eine der Hanteln, die sie quer durch den Raum warf. Klirrend landete sie in einem der großen Spiegel an der gegenüberliegenden Wand. Wie ein Spinnennetz zogen sich die Risse durch das Glas.

Sie hatte sich mit aller Macht gegen ihre Gefühle gewehrt und versagt! Eine weitere Hantel flog durch die Luft. Jeden ihrer Schläge beim Training hatte er mit einem Lächeln erwidert und in ihr etwas ausgelöst. Etwas, das nicht da sein durfte. Dieses aufgeregte Flattern. Die Nervosität. Sie war wie eine Süchtige gewesen, hatte es nicht erwarten können, mit ihm zu trainieren. Heimlich, weil sie das Gefühl gehabt hatte, etwas Verbotenes zu tun. Er war ihr Feind. *Das war er nie!*

Umso mehr er sie fasziniert hatte, desto mehr wollte sie ihm dieses spitzbübische Grinsen aus dem Gesicht tilgen, das ihr Herz ständig zum Rasen brachte. *Ich hätte mich niemals mit ihm treffen dürfen!*

Jeden Abend, den sie gemeinsam mit ihm verbracht hatte, waren sie sich nähergekommen. Sein Geruch, eine Mischung aus Aprikosen und Wald, hatte sie eingehüllt, wenn er dicht an sie herangetreten war. Ihre Erinnerungen waren so lebendig, als würde er hinter ihr stehen.

***

Einige Monate zuvor

»Du verlierst deinen Schwerpunkt, wenn du mehrmals hintereinander deinen Gegner attackierst. Deswegen kann ich dich leicht aus dem Gleichgewicht bringen.«

Das schaffte er auch allein durch seine Anwesenheit. Seine raue, dunkle Stimme war wie Samt, der sie streichelte. »Das hast du mir schon mehrfach gesagt.«

»Geändert hat sich aber nichts.« Sanft legten sich seine Hände an ihre Hüften und sie konnte die Wärme durch ihre dünnen Trainingshosen spüren. Sein Atem streifte ihren Nacken und verwandelte ihre Nerven in reißende Lavaströme. Es war viel zu heiß in dem Raum.

Wie oft hatte sie sich in solchen Momenten schon vorgestellt, sich umzudrehen, ihre Arme um seinen Nacken zu schlingen und ihre Lippen auf seine zu pressen?

Stattdessen trat sie einen Schritt von ihm fort, wirbelte herum und täuschte einen Schlag gegen seine rechte Seite an. Wie erwartet hob er den Arm, um zu parieren. Sie tauchte darunter hindurch und trat hinter ihn. Sofort drehte er sich und vereitelte ihren Angriff auf seine Kehrseite. *Eine verdammt sexy Kehrseite.* Fast hätte sie seinen Fußfeger nicht bemerkt. Im letzten Moment wich sie aus und konterte. Es war wie ein Tanz, ihre Bewegungen passten sich seinen an. Pure Freude durchströmte sie. Ihr Herzschlag gab den Takt vor. In seiner Gegenwart fühlte sie sich unbesiegbar und frei. Eine Lücke in seiner Verteidigung tat sich auf, die sie umgehend nutzte. Mit einer Drehung trat sie ihm in die Kniekehle und er knickte ein. Mit Wucht sprang sie auf ihn und fällte ihn wie einen morschen Baum. Schwer atmend saß sie auf ihm und lächelte. »Dieses Mal gewinne ich.«

»Guter Versuch«, meinte er mit einem Grinsen, das sie hätte warnen sollen. Ehe sie es sich versah, war er oben und sie unter ihm. Er lag zwischen ihren Beinen und Hitze sammelte sich an den Punkten, die er berührte. Die Schwere seines Körpers drückte sie in die Matten, seine Hände hielten ihre fest. Langsam beugte er sich zu ihr herunter. Sein Gesicht schwebte nur Millimeter über ihrem. »Ein Kampf ist jedoch erst zu Ende, wenn der Gegner dich nicht mehr überrumpeln kann.« Sein Atem streifte ihren Mund und hinterließ ein Prickeln, das sich bis zu ihren Zehen fortsetzte. Sein Blick hielt ihren gefangen und sie befürchtete, dass er dort ihren Wunsch erkannte, auch noch die letzten Millimeter zu überwinden.

Plötzlich war das Gewicht fort und er zog sie mit sich hoch. Ihre Beine waren zittrig und sie schwankte kurz. Es wurde immer schlimmer. Warum tat sie sich das an? Mit jedem Abend, den sie in seiner Nähe verbrachte, konnte sie ihm immer weniger widerstehen.

»Das war unfair«, murrte sie. Wenn sie sich konzentrieren würde, statt sich vorzustellen, wie sie ihm die Kleider vom Leib riss, hätte sie ihn wahrscheinlich längst besiegt.

Frustriert ging sie zu ihren Sachen, die auf einer Bank lagen, und schnappte sich die Flasche mit dem isotonischen Getränk. Sie nahm einen kräftigen Schluck und versuchte seine Gegenwart zu ignorieren. Klappte natürlich nicht.

Es reicht! Sie konnte das nicht länger. »Wir sollten uns morgen nicht treffen.« Und übermorgen, die gesamte nächste Woche. Noch besser: »Nie mehr.«

Der Boden knarzte leise, als er einen Schritt näher trat. »Warum?«, fragte er schneidend.

Sie stellte die Flasche ab und starrte auf die Wand vor sich, auf der sein Schatten neben ihren fiel.

Das wusste er doch ganz genau. Sie griff nach ihren Sachen und wandte sich zum Gehen. »Muss ich mich jetzt vor dir rechtfertigen?« Gerade einmal einen Schritt war sie in Richtung Tür gekommen, da griff Darach nach ihr und drückte sie gegen die Wand. Sein Körper drängte sich an sie. Die Wut ließ seine Augen funkeln. »Wir sind noch nicht fertig.«

Verdammt, warum musste dieser Kerl so heiß sein? »Doch, das sind wir. Ich habe dir oft genug gesagt, wenn du mir noch einmal zu nahe kommst, dann war es das«, fauchte sie und versuchte ihn von sich zu stoßen. Wie ein Fels zeigte er jedoch keine Regung.

»Ich habe genug Geduld mit dir bewiesen«, blaffte er.

»Wie bitte?« Entgeistert schnaubte sie und verstärkte ihre Bemühungen, sich zu befreien. »Du spürst es auch«, hauchte er und beugte sich vor. Sanft streifte sein Atem ihre Lippen. In diesem Moment war sie froh, dass sie an der Wand lehnte, denn ihre Beinmuskeln versagten. »Was?« *Du bist so eine Lügnerin!* Sie schaffte es, ihn von sich zu stoßen. Aber nur kurz, denn einen Wimpernschlag später befand sie sich in einer noch aussichtsloseren Lage. Sie hasste es. *Ganz im Gegenteil.* Seine Hände umschlossen ihre Handgelenke und drückten sie über ihrem Kopf gegen die Mauer. *Du stehst drauf.*

Er lächelte wissend und zeigte dieses verfluchte Grübchen. »Das zwischen uns.«

»Da ist nichts!« *Rede dir das nur weiter ein!*

Ohne Vorwarnung presste er seinen Mund auf ihren und sie erstarrte wie ein ängstliches Kaninchen. Es war, als würde sie ein Blitz treffen. Ihr ganzer Körper stand innerhalb eines Wimpernschlages in Flammen. Sie ballte die Hände, um nicht dem Impuls nachzugeben, seinen Kuss zu erwidern. Stattdessen versuchte sie sich aus seinem Griff zu winden. Seine Lippen waren weich und fest zugleich. Zärtlich, lockend und fordernd.

All das, was sie die letzten Wochen unterdrückt hatte, brach gleich einer Naturgewalt hervor. Ihre Vorbehalte zerbarsten unter dem Ansturm ihrer Gefühle, der sie wie eine gewaltige Flutwelle unter sich begrub. Zurück blieb einzig das Bedürfnis, ihn zu küssen, als würde sie einen lebensnotwendigen Atemzug machen müssen. Stürmisch erwiderte sie seine Liebkosungen, öffnete einladend den Mund und Darach folgte stöhnend ihrer Aufforderung. Ihre Zungen führten einen alten Tanz auf, rieben sich aneinander. Das zaghafte Knistern zwischen ihnen wurde zu einem Feuerwerk. Die Leidenschaft riss sie mit sich. Sie stellte sich auf die Zehenspitzen, presste ihren Körper an seinen, als wollte sie mit ihm verschmelzen. Sie wollte mehr. Wollte ihn verschlingen.

Er ließ ihre Handgelenke los und ihre Arme fielen auf seine Schultern. Ihre Finger gruben sich in sein Haar, zerwühlten es, zerrten daran. Gierig wanderten seine Hände zu ihren Hüften, hinterließen eine Feuerspur und blieben unterhalb ihres Pos liegen. Gaben ihr Halt, als sie ihre Beine um seine Hüften schlang, die anfingen sich in einem sinnlichen Rhythmus zu bewegen. Seine Erektion drückte genau gegen die richtige Stelle. Ein Stöhnen entwich ihren Lippen und sie ließ ihren Kopf gegen die Wand hinter sich sinken. Küssend und knabbernd zog er eine feuchte Spur bis zu ihrem Hals und tiefer. Schauer liefen ihr über den Rücken.

»Du gehörst … mir«, keuchte er undeutlich. Irgendetwas störte sie, doch die Bedeutung der Worte entschwand im Rausch ihrer Leidenschaft. Was zählte war, dass sie ihn spürte. Ihre Hände wanderten zum Rand seines Shirts, zogen daran. Sie stand schon jetzt kurz davor. Der Stoff gab mit einem lauten *Ratsch* nach und sie konnte endlich mit ihren Fingern seine erhitzte Haut erkunden, spürte deutlich das Spiel seiner Muskeln. Sein Mund suchte wieder ihren und sie kam ihm mit dem gleichen Hunger entgegen, ritt ihn, bis sie Sterne sah und sich ein Schrei aus ihrer Kehle löste, den er von ihren Lippen trank. Atemlos hing sie in seinen Armen, schwebte über den Wolken und fühlte sich frei und leicht wie ein Vogel.

Plötzlich spürte sie nicht mehr die feste Wand in ihrem Rücken. Die Welt drehte sich und sie fand sich auf den Matten wieder. Sofort war Darach über ihr, raubte ihr einen Kuss, während eine seiner Hände unter ihr Shirt wanderte und es immer höher schob. Sie drückte ihren Rücken durch, streckte ihm ihre Brüste entgegen.

Nur leicht streiften seine Fingerknöchel ihre Haut, doch sie spürte seine Berührung bis in die Zehenspitzen.

Er löste sich von ihr und sie griff nach ihm, doch ehe sie ihn erwischte, hatte er ihr das Shirt über den Kopf gezogen und schob es bis zu ihren Handgelenken hinauf. Atemlos beobachtete sie ihn und blieb liegen, auch wenn sie sich ohne Weiteres hätte befreien können. Seine Finger spielten mit einer ihrer Haarsträhnen.

Sein Atem streifte ihre Wange, während sich sein Körper an ihr hinabschob. Sanft hauchte er Küsse auf ihre Haut und trieb sie in den Wahnsinn. Noch mehr, als er eine ihrer Brustwarzen in den Mund saugte und mit den Zähnen malträtierte. Erst nachdem er der anderen die gleiche Behandlung zuteilwerden ließ, folgte er einer unsichtbaren Linie, die ihn tiefer führte. Ihre Bauchmuskulatur zuckte, als er mit der Zunge darüber strich. Sein Lachen brachte ihre Haut zum Vibrieren.

Dieser Mann machte sie wahnsinnig. Erwartungsvoll hielt sie die Luft an, als er noch tiefer glitt. Er verharrte, sah zu ihr auf, während er ihr die Trainingshose von den Hüften zog.

»Du bist so schön«, flüsterte er und in seinen Augen lag etwas, das sie wärmte, aber auch verunsicherte. Verzweifelt biss sie sich auf die Innenseite ihrer Wange. Sie presste die Beine fest zusammen, doch das Pochen dazwischen wurde immer heftiger. Und er wusste es. Die Farbe seiner Iriden wurde dunkler und sein Ausdruck gieriger. Seine Brust hob und senkte sich heftig.

Sie wollte es. Wollte, dass er nicht aufhörte. Konnte es aber nicht laut aussprechen.

Sanft strich er über ihre Beine, die sich wie von selbst für ihn öffneten. »Ciarda«, stieß er rau aus, bevor er sich hinabbeugte und mit der Zunge zwischen ihre Schamlippen tauchte.

Sie war verloren. Stöhnend schloss sie die Augen und ihre Finger krallten sich in das Shirt, das noch immer um ihre Handgelenke gewickelt war. Ihr ganzer Leib brannte. Für ihn.

Länger hielt sie es nicht mehr aus. Sie zerriss den Stoff, der sie fesselte, und griff in sein Haar. »Darach, bitte.« Sein Kopf hob sich und seine violetten Augen schienen in sie hineinzusehen, genau zu erkennen, was sie sich wünschte. Was sie brauchte.

»Alles, was du willst, *mo chridhe*«, flüsterte er und richtete sich lächelnd auf. Er schob seine Hose nach unten, zog sie zu sich und stemmte seine Hände links und rechts neben ihren Kopf. Heiß und pochend spürte sie seine Erektion nahe an ihrem Eingang. Quälend langsam drang er in sie ein, während er zugleich ihren Mund eroberte und sie mit jedem Stoß, der folgte, in himmlische Gefilde führte.

Ihr Beisammensein war ein sinnlicher Traum, aus dem sie nur langsam erwachte. Ihr Körper schien immer noch zu pulsieren. Sie fühlte sich schläfrig und glücklich. Wenn sie eine Katze wäre, wäre ihr zufriedenes Schnurren wahrscheinlich in der ganzen Burg zu hören.

Sanft zog Darach sie in die Arme und sie legte vertrauensvoll ihren Kopf auf seine Brust. Ihre Finger kreisten träge um seinen Bauchnabel, während seine über ihren Oberarm strichen. Sein Herz schlug in einem gleichmäßigen, hypnotischen Rhythmus. Sie hätte ewig so liegen bleiben und ihre Gedanken einfach treiben lassen können. Doch ihre Zweifel und Vorbehalte lauerten schon in den hintersten Winkeln ihres Verstandes.

»Ich wusste, dass du das zwischen uns auch spürst«, murmelte er in ihr Haar und strich vorsichtig mit den Fingern hindurch.

Eine eisige Hand griff nach ihrem Herz und umklammerte es, sodass es nicht mehr schlagen konnte. Der leidenschaftliche Nebel, der ihren Verstand gefangen hielt, löste sich auf und die Erkenntnis traf sie wie ein Güterzug. *Du gehörst mir.*

Was zum Teufel tat sie hier? Wie war das alles nur dermaßen aus dem Ruder gelaufen? Sie hatten nicht einmal ein Kondom benutzt. Scheiße. Wie hatte sie sich nur so gehen lassen können? Sie war über sich selbst entsetzt.

Das hier war ein Fehler!

Mit übermenschlicher Geschwindigkeit sprang sie auf und strich automatisch über eine ihrer Runen. Augenblicklich materialisierte sich ein Dolch in ihrer Hand, den sie in Darachs Richtung streckte.

Das glückliche Lächeln, das bis eben noch sein Gesicht erhellt hatte, gefror. Verwirrt musterte er das Messer und stützte sich mit dem Arm auf. »Was soll das?«

Er war immer noch nackt und ihr Blick saugte sich an jedem Detail fest. Der perfekt definierte Brustkorb, die wohlproportionierten Bauchmuskeln. Nur eine gut zwanzig Zentimeter lange Narbe verlief unterhalb seiner Brust bis zu seinem Brustbein und war der einzige Makel an diesem Adonis. Sie erinnerte sich daran, wie sie die wulstige Linie mit ihren Fingern nachgefahren war. Dem leichten Flaum von Haaren gefolgt war bis zu …

Nein, schau nicht tiefer.

Zu spät. Vor ihren Augen wurde er hart und ein Tropfen Flüssigkeit sammelte sich auf der samtigen Spitze. Ihr Unterleib zog sich sehnsüchtig bei dem Anblick zusammen.

Auffordernd streckte Darach ihr eine Hand entgegen. »Komm her, *mo chridhe*.«

Er übte eine unwiderstehliche Anziehungskraft auf sie aus wie Schokoladeneis mit Cookies, von dem sie einfach nie die Finger lassen konnte, und war genauso ungesund für sie. »Komm mir nicht zu nahe«, warnte sie ihn, fuchtelte drohend mit dem Messer herum und wich einen Schritt zurück.

Langsam stand er auf und schritt auf sie zu.

»Ich habe dich gewarnt! Bleib mir vom Leib!«

»Du willst mir nicht wehtun.« Er wirkte ruhig und gefasst, während in ihrem Inneren ein Kampf tobte.

»Woher willst du wissen, was ich will?« Sie wusste es ja selbst nicht. Ihr Verstand versuchte ihre unpassenden Gefühle in Grund und Boden zu stampfen. Aber es waren keine zarten Triebe mehr, die man einfach ausrupfen konnte, sondern kräftige Pflanzen, die bereits tiefe Wurzeln geschlagen hatten. Scheiße, sie wollte ihn immer noch. Es war falsch. Er war ein *Síodhach*. Ein Schrei löste sich aus ihrer Kehle. »Ich will, dass du stirbst.« Wütend ging sie auf ihn los, wollte ihn töten, genauso wie ihre Gefühle für ihn. Die Sehnsucht, die sie innerlich verbrannte und ihr Beisammensein nur noch mehr angefacht hatte.

Statt ihrem Angriff auszuweichen, umschloss er mit den Händen ihre Finger, die den Griff des Dolches fest umklammert hielten. Er führte die Spitze genau an die Stelle, wo sein Herz saß. »Wenn du wirklich willst, dass ich sterbe, dann tue es. Ohne dich ist mein Leben sowieso nichts wert.« Er sagte das bar jeglichen Gefühls und mit einer Ernsthaftigkeit, die sie erschreckte. Zögernd hielt sie inne und starrte in seine Augen, in denen sich so viele Emotionen spiegelten und sie mit sich rissen. Was spielte er für ein Spiel mit ihr?

»Warum?«, krächzte sie. Die Hand, die den Dolch hielt, zitterte.

»Du weißt, warum.« Er war unnachgiebig. Eisern hielt er sie fest, ließ die

Klinge seine bloße Haut ritzen. Feine Blutstropfen bildeten sich, wurden größer und perlten über seine helle Haut, die sie vor Kurzem noch mit ihrer Zunge liebkost hatte.

Sie konnte das nicht. Sie wollte ihm nicht wehtun. Mit einem Schrei riss sie sich von ihm los und schleuderte den Dolch fort, der vibrierend in einer der Holzpuppen stecken blieb. »Warum tust du mir das an?«

»Weil wir für einander bestimmt sind. Deine Seele ist ein Teil von meiner und umgekehrt. Wir sind Seelengefährten. Du gehörst zu mir und ich zu dir. Ich will nur bei dir sein. Für immer.«

Sie fühlte in diesem Moment nichts außer Entsetzen. Das konnte er nicht ernst meinen. Panik schnürte ihr die Luft ab. Wortlos drehte sie sich um, packte ihre Sachen, zog sich an und ging aus dem Raum, nein, rannte. Sie floh mit wehenden Fahnen. Direkt zu ihrem Bruder, der sie wegbringen sollte. So weit wie möglich.

12

Die ersten Tage, nachdem sie Gorm fluchtartig verlassen hatte, waren die Hölle gewesen. Selbst jetzt noch erschienen ihr die Erinnerungen an diese Zeit diffus und zusammenhangslos. Jede Nacht hatte sie ihre gemeinsame Zeit mit Darach durchlebt. Wieder und wieder. Doch egal wie oft sie die Geschehnisse im Kopf durchgespielt und in Gedanken verändert hatte, die Tatsache blieb bestehen, dass sie mit einem *Síodhach* Sex gehabt hatte. Ohne Kondom. Noch nie hatte sie sich dermaßen vergessen. Was wäre, wenn sie tatsächlich schwanger geworden wäre? Von ihrem Feind!

Die Angst war ihr auf den Magen geschlagen. Mehrfach hing sie kopfüber über der Kloschüssel, was nur dazu führte, dass sie noch panischer wurde. Sie war völlig durch den Wind. Zumindest bis sie ihre Tage bekam und auch der fünfte Schwangerschaftstest negativ ausfiel. Trotz ihrer Erleichterung schwang ein wenig Enttäuschung mit, was sie am Ende noch mehr aus dem Gleichgewicht brachte.

Danach hatte sie sich in das bunte Nachtleben von New Orleans gestürzt, um zu vergessen und zu verdrängen. Ihn. Die Sehnsucht, die sie heimsuchte und die sie sich nie eingestehen wollte.

Auch jetzt noch nicht, obwohl sie sie innerlich auffraß, denn es änderte nichts. Er war fort. Für immer. Hatte sie allein gelassen und ihr Herz mitgenommen, obwohl sie alles getan hatte, damit er es nicht in die Finger bekam. Ihre Sehnsucht würde nie gestillt werden.

Ihre Augen brannten. Flüssigkeit sammelte sich in ihnen. Sie kämpfte dagegen an. Am Ende konnte sie ihren Gefühlen jedoch nichts mehr entgegensetzen, genauso wenig wie damals, als Darach und sie eine Nacht miteinander verbracht hatten.

Schluchzer schüttelten ihren Körper. Verzweifelt zog sie ihre Knie dicht an den Leib, legte ihre Arme darum und vergrub ihren Kopf dazwischen. Unaufhörlich liefen ihr Tränen heiß über die Wangen. Warum hatte er sie allein gelassen?

Plötzlich spürte sie eine Hand, die sich auf ihre Schulter legte. Schniefend sah sie auf und erkannte durch den Tränenschleier ihren Bruder, der neben ihr hockte und sie besorgt musterte. »Hey«, sagte er nur, ließ sich neben sie auf den Boden gleiten und zog sie zu sich. Seine Arme schlossen sich beschützend um sie. Erneut brachen alle Dämme. Aodh sagte lange Zeit kein Wort, hielt sie einfach fest, bis ihre Tränen versiegten und sie unter einem Schluckauf litt.

»Es tut mir leid. Ich wollte dir nicht wehtun«, murmelte er in ihr Haar und strich beruhigend über ihren Rücken.

»Das muss es nicht.« Sie schniefte. »Du hattest recht, ich war ein Zombie.« Ihre Nase lief und sie wischte sie an ihrem Ärmel ab. »Das war purer Selbstschutz von dir, dass ich am Ende nicht noch dein Gehirn fresse«, versuchte sie zu scherzen, aber Aodh lachte nicht. Seine Brust hob sich unter ihrer Wange, als er tief einatmete. »Ich wusste nicht, dass es so ernst zwischen euch war.«

Die Worte versetzten ihr einen Stich. »Das war es nicht.« Aber das hätte es werden können, wenn sie nicht alles versaut hätte.

»Ehm. Das sehe ich«, murmelte er ungläubig.

Sie hob den Kopf und folgte seinem Blick zu der Verwüstung, die sie in ihrer blinden Wut und Trauer angerichtet hatte. Alles war zerstört. Die Spiegel zerbrochen. Die Matten versengt. Kleine Feuer loderten noch und zischten, als sie auf Pfützen trafen. Risse zogen sich durch den Boden. Sie hatte vollkommen die Kontrolle über ihre Kräfte verloren, was ihr schon lange nicht mehr passiert war.

Sie rückte von ihm ab und streckte ihre Beine aus. »Ich …« Geräuschvoll stieß sie die Luft aus ihren Lungen und ließ den Kopf in den Nacken fallen. »Es … Es ist schwer zu erklären.«

Er musterte seine Hände und lächelte wehmütig. »Es ist eigentlich ganz einfach. Du hast dich in ihn verliebt.«

Sie gab ein Schnauben von sich, das eine Mischung aus Lachen und Entrüstung war. »Das habe ich nicht.«

»Und das soll ich dir wirklich glauben? So wie du ihn immer angeschmachtet hast? Schon damals im Wald, als ihr euch bekämpft habt. Denkst du wirklich, mich konnte dein aggressives Verhalten ihm gegenüber davon ablenken? Dafür kenne ich dich zu gut, Schwesterherz.«

War es so offensichtlich gewesen? Moment.

Ihr Kopf ruckte in seine Richtung und sie musterte ihn entgeistert. »Du hast es die ganze Zeit gewusst.« Jedes seiner Worte der letzten Wochen bekam auf einmal eine ganz andere Bedeutung. »Du hast gewusst, dass ich Gorm wegen Darach verlassen wollte«, stieß sie empört aus.

Er zögerte einen Moment, dann nickte er. »Na ja, nicht ganz. Zuerst wusste ich gar nicht, was los ist.« Er lehnte ebenfalls seinen Kopf an die Wand und seufzte. »Dann habe ich mit Sean telefoniert.«

»Was? Warum?« Sie starrte ihn mit offenem Mund an.

Lapidar zuckte er mit den Schultern. »Dachtest du wirklich, ich würde mich nicht erkundigen, was passiert ist, wenn du völlig aufgelöst zu mir kommst, verlangst, dass wir Schottland umgehend den Rücken kehren und dich dann stundenlang im Bad einsperrst? Dein Shirt war zerrissen. Ich habe mir sonst was ausgemalt. Jede Nacht habe ich dich weinen hören, auch wenn du versucht hast es vor mir zu verbergen.«

Ungläubig schüttelte sie den Kopf. Wie hatte sie nur so naiv sein können? »Warum hast du nicht mit mir darüber gesprochen?«

Ein zärtliches Lächeln umspielte seine Lippen und er strich ihr eine Haarsträhne hinters Ohr. »Weil du jedes Mal die Zähne gefletscht hast, sobald ich auch nur das Wort *Síodhach* in den Mund genommen habe.«

»Aber musstest du dann ausgerechnet mit Sean reden?« Sie wollte gar nicht wissen, was die beiden miteinander besprochen hatten.

»Ich dachte zuerst, er wäre der Grund. Du hast auf ihn und seine Beziehung mit Rona so seltsam reagiert. Wobei seltsam noch untertrieben ist.«

Genervt warf sie ihm einen erbosten Blick zu. »Das war, weil die beiden so verdammt glücklich waren!«

Er lachte. »Ach? Dann warst du gar nicht eifersüchtig, dass Sean eine andere hatte, sondern darauf, dass die beiden ihr Glück genießen konnten, während du dir deine Gefühle für deinen *Síodhach* nicht einmal eingestehen wolltest?«

»Ach, halt die Klappe«, zischte sie. »Und was hat Sean dazu gesagt?«

»Nur dass Darach der festen Überzeugung war, dass ihr Seelenpartner oder so was Ähnliches seid und er dir das wohl gesagt hat«, meinte ihr Bruder vorsichtig, als würde er mit einem Feuerzeug zu nahe an einer Zündschnur hantieren. Sinnvoll, denn sie stand kurz davor, in die Luft zu gehen.

Er rückte etwas von ihr ab. »Außerdem bist du genauso stur wie Mom. Erinnerst du dich noch, als Pa den Hochzeitstag vergessen hat?«

Ihre Augen formten sich zu Schlitzen. »Sie hat zwei Wochen kein einziges Wort mit ihm gesprochen.« Den Gefallen würde sie ihrem Bruder allerdings nicht tun. Stattdessen erdolchte sie ihn mit Blicken. »Das ist jedoch nicht mit dieser Situation vergleichbar«, betonte sie erbost.

»Wenigstens weinst du nicht mehr.«

Sie gab einen unwilligen Laut von sich und boxte ihn auf die Schulter.

»Au. Warum muss ich immer als dein Boxsack herhalten?«, maulte er.

»Weil du es darauf anlegst«, grollte sie und ließ sich erschöpft wieder gegen die Wand in ihrem Rücken fallen. Aodh war wirklich eine Nervensäge, aber er wusste ganz genau, wie er sie aus einem Tief holen konnte. Sie fühlte sich leichter, auch wenn das Loch in ihrem Herzen weiterhin schmerzte.

Langsam ließ sie sich an der Wand in seine Richtung gleiten und stupste ihn mit der Schulter an. »Danke.«

»Gerne.« Er stupste zurück. »Geht es dir wieder besser?«

Ihre Nase war von der ganzen Heulerei verstopft. Ihre Augen geschwollen. Innerlich fühlte sie sich ausgebrannt. Aber das würde vergehen. Irgendwann. »Ein wenig.«

Sie zog ihre Füße dicht an den Körper und schlang die Arme um ihre Knöchel. »Mom und Pa haben sich getrennt, weil er kein Druide ist. Weil sie einfach zu verschieden waren.«

Sie spürte, wie Aodh sie von der Seite musterte. »Du denkst, dass du deswegen Darach und dir nie eine Chance gegeben hast?«

»Vielleicht.« Sie zupfte an einem Faden, der an ihrem Saum herausschaute. »Es gab so viele Gründe, oder besser Ausreden, warum ich ihn immer wieder von mir gestoßen habe.« Erneut kamen die Tränen hoch und sie kämpfte sie nieder. Sie bemitleidete sich nur selbst. Trauerte um die Möglichkeit, mit ihm glücklich zu werden, die sie sich selbst genommen hatte. »Du hattest recht. Ich hatte Angst. Angst, mich in dieser Beziehung zu verlieren.« Dabei hatte sie sich schon lange davor verloren. »Zwischen uns war von Anfang an diese Verbindung, die ich nicht verstanden habe.« Heiß brannte eine Träne ihre Spur in ihre Wange. Sie wischte sich mit der Hand über die feuchte Stelle und schniefte.

»Ich weiß, was du meinst. Zwischen euch war etwas und ich dachte, mit mehr Abstand und wenn sich alles langsam normalisiert hat, würdest du erkennen, was dein Herz will.«

Es wollte diesen *Síodhach*, der ihr mit seinen Küssen die Sinne geraubt hatte. Der dieses verfluchte Grübchen im Kinn und die fliederfarbenen Augen besaß, die nicht nur die Kämpferin in ihr sahen, sondern auch die verletzliche Person dahinter. Er ließ sich nicht von ihrer kratzbürstigen und kindischen Art verjagen. Statt ihr genau in dem gleichen ruppigen Ton zu begegnen, zeigte er ihr immer wieder, dass sie ihm etwas bedeutete. Zum Training brachte er ihr immer ihr Lieblingsgetränk mit, dachte an kleine Snacks. Wenn sie sich verletzte, weigerte er sich so lange weiterzukämpfen, bis er sich überzeugt hatte, dass es nichts Ernstes war. Und er brachte sie zum Lachen. Immer wieder suchte er von sich aus ein Gespräch, versuchte mehr über sie in Erfahrung zu bringen. Vorsichtig, denn wenn er sich zu weit vorwagte, war sie schneller weg, als er blinzeln konnte. Und dennoch ließ er einfach nicht locker.

Es waren die kleinen Gesten gewesen, die ihr Herz immer weiter für ihn geöffnet hatten und an die sie sich nun schmerzlich erinnerte. Vielleicht hatte ihr Bruder recht und sie hatte sich in ihn verliebt. Aber es war zu spät.

Aodh legte eine Hand auf ihr Knie und tätschelte es, bevor er sich erhob. »Islind hat einen Boten geschickt. Sie halten eine Trauerfeier zu Ehren der Gefallenen ab. Er hat explizit nach dir gefragt«, teilte er ihr mit.

»Er hat mich bereits gefunden.« Langsam stieß sie die verbrauchte Luft aus ihren Lungen.

»Es tut mir leid. Ich habe für dich gehofft, dass sie Darach finden … Aber um ehrlich zu sein, habe ich nicht damit gerechnet. Nicht nach der langen Zeit.«

Ciarda schluckte den Kloß in ihrem Hals hinunter. Genau aus dem Grund hatte sie versucht erst gar nicht zu hoffen, dass Darach den Erdrutsch überlebt haben könnte. Aodh zog sie hoch. »Vielleicht hilft es dir, damit abzuschließen.«

»Vielleicht«, murmelte sie und fröstelte ein wenig. Zittrig rieb sie sich über die Arme, auf denen sich eine Gänsehaut gebildet hatte. Ihre Kehle war wie zugeschnürt. Alles in ihr sträubte sich bei der Vorstellung, Darach endgültig Lebewohl zu sagen.

Dennoch stand sie einige Tage später auf den Feldern vor *Kasdale*, auf denen einen Monat zuvor noch gekämpft worden war. War wirklich erst so wenig Zeit vergangen? Ihr kam es vor wie eine Ewigkeit, seit sie zuletzt dieses Reich unter der Erde betreten hatte.

Beunruhigt ließ sie den Blick über die Landschaft gleiten. Auf den Feldern wuchs Getreide, das in wenigen Tagen bereits geerntet werden könnte. Die Bäume waren wieder zu ihrer alten Größe gewachsen und knarzten leise, wenn der Wind hindurchstrich. Nur wenn man ganz aufmerksam war, konnte man an einigen versteckten Stellen noch die verkohlten Überreste der Feuer erkennen, die in dem Wald gewütet hatten. Es wirkte, als wäre nichts in dem Tal geschehen.

Und doch hatte sich etwas verändert. Das Land selbst schien zu trauern und wirkte noch düsterer und bedrückender. Nur wenige Sterne funkelten an dem künstlichen Himmel, dessen Farbe Ciarda an Darachs Augen erinnerte. Sie hatte das Gefühl, auf rohen Eiern zu laufen, während sie langsam Batair folgte, der sie und die anderen Druiden zu der Prozession von *Síodhach* führte, die den Weg von *Kasdale* herunterkam und sich Richtung Fluss bewegte.

»Aodh«, rief eine vertraute Stimme und holte sie wieder in das Hier und Jetzt. Logan begrüßte ihren Bruder freundschaftlich und nickte ihr kurz zu. Er wirkte anders. Entspannt. Der Zorn, der sein ständiger Begleiter gewesen war, war verschwunden. Der Grund dafür trat ebenfalls zu ihnen und streckte ihr die Hand entgegen. »Hallo, du musst Ciarda sein. Ich bin Kathrine.« Sie lächelte, aber es war verkrampft und in ihren Augen saß der Schmerz.

Ciarda ergriff die dargebotene Hand, nickte und versuchte ebenfalls ein Lächeln zustande zu bringen.

»Du hast ihm viel bedeutet. Es tut mir leid.« Kathrines Augen wurden feucht und Logan legte tröstend einen Arm um ihre Schultern.

Das Lächeln von Ciarda gefror. Plötzlich war alles so real. Sein Tod greifbar. Sie starrte mit pochendem Herzen Kathrine und Logan nach, die sich der Reihe von *Síodhach* anschlossen.

»Du schaffst das«, versuchte ihr Bruder sie zu ermutigen. Sie war sich dessen nicht mehr sicher, nickte dennoch brav und verlor sich bei dem Anblick des zerstörten Abhangs und der eingestürzten Mauer von *Kasdale,* die als Einzige stumm an die Geschehnisse erinnerten.

Irgendwer drückte ihr etwas in die Hand und sie klammerte sich an das kühle Gefäß, das an ein überdimensionales Marmeladenglas erinnerte, während sie den Pfad abschritt. Leise begann einer der *Síodhach* zu singen und immer mehr fielen mit ein. Es waren keine Worte, nur eine traurige und vielschichtige Melodie, die die klaren Stimmen der Elfen schufen. Der Gesang berührte sie, hielt ihr den Verlust noch deutlicher vor Augen und zugleich fühlte sie sich nicht allein, stattdessen als Teil von etwas Großem.

Nur langsam kamen sie vorwärts, bis sich die Bäume lichteten und einen Blick auf das Meer freigaben. Kleine schwarze Boote, kunstvoll geschnitzt, schaukelten in der Brandung. Ein salziger Geschmack lag in der Luft und die Wellen schlugen an den bunt glitzernden Strand, der durchsetzt war mit schwarzen Adern. Fackeln standen im Boden und tauchten die Gesichter der *Síodhach* in einen flackernden Wechsel aus Licht und Schatten. Das Lied verstummte und sie verteilten sich über den Strand, den Blick auf das unendlich erscheinende Wasser gerichtet.

So viel hatte sie verloren durch die *Síodhach*. Ihre Mutter, ihre Freunde. Ihre Kindheit. Selbst ihren Vater, den sie kaum sah, seit sie nach Gorm gegangen war.

Und jetzt stand sie hier. In der Welt ihrer ehemaligen Feinde, um deren Tote zu betrauern.

Es fühlte sich noch immer unwirklich an.

Aufgewühlt fokussierte Ciarda ihren Blick auf Islind, die majestätisch über die bunten Steine schritt, die unter ihren Füßen leise knirschten. Ihr folgte ein *Síodhach*, der selbst im Gegensatz zu den anderen Elfen, die mehrere hundert Jahre alt waren, uralt wirkte. Blassblaue, trübe Augen starrten in die Menge, als würden sie sie nicht sehen. Der weiße, lange Bart schleifte im Sand und der knorrige Stab überragte ihn um einen halben Kopf. Ein wenig erinnerte er sie an Miraculix.

»Das ist Semias, der letzte unserer vier Weisen«, erklärte flüsternd ein *Síodhach* in ihrer Nähe, der sich zu Dan und Logan gestellt hatte.

Semias dunkles Timbre strafte den Eindruck Lügen, dass er gebrechlich sein könnte. »Krieg ist nie ruhmvoll, auch wenn es ehrenhaft ist, für Freiheit und Gerechtigkeit zu kämpfen. Das Land der Menschen war nie unseres, auch wenn es eine Zeit lang eine Heimat war. Wir haben es in blutigen Kämpfen den *Firbolgs* und den *Fomoren* entrissen. Das Verderben, das unser Reich befallen hat, ist eine Strafe der Götter für unsere Frevel. Es sind dunkle Zeiten, die wir erleben. Gleichwohl leuchtet die Hoffnung in diesen Tagen heller, strahlt im Schatten der Verzweiflung und des Krieges. Wir sind *Túatha Dé Danann*, Kinder der Göttin Danu. In uns lebt ein göttlicher Funke, den auch die *Milesier* in sich tragen.« Sein Blick schweifte kurz über sie, Dan, Ian und die anderen Druiden, die zu dieser Feier erschienen waren, und blieb dann an Logan hängen. »Funken, die sich verbinden und unsere Völker erneuern. Aber es liegt noch ein langer Weg vor uns, genauso wie vor den

Geistern derer, die sich dafür geopfert haben, dass diese Hoffnung nicht erlischt.«

Langsam drehte er sich dem Ozean zu und breitete die Arme aus. In dem knorrigen Kopf des Stabes in seiner Hand glomm ein dunkelblaues Licht auf, während er die See anrief. »Wir übergeben diese Körper den Gezeiten und die Seele euch Göttern. Möget ihr unsere Gefallenen auf ihrem Weg leiten und sie am Ende zu uns zurückführen.«

Stille.

»Morath aus dem Hause Karien«, verkündete der alte *Síodhach* und eines der kleinen Boote löste sich wie von Geisterhand aus der Ansammlung und glitt aufs Meer hinaus. Leise schwappten die Wellen an das Holz und brachten es zum Schaukeln.

Grünes Feuer entzündete sich und Funken lösten sich aus den Flammen. Wurden größer und größer, bis Ciarda erkannte, dass es sich um leuchtende Schmetterlinge handelte, deren grüne Farbe langsam verblasste, je höher sie stiegen, bis sie am Ende funkelnde Sterne am Firmament waren.

Gänsehaut überzog Ciardas Arme und stumme Tränen rannen ihr über die Wangen.

Ein weiterer Name erklang wie ein klarer Glockenschlag und erneut löste sich ein Boot, in dem mit weißen Stoffen verhüllt einer der Gefallenen lag. Beim nächsten Namen trat eine *Síodhach* vor. Sie trug wie Ciarda auch ein Gefäß, das sie nun öffnete. Etliche der Lichtmotten flatterten heraus, schwangen sich in die Lüfte und nahmen ihren Platz wieder an der Felsdecke des unterirdischen Reiches ein.

Es waren so viele. So viele Namen, Boote und Sterne. So viele, die in einer einzigen Schlacht gefallen waren.

Bis sich am Ende ein helles Band über den violetten Himmel zog, wie eine Straße, die in das Reich der Toten führte.

»Darach.«

Sein Name war so plötzlich in die Stille gerufen worden, dass sie einen Moment brauchte, bis sein Klang in ihr Bewusstsein drang. Kein Haus, keine Titel schmückten ihn. Nur Darach. Ihr Darach.

Ciarda konnte fühlen, wie immer mehr Anwesende sie erwartungsvoll ansahen. Aber auch verachtend. Empörung wurde laut, bis Semias ein Machtwort sprach. »Er hat in diesem Krieg genauso sein Leben geopfert wie die anderen, die wir heute betrauern.«

Sie starrte auf das pechschwarze Glas in ihrer Hand und hatte das Gefühl, dass es sich mit jedem Takt ihres Herzschlags immer weiter von ihr entfernte. Ihre Füße schienen fest mit dem Boden verwachsen zu sein, ihre Finger wie erfroren.

Sie konnte das nicht. *Er darf einfach nicht tot sein. Es kann nicht wahr sein. Das hier ist falsch!*

»Er ist nicht tot«, flüsterte sie und starrte in die Runde. Die meisten konnten ihr nicht in die Augen sehen. Manche scharrten ungeduldig mit den Füßen, warteten darauf, dass sie dieses Glas öffnete, um sich endgültig von Darach zu verabschieden. Angeekelt ließ sie es los und es fiel mit einem dumpfen Geräusch in den farbigen Sand.

»Er ist nicht tot!« Ihr Schrei hallte laut und Unheil verkündend in der Stille. Alle sahen sie verwundert an. Sie blinzelte geschockt über ihre eigene Reaktion. Am liebsten wäre sie in den Boden versunken.

Mit einem Ruck riss sie sich aus der Starre. Rannte los. Der Kies knirschte unter ihren Schuhen. Wie ein Echo waren weitere Schritte hinter ihr zu hören. Sie legte einen Zahn zu, aber jemand war schneller, erwischte sie am Arm und riss sie zu sich herum. Sie sah in die dunkelbraunen Augen ihres Bruders, die sie besorgt musterten. »Du kannst nicht ewig vor allem davonlaufen«, sagte er leise und verständnisvoll.

»Ich weiß, aber im Moment muss ich allein sein.« Sie schloss die Augen und versuchte irgendwie Herr über die Emotionen zu werden, die sie drohten zu ersticken. »Bitte«, flehte sie mit rauer Stimme.

Widerstrebend nickte er und ließ sie los.

Bevor sie in das dichte Unterholz eintauchte, warf sie einen Blick über die Schulter. Aodh stand immer noch an derselben Stelle, an der er sie hatte gehen lassen, und blickte ihr nach.

Etwas hielt sie zurück und etwas anderes trieb sie vorwärts. Sie wusste gar nicht, wo sie hinwollte, nur dass sie Abstand brauchte. Zu allem, auch wenn ihr bereits bewusst war, dass das nie möglich wäre. Ihr Schmerz war ein Teil von ihr, würde er immer sein.

Erst als sie sich an einer kleinen Böschung wiederfand, deren grasbewachsenes Gefälle in den Fluss führte, blieb sie stehen und sah auf das dunkle Wasser, in dem sich die Sterne spiegelten. Leichter Nebel stieg auf und ließ sie das andere Ufer nur erahnen. Ein Platschen erklang und sie sah in die Richtung, aus der das Geräusch gekommen war. Die glatte Oberfläche wellte sich und sie starrte auf die kleinen Kreise, die immer größer wurden. Kurz darauf schaute ein Pferdekopf aus dem Wasser und sah zu ihr herüber. Der gütige, sanfte Blick aus goldbraunen Augen, die eine Spur heller als sein Fell waren, ließen die Legenden über die Kelpies als Monster, die Menschen in die Tiefe zogen, um sie dort zu verspeisen, völlig unrealistisch erscheinen. Wie so vieles in ihrem Leben.

Mit einem Satz sprang das Kelpie hoch. Grünblaue Schuppen schimmerten auf seinem Fischschwanz, bevor es fast geräuschlos wieder in den Fluss eintauchte und verschwand.

Die Begegnung mit dem Wesen erinnerte sie an ihr letztes Beisammensein mit Darach. Schwermütig betrachtete sie das Ufer und bemerkte den großen Stein, auf den er sie damals gesetzt hatte.

Tränen traten ihr in die Augen und sie biss sich auf die Innenseite ihrer Wange. Hier hatten sie das letzte Mal miteinander gesprochen. Sich geküsst. Mit wenigen Schritten war sie bei dem Felsen und strich wehmütig mit den Fingerspitzen über die raue und feuchte Oberfläche. *Ich werde warten.*

Plötzlich begann ihr Nacken zu kribbeln und ihr Instinkt warnte sie vor einer Gefahr. Mit Schwung drehte sie sich um und entdeckte einen *Síodhach*, der im Schatten einiger Bäume lauerte und sie offensichtlich beobachtete.

Um sich zu beruhigen, atmete Ciarda tief durch, zog den Fuß unmerklich etwas zurück, damit sie einen festeren Stand besaß. Sie drückte ihren Rücken durch und schaute ihn herausfordernd an, bis er sich langsam aus den Schatten löste und auf sie zuschritt. Seine Augen waren pechschwarz und glänzten wie Obsidiane. *Wie bei den Marionetten von Éremón.*

Ciardas Herz sackte ihr in den Magen. Kurz dachte sie an Flucht.

»Dein Name passt zu dir«, erklärte er mit einer melodischen Stimme, die Ciarda eine Gänsehaut bereitete und sie verharren ließ. *Mein Name?* Woher kannte er ihren Namen? Sie traute dieser eisigen Schönheit nicht, die wie ein Engel mit dämonischen Augen aussah.

»Was willst du von mir?« Misstrauisch kniff sie die Augen zusammen und musterte ihn von Kopf bis Fuß. Ein Schwert hing an seiner Seite. Seine Kleidung war schmutzig und an einigen Stellen zerrissen. Ungewöhnlich für einen seiner Art.

Sein Blick glitt ebenfalls über ihre Gestalt und für einen Moment huschte so etwas wie Traurigkeit über das ebenmäßige Gesicht. »Seine Bedeutung«, erklärte er.

Einen Moment lang wusste sie nicht, was er meinte, dann wurde ihr klar, dass er immer noch über ihren Namen sprach.

Ciarda. Dunkel. Ihre Muskeln im Nacken verspannten sich, bis ihr Kopf schmerzte. Woher kannte er sie?

»Nur weil ich gerne schwarze Klamotten trage?«, fragte sie vorsichtig und bewegte sich hinter den Felsbrocken, um ihn im Falle eines Angriffs als Schutz zu nutzen, bis sie ihr eigenes Schwert ziehen konnte.

Kaum merklich schüttelte er den Kopf und streckte ihr seine Hand entgegen. »In dir lauert Dunkelheit.«

Ein eisiger Lufthauch strich um sie herum und ließ sie frösteln. Der Fremde schoss schnell vor und seine Fingerspitzen berührten ihre Wange, bevor sie reagieren konnte. »Akzeptiere sie als Teil deines Selbst!«, dröhnte seine Stimme laut und prophetisch und jagte ihr ein Schaudern über den Rücken. Sie war vollkommen erstarrt, spürte seine eisige Berührung bis ins Mark.

Hinter ihr erklang ein lautes Platschen. Der Fremde hob den Kopf zu der Geräuschquelle und der Bann brach.

Schnell wich Ciarda nach hinten, in Richtung des Flusses und strich über ihre Waffenrune. Sofort materialisierte sich das Schwert glänzend in ihrer

Hand und sie richtete es gegen den unheimlichen *Síodhach*, der eben noch vor ihr gestanden hatte. Doch er war spurlos verschwunden, als hätte es ihn nie gegeben. Als hätte sie ihn sich nur eingebildet.

13

»Vielleicht solltest du jetzt besser nicht allein sein«, meinte Aodh vorsichtig und musterte sie besorgt. Seit sie aus dem *Síd* zurückgekehrt waren, behandelte er sie wie eine Glaspuppe, die jeden Moment zerbrechen könnte.

»Mir geht es gut«, versicherte sie ihm und hatte bereits ihre Zimmertür geöffnet. Schon seit jenem Morgen im Trainingsraum, wo sie ihrer Trauer endlich nachgegeben hatte, fühlte sie sich ausgeglichener. Auch wenn ihr der Tag heute noch mal einiges abverlangt hatte. Es war, als hätte ein Orkan in ihrem Geist gewütet, der nun weitergezogen war. Geblieben war eine angenehme Stille, die über der angerichteten Verwüstung schwebte.

Skeptisch schürzte er die Lippen und verschränkte die Arme vor der Brust. »Wir könnten zusammen einen Film anschauen«, schlug er vor.

Genervt verdrehte sie die Augen. »Ich finde es ja ganz süß, dass du dich um mich sorgst, aber mir geht es wirklich gut«, wiederholte sie zum gefühlt hundertsten Mal.

»Du bist so stur. Warum gibst du nicht einfach zu, dass es dir schlecht geht?«, drang Aodh weiter auf sie ein.

Die Skepsis ihres Bruders konnte sie gut nachvollziehen, denn ihr ging es nicht anders. Eigentlich hatte sie fest damit gerechnet, dass ihr die Trauerfeier stärker zusetzen würde. Das, was ihr jedoch wirklich zugesetzt hatte, war die Begegnung mit dem Fremden. »Weil alles in Ordnung ist. Du siehst es zwar immer als Aufgabe, mich zu beschützen, aber …«

»Ich bin ja auch dein großer Bruder«, unterbrach er sie empört.

Wie oft hatten sie diese Diskussion schon geführt? Seufzend stieß sie die Luft aus. »Mal davon abgesehen, dass ich erwachsen bin und sehr gut allein auf mich aufpassen kann, sind wir keine gewöhnlichen Menschen. Wir haben schon so viele Freunde und Familienmitglieder sterben sehen. Der Tod gehört zu unserem Leben dazu.«

Er wusste, dass sie recht hatte, das erkannte sie in seinen Augen, die zunehmend finsterer dreinblickten. »Das ist jetzt nicht dein Ernst. Soll ich dir einfach glauben, dass du mit einem Fingerschnippen deine Gefühle ausschalten kannst? Wochenlang bist du wie ein verdammter Zombie rumgerannt und jetzt, zack, soll alles wieder normal sein?«

Das war etwas, das ihr gerade selbst Sorgen bereitete und über das sie nachdenken musste. Allein. Seufzend lehnte sie sich gegen die geöffnete Tür und setzte eine Leidensmiene auf. »Nein, aber ich bin müde und habe Kopfschmerzen. Ich will mich einfach nur hinlegen«, erklärte sie ihm schleppend und hoffte, dass er ihr wenigstens diese kleine Notlüge abnahm und endlich verschwand.

Aodh wirkte hin- und hergerissen, aber nickte dann. »Wenn irgendwas ist, sagst du mir sofort Bescheid«, verlangte er nachdrücklich.

»Mach ich.«

Kurz verstrubbelte er ihr Haar, was er nervigerweise immer tat, wenn sie krank war, und ging. Wenn ihr Bruder von ihrer sonderbaren Begegnung mit dem fremden *Síodhach* am Fluss wüsste, hätte er wahrscheinlich nicht so schnell nachgegeben.

In dir lauert Dunkelheit. Fröstelnd rieb sie sich über die Arme, betrat ihr Zimmer und schloss die Tür hinter sich. Zu mehr war sie nicht mehr in der Lage. Die intensiven Emotionen der letzten Tage hatten sie ausgebrannt.

Erschöpft ließ sie sich einfach vornüber aufs Bett fallen und schloss die Augen. Ihre Gedanken waren ein diffuses Mosaik aus Trümmern, die der Sturm hinterlassen hatte und die keinen Sinn mehr ergaben. Die prophetischen Worte des *Síodhachs* machten ihr Angst und zugleich fühlte sie sich erleichtert. Als wüsste sie endlich den Namen einer Krankheit, die sie schon lange heimsuchte. Dabei hatte sie nie das Gefühl gehabt, krank zu sein. Bis jetzt. An ihren Händen klebte Blut. Und bis vor Kurzem war ihr diese Tatsache völlig normal erschienen.

Tief vergrub sie sich in ihr Kissen und nahm den vertrauten Geruch ihres Shampoos nach Baumwolle und einem Hauch Kokosnuss wahr. Wie sehr sehnte sie sich danach, stattdessen ihre Nase in eines von Darachs Shirts zu vergraben und seinen Geruch einzuatmen.

Bei dem Gedanken an ihn fuhren ihre Gefühle Achterbahn. Es war ein Auf und Ab der verschiedensten Emotionen, das am Ende nur abwärts und irgendwann zum Stillstand führte. Zurück blieb nur eine Leere, die nicht mehr viel mit dem Loch in ihrem Herzen gemein hatte, das Darachs Verlust hinterlassen hatte. Sie fühlte nicht mehr die Verzweiflung und die Qual der ersten Tage, die ihr so sehr zugesetzt hatten.

Hatte Aodh recht und sie hatte ihre Gefühle von jetzt auf gleich ausgeschaltet?

Leise horchte sie in sich hinein. Sie waren noch da, sie vermisste Darach, sehnte sich nach ihm. Fühlte sich rastlos und unruhig, wenn sie an ihn dachte. Mehr aber auch nicht.

Was für ein Mensch war sie, dass sein Tod ihr so wenig ausmachte? Dass es ihr vorkam, als könnte sie nur einen Monat später zu ihrer Routine zurückkehren?

Was war mit ihr los? *Was stimmt nicht mit mir?*

In dir lauert Dunkelheit. Das war es. Egoistisch hatte sie sich die ganze Zeit lediglich selbst bemitleidet, aber nicht wirklich seinen Verlust betrauert. *Du bist ein schlechter Mensch.* Sie verabscheute sich in diesem Moment mehr als alles andere.

Ein zaghaftes Klopfen riss sie aus ihrem Selbsthass und ließ sie entnervt ins Kissen stöhnen. Jede Wette, es war ihr Bruder. Frustriert hob sie den Kopf. »Verschwinde!«, rief sie und starrte wütend auf die Tür. Sie würde ihn vierteilen. Konnte man nicht einmal fünf Minuten in diesem alten Gemäuer für sich sein, um in Ruhe nachzudenken?

Knarzend öffnete sich die Tür einen Spaltbreit. »Hi, kann ich reinkommen?«, fragte Sean vorsichtig und sah sie mit seinen hellbraunen Augen fragend an.

Irritiert blinzelte sie und richtete sich auf. »Du bist doch schon drin.«

Sean stieß die Tür ganz auf und trat endgültig ein. »Aodh hat mich gebeten nach dir zu sehen.«

Typisch. Dieser Mistkerl wusste genau, dass sie Sean nicht böse sein konnte. Wenn sie den zwischen die Finger bekam.

»Trotzdem hättest du auf ein Herein warten können. Ich hätte splitterfasernackt sein können«, murrte sie und setzte sich auf.

»Nichts, was ich nicht schon gesehen hätte«, winkte er lässig ab, setzte sich ihr gegenüber auf den Schreibtischstuhl und streckte seine Beine aus.

Verwirrt musterte sie ihn. »Weiß deine Zukünftige, dass du hier bist?«, fragte sie leicht schnippisch und hätte sich am liebsten auf die Zunge gebissen, weil sie sich wie eine eifersüchtige Tussi anhörte.

Und wenn schon. Sollte Sean doch denken, was er wollte.

»Im Endeffekt ist sie schuld, dass ich jetzt hier sitze.«

»Häh? Ich dachte, Aodh schickt dich.«

»Sie wollte gerade zu dir, als Aodh zu uns kam, aber ...« er unterbrach sich und sah sie an, als hätte er ein schlechtes Gewissen.

»Aber was? Sollst du ihr etwa brühwarm erzählen, dass es mir scheiße geht?«

»So ist Rona nicht.«

Sofort hatte sie ein schlechtes Gewissen. Sie seufzte. »Ich weiß, ich ... Ach, vergiss es. Du kannst beiden sagen, dass es mir gut geht. Und jetzt verschwinde.«

Statt zu gehen, starrte er gedankenverloren auf ihr Regal, in dem nur ein paar verstaubte Bücher standen und ihre Dolche blitzblank poliert lagen. »Ich wollte nicht, dass sie herkommt«, murmelte er.

Ciarda hatte schon ihren Mund geöffnet, um ihn zu fragen, was er ihr damit sagen wollte. Ihr Blick zuckte ebenfalls zu den Messern und ihr Magen formte sich zu einem Klumpen. »Du denkst immer noch, dass ich sie umbringen möchte?« Es tat weh, dass er so von ihr dachte.

»Nein! Wie kommst du auf den Blödsinn?« Er wirkte entsetzt.

»Und welchen Grund hattest du sonst, sie nicht herkommen zu lassen?« Sie verstand ihn. *In dir lauert Dunkelheit.*

Ertappt und verlegen rieb er sich über den Nacken.

»Wusste ich es doch«, murmelte sie enttäuscht.

»So war das nicht gemeint. Es ist nur …« Er legte den Kopf in den Nacken und stieß die Luft aus. »Du bist sehr temperamentvoll und … na ja, ich erinnere mich noch daran, wie deine Mutter damals umkam. Du kannst in deiner Trauer sehr verletzend sein – nicht absichtlich, das weiß ich, aber Rona ist …« Hilflos stieß er erneut die Luft aus, ließ die Schultern fallen und rieb sich erschöpft über die Augen. »Ihr geht es schon schlecht genug.« Deutlich sah man, dass ihn eigene Dämonen jagten.

»Ist mit dem Baby alles in Ordnung?«

Unruhig lehnte sich Sean vor, stützte die Unterarme auf seinen Oberschenkeln ab und knetete seine Finger. »Darachs Tod belastet sie sehr. Sie redet nicht mit mir darüber, aber ich denke, sie gibt sich die Schuld daran.« Er stand auf und fuhr sich aufgebracht durch die Haare. »Genauso wie an diesem verfluchten Krieg. Einfach an allem«, stieß er frustriert aus.

»Aber sie kann nichts dafür. Ihre Brüder haben die Entscheidung getroffen, Islind anzugreifen. Nicht sie.« Betroffen presste sie die Lippen aufeinander. Wie oft hatte sie Rona, seit sie aufgetaucht war, dafür verflucht, dass ihr Leben wegen ihr kopfstand. »Sie gibt sich die Schuld, weil sie die Grenzen aufgebrochen hat«, wurde ihr klar. Dabei konnte Rona dafür genauso wenig, wie ihr Darach mehrfach versichert hatte.

Sean blieb an dem kleinen Fenster stehen, das einen Blick über das weite Tal unterhalb von Gorms Mauern bot. »Weißt du, was die Ironie des Ganzen ist? All die Anfeindungen ihr gegenüber kamen genau von den Idioten, die sich am Ende auf Éremóns Seite geschlagen haben. Dabei war es die ganze Zeit genau das, was er geplant hatte.«

»Ich war auch eine von diesen Idioten«, murmelte sie betroffen und schnappte sich ihr Kissen, das sie gegen ihren Bauch drückte und ihr Kinn darauf abstützte.

Seans Kopf ruckte in ihre Richtung und sie senkte schnell den Blick. Es war ihr unmöglich, ihm in die Augen zu sehen.

»Aber du hast dich nicht von seinen Lügen einlullen lassen.«

»Ach ja? Ich habe ihm geglaubt, dass die *Síodhach* böse sind.«

»Aber du bist hier.«

»Aye, aber nur weil Aodh mich überredet hat zurückzukommen. Und weil …« Verzweifelt schloss sie die Augen. Bisher hatte sie es verdrängen können. Sie traute sich gar nicht diesen Gedanken laut auszusprechen. »Weil niemand von denen an mich herangetreten ist.«

Entgeistert klappte Seans Mund auf. »Das denkst du jetzt nicht ernsthaft, oder? Ich kenne dich lange genug, um zu wissen, dass du niemals so dumm gewesen wärst ihm zu folgen.«

Zornig schob sie das Kissen zur Seite und erwiderte seinen Blick. »So wie Kenan? Oder Connor? Hast du etwa bei ihnen von vorneherein gedacht, dass sie uns irgendwann verraten werden? Verdammt, sie waren unsere Freunde.« Der bittere Geschmack von Galle sammelte sich in ihrem Mund. Sie fühlte sich so machtlos. Connor war so oft mit ihr gemeinsam auf Streife gewesen, hatte ihr den Rücken gestärkt. Dabei hatte er die ganze Zeit das Messer gewetzt, das er ihr in den Körper rammen wollte. Seinen Tod hatte sie noch weniger bedauert als Darachs.

Seans Schultern spannten sich an. »Aye, das waren sie. Vor allem deine«, murmelte er leise.

»Was willst du mir damit sagen? Dass ich es eher hätte merken müssen? Dass ich vielleicht meine Mutter hätte retten können?«

Betroffen öffnete er den Mund und schüttelte dann den Kopf. »Das wirfst du dir nur selbst vor. Éremón hat deine Mutter töten lassen. Du wärst ihm nie gefolgt.« Er wirkte von seinen Worten so überzeugt.

»Und wie kann ich sicher sein, dass er diesen Befehl gegeben hat? Ich weiß das doch nur, weil ihr mir das gesagt habt. Ich hätte den Widerstand beinahe verraten, als ich es das erste Mal erfahren habe. Weil ich Aodh schon damals nicht glauben konnte.« Verzweifelt fuhr sie sich durch die Haare.

Sean schüttelte den Kopf. »Das war einfach zu viel für dich. Du bist auch nur ein Mensch. Verdammt, als ich das alles erfahren habe, konnte ich es auch zuerst nicht glauben. Ich hätte Rona beinahe deswegen verloren.«

Sie schluckte und sah ihn schniefend an. »Aber ich hätte sie fast getötet.« Tränen traten in ihre Augen. »Genauso wie Darach.«

Seine Schultern sackten herab und er ging auf sie zu. »Aber das hast du nicht.«

»Aber ich wollte es.«

Die Matratze sank ein, als Sean sich neben sie setzte. »Das glaube ich nicht. Wie oft hast du schon gesagt, dass du deinen Bruder umbringst, wenn er dich mal wieder auf die Palme gebracht hat? Oder soll ich dich daran erinnern, was du mir alles an den Kopf geworfen hast, als wir uns getrennt haben? Logan ist übrigens immer noch felsenfest davon überzeugt, dass du mich damals umbringen wolltest, und deswegen schlecht auf dich zu sprechen.«

Beschämt sah sie von ihm weg. »Ich würde dich oder Aodh nie absichtlich verletzen.« Schwermütig zupfte sie an einer Feder, deren Kiel durch den Stoff ihres Kissens lugte. »Bei Rona ist das etwas anderes. Und das weißt du auch. Du willst sie nicht einmal in meine Nähe lassen, weil du Angst hast, ich könnte ihr etwas antun.« Bitter schnippte sie die weiße Daune weg und sah herausfordernd zu ihm auf.

Diesmal war es Sean, der ihr nicht in die Augen sehen konnte. Seine Kiefermuskeln spannten sich an. »Das hat nichts mit dir zu tun. Der Gedanke, dass sie verletzt werden könnte, macht mich wahnsinnig. Ich würde es nicht ertragen, wenn ihr etwas passiert«, gestand er kleinlaut.

»Du bist also nur eine überfürsorgliche Glucke wie mein Bruder?«

Ein zaghaftes Schmunzeln legte sich auf seine Lippen, wie sie es beabsichtigt hatte, auch wenn die Sorgen immer noch seine Augen überschatteten. »Aye. Ich würde sie am liebsten in Watte packen oder einsperren, wenn ich könnte. Aber ich denke, ich hätte damit genauso wenig Erfolg wie damals Aodh bei dir.«

Jetzt war es an ihr zu lächeln, als sie sich erinnerte, wie Aodh sie zum Training mit Schaumstoff ausgepolstert hatte, nachdem sie am Vortag lauter blaue Flecken von den Übungen davongetragen hatte. »Und dann dieser Helm.« Bei dem Gedanken verdrehte sie die Augen.

Seans Grinsen wurde breiter. »Ich fand, er stand dir ausgezeichnet.«

Pikiert schob sie die Unterlippe vor. »Deswegen haben du, Gavin und Connor auch lachend auf dem Boden gelegen.«

Die Erinnerung an ihre ersten Jahre hier holte sie beide wieder in die Realität. »Was denkst du, hat sich verändert?«, fragte sie leise in die drückende Stille.

Seufzend schob sich Sean nach hinten, sodass er sich wie sie mit dem Rücken an die Wand lehnen konnte. »Wir mussten schnell erwachsen werden.«

»Jetzt, wo Éremón und Éber tot sind, meinst du, die anderen kehren wieder zurück?«

Einen Moment dachte Sean über ihre Frage nach, bevor er mit den Schultern zuckte. »Keine Ahnung. Vielleicht folgen sie auch weiterhin dem eingeschlagenen Weg, auch wenn dieser schon lange nicht mehr der ist, den sie ursprünglich beschreiten wollten.«

Dumpf erinnerte sie sich an Kenans Worte, kurz nachdem die Abgesandten der *Síodhach* in die Burg gekommen waren. »Wenn man dieses rothaarige Miststück umbringt, vielleicht sind dann die Grenzen wieder dicht.«

Damals hatte sie sie nicht ernst genommen. Sie alle wollten nur diese Welt beschützen. Doch ihre Methoden konnten nicht unterschiedlicher sein. »Es wäre für Rona sicherer gewesen, wenn ihr in New York geblieben wärt.«

Lang und tief stieß er den Atem aus. »Aye.«

»Warum seid ihr dann zurückgekehrt?« Neugierig musterte sie ihn.

»Warum bist du wieder hier?«

»Weil mein Bruder mich dazu genötigt hat.«

Sean lachte. »Als ob er das könnte. Ich erinnere mich noch sehr gut daran, wie du ihn dazu überredet hast, dass er dich mitnimmt zur Koboldjagd. Sei ehrlich. Du wolltest herkommen.«

Sie winkelte ihre Knie an und faltete ihre Hände darum. »Es war mehr ein Zwang, als würde mich etwas … oder besser jemand zu sich ziehen.«

Eine ganze Weile sagte Sean nichts, dann rutschte er an die Kante. Seine Schultern spannten sich an und er warf ihr einen Blick über die Schulter zu. »Hättest du Rona damals *wirklich* getötet?«, fragte er in einem Ton, der sie aufhorchen ließ. »Was soll die Frage?«

»Ich vertraue dir.« Er klopfte ihr freundschaftlich auf den Oberschenkel und stand auf. »Darach hat es ebenfalls getan. Vielleicht solltest du das auch tun. Denk einfach mal darüber nach.«

Noch Minuten später starrte sie verwirrt auf die geschlossene Zimmertür. Durch ihren leeren Geist schienen nur ein paar Steppenläufer zu rollen. Was wollte er ihr, verdammt noch mal, damit sagen?

Frustriert ließ sie den Kopf in den Nacken fallen, was nur dazu führte, dass ein scharfer Schmerz durch ihren Schädel schoss, als dieser gegen die Wand stieß. Zischend ließ sie sich auf ihre Decke gleiten. Jetzt war sie genau da, wo sie schon gewesen war, bevor Sean den Raum betreten hatte. Nur dass sie dieses Mal an ihre erste Begegnung mit Rona dachte. Sie erinnerte sich an den verlorenen Eindruck, den die junge Frau auf sie gemacht hatte. Ihre Kleidung war zerrissen, ihre bloßen Füße schmutzig und mit Leinen umwickelt. Im ersten Moment verspürte Ciarda Mitgefühl. Bis sie sich daran erinnerte, was ihre Aufgabe war: jeden *Síodhach* aufzuhalten! Ohne lange zu zögern, griff sie Rona an, die daraufhin die Flucht angetreten hatte. Sie erinnerte sich an den panischen Ausdruck in den klaren blauen Augen, als ihr Schwert nur knapp neben ihrem Kopf auf einen Stein geprallt war, nachdem sie stürzte. Ihre Angst, als sie sie in dem Steinkreis gefangen gesetzt hatte.

Verstört rollte sie sich zusammen und schlang die Arme um ihre Beine.

Wie konnte Sean nur annehmen, sie hätte Rona nicht getötet, wenn sie die Gelegenheit dazu bekommen hätte? Wie konnte er ihr vertrauen? Wenn sie sich vorstellte, dass sie, statt daneben zu schlagen, als Rona am Boden gelegen hatte, getroffen hätte, wurde ihr ganz anders zumute. Eigentlich hätte sie sie gar nicht verfehlen können.

Gänsehaut überzog ihren Körper und sie starrte ins Leere. Warum hatte sie Rona in diesem Moment nicht mit dem Schwert verletzt? War es das, was Sean meinte? Dass sie es eigentlich nicht gewollt hatte?

Nachdenklich richtete sie sich auf. Die unglaubliche Geschichte, die Rona ihr damals aufgetischt hatte, hatte einen dumpfen Widerhall in ihrem Inneren ausgelöst. Ein Teil von ihr wollte ihr glauben, erkannte vielleicht die Wahrheit, der andere war wütend darüber. Schon lange spürte sie keine

Zweifel mehr bei dem, was sie tat. Nicht mehr, seit sie das kleine weißhaarige Mädchen verschonte, in das sich ein Naturgeist verwandelte, der ihr Zögern nur dafür nutzte, um ihren Bruder schwer zu verletzen.

Egal wie viel Widerwillen sie gegen ihre Befehle spürte, am Ende siegte stets ihr Pflichtgefühl. Sie hatte die falsche Entscheidung getroffen und der Dunkelheit die Türen zu ihrer Seele weit geöffnet.

Akzeptiere sie als Teil deines Selbst.

Nein! Sie wollte das nicht. Wollte nicht länger mit sich und ihrem Schicksal hadern oder in Selbstmitleid ertrinken. Nicht länger sollten die Geister der Vergangenheit ihr Leben bestimmen. Sie konnte die Zeit nicht umkehren und ihre Fehler ungeschehen machen. Sie konnte nur aus ihnen lernen und Wiedergutmachung leisten. Entschlossen stand sie auf, drückte ihren Rücken durch und sammelte sich. Tief atmete sie durch und öffnete die Tür. In diesem Moment hatte sie das Gefühl, nicht nur auf den Flur hinauszutreten, sondern auch in einen neuen Lebensabschnitt.

Die ängstliche Seite in ihr wollte am liebsten direkt wieder umkehren und sich unter die Decke verkriechen. Mit jedem Schritt ließ sie diesen Teil weiter hinter sich zurück.

Dennoch zögerte sie einen Moment, als sie bei ihrem Ziel angekommen war. *Augen zu und durch*. Bestimmt klopfte sie gegen die Tür und wartete, bis sie von drinnen ein Poltern vernahm. Ein Fluch folgte, dann wurde der Schlüssel herumgedreht und die Tür einen Spalt geöffnet. Seans Augen wurden groß, als er sie bemerkte. »Ciarda? Ist alles in Ordnung?«

»Ich … Aye.« Nervös lächelte sie. »Ich würde gerne mit Rona sprechen«, erklärte sie unsicher.

Seans Gesichtsausdruck verzog sich missmutig. Er ließ das Türblatt los und stieß mit dem nackten Fuß die alte Eichentür komplett auf, sodass sie in das Zimmer blicken konnte, das er nun mit Rona bewohnte. Es war nicht besonders groß. An der einen Wand stand Seans Schreibtisch, auf dem sein zugeklappter Laptop und einige Bücher lagen. In der hinteren Ecke nahm ein ausladendes Bett einen erheblichen Teil des Raumes ein. Rona erhob sich gerade davon und zupfte ihre Kleidung zurecht. Ihre Haare waren zerzaust.

Offensichtlich hatte sie die beiden bei einer ganz anderen Sache gestört. »Eh … Ich kann auch später wiederkommen«, schlug sie vor und trat bereits den Rückzug an.

»Nein. Warte. Ich wollte sowieso mit dir reden«, meinte Rona und kam zur Tür gestürzt. Sean sah sie abwartend an und wirkte nicht begeistert.

»Ich wollte wirklich nicht stören«, begann Ciarda und starrte auf die zerwühlten Laken.

Fragend richtete sich Ronas Blick von Sean zu dem Bett. »Achso.« Verlegen lachte Rona und ihre Wangen bekamen ein wenig Farbe. »Tust du nicht«, versicherte sie sofort. »Sean hat mich nur ein wenig massiert, weil ich Schmerzen hatte.«

Sean wirkte noch immer unzufrieden. »Du weißt nicht, wohin uns das noch geführt hätte«, grummelte er, trat aber zur Seite und zwinkerte Ciarda zu.

Unsicher trat Ciarda ein und sah Rona an. »Es tut mir leid, dass ich dir damals nicht geglaubt und dir Angst gemacht habe«, stieß sie aus, bevor sie den Mut verlor. »Das, was ich getan habe, ist unverzeihlich. Dennoch möchte ich es wiedergutmachen.« Auch wenn sie noch keine Ahnung hatte, wie sie das bewerkstelligen sollte.

Erstaunen breitete sich auf Ronas Gesicht aus. Ihr Blick schweifte zu Sean und kehrte dann zurück zu ihr. Rona setzte an etwas zu sagen, konnte es aber erst nach mehreren Anläufen. »Darach hat immer gesagt, dass dich keine Schuld trifft. Dass du mir niemals etwas angetan hättest.«

Ciarda schluckte. Sie kämpfte mit den Tränen. »Ich weiß nicht, ob er damit recht hatte.« Unsicher presste sie die Lippen aufeinander.

Einen Moment sah Rona sie an und schien weit weg zu sein, bis sie traurig lächelte.

»Hast du was gesehen, dass …«, begann Sean, aber Rona schnitt ihm das Wort ab. »Später.« Sie wandte sich an Ciarda. »Ich hätte Darach früher in Bezug auf dich vertrauen sollen. Es wirkte, als könnte er in einen hineinsehen. Er wusste immer, was in mir vorging.«

Ronas Worte ließen Ciarda an die vielen Momente denken, in denen er ihr nur in die Augen gesehen hatte und sie sich entblößt vorgekommen war.

Nicht körperlich, sondern seelisch. »In seiner Gegenwart habe ich mich nie einsam gefühlt«, gestand sie und zuckte zusammen, als Rona ohne Vorwarnung ihre Arme um sie schlang. »Er fehlt mir«, flüsterte sie.

»Mir auch.«

Ein Räuspern ließ sie auseinanderfahren. »Ich denke, ihr kommt auch ohne mich klar.« Lächelnd trat Sean vor, gab Rona einen Kuss, bevor er sein Sportzeug schnappte und zur Tür ging. »Ich will keine Blutflecken auf dem Teppich«, sagte er wie ein Vater, der seine Töchter ermahnte lieb zu sein.

»Du ...« Entrüstet musterte Rona die Tür, die sich jedoch bereits hinter ihrem Freund geschlossen hatte. »Was denkt er sich?«

»Er liebt dich und macht sich Sorgen.«

Ronas Schultern sackten herab. »Ich weiß, aber es nervt.«

»Männer müssen halt immer etwas kompensieren. Und sei es nur ihre Angst mit blöden Sprüchen. Aodh ist genauso. In unserer Gruppe war ich das einzige Mädchen und damit mich die Jungs überhaupt ernst nahmen, musste ich in allem besser sein als sie. Dennoch habe ich mir von ihm ständig irgendwelche dummen Sprüche anhören müssen.«

»Ich verstehe«, murmelte Rona und ließ sich auf das Bett gleiten. »Hmm, was Logan dann wohl alles kompensieren muss?«

Ciarda lachte. »Der hat nur Angst, dass ihn jemand mögen könnte.«

Rona fiel in ihr Lachen ein. »Zu spät.« Schnell wurde sie wieder ernst und klopfte auffordernd neben sich auf das Bett, das neben dem Schreibtischstuhl die einzige Sitzgelegenheit in dem Raum war. »Du hast Kathrine auf der Trauerfeier getroffen?«, fragte sie vorsichtig.

Vor Ciardas Augen zog ein grünweißliches Band aus flatternden Motten gen Himmel und nahm den kurzen Moment der Freude wieder mit sich. »Aye.« Sie ließ sich neben Rona auf das Bett fallen und stützte ihre Ellenbogen auf die Oberschenkel.

»Geht es ihr gut?«

Nachdenklich versuchte Ciarda sich an ihre Begegnung zu erinnern, aber der ganze Tag schien hinter schwarzem Rauch verborgen zu liegen. »Wir haben uns nur kurz unterhalten.«

Die Leere, die sie an jenem Tag gefühlt hatte, breitete sich wieder in ihr aus. »Ich kannte ihn eigentlich gar nicht … Nicht so wie du«, stieß sie aus und sah Rona an, die sie mitfühlend betrachtete und sofort wusste, zu wem ihre Gedanken abgeschweift waren.

»Das Gleiche habe ich auch oft in den letzten Tagen gedacht. Er hat nie viel von sich preisgegeben, war immer nur für mich da. Das, was ihn am meisten beschäftigte, warst du.« Unruhig knetete Rona ihre Hände und schaute Ciarda entschuldigend in die Augen. »Und ausgerechnet in dieser Beziehung habe ich auf stur gestellt und ihn im Stich gelassen. Er wollte, dass ich dir verzeihe und dich näher kennenlerne.«

Ciarda wandte verlegen den Kopf ab und knabberte an ihren Fingernägeln. »Ich habe so viel falsch gemacht«, nuschelte sie zwischen ihre Fingerspitzen.

»Du hast nur das gemacht, was du für richtig gehalten hast. Was man dir jahrelang eingetrichtert hat. Er hat dich immer verteidigt.« Bedrückt senkte sie den Kopf. »Ich habe auch Sachen gemacht, die ich bedaure.« Ein melancholisches Lächeln zupfte an ihren Mundwinkeln. Sie gab ein leises Glucksen von sich. »Wenn er uns jetzt so sehen könnte, würde er seinen Augen nicht trauen.«

Wehmütig lächelte Ciarda ebenfalls. Sie stellte sich vor, wie er mit verschränkten Armen lässig an die Wand gelehnt stand. Die Jeans tief auf den Hüften hängend und ein schwarzes Shirt mit einem Bandlogo darauf. Lächelnd, sodass sich das Grübchen in seinem Kinn bildete. Stolz und Zufriedenheit lagen in seinen violetten Augen.

Wärme breitete sich in ihrer Brust aus.

»Erzähl mir von ihm. Erzähl mir, wie er war, bevor er hergekommen ist.«

***

Selbst wenn man die Augen schließt, ist es nicht gänzlich dunkel. Kräuselnd sieht man die Schatten, die das Licht auf den Lidern hinterlässt. Doch irgendwann ist auch dieser Schimmer endgültig aufgezehrt und Finsternis umgibt einen. Darach trieb durch das Nichts. Nichts spüren. Nichts sehen. Nichts hören. Nichts schmecken. Nichts riechen.

Bis etwas den Schleier der Bewusstlosigkeit mit Gewalt zerriss. Und ihn gleich mit. Seine wunden Lippen formten einen Schrei, doch nur ein Krächzen entkam seiner zerquetschten Kehle. Der Schmerz tanzte auf der Grenze des Unerträglichen und scheuchte ihn zwischen Realität und Traum hin und her. Seine Welt schien nur noch aus Splittern zu bestehen, die sich zu grotesken Gebilden zusammenfügten, nur um direkt wieder zerschlagen zu werden und ihn unter sich zu begraben. Um sein Leid zu verlängern.

In diesem Moment wäre der Tod ein Segen. Ein Weg, dass seine Qualen endlich ein Ende fanden.

Sein ganzer Körper war zerschmettert. Seine Knochen zu Staub zermahlen. Sein rechtes Bein war unterhalb des Oberschenkels nicht mehr vorhanden. Die Reste seines linken Arms hingen in Fetzen nur noch an einzelnen Sehnen, durch die der Schmerz unaufhörlich pulsierte, anwuchs und ihn erneut mit sich in die Finsternis riss. Sein Körper versuchte zu heilen, zehrte die wenigen Energiereserven auf. Und dann sich selbst.

Er hatte gewusst, dass er sterben würde, als die Steine fielen und ihn unter sich begruben. Als das Gewicht ihn langsam zermalmte. Er hatte es akzeptiert und gewollt. Ein geringes Opfer, wenn man bedachte, was er aufgehalten hatte.

Seine Lippen klebten aufeinander und der Geschmack von Sand, Erde und Blut füllte seinen Mundraum. Das röchelnde Stöhnen, das wie durch Watte an sein Ohr drang, war sein eigenes. Rote Flecken tanzten vor seinen Augen von dem Licht, das durch seine Lider drang. Der Schmerz breitete sich wellenartig in seinem Körper aus, als hätte jemand einen Stein in einen Teich geworfen. Jeder Atemzug brachte die Wasseroberfläche dazu, sich zu kräuseln. Jeder Herzschlag dröhnte durch seinen Körper, als würden mannshohe Trommeln geschlagen. Wie ein Fremdkörper füllte seine Zunge seinen Mundraum aus und es fiel ihm schwer zu schlucken und zu atmen.

Langsam erfasste sein Bewusstsein, dass sein Lebensfaden noch nicht durchtrennt worden war und ihn etwas in dieser Welt festhielt. *Ciarda*. Mühsam versuchte er die Lider zu heben, die sich anfühlten, als wären sie zu Stein geworden, und über seine empfindsamen Augäpfel schabten.

»Du bist endlich wach.« Das raue Flüstern ließ ihn zusammenzucken und eine erneute Schmerzwelle breitete sich bis in jede Zelle seines Körpers aus. Er konnte nicht einmal sagen, ob er stand oder lag. Schemenhaft erkannte er eine Person, die sich ihm näherte. Hoffnung ließ ihn darum kämpfen, bei Bewusstsein zu bleiben. Seinen ganzen Willen nahm er zusammen, blinzelte und langsam schälte sich der Schatten aus der Finsternis, die ihn umgab. Nur um ihn direkt wieder hineinzustoßen. Seine Muskeln verkrampften sich und sein Herz blieb stehen, als er erkannte, wer sich zu ihm herabbeugte.

Er hatte versagt.

Aus pechschwarzen Augen taxierte Éremón ihn. Ein gehässiges Lächeln lag auf seiner unversehrten Gesichtshälfte, der Rest lag im Schatten. »Dachtest du wirklich, dass du so einfach *seine* Pläne durchkreuzen kannst?«

Eisig berührte etwas seine Lippen und instinktiv wollte Darach ausweichen, doch er war zu geschwächt. Éremóns Hand griff in sein Haar und zerrte seinen Kopf in den Nacken. Die Schmerzblitze, die durch seinen Geist fuhren, schickten ihn beinahe zurück in die Bewusstlosigkeit, aus der er sich erst mühsam herausgekämpft hatte. Etwas Flüssiges füllte seinen Mundraum. Er hatte das Gefühl zu ersticken, bäumte sich gegen den brutalen Griff auf. »Trink«, befahl ihm der Bastard.

Allein deswegen wollte sich Darach weigern, aber sein Körper hatte andere Pläne, nahm die lebensrettende Flüssigkeit dankend an. Gierig schluckte er, spürte, wie das kühle Nass seine ausgetrocknete Kehle hinablief und sich im Magen verteilte.

Es schmeckte so gut. Erleichtert schloss er die Augen und fühlte, wie die Kraft langsam in seine Glieder zurückkehrte.

Erst jetzt erfasste er nach und nach seine Situation. Dieser Mistkerl hatte überlebt und ihn gerettet. »Ich hoffe, das ist die Hölle.« Seine Stimme war dünn wie Pergament und so leise, dass er nicht wusste, ob er den Gedanken überhaupt laut ausgesprochen hatte.

»Für einige ist es das.«

***

Schweißgebadet und mit rasendem Herzen schreckte Ciarda auf. Ihre Haut fühlte sich an, als hätte jemand mit Schmirgelpapier darüber gerieben.

Keuchend starrte sie in die Dunkelheit. Nach und nach schälten sich die Umrisse ihres Schreibtisches aus den Schatten. Mit den Händen tasteten sie ihren Körper ab, in dem noch das Echo von Schmerz nachhallte.

Sie befand sich in ihrem Zimmer. Ein Albtraum. Es war nur ein Albtraum gewesen. Éremón war nicht hier. Kräftig stieß sie die Luft aus ihren Lungen und atmete tief ein. Erleichtert und verstört zugleich. Ein Hauch von Aprikose und Wald schien sie noch zu umgeben.

Eiskalt strömte das Blut durch ihre Adern, während ihr Kopf sich kochend heiß anfühlte. Sie rieb sich über die kühle Haut ihrer Oberarme. Ihre Muskeln krampften. Fest schlang sie die Arme um sich und versuchte sich selbst zusammenzuhalten. Sie hatte das Gefühl zu zerbrechen.

Einzelne Tränen rannen ihr über die Wange. Es hatte sich alles so real angefühlt. Sein Schmerz, seine Nähe. Sie schluckte.

Bis spät in die Nacht hinein hatte sie mit Rona in Erinnerungen an Darach geschwelgt. Infolgedessen hatte sie sich ihm näher gefühlt. Schwer atmend griff sie nach ihrem Handy. Es war nicht einmal vier Uhr. An Schlaf war dennoch nicht mehr zu denken. Langsam schob sie ihre Beine aus dem Bett und trat vorsichtig auf. Die feinen Rillen der Dielen erschienen ihr wie harte Kieselsteine, die sich in ihre Fußsohlen bohrten. Ihr eigener Körper fühlte sich fremd an.

Bebend zog sie sich bequeme Kleidung über. Sie musste raus. Musste die Weite und Freiheit der Highlands spüren. Einen Fuß vor den anderen setzend schlich sie durch die Flure und wich den Wachen aus, die um diese Zeit patrouillierten und die Tore bewachten, sodass sie die Burg nicht ungesehen verlassen konnte. Stattdessen war ihr Ziel einer der Türme, die sich in den sternklaren Himmel schraubten. Kaum hatte sie die Luke geöffnet, strich ein kühler Lufthauch über ihre Haut und sie hatte das Gefühl, erst jetzt richtig atmen zu können.

Schwerfällig und zitternd kletterte sie auf die kleine Plattform und legte sich auf die ausgetretenen Steinplatten. Gedankenverloren starrte sie hinauf zu dem silbernen Band der Milchstraße, bis es sich im Licht des Sonnenaufgangs verlor. Genauso wie der Nachhall des Albtraums, der sie bis ins Mark erschüttert hatte.

Ein neuer Tag brach an. Die Erde drehte sich weiter und sie musste lernen damit zu leben, dass er nicht mehr auf ihr wandelte.

14

Drei Wochen waren seit der Trauerfeier verstrichen und langsam kehrten die Bewohner von Gorm zur Normalität zurück. Wenn man ein Leben, in dem man sich auf einen ewigen Kampf vorbereitete, überhaupt normal nennen konnte.

Ciarda fragte sich oft, was Dan mit den vielen Trainingsstunden, die er ihnen aufbrummte, erreichen wollte. Befürchtete er eine neue Schlacht oder wollte er sie nur beschäftigen, damit sie nicht anfingen sich zu sorgen, wie er es offensichtlich tat? Wenn Letzteres der Fall war, wäre die Mühe bei ihr vergeblich. Etwas Bedrohliches schien am Horizont zu lauern und nur darauf zu warten, dass sie einen Moment unachtsam waren. Vielleicht lag es auch an den Albträumen, die sie jede Nacht heimsuchten. Sie rieb sich über die Arme, auf denen sich eine Gänsehaut bildete, obwohl das Wasser heiß über ihren Körper lief.

Frustriert stellte Ciarda die Dusche aus und griff nach dem Handtuch, das sie an den Haken neben der Tür gehängt hatte, und rubbelte sich kräftig damit ab, bis ihre Haut rosig schimmerte. Ein Blick in den Spiegel ließ sie leise Luft ausstoßen. Sie sah furchtbar aus. Dunkle Schatten lagen unter ihren Augen, die sie mit Make-up so gut wie möglich versuchte zu kaschieren. Als sie sich fertig gemacht und angezogen hatte, ging sie in den Speisesaal. In der Tür verharrte sie. Alles wirkte wie vor einem Jahr. Nichts schien sich verändert zu haben und doch fühlte es sich für sie fremd an. Sie selbst war kein Teil mehr von alledem, hatte sich weiterentwickelt.

Seufzend schnappte sie sich ein Tablett, stellte einen Teller darauf und belud ihn mit Speisen.

»Morgen, Schwesterherz«, meinte Aodh hinter ihr und sie hörte deutlich seine gute Laune aus der Stimme. Ein Blick über die Schulter offenbarte ihr auch den Grund. Sein Arm lag um die Schulter eines Mädchens mit rot getönten Haaren.

»Morgen«, begrüßte Ciarda beide und rang sich ein Lächeln ab.

»Hast du dich mit jemandem geprügelt?« Seine Stirn runzelte sich missbilligend und seine Finger näherten sich ihrem Gesicht.

Schnell wischte sie seine Hand weg und widmete sich dem Frühstücksbuffet. »Wie kommst du darauf?«

»Du siehst aus wie ein Waschbär.«

»Das nennt man Augenringe«, erklärte Gavin, der sich den letzten Blaubeermuffin schnappte und Aodhs Flamme zum Lachen brachte. Kurz war sie versucht ihm das Tablett um die Ohren zu hauen, unterließ es dann aber. »Ich habe nur schlecht geschlafen«, murrte sie und entdeckte Rona und Sean, die bereits an einem kleinen Tisch in der hintersten Ecke saßen. Sie hatte sich schon in die Richtung der beiden bewegt, da hielt Aodh sie auf. »Also hast du mich belogen. Es geht dir immer noch nicht besser«, stellte er enttäuscht fest.

»Was erwartest du von mir? Dass ich mich ständig bei dir ausheule und du den großen Bruder spielen darfst? Ich kann die letzten Monate nicht einfach mit einem Fingerschnippen wegstecken, als wäre nichts passiert.«

»Früher hast du das«, murmelte er. In ihren Ohren klang es vorwurfsvoll.

»Früher habe ich einfach nur alles in mich hineingefressen und verdrängt. Wenn du dich erinnerst, wir hatten keine Zeit zu trauern. Wir mussten schnell erwachsen werden, denn wir befanden uns im Krieg«, zischte sie ihm leise zu und sah sich um, ob jemand sie belauschte. Glücklicherweise waren alle damit beschäftigt, das Essen in sich hineinzuschaufeln oder sich zu unterhalten. »Ich will dich nicht ständig mit meinen Problemen belasten. Es braucht einfach seine Zeit, bis ich Darach vergesse.« *Sehr viel Zeit.* Bedrückt umrundete sie ihren Bruder und marschierte zu Sean und Rona, die das Ganze neugierig beobachteten.

»Ci, warte doch. Es tut mir leid. So habe ich das nicht gemeint.« Er hielt sie am Arm fest und sah ihr entschuldigend in die Augen. »Ich mach mir nur Sorgen.«

»Ich weiß. Aber du erdrückst mich damit« Sie wollte endlich alles hinter sich lassen, wollte dass die Albträume endeten. Betroffen starrte er sie an, bis er die Zähne zusammenbiss, seinen Blick senkte und nickte. »Wir sehen uns heute Abend«, blaffte er beleidigt und zog ab.

»Du bist so ein Miststück«, zischte das Mädchen, das ihn begleitete, und eilte ihm nach.

»Scheiße«, murmelte Ciarda und sah ihm frustriert hinterher. Das hatte sie ja mal wieder super hinbekommen. Sie wollte ihm nach, doch Gavins kräftige Hand landete auf ihrer Schulter. »Du weißt, dass das keinen Sinn hat, wenn er so drauf ist. Der kriegt sich schon wieder ein«, meinte er.

Kräftig stieß sie die Luft aus und schlurfte zu Seans und Ronas Tisch.

»Guten Morgen. Hast du dich mal wieder mit deinem Bruder gestritten?«, begrüßte Sean sie und zog sein Tablett näher zu sich, damit sie ihres daneben stellen konnte.

Seufzend ließ sie sich auf den Stuhl plumpsen und sackte in sich zusammen. »Er macht sich Sorgen um mich.«

»Lass mich raten: Er geht dir tierisch damit auf die Nerven«, vermutete Rona grinsend und Ciarda nickte.

»Er sorgt sich aber nicht ohne Grund«, bemerkte Sean. »Du siehst aus, als hättest du seit Wochen kein Auge zubekommen.«

Sie winkte ab. »Es war nur wieder ein Albtraum.« Selbst jetzt noch erschauderte sie, wenn sie daran dachte. An das Gefühl, unter Tonnen von Steinen zu liegen. Zermahlen zu werden, bis die Knochen nur noch Staub waren. Die Schmerzen, die Verzweiflung. Schnell rieb sie über ihren Arm, damit das unangenehme Gefühl verschwand.

»Willst du darüber reden?«, fragte Rona mitfühlend.

Sie schüttelte den Kopf und widmete sich ihrem Frühstück. Im Augenwinkel bemerkte sie die besorgten Blicke, die Rona und Sean sich über den Tisch hinweg zuwarfen.

»Bringst du mir noch einen Pudding?«, fragte Rona und schaute Sean auffordernd an. Die Stuhlbeine schabten über den Boden, als er aufstand. »Sag doch einfach, dass du mich loswerden möchtest.«

Lächelnd sah Rona zu ihm auf. »Das würde ich nie tun, aber lass dir ruhig etwas Zeit.«

Grinsend beugte er sich zu ihr hinunter. »Schokolade oder Vanille, Frechdachs?«

»Beides.«

Die zwei waren so glücklich zusammen. Das versetzte Ciarda einen schmerzhaften Stich und sie blickte schnell zur Seite. In ihren Gedanken wiederholte sich die Szene, nur mit Darach und ihr als Protagonisten.

»Du siehst wirklich schlecht aus«, bemerkte Rona besorgt. »So kann das nicht weitergehen.«

»Ich weiß«, seufzte Ciarda und legte ihre Gabel zur Seite. Der Appetit war ihr längst vergangen.

»Ist es immer noch derselbe Traum?«

Aufgewühlt biss sich Ciarda in die Wange und nickte. »Ich bin bei ihm. Habe das Gefühl, begraben unter Tonnen von Gestein zu sein. Ich fühle seinen Schmerz, der mich fast bewusstlos werden lässt, und kann ihm einfach nicht helfen«, flüsterte sie verzweifelt und stützte den Kopf in die Hände. Allein die Erinnerungen an die verschwommenen Träume, in denen er litt, ließen sie Schaudern. Es fühlte sich alles so echt an.

»Vielleicht versucht dein Unterbewusstsein deine Schuldgefühle aufzuarbeiten«, vermutete Rona.

»Wahrscheinlich«, murmelte Ciarda. Wie ein Echo hörte sie Darachs Stimme. *Warum bestrafst du dich?*

Egal wie viel Schmerz ihr die Albträume auch bereiteten. Ein Teil von ihr sehnte sich danach, jeden Abend in den Schlaf zu gleiten, und empfing sie mit offenen Armen. Denn sie sah ihn, spürte ihn und fühlte sich ihm nah. Es war wie eine vermeintlich harmlose Droge, die sie langsam körperlich und seelisch zerstörte. Sie wusste, dass sie ihn endlich gehen lassen musste.

Sean kam zurück und stellte die beiden Puddingschalen vor Rona, die ihr den Schokopudding zuschob. »Ich glaub, den brauchst du mehr als ich. Schokolade ist Mana für die Seele.«

Seufzend tauchte Ciarda ihren Löffel in die braune Masse und schob die dunkle Haut, die sich darauf gebildet hatte, zur Seite, bevor sie sich eine Portion in den Mund schob. Cremig legte sich der Pudding auf ihre Zunge und zerging. Der herbe Geschmack von Schokolade flutete ihre Sinne.

»Du brauchst mal einen Tag Pause«, entschied Rona und kratzte die letzten Reste ihrer Nachspeise aus der Schüssel.

»Hast du Lust, mit uns morgen früh an den Strand zu fahren?«, bot Sean an.

»Das ist eine großartige Idee.« Rona stand auf. Ihr Bauchumfang hatte deutlich zugenommen und jedem auf der Burg war mittlerweile klar, dass sie schwanger war. Manche standen der Tatsache mit gemischten Gefühlen gegenüber. Sie sahen in ihr immer noch die *Síodhach*, während Ciarda in den letzten Wochen erkannt hatte, dass sie sich nicht von ihnen unterschied. Sie war eine Druidin wie sie. Und mittlerweile sogar eine Freundin.

»Leider muss ich passen. Dan hat mir eine Menge Aufgaben aufgebrummt«, versuchte sie sich herauszureden und verdrehte die Augen. Dabei war das Angebot wirklich verlockend, einen Tag mal die Füße in den Atlantik zu strecken und von dem azurblauen Wasser umspült zu werden.

»Dir ist bewusst, dass ich die Schichtpläne schreibe und daher weiß, dass du morgen freihast?«, fragte Sean und grinste unschuldig.

Erwischt. »Ich wollte euch ein bisschen Zeit allein gönnen.«

»Allein? Wir nehmen die Kids mit und haben dich eigentlich als zusätzlichen Babysitter eingeplant«, eröffnete ihr Sean.

Theatralisch verzog Ciarda das Gesicht, als sie an die drei Kinder dachte, die aktuell auf der Burg lebten und die reinste Rasselbande waren. »Wie gut, dass ich nicht mitfahre.«

»So schlimm wird es schon nicht werden«, winkte Rona ab.

»Hast du eine Ahnung«, brummte Sean und wirkte bereits jetzt völlig erschlagen. »Du musst mitkommen, allein überleb ich das nicht.«

»Na gut«, stimmte Ciarda lachend zu.

Nach dem Essen ging sie in den Hof, wo jeden Tag irgendein Training für die Rekruten stattfand. Diesmal war es an ihr und Lenox, die Gruppe der Unterfünfzehnjährigen die nächsten drei Stunden zu bespaßen. Fast erwartete sie einen *Síodhach* zu sehen, der am Rande des Trainingsplatzes stand und ihnen zusah. Doch kein Elf lebte mehr auf der Burg.

Neugierig lehnte sie sich mit dem Rücken an die Mauer und stemmte ihren Fuß dagegen, während sie dabei zusah, wie Lenox den Jugendlichen nach dem Aufwärmen erklärte, wie sie ihren Gegner austricksen konnten, um hinter ihn zu gelangen. Sie musterte die fünf Teenager, vier Jungs und ein Mädchen. Damals hatte sie auch allein mit den ganzen Jungs trainiert. War das wirklich schon fast zehn Jahre her?

»Hey Ciarda, meine Süße«, rief Lenox auffordernd und riss sie aus ihren Gedanken. Er bedeutete ihr sich zu ihm zu gesellen. Grinsend zeigte sie ihm den Mittelfinger.

»Komm schon. Zeigen wir den jungen Dingern mal, was wir draufhaben.« Er ließ seine Schultern kreisen und tänzelte auf dem sandigen Boden.

Einer guten Herausforderung hatte sie noch nie widerstehen können. Sie stieß sich von der Wand ab und schlenderte zu Lenox. »Du meinst wohl eher, was ich draufhabe. Mit dir habe ich doch schon den Boden aufgewischt, da war ich fünfzehn.« Sie zwinkerte dem Mädchen zu, das sie bewundernd ansah. Genauso wie sie damals ihre Trainer mit großen Augen angeschaut hatte. »Willst du mich vor unseren Schülern blamieren?«, fragte Lenox gespielt eingeschnappt.

»Dafür brauchst du mich eigentlich nicht«, foppte sie ihn und ging direkt in den Angriff über. Innerhalb von Sekunden lag Lenox auf dem Boden und sie kniete auf seiner Brust. Für einen Moment sah sie nicht mehr Lenox' verbissenes Gesicht vor sich, sondern das eines anderen. Violette Augen starrten sie an. Ihr Herz setzte einen Schlag aus. Dann war der Augenblick vorbei und das Violett verblasste zu der graublauen Augenfarbe von Lenox.

Es kam ihr oft so vor, als hätte es die letzten Monate nicht gegeben. Als hätte Rona nicht vor einem halben Jahr die Grenze zwischen den Welten niedergerissen. Als wären nicht viele ihrer Freunde verschwunden. Als hätte sie

Darach nie kennengelernt. Und doch konnte sie ihn nicht vergessen. Er schien immer bei ihr zu sein.

***

Das Eisen um seine Handgelenke scheuerte über seine noch wunde Haut. Spitze Steine bohrten sich in seinen Rücken und er wälzte sich stöhnend zur Seite, auf der Suche nach einer halbwegs erträglichen Schlafposition. Die magischen Ketten, die ihn wirksam gefangen hielten, rasselten und das Metall schabte über den groben Fels, auf dem er lag. Kein Licht drang in das höhlenartige Gewölbe, das sich wie eine Blase in dem harten Granit um ihn gebildet hatte, und gab ihm einen Hinweis, ob es Tag oder Nacht war.

Kurz lauschte er in die Dunkelheit, ob er Éremóns Atemgeräusche vernahm, doch bis auf seinen eigenen Herzschlag war nichts zu hören. Offensichtlich war dieser Mistkerl immer noch nicht zurückgekehrt. Wer wusste schon, wohin er wortlos gegangen war? Darach jedenfalls nicht. Er besaß ja noch nicht einmal eine Ahnung, wo er sich befand oder wie viel Zeit vergangen war, seit die Steine auf ihn niedergeprasselt waren. Es musste bereits Wochen her sein. Vielleicht sogar Monate. Seine schweren Verletzungen waren mittlerweile fast verheilt, das Fieber gesunken und sein Geist wieder klar. Nur sein ehemals abgerissenes Bein und der Arm bereiteten ihm noch Probleme. Sein Körper war zu stark verletzt gewesen, um genügend Kraft aufzubringen, sich vollständig zu regenerieren.

Wenn er mit den Fingerspitzen über das Gestein fuhr, war es scharfkantig, trocken und warm. Er befand sich jedenfalls nicht mehr in den Tunneln von *Kasdale*, denn das verzweigte Wurzelgeflecht des Waldes vor deren Toren reichte tief in die Erde hinab und er konnte nichts davon erspüren.

Vielleicht hatte der Bastard ihn ja zum Sterben in diesem Erdloch zurückgelassen. Ohne etwas zu essen, zu trinken oder Kleidung. Vielleicht war er auch schon tot.

Nein, so viel Glück hatte er nicht. Der Schmerz, der seinen Körper malträtierte, war nichts im Gegensatz zu der Hoffnungslosigkeit, die Darach in diesem Moment verspürte. Ausharrend, dass das Schicksal, dem er vor Jahrzehnten bereits versucht hatte zu entkommen, nun seinen grausamen Lauf nahm. Das Warten auf das Unvermeidliche zermürbte ihn langsam. Er war verloren. Schon solange er denken konnte. Einzig die Begegnung mit Ciarda hatte ihm einen kurzen Moment Hoffnung geschenkt, dass das Schicksal auch einen anderen Weg für ihn bereithielt. Manchmal hatte er das Gefühl, sie wäre bei ihm.

Das Klacken von Stein auf Stein erklang und ließ ihn aufhorchen. Sein Herz begann zu rasen. Ganz klein kauerte er sich zusammen in Erwartung des herabstürzenden Gerölls. Doch nichts passierte.

Leise schabte etwas in einem monotonen Rhythmus über den Fels. Schleifende Schritte, die immer näher kamen, wie er nach ein paar Herzschlägen erkannte. Lautlos drehte er sich in Richtung des Geräusches, richtete sich auf und starrte in die Finsternis. Bis auf die schwarzen Schattierungen der Verderbnis, deren Ausläufer sogar bis in dieses Gefängnis reichten, erkannte er nichts.

Da, eine Bewegung. Ein schwaches bläuliches Leuchten begleitete Éremón. »Hier. Für dich.«

Etwas flog auf ihn zu, landete in dem Staub vor ihm. Angewidert starrte er auf das große Stück Trockenfleisch, das ihm Éremón hingeworfen hatte, als wäre er ein abgerichteter Schattenwolf, der von seinem Herrn eine Belohnung bekam.

»Soll ich jetzt noch Männchen machen und mit dem Schwanz wedeln?«, fragte er zynisch und blickte in die Richtung, in der die gekrümmte Gestalt stand. Langsam schlurfte der *Milesier* auf ihn zu und setzte sich im Schneidersitz vor ihn. Seine Kapuze war so tief in sein Gesicht gezogen, dass Darach nichts in seiner Mimik lesen konnte. »Iss«, forderte er ihn auf.

Sein Magen knurrte laut, doch er würde nichts anrühren und diesem Mistkerl in die Hände spielen. »Wo bin ich?«, fragte er stattdessen herausfordernd.

Einen kurzen Moment spürte er Éremóns Blick auf sich. »Das spielt keine Rolle. Wir bleiben nur hier, bis wir weiterziehen können.«

»Und wohin?«

»Das weißt du doch längst. Los, iss endlich!«, befahl Éremón schärfer und mit einer Spur Ungeduld in der Stimme.

»Du kannst mir nichts befehlen.« Darach spürte den Druck auf seinen Geist. Die Macht, die der *Milesier* verströmte. Eine geliehene Kraft, die niemals in die Hände dieses Bastards hätte gelangen dürfen. Seine Fähigkeit, andere zu manipulieren und zu steuern, wirkte bei ihm jedoch nicht.

»Denkst du«, erklärte Éremón mit einem unheimlichen Lachen, das sich in seine drohende Stimme gemischt hatte. Der Druck auf seine Gedanken verstärkte sich.

Eine Bewegung im Augenwinkel ließ Darach zu seinem Arm schauen. Eigentlich hätte er gegen die manipulierenden Kräfte immun sein müssen, doch stattdessen sah er hilflos dabei zu, wie seine Hand das Stück Fleisch vom Boden hob und zu seinem Mund führte. Fest presste er die Lippen zusammen, doch es war sinnlos. Er war zu schwach, um sich zu wehren. Sein Kiefer schmerzte bei jeder Kaubewegung. Der Sand, der an dem Stück Fleisch klebte, knirschte zwischen seinen Zähnen. Trotz seines Widerstandes schluckte er. Hasserfüllt sah er Éremón an. Das würde dieser Bastard ihm büßen. »Warum wurdest du nicht unter Steinen begraben und bist tot?«

»Denkst du, ich hätte all die Jahre in der Welt der Menschen überlebt, wenn ein kleiner Zauber wie deiner mich so einfach töten könnte?« Ein leises Glucksen erklang. »Du bist nicht der Erste, der versucht hat mich umzubringen. Du wirst auch nicht der Letzte sein, nur der Einzige, der es überlebt.«

Kathrine, schoss es Darach durch den Kopf. Sie hatte versucht den Bastard vor ihm mit Excalibur zu durchbohren.

Kaum merklich beugte sich Éremón vor. »Hättest du mich nicht aufgehalten, wäre sie längst tot. Und täusch dich nicht, sie wird sterben. Genauso wie meine Schwester, sobald das Kind geboren wurde«, erklärte er drohend. Er streckte sein Bein aus und legte nachdenklich den Kopf zur Seite. »Vielleicht lass ich dich sie töten. Sie vertraut dir und du kommst nah genug an sie heran.«

Alles sträubte sich in Darach bei dem Gedanken. Immer wieder sagte er sich, dass dies unmöglich wäre. Dass Éremón dazu nicht in der Lage sein würde. Doch die Angst, dass dieser Mistkerl am Ende doch recht behielt, ließ ihm das Trockenfleisch wieder hochkommen. Wenn er könnte, würde er ihm den Kopf mit bloßen Händen abreißen.

Weiß blitzten Éremóns Zähne auf. »Schüre deinen Zorn weiter. *Er* wird sehr erfreut sein, denn es bringt dich *ihm* näher.«

Erbost stieß Darach die Luft aus und mit ihr die Wut, die ihn beinahe alles vergessen ließ. Sie gänzlich abzulegen, war nicht einfach und seine Gedanken wollten Zuflucht bei der Person suchen, die ihm Linderung versprach. Aber er konnte nicht. Durfte sie nicht diesem Sadisten preisgeben.

»Wehr dich nicht. Ich weiß doch sowieso schon alles, was dich betrifft.«

Eigentlich sollte er Mitleid mit dem Mann vor sich haben. »Du bist nur eine *seiner* vielen Marionetten, die er entsorgt, sobald sie ihre Aufgaben erfüllt haben. Was war deine gleich noch mal? Deinen Bruder zu töten? Du weißt nicht, was du damit angerichtet hast.«

Das debile Grinsen auf dem Gesicht des *Milesiers* vertiefte sich und verzerrte seine narbenverzierte Gesichtshälfte zu einer grotesken Maske. »Ich habe *ihn* befreit.«

15

Die knapp zwei Stunden Fahrzeit hatten sich auf jeden Fall gelohnt. Die grüne Wiese endete abrupt in felsige Klippen, die sich schroff über den hellen Sandstrand erhoben. Am strahlend blauen Himmel trieben nur wenige Wolkenfetzen gemächlich dahin.

Ciarda stand am Rand der Felsen und schloss die Augen, streckte die Arme von sich, während der Wind wispernd um sie herumstrich und den Geruch des Meeres mit sich brachte. Sie spürte die wärmenden Sonnenstrahlen auf ihrer Haut wie eine sanfte Umarmung. Grollend rollten die Wellen an den Strand und wichen zischend wieder zurück, wie sie es bereits seit Ewigkeiten taten.

In diesem Moment fühlte sie sich frei und sorgenlos.

»Seid vorsichtig«, rief Sean und das aufgeregte Quietschen eines der Kinder ertönte.

Tief sog Ciarda noch einmal die frische Luft in ihre Lungen, drehte sich um und schlenderte zurück zum Auto. Sean lud drei Campingstühle aus dem Kofferraum seines Jeeps, während die Kids bereits den schmalen Pfad zwischen den Felsen zum Strand hinabliefen. Rona war dabei, den Sonnenschirm zu schultern.

»Ich habe dir gesagt, du sollst alles stehen lassen. Ich hole es gleich.« Frustriert und erbost sah Sean zu Rona zurück.

»Das Teil wiegt doch nichts«, winkte Rona ab und Seans Hilfe suchender Blick streifte Ciarda.

»Warte, ich nehm dir das ab«, erklärte sie und schnappte sich auch den Picknickkorb, bevor Rona noch auf die Idee kam, den tragen zu wollen.

»Ihr zwei habt euch gegen mich verschworen«, murrte sie und schloss die Wagentüren, bevor sie ihnen folgte.

Vorsichtig balancierte Ciarda über die natürlichen Steinstufen, die immer wieder den Pfad zum Strand durchbrachen. Unten angekommen stellte sie den Picknickkorb neben die Campingstühle, die Sean bereits auseinandergefaltet hatte.

Während sie den Sonnenschirm aufspannte und in den Sand steckte, beobachtete sie Finley, Jamie und Mika dabei, wie sie lachend über den Strand rannten, der links und rechts von hohen Klippen eingesäumt wurde. Besonders freute es sie, dass Finley ausgelassen mit den anderen beiden Kids herumtollte. Nachdem sein Vater bei der Schlacht in Gorm schwer verletzt worden war, war der schüchterne Junge kaum aus sich herausgekommen. Das Lachen der Kinder war ansteckend, erfüllte sie selbst mit Freude und Wärme, aber auch mit Wehmut. In den letzten Monaten war das Zusammengehörigkeitsgefühl in der Gemeinschaft der Druiden verloren gegangen und durch Misstrauen ersetzt worden. Ihr Herz war noch voller Argwohn, doch in diesem Moment schmolz dieser wie Eis in der Sonne. Dies war ihre Familie. Alle kümmerten sich umeinander. Ließen sich Freiräume, aber standen auch füreinander ein. Sie war nicht allein, auch wenn niemand das Loch in ihrem Herzen füllen könnte.

Nachdenklich ließ sie sich auf den Liegestuhl sinken, streckte die Beine aus und schlug sie übereinander. Wie hypnotisiert starrte sie auf den Horizont, wo das Blau des Meeres in das des Himmels überging, nur unterbrochen von einigen Felsspitzen, die aus dem Wasser ragten. Ihre Gedanken weilten bei dem Albtraum, der sie jede Nacht heimsuchte. Der strenge Geschmack des Fleisches. Das Gefühl des Steins unter ihren Fingern. Die hässliche Fratze von Éremón verfolgte sie noch immer. Es war alles so real gewesen. Erschöpft rieb sie sich über die Stirn.

»Du siehst müde aus. Vielleicht solltest du in der Krankenstation nach einem Schlafmittel fragen«, schlug Rona besorgt vor.

Ciarda zwang sich zu einem Lächeln. »Mach ich, wenn wir wieder da sind.« Sie nahm es sich fest vor, wusste aber zugleich, dass sie es nicht tun würde. Sie sehnte sich nach diesen Träumen, nach dem Gefühl, ihm nahe zu sein, egal wie viel Leid es ihr auch brachte. Heute Nacht war sie sogar für einen Moment der festen Überzeugung gewesen, dass Darach noch lebte. Etwas in ihr klammerte sich an den Gedanken, auch wenn sie wusste, dass sie ihn endlich loslassen musste. Die anderen würden sie für verrückt halten, wenn sie ihnen erzählen würde, dass Darach noch lebte. Ein kleiner Teil von ihr hielt sich jedenfalls für verrückt.

Sie musste endlich damit aufhören. Sie verletzte sich nur selbst.

»Hey, wollt ihr den ganzen Tag faul in der Sonne liegen? Das Wasser ist herrlich«, rief Sean. Barfuß stand er in der Brandung und half den Kids bei dem Bau einer Sandburg.

»Später«, winkte Rona ab. Ein fieses Grinsen erschien auf Seans Gesicht. Mit übermenschlicher Geschwindigkeit kam er auf sie zugeschossen, schnappte sich Rona und hob sie auf seine Arme. Ein spitzer Schrei löste sich von ihren Lippen, der in ein fröhliches Lachen überging. »Wehe, du lässt mich fallen.«

»Was bekomm ich als Belohnung, wenn ich es nicht tue, Frechdachs?«, fragte Sean spitzbübisch und schritt mit ihr immer tiefer ins Wasser. Ronas Antwort darauf verlor sich in der hoch spritzenden Gischt.

Etwas zupfte an Ciardas Ärmel und verlangte ihre Aufmerksamkeit. »Ciarda?« Unsicher sah Mika zu ihr auf und trat schüchtern von einem Bein auf das andere.

»Was ist los?«

Verstimmt zog das Mädchen eine Schnute. »Die Jungs sagen, ich darf nicht mitmachen.«

»Blöde Jungs. Komm, wir bauen unsere eigene Burg und die wird viiiiel größer.«

Mikas Augen begannen zu leuchten und ein fröhliches Jauchzen erklang aus ihrem Mund. Ungeduldig zog das Mädchen sie näher ans Wasser. Darach war für den Moment vergessen.

Erst als sie aufbrachen, schweiften Ciardas Gedanken wieder zu ihm zurück. Die Kids waren im Gegensatz zur Herfahrt still und schliefen ein, kaum dass Sean den Motor gestartet hatte.

»Dir scheint es besser zu gehen«, bemerkte Rona und beobachtete sie im Rückspiegel.

»Der Tag hat wirklich gutgetan. Danke, dass ihr mich mitgenommen habt.«

»Ich bin dir dankbar, dass du dabei warst. Allein wären Mika und ich den Jungs hoffnungslos unterlegen gewesen.«

Sean grinste. »Ich habe dich gewarnt.«

Entspannt und müde ließ sich Ciarda in den Sitz sinken, lehnte ihren Kopf gegen das Seitenfenster und beobachtete die vorbeiziehende Landschaft, die die untergehende Sonne in rötliches Licht tauchte. Das gleichmäßige Schaukeln des Wagens hatte etwas Einschläferndes. Immer wieder fielen ihr die Augen zu, auch wenn sie versuchte sie offen zu halten.

***

Ein stechender Schmerz riss ihn aus dem Schlaf. Intuitiv rollte sich Darach schützend zusammen. »Steh auf!«, herrschte Éremón ihn an und er spürte erneut einen Tritt.

Am liebsten würde er diesem Bastard ...

»Versuch es ruhig«, spottete Éremón.

Ungehalten starrte Darach seinen Peiniger an, während dieser nur mit der Hand durch die Luft strich. Die Magie erleuchtete für einen Moment die Höhle, in der sie sich befanden. Deutlich hoben sich die schwarzen Adern der Verderbnis vom grauen Gestein ab und es wirkte, als wollten sie nach ihm greifen. Erneut fühlte sich Darach, als würde ihn der Fels zerquetschen. Konzentriert atmete er gegen die aufkommende Panik an. Das Geräusch von Sand, der durch einen Spalt rieselte, erklang zu seinen Füßen. Das Gewicht der Ketten verschwand und das magische Licht erlosch, das ihm kurz zuvor noch den Ausgang gezeigt hatte. Eine Fluchtmöglichkeit.

Éremóns arrogantes Lachen zeigte ihm, wie dieser Mistkerl Darachs Chancen einschätzte.

»Bei null. Los, zieh das an«, befahl Éremón und etwas Weiches landete schwer auf Darach und nahm ihm die Sicht. Dass dieser Bastard seine Gedanken lesen konnte, machte es ihm beinahe unmöglich zu fliehen. Er hatte sich eingenistet wie ein Parasit, während Darach verwundet und hilflos gewesen war.

Langsam zog er den seidigen Stoff von seinem Gesicht und richtete sich auf. Seine zitternden Muskeln schienen seinen Körper kaum tragen zu können. Sein Kopf stieß gegen etwas und ein gleißender Schmerz durchschnitt ihn. Schwankend griff er ins Leere, stolperte einen Schritt vorwärts, bis er sich an dem rauen Stein abstützen konnte.

»Worauf wartest du?«, drängte Éremón.

Erbost drehte sich Darach zu ihm. »Darauf, dass du verreckst.«

Erneut umspielte ein Lächeln Éremóns Lippen. »Ich habe schon befürchtet, dass dein Kampfgeist mit deinen Knochen zermalmt wurde. So wird es viel amüsanter, dich endgültig zu brechen. Willst du dich nun freiwillig anziehen oder soll ich nachhelfen?«

Fest ballte sich Darachs Hand um den Stoff. Ein paarmal musste er tief durchatmen, bevor er sich beruhigte. Zähneknirschend zog er eine lockere Leinenhose an und ein weites Gewand mit Kapuze. Seine Muskeln waren angespannt in Erwartung, was Éremóns nächste Schritte sein könnten.

Einen Moment starrte dieser ihn nur an und Darach kam es vor, als würde er in seinem Gehirn nach seinen tiefsten Geheimnissen wühlen. Entweder hatte Éremón gefunden, was er gesucht hatte, oder er gab auf, denn er drehte sich abrupt um und trat in die Dunkelheit. »Folge mir.«

Ein Schauder lief Darachs Rücken hinab. Vorsichtig zog er den Kopf ein, um nicht erneut Bekanntschaft mit der niedrigen Decke zu machen, und setzte einen Fuß vor den anderen. Der Untergrund stieg gemächlich an, dennoch schnaufte er erschöpft nach wenigen Schritten.

Die Wände schienen langsam auf ihn zuzukommen und er konnte nur hoffen, dass sie endlich aus diesem Loch herauskamen. Unerwartet blieb

Éremón stehen. Macht strahlte von dem *Milesier* aus. Gestohlene Energie, die er jahrelang diesem Reich entzogen hatte, bis es schwach und angreifbar war und dem Bösen nichts mehr entgegenzusetzen hatte. Seine Muskeln zitterten wie der Fels am Ende des Tunnels, den er offensichtlich zur Seite schaffen wollte. Ein Ächzen kam aus seinem Mund. Darach konnte spüren, wie die Konzentration von Éremón auf seine Gedanken langsam nachließ. Für einen winzigen Augenblick erlaubte er sich an Ciarda zu denken. Frieden in den Erinnerungen an sie zu finden. Wenigstens hatte das Schicksal ihm ein wenig Glück geschenkt, bevor es grausam zugeschlagen hatte.

Ein Hauch ihres Duftes schien ihn zu umgeben. Er schloss die Augen, stellte sich vor, wie sie vor ihm stand und ihm ein zaghaftes Lächeln schenkte. Er liebte es, wenn sie lächelte, was viel zu selten vorkam.

Ob sie wohl dachte, dass er tot sei, und um ihn trauerte? Er konnte nur hoffen, dass sie ihn schnell vergaß, glücklich wurde und wieder lächelte.

Bisher hatte er immer gehofft, dass sie die Verbindung zwischen ihnen ebenfalls spürte. Den Sog, der sie unweigerlich zueinander führte. Jetzt hoffte er auf das genaue Gegenteil.

»Es ist bedauerlich, dass Logan sich mir nicht anschließen konnte. Seine Fähigkeiten wären wirklich sehr nützlich gewesen, um dieses Versteck anzulegen«, bemerkte Éremón schwer atmend und holte Darach aus seinen Träumereien. Durch einen schmalen Spalt schien das Licht der *leòman deàrrsach*, die den Himmel des *Síds* bevölkerten und wie Sterne funkelten.

Schnell schob er das Bild von Ciarda zur Seite und versteckte jeden Gedanken an sie in den Tiefen seines Unterbewusstseins, um ihn nicht auf sie aufmerksam zu machen. Es dauerte einen Moment, bis er den Sinn hinter den Worten realisierte. »Er würde dir niemals freiwillig folgen, eher würde er sterben.« Der Spalt weitete sich und das Leuchten einer Motte, die sich in der Nähe auf einen Baum niederließ, blendete ihn. Schützend hielt er die Hand vors Gesicht. Das Tier flog weiter und Darach bemerkte, dass Éremón ihn nachdenklich musterte. »Das ist natürlich auch eine Möglichkeit, aber du wirst mir doch den Versuch nicht verübeln, ihn auf meine Seite zu ziehen. Es wäre schade um seine Talente«, erklärte er in einem Ton, als würden sie über das Wetter reden.

Entgeistert starrte Darach ihm nach, während er den Tunnel verließ. Eigentlich sollte ihn Éremóns Verhalten nicht wundern, wenn er bedachte, was in dessen Geist eingedrungen war. Und was ihn ebenfalls bald heimsuchen würde.

Fröstelnd trat er aus der Dunkelheit hinaus. Der Erdboden unter seinen bloßen Füßen fühlte sich warm und feucht an. Die Blätter der Bäume raschelten leise, als der Wind hindurchstrich.

Erst jetzt bemerkte er, wie sehr ihm die Enge der Höhle zu schaffen gemacht hatte. Offenbar hatte er sich an dieses beklemmende Gefühl in den letzten Wochen oder gar Monaten gewöhnt.

Es war befreiend, nun keine Tonnen von Gestein über sich zu wissen.

Die frische Luft klärte seinen Verstand und er sah sich orientierend in dem Waldstück um. Die Vegetation war dicht und üppig. In der Nähe stand ein *Anorobaum*, den es nur im nördlichen Teil von *Alba* gab. Islinds Reich. Er drehte sich im Kreis und sah in einiger Entfernung über den Baumwipfeln die markanten blauen Mauern von *Kasdale* aufragen. Sein Herz schlug kräftiger. Sie befanden sich auf der anderen Seite des Flusses westlich von Islinds Schloss. Dort, wo die Feuer während der Schlacht gewütet hatten, war bereits alles nachgewachsen.

»Da staunst du. Direkt vor ihren Augen und sie hat nichts bemerkt«, prahlte Éremón. Er freute sich sichtlich über seinen gelungenen Schachzug. Sie waren so nah und dennoch hatte niemand sie entdeckt. Aber vielleicht würde sie jetzt jemand sehen.

Verzweifelt und sehnsüchtig betrachtete er die Burg erneut. Etwas irritierte ihn an dem vertrauten Anblick und er brauchte einen Moment, bis er erkannte, was es war. Ein Teil des Hügels, auf dem die Stadt errichtet war, fehlte. Die Mauer war an der einen Seite eingestürzt.

»Mach dir keine Hoffnungen. Sie sind alle auf einer Party, die mein Vater und seine dreckige Hure zu Ehren ihrer Schwester geben.« Wie eine dunkle Wolke schien der Hass um Éremón herumzuwabern und schwang in jedem seiner Worte mit. »Und sollten uns ein paar zurückgebliebene Bewohner oder gar Wachen entdecken, wäre das das geringste Problem.« Mit dem Finger strich er sich symbolisch quer über den Hals und lächelte. »Du solltest daher lieber nicht auf dich aufmerksam machen«, erklärte er ihm. »Außer du möchtest, dass derjenige stirbt.« Sein freudiges Grinsen widerte Darach an.

Éremón zog seine Kapuze tief ins Gesicht und schritt in südliche Richtung. Unfreiwillig ahmte Darach seine Bewegungen nach wie eine Marionette, mit der dieser Mistkerl spielte. Er hasste es. Er hasste ihn!

***

Sie hasste ihn!

Wie eine dunkle Welle überrollte sie das Gefühl. Es überzog sie wie klebriger Teer, rauschte zähflüssig durch ihre Adern, schien sie auszufüllen und in ihre Lungen zu dringen. Es erstickte sie. Nach Luft ringend versuchte Ciarda der Teergrube aus bösartigem Hass zu entkommen. Sie ruderte mit den Armen und stieß gegen Widerstand. Etwas hielt sie fest. »Ciarda! Wach auf!«

Panisch richtete sie sich auf und schaute sich orientierungslos um. Schummriges Licht umgab sie. Ihr Herz raste.

Er lebt.

Verwirrt starrte sie auf den Beifahrersitz, über den einige rubinrote Locken fielen. Blaue Augen musterten sie besorgt und mitfühlend. »Es war nur ein Albtraum«, erklärte Rona ihr und wiederholte es immer wieder. Schwer atmend starrte Ciarda sie an. Verstand nicht, wo sie sich befand. Nur langsam erreichten Ronas Worte sie. *Es war nur ein Traum. Nur ein Albtraum.*

Verwirrt rieb sie über ihre Brust und starrte aus dem Fenster in den violetten Abendhimmel, der dem in ihrem Albtraum so ähnlich sah. Leuchtend hob sich die schmale Mondsichel vom dunklen Firmament ab.

Sie war nicht im *Síd* und Darach war nicht bei ihr.

Ihr ganzer Körper zitterte. Jede Nacht schienen ihre Träume realer.

Sean hatte den Wagen an den Straßenrand gelenkt und betrachtete sie mit stoischer Miene, aus der sie nicht lesen konnte, was er dachte.

Beunruhigt sah sie zu den Kindern, die glücklicherweise tief und fest in einem Knäuel aus Armen und Beinen auf der Rückbank schliefen. Aus Jamies Mund lief ein Speichelfaden. Langsam erwachte er und blinzelte verschlafen. »Sind wir da?«, nuschelte er und wischte sich mit dem Ärmel über Mund und Nase.

Rona streckte sich und strich fürsorglich über sein Bein. »Nein, Spatz. Schlaf weiter.« Wie auf Kommando dämmerte er wieder weg.

Missmutig presste Sean die Lippen zusammen, wandte sich um und startete den Motor. »Du solltest dir endlich Hilfe holen.«

Als ob sie das nicht wüsste. »Und wer bitte soll mir helfen? Soll ich zu irgendeinem Seelenklempner gehen und dem erzählen, dass ich eine Druidin bin, die unter Albträumen leidet, weil so ein spitzohriger Mistkerl, für den ich nicht mehr als Verachtung übrighatte und ohne den ich jetzt das Gefühl habe, nicht mehr ...« Ihre Stimme überschlug sich, wurde von den aufsteigenden Tränen und Gefühlen erstickt. Schniefend rieb sie sich übers Gesicht. »Ich sehe mich schon in der Klapsmühle«, meinte sie bitter.

»Im Gegensatz zu uns wissen die *Síodhach* sehr viel mehr über diese Seelenpartnerschaft. Vielleicht solltest du mit einem von ihnen darüber sprechen«, schlug Rona vor.

»Aktuell leben davon auch so viele auf der Burg«, murmelte Ciarda sarkastisch.

Sean drehte das Lenkrad und der Wagen bog in den Feldweg, der sie nach Gorm bringen würde. »Geh zu Dan oder Ian und frag, ob sie Kontakt mit Islind aufnehmen können, damit du in den *Síd* reisen kannst.«

Tief atmete sie durch. »In Ordnung.«

Der Wagen hatte die Kuppe des Hügels erreicht und die mächtigen Burgmauern ihres Heims ragten vor ihnen auf, aber für Ciarda fühlte es sich nicht an, als würde sie nach Hause kommen. Ihr Herz sehnte sich nach etwas anderem, war noch in den verwirrenden Gefühlen ihres Traums gefangen. Es hatte sich so echt angefühlt. Als würde er noch leben.

16

Langsam rollte der Jeep über die alten Bohlen der Brücke, die nach Gorm führte, und passierte den Torbogen. Eine Wache grüßte sie. Als würden die Kinder spüren, dass sie zu Hause angekommen waren, wurden sie langsam munter. Finley gähnte laut und stieg aus, kaum dass das Fahrzeug im hinteren Hof stehen geblieben war. Die Türen klappten auf und zu. »Lasst die Sachen im Wagen. Ich hole sie später«, wies Sean sie an. Er nahm Jamie, der noch verschlafen war, auf den Arm und trug ihn in die Burg zurück.

»Er wird mal ein toller Vater«, bemerkte Ciarda und sah ihm melancholisch nach. Sie fühlte sich in diesem Moment einsam und verloren, während Rona über das ganze Gesicht strahlte. »Wenn ich nicht schon längst hoffnungslos in ihn verliebt wäre, würde ich es spätestens jetzt sein.«

Ciarda zwang sich zu einem Lächeln. Ihr gelang es nicht, wie sie an Ronas mitfühlender Miene erkannte. »Hey, du schaffst das. Du weißt, wenn was ist, kannst du jederzeit zu mir kommen.«

Verdammt, schon wieder trieb es ihr die Tränen in die Augen. Sie wusste manchmal nicht, womit sie Ronas Freundschaft verdient hatte. Nicht nach allem, was passiert war. Berührt starrte sie auf die platt getretene Erde, während sie langsam über den Hof zum Haupteingang schlenderten.

»O mein Gott«, stieß Rona plötzlich neben ihr aus und blieb abrupt stehen.

Wachsam blickte Ciarda auf und bemerkte zwei Personen, die sich zusammen mit Dan und Ian vor dem Haupteingang zur Burg unterhielten. Ihr Herz setzte aus.

»Logan!«, schrie Rona erfreut, stürzte sich auf einen der beiden Männer und umarmte ihn stürmisch.

Ciarda achtete gar nicht auf ihn. Ihr Blick war starr auf seinen Begleiter gerichtet. Weiße Haare flossen weich über den breiten Rücken. Die Spitzen der Ohren lugten hervor. *Darach.*

Der *Síodhach* drehte sich um und der kurze Augenblick Hoffnung stürzte in sich zusammen und begrub sie unter sich. Es war nicht Darach. Der Mann vor ihr war wie alle *Síodhach* hochgewachsen und wirkte, als hätte er einen Stock im Arsch. Kein Lächeln erhellte das emotionslose Gesicht.

Wie war sie nur auf diesen blödsinnigen Gedanken gekommen, dass dies Darach sei? Dabei ähnelte er ihm doch gar nicht.

Kräftig stieß sie die Luft aus ihren Lungen. Diese verfluchten Träume setzten ihr doch mehr zu, als sie sich selbst eingestehen wollte. Aufgebracht fuhr sie sich durch die Haare und versuchte Herrin über den tobenden Sturm in ihrem Inneren zu werden, den allein der Anblick des *Síodhachs* in ihr ausgelöst hatte.

Seit Batair sie zu der Trauerfeier eingeladen hatte, war kein Elf mehr nach Gorm gekommen. Ihr Magen zog sich zusammen und ein ungutes Gefühl machte sich breit. War etwas passiert?

Unsicher ging sie auf die Gruppe zu.

»Ciarda«, begrüßte Logan sie knapp, beachtete sie nicht weiter und schob Rona von sich. »Alter, hast du zu…«

»Sag es nicht!«, warnte Rona ihn mit zusammengekniffenen Augen. Doch Logan grinste nur frech. »Werden es mal Zwillinge? Au! Ich habe doch nichts gesagt.«

»Das behauptest du immer.«

Sein Grinsen wurde breiter. »Ich hoffe, du machst meinem Freund die Hölle heiß und schickst ihn die unmöglichsten Dinge besorgen.«

»Pass auf, was du sagst, sonst geht es dir irgendwann genauso«, bemerkte Sean trocken. Unbemerkt war er an sie herangetreten und klopfte seinem Freund auf die Schulter.

»Erinnere mich daran, dass ich genug Kondome einpacke, bevor ich wieder verschwinde«, murrte Logan und begrüßte seinen Freund per Handschlag.

Ciarda stand am Rand, fühlte sich wie das fünfte Rad am Wagen, während sie die anderen unbeteiligt beobachtete. Dan und Ian verabschiedeten sich. Vielleicht hätte sie mit ihnen gehen sollen, aber sie war wie festgewachsen.

»Wie lange bleibst du?«, wollte Sean wissen.

Logan zuckte mit den Schultern. »Nicht lang. Ein bis zwei Tage. Nur bis ich das hier erledigt habe.«

Erst jetzt bemerkte Ciarda, dass er nicht wie üblich Jeans und T-Shirt trug, sondern eine Tunika der *Síodhach*, deren Ärmel er nun hochschob. Seans Blick fiel auf die bloßen Arme von Logan. »Was zur Hölle ist mit deinen Runen passiert?«, stieß er schockiert aus und auch Ciarda war verwirrt, denn die magischen Tattoos waren nichts, was einfach spurlos verschwand. Allein bei dem Gedanken, was Sean getan hatte, damit die Rune auf seinem Oberarm, die die *Síodhach* schwächte, wirkungslos geworden war, wurde ihr übel.

»Deswegen bin ich hier. Ich will sie nachstechen lassen.« »Wenn ich mich recht erinnere, hast du das letzte Mal geheult wie ein Mädchen«, feixte Sean.

Ciarda verschränkte die Arme vor der Brust. »Du hast dich damals aber auch ganz schön volllaufen lassen und ein paar Tränen vergossen.«

Logans Blick wanderte zu ihr und wurde düster. Er sah sie an wie eine Aussätzige. »Hast du dir mittlerweile dein Leitmotiv stechen lassen oder drückst du dich immer noch davor?« Seine Stimme war so kühl, dass es ihr vorkam, als hätte er einen Eimer mit Eiswasser über ihren Kopf geleert. Sean besaß einen riesigen Raben auf der Brust, der es ihm erlaubte, seine Seele in dessen Gestalt in den Himmel zu schicken. Logans Körper zierte das Tattoo eines Baumes, der seine Fähigkeiten unterstützte, die Erde zu befehligen. Sie hingegen wusste noch nicht einmal, welches Element ihres war.

Er wartete gar nicht auf eine Antwort, wandte sich wieder an Sean und würdigte sie keines weiteren Blickes, wie er es schon immer getan hatte. »Glaub mir, ich möchte das auch nicht zur Gewohnheit werden lassen. Darf ich euch meinen alten Herrn vorstellen: Thorn.« Er zeigte mit einem Kopfnicken auf den *Síodhach*, der neben ihm stand und eine knappe Verbeugung andeutete. Der Rest des Höflichkeitsgeschwafels ging im Rauschen ihres Blutes unter. Fassungslos starrte Ciarda Logan an und fragte sich, ob sie ihn falsch verstanden hatte. Die anderen schienen jedenfalls nicht überrascht zu sein. Rona sah sich suchend um. »Und wo hast du Kathrine gelassen?«

Verlegen rieb sich Logan den Nacken. »Sie ist in *Avalach* geblieben«, murrte er unzufrieden.

»Du hast sie allein gelassen?« Ungläubig klappte Rona der Mund auf.

»Sie ist dort vollkommen sicher«, grummelte er und sah nicht so aus, als wäre er von dieser Aussage überzeugt.

»Lady Kathrine hat ihn gebeten zu gehen«, warf Thorn ein. Eine gewisse Ähnlichkeit bestand zwischen den beiden tatsächlich. Besonders in der Kinn- und Kieferpartie.

»Sie hat dich gebeten?« Sean zog überrascht die Augenbrauen hoch. »Was hast du angestellt, dass sie dich schon nach wenigen Wochen wieder loswerden will?« Mit einem Husten versuchte er sein aufsteigendes Lachen zu tarnen.

»Nichts«, gab Logan genervt von sich.

»Sie sagte, dass er sie vom Training abhalte und eine nervige Klette sei«, ergänzte Thorn trocken.

»Sag mal, musst du mir in den Rücken fallen?« Genervt schnaubte Logan, während Sean sich nicht mehr halten konnte, sich kringelig lachte und nach Luft schnappte. »War das früher nicht immer so, dass du die ganzen Weiber, die hinter dir her waren, als nervige Kletten bezeichnet hast?«

Logan verdrehte die Augen. »Ach, halt die Klappe. Kat hat aktuell genug um die Ohren, weil die Hohepriesterin *Avalach* verlassen hat. Islind gibt für sie ein Fest und Kat muss sie so lange vertreten, damit das Tor passierbar bleibt.«

Ciardas Kopf ruckte hoch. Nein. Das war unmöglich. »Ein Fest?«

»Das sagte ich doch gerade«, erwiderte Logan angesäuert.

Seine passiv-aggressive Art nervte, spielte in diesem Moment jedoch keine Rolle mehr. »Ist die Hohepriesterin von *Avalach* Islinds Schwester?« Ihr Magen ballte sich zusammen.

»Ist das wichtig?«, fragte Logan gereizt.

Thorn musterte sie nachdenklich. »Ihr habt recht. Dies ist nur wenigen bekannt. Wie kommt Ihr darauf?«

»Ich …« Ihr Hals war wie zugeschnürt. Sie konnte das nicht wissen. Außer … Das war einfach unmöglich. Hilflos zuckte sie mit den Schultern.

»Vielleicht hat es irgendwer auf der Trauerfeier erwähnt«, murrte Logan und wandte sich wieder Sean zu, während sie eine emotionale Achterbahnfahrt erlebte. Es wäre plausibel. Aber sie erinnerte sich nicht.

Sean lachte und holte sie so in die Gegenwart zurück. Alle waren bereits wieder in einem Gespräch vertieft und achteten nicht weiter auf sie, aber sie konnte den skeptischen Blick des *Síodhachs* auf sich spüren. Feine Schweißperlen sammelten sich auf ihrer Stirn. Die Stimmen der anderen vermischten sich zu einem monotonen Brummen.

Er lebt. Der Gedanke setzte sich fest, füllte ihr gesamtes Bewusstsein aus. Für einen Moment drehte sich alles. Jemand hielt sie am Oberarm fest.

Erinnerungsfetzen aus ihren Träumen wirbelten durch ihren Kopf. Das Gefühl der Verzweiflung, die unerträglichen Schmerzen. Der Gedanke, dass Darach dies wirklich durchmachen musste, ließ ihren ganzen Körper krampfen.

»Ciarda?«, fragte Rona beunruhigt.

»Sie sieht aus, als müsste sie sich gleich übergeben«, mutmaßte Logan.

Dummerweise hatte er recht. »Mir ist schlecht.« Der Kartoffelsalat vom Picknick kam ihr wieder hoch. Sie riss sich los und stürzte beinahe über die Stufen, die ins Gebäude führten, während sie zum nächstgelegenen Badezimmer flitzte.

Gerade noch rechtzeitig schaffte sie es, die Klobrille hochzuklappen und sich die Haare aus dem Gesicht zu streichen. Über den Würgegeräuschen hörte sie, wie die Tür sich öffnete und wieder schloss.

»Ciarda? Geht es dir gut?«, fragte Rona besorgt und ihr Schatten verdunkelte die enge Kabine, in der Ciarda auf dem Boden kniete.

Zitternd ließ sie sich auf ihren Po zurücksinken und rollte Toilettenpapier ab, um sich damit den Mund abzuwischen.

»Hier.« Ein Glas mit einer klaren Flüssigkeit tauchte vor ihrem Gesicht auf. Erleichtert nahm sie das Wasser, gurgelte und spuckte es in die Schüssel. Der bittere Geschmack der Galle verging aber nicht. Ihr Herz schien ihr aus der Brust springen zu wollen.

Das kann einfach nicht stimmen.

»Danke«, flüsterte sie heiser und hielt Rona das Glas entgegen, die es ihr sofort abnahm. »Was war denn los?«

Für einen Moment wollte sie Rona alles erzählen, aber ... was war, wenn sie unrecht hatte? Sie konnte ihr das nicht antun. Die Hoffnungen. »Ich glaube, ich habe den Kartoffelsalat nicht vertragen«, log sie.

Der zweifelnde Ausdruck auf Ronas Gesicht zeigte ihr deutlich, dass die andere Frau ihr kein Wort glaubte. Wie sagte Aodh es so schön: Sie war eine schlechte Lügnerin. Verzweifelt schloss sie für einen Moment die Augen und ließ den Kopf gegen die Trennwand hinter sich sinken. Sie hörte Rona tief durchatmen. »Was war das zwischen dir und Logan?«

Eigentlich war dies auch kein Gespräch, das sie mit Rona führen wollte, dennoch war sie in diesem Augenblick für den Themenwechsel mehr als dankbar. »Er nimmt mir die Sache damals mit Sean übler als Sean selbst«, gestand sie.

»So ein Sturkopf.« Vorsichtig ließ sich Rona neben ihr auf den weißen Fliesen nieder und starrte nachdenklich an die Decke. Ciarda tat es ihr gleich. Staub hatte sich in den Spinnweben in den Ecken gesammelt. Die Struktur der Holzpaneele, mit denen die Decke verkleidet war, verschwamm vor ihren Augen und ihre Gedanken schweiften erneut zu Darach. Wahrscheinlich klammerte sie sich nur an einen Strohhalm und Logan hatte recht. Das Fest war bereits auf der Trauerfeier erwähnt worden und sie hatte es unterbewusst mitbekommen.

Sie senkte den Kopf und blickte auf die feinen Linien ihrer Handfläche, die sich vertieften, als sie ihre Hände langsam schloss. Wenn er den Erdrutsch überlebt hatte, warum hatte sie vorher nichts bemerkt?

Islinds Worte hallten durch ihren plötzlich wie leer gefegten Geist. *Sie ist Darachs Seelengefährtin. Sie kann vielleicht fühlen, ob er noch lebt oder nicht.*

Das Einzige, was sie in diesem Moment fühlte, war Angst, Unsicherheit und Verwirrung. »Ich weiß, ich sollte mir keine Hoffnungen machen, aber … ist sich Islind wirklich sicher, dass er tot ist?«

Rona musterte sie eindringlich. Vielleicht ahnte sie, was Ciarda gerade durch den Kopf ging. »Es gibt keine Hinweise darauf, dass er überlebt haben könnte. Islind hat alles in ihrer Macht Stehende getan. Das weißt du. Die Tunnel sind vollständig zusammengebrochen und selbst mithilfe von Magie konnten die *Síodhach* die Felsen nicht wegbewegen. Wie hätte er es dann schaffen sollen?«

Das Mitleid und Bedauern in Ronas Blick ließen ihre Hoffnungen erneut wie Seifenblasen zerplatzen.

»Du solltest dich hinlegen und etwas schlafen. Wenn du möchtest, begleite ich dich auf die Krankenstation, damit dir meine Mutter etwas geben kann.«

Ciarda schüttelte den Kopf. Sie wollte allein sein. Noch immer zittrig stand sie auf und klopfte sich den Staub von der Hose. Es kam ihr vor, als würde eine Ameisenkolonie durch ihren linken Fuß krabbeln.

Sie ignorierte das unangenehme Gefühl und half Rona auf, die genervt die Augen verdrehte. »Ich fühl mich manchmal wirklich wie ein Wal.«

»Du solltest besser auch schlafen gehen. Du siehst noch müder aus, als ich mich fühle.«

Rona nickte und streckte ihren Nacken. »Ich bin ehrlich gesagt total erschlagen, aber ich will vorher noch was essen und duschen. Ich weiß nur noch nicht, in welcher Reihenfolge.« Sie verabschiedete sich mit einer kurzen Umarmung, die Ciarda über sich ergehen ließ, auch wenn sie mit solchen Herzlichkeiten nichts anfangen konnte.

Emotional erschöpft schlurfte sie zu ihrem Zimmer, schnappte sich frische, bequeme Sachen und ging zu den Duschen. Das warme Wasser schwemmte den Geruch von Meer, Sonne und Sand fort. Nur nicht das Chaos in ihrem Inneren. Müde schloss sie die Augen und lehnte sich mit der Stirn gegen die kalten Fliesen. Ihre Gedanken kreisten unaufhörlich um Darach. Um das, was sie die letzten beiden Monate in ihren Träumen gesehen hatte. Wenn er auch nur einen Bruchteil der Qualen durchgestanden hatte, die sie miterlebt hatte, war er sprichwörtlich durch die Hölle gegangen. Schuldgefühle wallten auf, dass sie ihn all die Zeit im Stich gelassen hatte. Sie wünschte sich, dass ihre Träume nicht der Realität entsprächen.

»Verdammte Scheiße.« Frustriert und durcheinander donnerte sie mit der Faust auf die Fliesen. Noch mal und noch mal. Feine Risse bildeten ein Spinnennetzmuster unter ihrer Faust. Genervt ließ sie den Kopf in den Nacken fallen und das Wasser über ihr Gesicht laufen, als könnte es die egoistischen Gefühle einfach wegwaschen. Sie wollte, dass sie real wären und Darach noch lebte. »Shit!«

Seufzend stellte sie die Dusche aus, trocknete sich ab und zog ihre Sachen über. Hunger hatte sie keinen, also ging sie direkt in ihr Zimmer, wo sie sich auf ihr Bett fallen ließ, das noch von der vorherigen Nacht durchwühlt war. Sie hatte Angst davor, die Augen zu schließen, denn tief in sich wusste sie, dass das, was sie in ihren Träumen gesehen hatte, der Wahrheit entsprach. Aber sie konnte es einfach nicht glauben.

***

Der Wald wirkte wie ausgestorben. Selbst der Wind schwieg. Nur das leise Rascheln des Grases unter Darachs Füßen durchbrach die unheimliche Stille. Schweigend entfernten sie sich von *Kasdale*. Die Frage, wohin Éremón ihn brachte, schwirrte in seinem Kopf herum.

»Das wirst du sehen, wenn wir da sind«, beantwortete der *Milesier* sie, ohne dass Darach die Worte laut ausgesprochen hatte. Seine Kiefermuskeln spannten sich an. Er fühlte sich auf eine Art verwundbar, die er nicht kannte.

Ein erfreutes Lachen ließ Éremóns Schultern erbeben. Seine Kapuze hatte er noch immer tief ins Gesicht gezogen, sodass es wirkte, als wäre er ein demütiger Mann. Was für eine Ironie. Konzentriert versuchte Darach sämtliche Gedanken zu unterdrücken, summte im Kopf eine Melodie.

»Das wird dir auch nichts nützen.«

Er musste es wenigstens versuchen.

Jetzt. Ohne lange darüber nachzudenken.

Er rannte einfach los, ließ sich von seinen Instinkten treiben. Es war eine spontane Eingebung gewesen. Kein klarer Gedanke, den dieser Bastard hätte lesen können. Er hatte dadurch jedoch auch keinen Plan, wie er dem *Milesier* entkommen sollte.

Neben ihm fiel das Gelände steil ab und er sprang den laubbedeckten Hang hinunter. Er rutschte mehr, als dass er lief. Schmerz pulsierte durch seine Beine und seine Muskeln protestierten. Immer wieder stützte er sich an den Bäumen ab, um nicht zu stürzen und die restliche Strecke bis zum Fluss hinabzupurzeln.

Dass er unten ankam, ohne sich den Hals gebrochen zu haben, grenzte fast an ein Wunder. Darach riskierte einen Blick zurück. Éremón beobachtete seelenruhig seine Flucht. Selbst von hier konnte er sehen, wie das Schwarz wie Tinte in dessen Augen lief. Sein Magen knäulte sich zusammen und er verspürte Angst. Welchen Vorteil besaß dieser Mistkerl, dass er ihm nicht folgte und ihm stattdessen mit dieser verdammten Überlegenheit hinterherblickte? Vielleicht wollte er ihn auch nur verunsichern. Schnell wandte er sich um und rannte weiter. Äste schlugen ihm ins Gesicht. Die Steine am Flussufer schnitten in seine bloßen Füße. Er durfte nicht aufgeben. Er musste entkommen.

Jeder Schritt wurde zu einer Qual, jedoch hatte er in den letzten Wochen Schlimmeres durchgestanden und biss die Zähne zusammen. Der Fluss beschrieb eine Kurve und der Wald lichtete sich. Erneut warf er einen Blick zurück. Nur für eine Sekunde. Als er wieder nach vorne sah, stand der *Milesier* vor ihm. Dunkler Rauch umhüllte ihn und verflüchtigte sich langsam. Nur das Schwarz in seinen Augen blieb.

Darach war wie erstarrt. Er hatte gewusst, dass Éremón Macht besaß, aber ihm war nicht klar gewesen, wie viel.

»Ich habe mehr von dir erwartet.« Nachdenklich legte er den Kopf schief. »Warum braucht *er* ausgerechnet dich? Du bist ein Nichts.«

Verärgert wandte sich Darach ab.

»Ich komme schon noch dahinter«, meinte Éremón und schritt den Weg zurück, den Darach eben geflüchtet war.

Es gab kein Entkommen. Seine Hoffnung zerbarst und die Finsternis, die in ihm hauste, nahm den frei gewordenen Platz ein. Es war genau das, was Éremón die ganze Zeit hatte erreichen wollen.

Verzweifelt klammerte sich Darach in Gedanken an Ciarda und wusste zugleich, dass es ein Fehler war. Er konnte die Bilderflut nicht aufhalten. Sah ihr Lächeln, das ihn erwärmte. Erinnerte sich an ihren Kampfgeist, an ihre Verletzlichkeit und das Gefühl, ihr nahe zu sein.

Éremón blieb stehen und wandte sich zu ihm um. Sein Blick wurde leicht glasig. »Sie ist schon etwas Besonderes.«

Die Vorstellung, dass dieser Bastard all das gesehen hatte, machte ihn rasend.

Es war eine Sache, sein eigenes Leben in den Fängen dieses Wahnsinnigen zu wissen, aber die Vorstellung, dass Ciarda – und sei es nur der Teil, der in seinem Geist lebte – ihm ausgeliefert war, brachte ihn dazu, sich mit einem Brüllen auf Éremón zu stürzen. Gemeinsam gingen sie zu Boden. Die schmächtige Gestalt konnte ihm nichts entgegensetzen, obwohl er immer noch geschwächt war von seinen Verletzungen. Seine Hand schloss sich um den Hals seines Peinigers. Vielleicht war das seine Chance, seinem Schicksal zu entkommen. Seine Finger gruben sich tiefer in die Haut. Das Gesicht des *Milesiers* lief bereits blau an und ein Röcheln erklang. Darach spürte Macht in sich aufwallen, die ihn in einen Rausch versetzte. Dieselbe Macht, die er kurz zuvor noch bei Éremón bemerkt hatte. Die ihn hinabzog in die Dunkelheit.

Plötzlich wurde ihm bewusst, was er hier tat. Was er am Ende durch seine Tat verlieren würde. *Ciarda.* Schnell ließ er Éremón los, sprang auf und taumelte schockiert zwei Schritte zurück. Seine Finger zitterten und er ballte die Hand zur Faust.

Éremón richtete sich auf und rieb sich den Hals, auf dem die rötlichen Abdrücke von Darachs Fingern zu sehen waren. »Wie erbärmlich. Deine Gefühle machen dich schwach.« Seine Stimme war überraschend fest. Er wirkte erbost und frustriert. Es war alles nur ein Trick gewesen, um ihn näher an den Abgrund zu befördern.

»Dein Hass hat dich dafür blind gemacht, wem du jetzt dienst«, stieß Darach wütend aus und trat einen weiteren Schritt zurück.

»Ich weiß sehr genau, wem ich diene. Mir selbst.« Ein nachsichtiges Lächeln legte sich auf Éremóns unverwundete Gesichtshälfte. »Du hast ein solch kostbares Geschenk erhalten und verschwendest es für jene, die dessen nicht würdig sind.«

Darach sagte nichts und wandte seinen Blick zum Horizont. Ein Geschenk. Dass er nicht lachte. Wohl eher ein Fluch.

»Das ist deine Meinung«, meinte Éremón lapidar und stand auf. »Ahh, Mist!«, fluchte er jedoch direkt im Anschluss und lenkte Darachs Aufmerksamkeit wieder auf sich. Missbilligend nestelte er an dem Kragen seines Mantels, der an dieser Stelle etwas mitgenommen wirkte. »Sieh dir an, was du gemacht hast. Also wirklich.«

Er regte sich über einen Riss in seinem Kleidungsstück auf, aber nicht darüber, dass er ihn beinahe erwürgt hätte?

»Ach, halb so wild«, wiegelte Éremón sofort ab. »Wir hatten nur ein paar Startschwierigkeiten. Jetzt können wir dazu übergehen, Freunde zu werden«, meinte er und stampfte in die Richtung, die er zuvor schon eingeschlagen hatte.

Darachs Mund klappte auf und er schloss ihn erst nach einer ganzen Weile wieder, in der er dem *Milesier* fassungslos hinterhergestarrt hatte. Dieser Mann war wahnsinnig.

Éremón blieb stehen und drehte sich zu ihm um. »Denkst du, dass du besser bist als ich?« Er stieß die Luft aus und es hörte sich so an, als könnte er sich zwischen Lachen und Schnauben nicht entscheiden. »Nur weil du deine Kräfte nicht nutzt, die genauso ein Teil von dir sind wie dein Herz, deine Lungen oder dein Gehirn.« Mittlerweile sah ihm Éremón fest in die Augen. »Denkst du, diese hochwohlgeborene Bande, die nicht mehr als einen minderwertigen Wechselbalg in dir sieht, wird dir dein Opfer irgendwann danken?«

Darach ballte die Hände zu Fäusten. Kurz wallte die Abscheu in ihm auf, die ihn immer überkam, wenn einer der Lords ihn wie Abfall behandelte. Vor seinem geistigen Auge sah er, wie er diese arroganten *Síodhach* mit einem Fingerschnippen um Gnade winseln lassen konnte. Die Dunkelheit in ihm labte sich an diesem Bild.

»Stimmt. Du bist ja gar kein Wechselbalg.« Éremón kicherte und lief weiter.

Nein, das war er nicht, aber er war auch nicht das, was der *Milesier* in ihm sah. Er wollte nicht das sein, was *er* aus ihm gemacht hatte. Was *er* wieder aus ihm machen würde.

Eine ganze Weile waren sie unterwegs. Mehrfach versuchte Éremón ihn in ein belangloses Gespräch zu verwickeln, allerdings hatte er keine Lust auf Small Talk. Vor allem nicht mit diesem verlogenen Bastard.

»Wir haben einen weiten Weg vor uns. Irgendwann wird dir langweilig und du fängst an Fragen zu stellen wie: Sind wir bald da? Wo bringst du mich hin? Was wird mit mir passieren? Vielleicht beantworte ich dir eine dieser Fragen, wenn du dich ein wenig freundlicher mir gegenüber verhältst. Du musst … Shh« Abrupt blieb Éremón stehen, lauschte.

Darach blieb ebenfalls stehen. Der Wind trug leise Stimmen zu ihnen herüber. Ihnen kam eine Patrouille entgegen, deren Männer sich in einiger Entfernung unterhielten. Just in dem Moment bemerkten die beiden Soldaten in den Farben von Lord Bramor sie.

»Und was nun?«, fragte er Éremón mit einer Spur Schadenfreude.

»Erinnere dich daran, was ich dir gesagt habe«, zischte er. Seine Hand strich über sein Gesicht und die Narben verschwanden unter glatter Haut.

Warum verbarg er sie nicht immer?

»Im Gegensatz zu anderen akzeptiere ich mich so, wie ich bin.«

Die Patrouille kam näher. Es waren einfache Soldaten, ein Kobold und ein Irrwisch. Letzterer war ihm schon mehrfach über den Weg gelaufen, in der Rolle von Lord Bramors Leibwache. Jetzt war es jedoch zu spät, sich vor den Soldaten zu verstecken. Darach senkte demütig den Kopf und zog seine Kapuze tiefer ins Gesicht.

»Hey ihr. Wer seid ihr und wohin des Weges?«, rief der Kobold mit seiner leicht piepsigen Stimme.

»Wir sind einfache Bauern und wollen nun, da die Armee im Norden zerschlagen wurde, zurück in unsere Heimat«, erklärte Éremón mit rauer Stimme.

Vorsichtig lugte Darach unter seiner Kapuze hervor und beobachtete die Reaktion des Soldaten. Der Irrwisch schaute skeptisch. Sein Blick fiel auf ihn und mit einer schnellen Bewegung riss er ihm die Kapuze vom Kopf.

»Darach?«, stieß er fassungslos und ungläubig aus. Es war das Letzte, was er jemals in seinem Leben gesagt hatte. Plötzlich verdrehten sich die Augen himmelwärts und er brach auf dem staubigen Weg zusammen. Sein Mund stand weit offen, doch kein Schrei entkam mehr seiner Kehle. Entsetzt sah Darach dabei zu, wie schwarze Adern über die Haut liefen, die sich grau färbte. Die Wangen des Irrwisches fielen ein, wurden zu Staub wie auch das restliche Gesicht. Anklagend starrten ihn zwei leere Augenhöhlen an, bis auch der Schädel zerfiel, den der Wind wegwehte.

All das in wenigen Sekunden. Ein wütender Schrei erklang und ließ ihn aufblicken. Der Kobold hatte seine Fassung schneller wiedergefunden als er und attackierte Éremón mit einem Schwert. Der *Milesier* wirkte vollkommen unbeeindruckt, wischte mit seiner dunklen Magie die Waffe zur Seite. Seine Hand schloss sich um den Hals des Kobolds. Der kleinere Mann gab ein ängstliches Quieken von sich, während Éremón ihn anhob. Hilflos umklammerte er den Arm des *Milesiers*, schnappte röchelnd nach Luft und strampelte mit den Beinen.

Darach trat vor, versuchte Éremón von dem Kobold wegzuziehen, der nur seine Aufgabe erfüllt hatte. »Hör auf!«

Éremón ignorierte seine Bemühungen. Mit seiner freien Hand wischte er durch die Luft und Darach wurde wie von einer geballten Faust getroffen, die ihn mehrere Fuß weit nach hinten schleuderte.

Der dämonische Blick des *Milesiers* fiel auf ihn. Die Narben zierten nun wieder seine Gesichtshälfte und gaben ihm etwas Monströses. »Ich habe dich gewarnt, was passiert, wenn du auf dich aufmerksam machen solltest.«

»Er hat nichts damit zu tun.«

Ein Lächeln umspielte seine Mundwinkel und sein Griff lockerte sich etwas um den Hals des Kobolds. »Du hast die Wahl. Sorge dafür, dass er dies vergisst, oder … « Seine Drohung verhallte ungesagt.

Eine Wahl? Dass Darach nicht lachte.

Der Tod wäre wahrscheinlich sogar ein Geschenk für den Soldaten, wenn er daran dachte, was ihnen bevorstand.

Éremón starrte ihn durchdringend an und Darach wusste genau, dass er amüsiert seinem inneren Konflikt lauschte. Blaues Licht leuchtete in seiner Hand. Langsam drückte er die Finger enger zusammen und der Kobold begann erneut zu röcheln. Seine Adern traten dick und rot hervor.

Wütend und frustriert ballte Darach die Hände zu Fäusten. Er konnte nichts tun. Sah stumm dabei zu, wie das Licht in den Augen des Soldaten brach. Der Körper des Kobolds plumpste auf den staubigen Boden, als Éremón ihn losließ, und sackte zur Seite weg. »Er hätte nicht sterben müssen. Es war deine Entscheidung«, erinnerte er ihn gefühllos an seine Machtlosigkeit. An das, was er in der Vergangenheit gezwungen gewesen war zu tun, was ihm wieder bevorstand.

Hass und Zorn schienen Darach zu ersticken. »Bevor ich *ihm* helfe, sterbe ich lieber.«

Sein Leben zu beenden war immer noch möglich.

»Du bist bereits bei deinem letzten Versuch gescheitert. Warum gibst du nicht einfach auf?«, fragte Éremón spöttisch.

Darach ignorierte ihn, sagte nichts und ging weiter. Seine Gedanken weilten bei Ciarda. Seine Gefühle für sie schützten ihn vor der Dunkelheit, die sich bereits vor so langer Zeit in ihm eingenistet hatte und nun aus ihrem Schlaf erwacht war.

»Denkst du wirklich, sie würde dich akzeptieren, wenn sie wüsste, wer du bist?« Éremón gab ein amüsiertes Glucksen von sich. »Sie würde dich töten!«

17

Die Decke hatte sich wie eine Python um ihren Körper gewickelt. Kalter Schweiß bedeckte ihre Haut. Ihr Herz raste.

Zitternd schlang Ciarda ihre Arme um sich.

Tränen traten ihr in die Augen. Ihre Albträume durften nicht der Wahrheit entsprechen. Sie durften es einfach nicht! Ein gequälter Schluchzer entkam ihrem Mund. Wenn es wahr sein sollte, dann lebte Éremón und etwas Schreckliches lauerte bereits am Horizont. Das rückte jedoch in den Hintergrund, vielmehr quälte sie die Frage, warum sie Darach töten wollen würde, wenn sie wüsste, wer er war.

Wenn sie daran dachte, was er in den letzten Wochen alles erlebt hatte, wurde ihr übel. Unaufhörlich liefen heiße Tränen ihre Wangen hinab. Mit ihrem Körper schaukelte sie langsam vor und zurück und strich immer wieder beruhigend über ihre Oberarme. Sie hatte ihn im Stich gelassen, in den Händen dieses Monsters.

Nein! Ihre Träume waren nicht real! Doch egal wie sehr sie sich versuchte davon zu überzeugen, dass es unmöglich war und sie sich nur an einem Strohhalm festklammerte, sie wusste es, fühlte es. *Darach lebt.* Freude und Verzweiflung zerrten gleichermaßen an ihr. Aber woher nahm sie diese Gewissheit?

Die Verbindung, die von Anfang an zwischen ihnen bestanden hatte und die sie bisher nicht hatte wahrhaben wollen, war da.

Vorsichtig tastete sie innerlich nach dem Strang, der sie miteinander auf einer Ebene verband, die sie nicht im Ansatz begreifen konnte. Ein zarter Faden wie von einer Spinne gesponnen. Hauchdünn, stark und dennoch so leicht zu zerreißen.

Wie hatte sie ihn bisher übersehen können? *Weil du ihn nicht sehen wolltest.*

Innerlich baute sich ein Druck auf, der drohte sie zu zerquetschen. Wie ein Film im Schnelldurchlauf reihten sich Fetzen der Träume aneinander. Sein Leid, seine Schmerzen. Sie musste etwas tun. Irgendetwas. Zittrig griff sie zu dem Handy auf ihrem Nachttisch, ließ das Gerät fast fallen und starrte auf das Display. Drei Uhr nachts. Schnell rollte sie sich vom Bett. Zu schnell. Alles schwankte. Halt suchend stützte sie sich an der Mauer ab und eilte dann zur Tür.

Kaum stand sie auf dem zugigen Flur, fühlte sie sich, als würde sie in ein tiefes Loch stürzen, wusste nicht, was sie tun sollte. Unentschlossen drehte sie sich im Kreis und marschierte einfach los. Sie hatte viel erfahren in ihren Albträumen und gleichzeitig zu wenig. Verdammt, was war, wenn ihr niemand glauben würde? Oder wenn jemand Darach als gefährlich ansah? Wenn er wirklich gefährlich war?

Sie würde dich töten!

Éremóns Worte spukten unablässig in ihrem Kopf herum. Das würde sie nicht! Oder doch? Verzweifelt fasste sie sich an den Kopf, der zu bersten drohte. Schnell schob sie den Gedanken beiseite. Sie würde sich damit auseinandersetzen, wenn es so weit war. Jetzt musste sie Darach erst einmal aus den Klauen eines Wahnsinnigen befreien.

In diesem Moment fiel ihr auf, dass sie direkt vor Aodhs Zimmer stand. Ihr Herz schlug ihr bis zum Hals. Ihr Bruder könnte ihr vielleicht helfen, erst einmal einen klaren Kopf zu bekommen. In diesem Zustand würde ihr Dan kein Wort glauben – falls er um die Zeit überhaupt noch wach war. Ihre Fingerknöchel verharrten Millimeter vor der Tür, als sie ein Lachen vernahm, das eindeutig nicht zu ihrem Bruder gehörte, sondern weiblichen Ursprungs war. Die Geräusche, die durch das dicke Eichenholz an ihr Ohr drangen, waren mehr als eindeutig.

Frustriert biss sie sich auf die Lippen, rieb ihre Finger aneinander und überlegte, ob sie ihn dennoch unterbrechen sollte. Vielleicht sollte sie auch erst mal darüber nachdenken, was sie vorhatte. In ihr schien ein Feuer zu brennen, das sie unentwegt vorwärtsdrängte. Zu ihm. Zu Darach. Entschlossen drehte sie sich auf dem Absatz um und ging in eine andere Richtung.

Sie wusste, dass sie irgendwann zu Dan, Ian oder einem anderen Offizier gehen sollte, um Bericht zu erstatten, aber sie musste das, was sie erfahren hatte, erst einmal verdauen und sortieren.

Zielstrebig steuerte sie den Turm an, von dem sie einen Blick hinauf in die Sterne werfen und ihre verworrenen Gedanken zu ihnen schicken konnte.

Sie bog gerade um die Ecke, als leise Stimmen von den Wänden zurückgeworfen wurden. Normalerweise war um diese Zeit nie jemand hier. Vorsichtig verharrte sie und lauschte in die Schatten. Hörte leises Gemurmel, das durch das Echo in den leeren Gängen kaum zu verstehen war. Auf Zehenspitzen schlich sie die Wendeltreppe zum Turm hoch.

»Du kennst sie nicht so wie ich.« Das war eindeutig Seans kräftige Stimme. Unentschlossen stand sie am Fuß der Leiter, die zur Turmkrone führte.

»Wenn du mir das alles letztes Jahr um die Zeit erzählt hättest, hätte ich dich für verrückt erklärt.« Durch Logans Brummen waren nicht alle Worte deutlich zu verstehen.

Ciarda hatte keine Lust, den beiden ausgerechnet jetzt über den Weg zu laufen. Sie war viel zu aufgewühlt. Enttäuscht, dass ihr Lieblingsplatz bereits belegt war, wandte sie sich ab.

»Seit wann sind Rona und deine psychopathische Ex eigentlich die besten Freundinnen?«, fragte Logan leicht angesäuert.

Sie verharrte in der Bewegung. Redeten die beiden etwa über sie?

»Seit der Trauerfeier im *Síd*, zu der Rona nicht gehen konnte. Sie vermisst Darach. Er war ihr einziger Freund hier und … na ja, du weißt, wie verschossen er in Ciarda war.«

Schnell huschte sie zurück.

»Aber musste sie dann ausgerechnet diese schwarzhaarige Kratzbürste adoptieren wie eine entlaufene Katze? Verdammt, sie hat dein Bett angezündet, während du noch darin lagst.«

Ciardas Hände krampften um das Holz der Sprossen. An diese Episode ihres Lebens dachte sie ungern zurück. Wäre Sean kein Druide ...

»Nicht mit Absicht. Sie hatte damals ihre Kräfte nicht unter Kontrolle. Außerdem hatte ich es verdient.«

»Du hast mit einer anderen rumgemacht, na und?«

»Würdest du das auch sagen, wenn du Kathrine mit einem anderen Kerl im Bett erwischen würdest?«

»Alter, lass Kat da raus. Sie und Ciarda haben nichts miteinander gemein! Was würde wohl Rona davon halten, wenn sie wüsste, dass Ciarda schon mal versucht hat dich abzufackeln?«

»Wahrscheinlich würde sie sich noch besser mit ihr verstehen«, murmelte Seans undeutlich. »Erinnere dich daran, wie sie reagiert hat, nachdem sie gesehen hat, wie ich Clarissa geküsst habe.«

»Aber sie hat nicht dein Bett angezündet.« Einen Moment herrschte Schweigen. »Sag jetzt nicht, dein feuriger Rotschopf hat das doch getan.«

Offensichtlich hatte Sean die Frage irgendwie bejaht, denn Logans Lachen schallte zu ihr herunter.

»Ich finde das nicht lustig«, murrte Sean frustriert und Logan konnte sich kaum noch einkriegen.

»Immerhin hat sie mich nicht weggeschickt wie Kat dich«, erinnerte Sean ihn sarkastisch.

Logans Lachen verstummte. »Touché.« Logan räusperte sich. »Aber jetzt im Ernst. Ich trau ihr nicht. Ihre ganzen Freunde sind Éremón wie die Lemminge nachgelaufen.«

»Ich habe Ciarda im Auge, keine Sorge.«

Leise stieg Ciarda die Leiter hinab. Sie hatte genug gehört. Das Gespräch der beiden hinterließ einen faden Beigeschmack. Sean vertraute ihr nicht. Ihre Welt schien nur noch aus Graustufen zu bestehen. Schlurfend verließ sie den Turm und wandte sich in Richtung von Dans Büro, in der Hoffnung, dass er dort war. Ansonsten würde sie ihn auch aus dem Bett holen. Sie hätte das von Anfang an tun sollen.

Ein schmaler Streifen Licht schimmerte unter der Tür durch und ließ Ciarda erleichtert aufatmen. Dan war also noch wach. Stimmen waren von drinnen zu hören und auch ein Lachen, das schmerzhaft in ihr widerhallte. Die Tür öffnete sich und der Elf, der in Logans Begleitung gekommen war, trat gefolgt von ihrem Offizier aus dem Raum. Beide bemerkten sie sofort. »Ciarda? Ist etwas nicht in Ordnung?«, fragte Dan und seine Stirn legte sich besorgt in Falten.

»Eh …« Ihr Blick schien an dem *Síodhach* festzukleben, nur mühsam konnte sie ihn abwenden. »Kann ich dich unter vier Augen sprechen?«

Tief atmete Dan durch und wandte sich bedauernd an den *Síodhach.* »Das mit dem Scotch müssen wir wohl oder übel verschieben. Die Pflicht ruft. Danke, dass du vorbeigekommen bist.«

Der Elf verbeugte sich. »Ich stehe in deiner Schuld.« Er drehte sich auf dem Absatz um und lief den Korridor in Richtung Westflügel entlang. Seine Schritte waren vollkommen lautlos. Verwirrt sah sie ihm nach.

»Ciarda, kommst du rein?«

Ihr Blick glitt zu Dan, der bereits hinter seinem Schreibtisch Platz genommen hatte und sie neugierig und nachdenklich musterte.

Mit einem leisen *Klick* schloss sie die Tür hinter sich und setzte sich unsicher auf einen der beiden Stühle. Die Sitzfläche war noch warm.

»Erzählst du mir jetzt, was los ist?«, fragte Dan und ihr wurde ganz flau im Magen. Vielleicht war es doch ein Fehler gewesen hierherzukommen. Dennoch erzählte sie ihm von ihren Albträumen und den schlaflosen Nächten. Von Éremón. Jedoch nichts davon, dass Darach eventuell nicht der war, der er vorgegeben hatte zu sein. Dans Miene drückte Skepsis aus, aber er ließ sie bis zum Ende weiterreden. Nachdenklich lehnte er sich zurück, legte die gefalteten Hände auf seinen Bauch und starrte ins Leere, während sie atemlos darauf wartete, was er zu allem sagte.

»Ich werde mich mit Islind beraten«, meinte er nach einer Weile. Schweigen breitete sich aus. Das war alles? Mehr hatte er dazu nicht zu sagen? »Es geht um Éremón. Er lebt noch«, murmelte sie.

»Ciarda, er ist tot. Genauso wie Darach. Deswegen bist du doch eigentlich hier. Weil du dir wünschst ihn retten zu können.«

Enttäuscht sackten ihre Schultern herab. »Du glaubst mir nicht.« Obwohl sie damit bereits gerechnet hatte, fühlte sie sich vor den Kopf gestoßen.

Seufzend setzte er sich gerade hin und beugte sich ihr entgegen. »Die ganze Zeit warst du davon überzeugt, dass er tot ist. Und jetzt …«

Ungehalten unterbrach sie ihn. »Und jetzt denke ich, dass er lebt.« Wobei sie mehr über sich selbst verärgert war als über Dans Zögern. Es gab Momente, in denen sie noch zweifelte oder sich wünschte, sie hätte unrecht.

Aber mit jedem wachen Augenblick war sie sich sicherer. »Ich weiß es. Ich spüre es. Hier.« Sie presste ihre Hand an die Brust, dort, wo ihr Herz saß. Der Faden war da, sie konnte ihn regelrecht sehen, wenn sie die Augen schloss. Spürte die Verbindung mit Darach.

Dan sah sie mit einer Mischung aus Mitleid, Bedauern und Skepsis an. Warum glaubte er ihr nicht? »Erinnere dich daran, dass Islind mich damals, als er verschüttet wurde, gefragt hat, ob ich fühle, dass er tot ist. Es ist also möglich.« Versuchte sie sich gerade selbst davon zu überzeugen?

»Nach beinahe zwei Monaten? Ciarda. Ich sage nicht, dass es vollkommen unmöglich ist, aber …« Er presste die Lippen fest zusammen und klopfte mit seinem Daumen auf den Tisch. Seufzend fuhr er fort. »Ich kann nicht einfach aufgrund eines Albtraums von dir eine ganze Armee in den *Síd* schicken und die *Síodhach* in Aufruhr versetzen. Das würde nur in einem Krieg enden. Lass mich erst mit Islind sprechen.«

»Und wie lange soll das dauern? Kommt sie zufällig morgen hier vorbei?«

»Setz dich«, versuchte Dan sie zu beschwichtigen.

Erst jetzt bemerkte Ciarda, dass sie nicht mehr auf ihrem Platz saß, sondern aufgesprungen war und die Hände auf die Tischplatte stützte. Schnell ließ sie sich zurück auf den Stuhl plumpsen. Ihr Herz raste, als wäre sie einmal um die Burg gesprintet.

»Es gibt auch andere Kommunikationsmöglichkeiten. Ich werde sie kontaktieren und mich danach bei dir melden. Leg dich hin und schlaf ein wenig. Du siehst aus, als hättest du es dringend nötig.« Letzteres war eindeutig als Befehl gemeint, dem sie nur widerwillig folgte. Sie wollte am liebsten sofort los. Dummerweise kannte Dan sie schon zu lange, denn es war sicherlich kein Zufall, dass einer der älteren Druiden, die diese Nacht Wachdienst hatten, in der Nähe ihres Zimmers herumlungerte. Frustriert warf sie sich aufs Bett. Untätig zu warten lag ihr einfach nicht im Blut. Gedanklich ging sie ihren Fluchtplan durch.

Plötzliches Vogelgezwitscher ließ sie verwirrt aufblicken. Es war taghell. Sie musste doch eingeschlafen sein und lag noch in ihren Klamotten quer auf dem Bett.

Frustriert stand sie auf und lief nach einer Katzenwäsche schnurstracks zu Dans Büro. Natürlich war er nicht da.

Verärgert ließ sie ihre Faust gegen die Mauer donnern und eilte weiter in den Speisesaal. Ihr Blick schweifte suchend über die Bewohner der Burg, die sich ihr Frühstück holten, miteinander lachten oder diskutierten. Es war, als würde das fröhliche Stimmengewirr ihre Haut aufscheuern. Sie kam sich völlig fehl am Platz vor. Ihren Bruder entdeckte sie nicht, dafür jedoch Rona, die allein an ihrem Tisch saß und sie im selben Augenblick bemerkte. Ein Lächeln erhellte ihr Gesicht und sie winkte ihr auffordernd zu.

Ciarda gab sich einen Ruck und marschierte zu dem Tisch. »Du siehst aus, als würdest du gleich explodieren«, bemerkte Rona vorsichtig.

»Ich suche Dan.« Genervt ließ sie sich auf den Stuhl gegenüber Rona fallen, die sie intensiv taxierte. »Ist etwas passiert?«

Logans Worte tanzten durch ihren Kopf. *Aber musste sie dann ausgerechnet diese schwarzhaarige Kratzbürste adoptieren wie eine entlaufene Katze?* Plötzlich fühlte sie sich gehemmt und wechselte das Thema. »Wo hast du Sean gelassen?«

»Er ist vorhin erst ins Bett gefallen, nachdem er die ganze Nacht mit Logan gezecht hat.« Rona wirkte nicht begeistert.

Beunruhigt kaute Ciarda auf der Innenseite ihrer Wange und wippte mit dem Bein, was auch Rona bemerkte. Sofort hörte Ciarda auf.

»Isst du nichts?«, fragte Rona gespielt unschuldig und stocherte mit ihrer Gabel in ihrem Frühstück herum. Man konnte ihr an der Nasenspitze ablesen, dass sie die Antwort auf ihre erste Frage mehr interessierte.

»Ich habe keinen Hunger.« Bei der Vorstellung, etwas zu essen, wurde ihr übel.

»Hast du wieder schlecht geträumt?«, bohrte Rona weiter und brachte Ciarda in ein Dilemma. Wenn sie nicht wollte, dass Rona sie einem Verhör unterzog, sollte sie jetzt besser aufstehen und das Weite suchen. Andererseits wollte sie es ihr auch erzählen. Erneut fing sie an mit dem Bein auf und ab zu wippen. Sie vertraute Rona. »Es ist wahr«, platzte es aus ihr heraus.

»Was?«

Ein Knoten bildete sich in ihrem Hals. »Alles.« Plötzlich schossen ihr Tränen in die Augen und sie versuchte sie hinunterzuschlucken. »Meine Träume.«

Rona wurde blass und ließ die Gabel sinken. »Wie meinst du das?«, hakte sie ungläubig nach. In ihren Augen schimmerte ein Hauch Ahnung, aber auch Angst.

»Er lebt.«

Zittrig führte Rona ihre Finger an den Mund. »Bist du dir sicher?«, flüsterte sie.

Ciarda konnte nur nicken.

»Gott sei Dank«, stieß Rona aus. In ihren Augen lag ein feuchtes Glitzern.

Erleichtert entspannte sich Ciarda und bemerkte erst jetzt, wie wichtig es ihr war, dass ihre Freundin ihr glaubte.

»Schatz, was ist los?«

Erschrocken zuckte Ciarda zusammen und sah zu Sean auf, der wie aus dem Nichts aufgetaucht war.

»Darach lebt«, hauchte Rona, bevor sie sie aufhalten konnte.

»Wie kommst du darauf?« Verwundert ließ er sich neben sie auf den Stuhl gleiten und strich zärtlich mit dem Daumen eine verirrte Träne von ihrer Wange. Hilfe suchend sah Rona zu Ciarda herüber und lenkte die Aufmerksamkeit aller auf sie. Logan stellte sich neben Sean und taxierte sie misstrauisch und mit verschränkten Armen. Großartig! Der *Síodhach*, der angeblich sein Vater war, war auch da und musterte sie.

Genau das war der Grund, warum Ciarda nichts hatte sagen wollen.

Logan schnappte sich ebenfalls einen Stuhl, drehte die Lehne von sich weg und setzte sich rittlings darauf. »Was hast du ihr erzählt?«, fragte er angriffslustig.

Egal was sie jetzt sagen würde, er würde ihr nicht glauben, das sah sie deutlich in seinen Augen. Ihr Mund wurde ganz trocken. Kein Wort kam über ihre Lippen. Mit jeder Sekunde, die sie schwieg, schwand die Hoffnung in Ronas Blick.

Sie durfte nicht klein beigeben, nur weil sie auf ein bisschen Widerstand stieß. Entschlossen straffte sie die Schultern. »Ich habe ihn in meinen Träumen gesehen. Er lebt und Éremón hält ihn gefangen.«

Sean schüttelte den Kopf. »Das waren doch nur Albträume.«

»Und woher weiß ich dann, dass das Fest, von dem Logan erzählt hat, zu Ehren von Islinds Schwester stattfindet?«

»Auf der Trauerfeier haben mehrere Leute davon gesprochen.« Herablassend schnaubte Logan, während Thorn sie nur mit emotionsloser Miene betrachtete und schwieg.

Erneut versuchten sich Zweifel bei ihr einzunisten. Entschlossen verscheuchte sie sie. »Mir ist ehrlich gesagt egal, ob ihr mir glaubt oder nicht. Darach lebt und ich werde ihn befreien.«

»Du kannst nicht allein aufbrechen und ihn suchen, das ist zu gefährlich. Im *Síd* lauern Gefahren, die du bisher nicht kennst. Woher willst du überhaupt wissen, wohin Éremón ihn verschleppt hat?«, ereiferte sich Sean.

»Ich sagte doch, ich sehe ihn in meinen Träumen.«

Ronas Hand strich über Seans und sie verschränkten die Finger miteinander. »Was ist, wenn sie recht hat?«

»Das ist verrückt!«

»Ihr wollt nur nicht, dass ich recht habe, weil dann auch Éremón überlebt hat.« Betreten sahen Logan und Sean weg. Ihr Blick glitt zu Thorn, der sich in diese Diskussion überhaupt nicht einbrachte. Sie konnte ihn nicht einschätzen und das machte sie nervös. Er starrte sie nur an und zuckte nicht einmal mit den Lidern. »Wenn sie recht hat, sollten wir vorbereitet sein«, meinte er und legte eine Hand auf die Schulter seines Sohnes, der sich verwundert zu ihm umdrehte. Stumm tauschten sich die Männer untereinander aus.

Seans Lippen waren nur noch eine weiße Linie. »Verdammt«, fluchte er und donnerte die Faust auf den Tisch, sodass dieser ein Knarzen von sich gab und das Geschirr klirrte. Er war so schnell aufgesprungen und zerrte sie von ihrem Platz, dass sie sich schmerzhaft an der Tischkante stieß. Überrumpelt leistete sie keinerlei Gegenwehr, während er sie hinausschob. Sie hörte erneutes Geschirrgeklapper, als auch Logan und Rona vom Tisch aufsprangen.

»Sean!«, rief Rona verunsichert.

Logan folgte ihnen. »Wo willst du hin?«

»Ich lasse nicht zu, dass Rona etwas passiert«, presste er entschlossen zwischen zusammengepressten Zähnen hervor. Ohne anzuklopfen, stürmte er kurze Zeit später in Dans Büro. Ein Knistern erklang, gefolgt von einem Rauschen.

»Ich hoffe, es gibt einen guten Grund, warum du hier so hereinplatzt«, donnerte Dan wütend.

»Sie denkt, dass Éremón noch lebt.« Etwas unsanft zerrte Sean sie zu sich. Ian war ebenfalls anwesend und musterte sie fragend. Einen Moment starrte Dan sie reaktionslos an. Ciarda sah richtig, wie es in seinem Hinterkopf arbeitete. »Darüber hat sie mich bereits heute Nacht informiert.«

»Und warum sind wir dann noch nicht unterwegs, um diesen Bastard endlich loszuwerden?«

Ciarda schluckte, während Seans Finger sich schmerzhaft in ihren Oberarm drückten, bevor er ihn losließ. Unsicher sah sie zu ihm auf. Mit entschlossener Miene starrte er Dan an. Seine Kiefermuskeln waren zum Zerreißen gespannt. Diesen Ausdruck hatte sie oft bei ihm gesehen, kurz bevor sie in einen Kampf gezogen waren.

»Du vergreifst dich im Ton. Wenn du mal fünf Minuten nachdenken würdest, statt wie ein wild gewordenes Rind hier hereinzustürmen, wüsstest du, warum. Wir haben eine Abmachung mit Islind.«

Welche Abmachung? Die Frage löste sich in Luft auf, als Dan weitersprach. »Ich habe gerade erst mit ihr gesprochen. Ciarda, ihr Bruder und ich werden in Begleitung von Thorn zu ihr reisen. Logan, du kannst entscheiden, ob du mitkommst oder hierbleibst.« Er wandte sich zu dem hochgewachsenen Druiden und dieser zögerte nicht lange. »Ich komme mit.«

»Ich auch«, erklärte Sean entschlossen. »Ich will, dass dieser Verräter endlich stirbt.«

»Willst du Rona wirklich allein lassen?«, fragte Ian und musterte ihn eingehend. Auch Ciarda beobachtete das Mienenspiel auf seinem Gesicht, das verschiedene Gefühle durchlief.

Dan seufzte. »Überleg es dir. In einer Stunde treffen wir uns im Hof. Wer nicht da ist, hat Pech gehabt.« Damit entließ er sie.

Eine Stunde. Das Blut rauschte Ciarda in den Ohren. Es wirkte wie eine Ewigkeit. Sie hatte das Gefühl, vor Energie überzulaufen. Am liebsten wäre sie sofort losgestürmt. Sie eilte zu Aodhs Zimmer – wo sie ihn natürlich nicht antraf. Nach einigen Hinweisen fand sie ihn in einem der Gemeinschaftsräume, wo er mit Gavin irgendein Rennspiel auf der Konsole zockte. »Du musst sofort mitkommen.«

Entgeistert starrte er sie an. »Was ist denn los?«

»Auftrag von Dan.«

Genervt ließ Aodh den Joystick sinken und sein Sportflitzer krachte gegen die nächste Mauer.

»Du hast verloren«, feixte Gavin.

»Vergiss es, das zählt nicht.« Er stand auf und folgte Ciarda. »Ich hoffe, es dauert nicht so lang. Ich habe noch ein Date heute Abend.«

Jetzt, wo sie allein auf dem Flur waren, konnte sie es ihm sagen. Sie blieb stehen und sah ihn an. »Wir reisen in den *Síd*. Darach lebt.«

»Ernsthaft?« Zweifelnd sah er sie an und sein Gesicht nahm einen besorgten Ausdruck an.

Sie nickte. »Ehm … Éremón auch. Er hat ihn gefangen genommen.«

»Shit, Ci. Das … O Mann …« Er wusste eindeutig nicht, was er dazu sagen sollte, und zog sie stattdessen einfach in die Arme. »Wir finden ihn. Ich muss allerdings kurz noch was erledigen. Wann treffen wir uns?«

Sie kramte ihr Handy aus der Hosentasche. »In einer Dreiviertelstunde im

Hof.« Es dauerte immer noch so lange bis dahin. Die Zeit verging irgendwie überhaupt nicht.

»Ich bin da. Versprochen«, murmelte er und sprintete bereits den Flur hinunter.

Sie starrte ihm nach und ihr Blick verlor sich in dem langen Gang. Es fühlte sich immer noch so unrealistisch an, dass sie bald loszogen, um Darach zu retten.

Frisch geduscht und in ihrer Kampfmontur stand sie überpünktlich am Treffpunkt und spielte mit einem kleinen Dolch, den sie durch ihre Finger tanzen ließ. Es schüttete aus Kübeln, aber der Regen machte ihr nichts aus. Dan war der Letzte, der kam. Sean und Rona standen unter dem kleinen Vordach und verabschiedeten sich von ihr und den anderen. Sean sah missmutig auf den Boden. »Es …«

Sie unterbrach ihn schnell. »Du brauchst mir nichts zu erklären. Pass nur auf sie auf.« Ihre Worte zauberten ein Lächeln auf sein Gesicht und er zog sie überraschend in die Arme. »Pass du lieber auf dich auf.« Er ließ sie los und sie wandte sich an Rona. Verlegen stand sie vor der etwas kleineren Druidin, die sie ebenfalls fest in die Arme zog. »Bring ihn uns zurück.«

»Das mache ich.«

18

Schwarze Flocken trieben durch die Einöde, die sie durchquerten. Die Verderbnis hatte in diesem Teil des Landes schwer gewütet und alles verschlungen.

Für einen winzigen Augenblick hatte Darach daran geglaubt, dass sich alles zum Guten wenden würde. Dass der Baum des Lebens diesem Reich neue Kraft spenden könnte, die Éremón ihm über Jahrhunderte entzogen hatte. Doch das Böse, dessen Bote die Verderbnis war, würde diesem Land unter der Erde endgültig den Todesstoß versetzen.

»Du denkst, es wäre meine Schuld?« Éremóns Lachen klang bitter. »Ihr seid selbst verantwortlich. Habt die Kräfte, die diesem Reich innewohnen, in nutzlosen Kriegen verschwendet oder dafür, das gemeine Volk zu unterdrücken. Natürlich ist es einfacher, mir die Schuld an allem zu geben, statt sich zu überlegen, was man hätte ändern können.« Mit einer Geste umfasste er das ganze Land. »Die Verderbnis habt ihr in dieses Reich gebracht. Nicht ich. Mag sein, dass ich beschleunigt habe, was euch früher oder später sowieso ereilt hätte, aber die Verantwortung für euer Schicksal übernehme ich nicht, die habt ihr selbst zu tragen.«

»Unser Schicksal hast du besiegelt, als du deinen Bruder ermordet und *ihn* dadurch befreit hast.«

Éremón wandte ihm sein Gesicht zu und lächelte. »Ihr habt mir keine andere Wahl gelassen, nachdem ihr Milesius entführt habt.«

»Entführt?« Wie konnte jemand nur dermaßen die Wahrheit verdrehen?

»Du hast ihn gefoltert. Deinen eigenen Vater. Er war mehr tot als lebendig.«

»Er hat es nicht anders verdient, nach allem, was er mir angetan hat.« Erneut legte er den Kopf schief. »Gerade du solltest dafür doch Verständnis haben. Habe ich recht?«

Beschämt und frustriert senkte Darach den Blick und starrte auf den schwarzen Boden um sie herum. Die Hände ballte er zu Fäusten und seine Schultermuskulatur spannte sich an.

»Du sagst gar nichts mehr.«

»Lies meine Gedanken.« *Arschloch!*

»Das ist nicht nett.«

Statt ihm zu antworten, sah Darach ihn hasserfüllt an. *Am liebsten würde ich dich töten. Ist das netter?*

Erneut umspielte ein wissendes Lächeln Éremóns Mund. »Du wirst noch froh sein, dass du es nicht getan hast.«

***

Kühl streifte etwas Ciardas Gesicht. Nur langsam löste sich der Nebel auf und gab den Blick auf ein dschungelartiges Biotop frei. Ein Vogel schrie in der Nähe. Durch das dichte Blätterdach war so gut wie nichts von dem violetten Firmament mit den Lichtmotten zu sehen.

Hier gehörte sie hin. Zu ihm. Sie fühlte es mit jeder Faser ihres Seins, wie auch schon das erste Mal, als sie durch den Feenhügel in diese Welt gekommen war.

Sehnsüchtig schloss sie die Augen und folgte der Verbindung, die nun kräftig in ihr pulsierte. Wenn sie bisher Zweifel gehabt hatte, so wurden sie in dieser Sekunde vollständig ausgeräumt. Sie konnte ihn spüren. Seine Verzweiflung, seinen Schmerz. Ein Frösteln ergriff sie und sie rieb sich die Oberarme.

»Ciarda, komm! Wir müssen weiter«, rief Dan.

Sie öffnete die Augen und begegnete Thorns Blick, der wie Darach zu sehen schien, was in ihr vorging. Er sagte jedoch nichts, drehte sich um und sprintete los, folgte einem unsichtbaren Weg zwischen den meterdicken Stämmen hindurch.

Obwohl sie denselben dunklen Pfad in den *Síd* genommen hatten, war dies nicht das Plateau, auf dem sie das erste Mal diese Welt betrachtet hatte. Wenn sie darüber nachdachte, war sie damals bei der Trauerfeier auch nicht dort gelandet, hatte es jedoch gar nicht bewusst wahrgenommen.

Jetzt hingegen erfasste sie die Umgebung mit all ihren Sinnen. Die kräftigen Farben, die schweren und süßen Düfte. Den Wind, der über ihre Haut strich und das Laub rascheln ließ. Sie schien durch den Wald zu fliegen. Etwas zog an ihr, ließ sie sehnsüchtig zurückblicken. Der einzige Wermutstropfen war, dass Thorn sie in die falsche Richtung führte. Fort von ihm.

Der Wald endete abrupt in einer riesigen Lichtung. Auf den ersten Blick dachte Ciarda, dass sich vor ihnen ein seltsam organisch wirkendes Schloss in die Höhe schraubte, doch als sie die baumstammartigen Wände studierte, wurde ihr bewusst, dass es sich tatsächlich um einen Baum handelte, dessen Ausmaße die eines Schlosses annahmen. In vier oder fünf Metern Höhe streckten sich die ersten Äste aus, die selbst den Umfang von Mammutbäumen besaßen. Der ganze Stamm schien von Ranken bewachsen zu sein, die sich zu einem komplizierten Muster verflochten. Zwei *Síodhach* in grünen Tuniken, auf die jeweils ein goldener Baum gestickt war, standen mit Lanzen bewaffnet vor den riesigen Türen, auf denen ebenfalls ein Baum abgebildet war und die gerade aufschwangen, als wären sie bereits erwartet worden.

Nervös schritt Ciarda hindurch und sah sich um. Licht gelang von überall zwischen den Ranken in einen riesigen Saal und fing sich in etlichen Kristallen, die es brachen. Überall hingen farbenfrohe Blüten und Girlanden. In der Mitte führte eine gewundene Treppe nach oben und wirkte selbst wie ein Baum, dessen Äste das äußere Konstrukt stützten.

»Du kannst den Mund zumachen«, meinte Logan und holte sie aus der ehrfürchtigen Starre.

»Wow«, entfuhr es ihrem Bruder, während ihr immer noch kein passendes Wort einfallen wollte. *Wow* traf es nicht ansatzweise. Es war einfach überwältigend. Wunderschön.

Ein zierliches Mädchen in einem schlichten blassblauen Kleid erschien. »Lady Islind erwartet euch bereits.« Sie verbeugte sich, richtete sich wieder auf und schritt zu der Wendeltreppe. »Bitte folgt mir.«

Unsicher stieg Ciarda hinter der Dienerin die Stufen hinauf. Über einen der Äste gelangten sie in einen langen Flur. Motten schwirrten an der Decke entlang und zeigten ihnen so den Weg.

Eine Tür schwang wie von selbst auf und sie betraten einen gemütlichen Raum, der von einem großen Tisch dominiert wurde, der ein Teil des Baumes zu sein schien. Farbenfrohe Blumen wuchsen in seiner Mitte und an den Füßen empor. Doch nicht die Möblierung war es, die Ciardas Blick wie magisch anzog. In ihrer eleganten silbrig schimmernden Robe, die weißen Haarsträhnen zu einer kunstvollen Frisur verflochten, kam ihnen Islind entgegen. Die Macht, die von dieser Frau ausging, bereitete Ciarda eine Gänsehaut und in der Ferne kündigten sich bereits Kopfschmerzen an.

Thorn verbeugte sich galant. »Es ist eine Ehre, hier zu sein.«

Da die anderen es ihm nachtaten, senkte auch Ciarda den Kopf, als Islinds Blick über sie glitt. Innerlich zitterte sie vor Unruhe und Ungeduld.

»Wünscht ihr etwas zu speisen?«, fragte die Dienerin. Thorn nickte und das Mädchen huschte aus dem Raum, bevor Ciarda auch nur reagieren konnte.

»Setzt euch«, mit einer ausholenden Handbewegung präsentierte Islind den Tisch. Es knackste und kleine Sprossen wuchsen aus dem Boden, verflochten sich und bildeten Hocker, auf denen sie Platz nahmen.

Kein Wort wurde gesprochen. Ciardas Anliegen brannte ihr auf der Zunge. Erneut öffnete sich die Tür und das Mädchen, das sie hierhergeführt hatte, erschien mit einem Tablett voll mit fremdartigen Früchten. Ihr folgte eine weitere Dienerin, die ein Tablett trug, auf dem winzige Tassen und eine Art Kanne standen, aus der kleine Dampfschwaden emporstiegen.

Wortlos stellte das erste Mädchen ihr Tablett auf den Tisch und verteilte im Anschluss die Tassen. Als sie damit fertig war, schenkte sie jedem etwas von der dampfenden Flüssigkeit ein. Der warme Duft von Früchten umhüllte Ciarda und ließ ihr das Wasser im Mund zusammenlaufen, obwohl sie bis eben weder Hunger noch Durst verspürt hatte. Ungeduldig begann sie mit dem Bein zu wippen und kassierte sofort einen mahnenden Blick von Dan.

Erst als die Tür sich wieder schloss, wandte sich Islind an ihn. »Was ist so dringend, Druide, dass dies keinen Aufschub duldet und was Ihr mir nicht über den Spiegel sagen wolltet?«

»Eine meiner Schützlinge träumt seit Wochen von Darach.«

Islinds Blick glitt sofort zu Ciarda und schien sie regelrecht zu durchbohren. Die Sterne in den ungewöhnlichen Augen der Elfe funkelten. »Erzähl mir davon.«

Hitze kroch Ciardas Nacken empor und trieb ihr feine Schweißperlen auf die Stirn. Stockend schilderte sie, was sie in den vergangenen Nächten gesehen hatte. Zumindest das meiste. Ihre Stimme war dumpf. Egal wie oft sie von Darachs Qualen sprach, von seiner Gefangenschaft und Éremóns Bösartigkeit, es wurde nicht einfacher.

Islind hörte ihr aufmerksam zu, während sie ab und zu von ihrem Tee nippte.

Es fröstelte Ciarda, als sie fertig war. In ihrem Kopf spukte erneut Éremóns Behauptung herum.

Denkst du wirklich, sie würde dich akzeptieren, wenn sie wüsste, wer du bist? Sie würde dich töten!

Betroffen senkte sie den Blick auf den Tisch und umklammerte fest ihre Tasse, spürte, wie die Wärme in ihre eisigen Finger drang.

»Wenn es stimmt, was du sagst, dann ist auch Éremón noch am Leben.«

Ciarda schluckte. »Aye. Deswegen müssen wir sofort etwas unternehmen. Er ist eine Gefahr.«

Islinds Gesicht wurde zu einer leblosen Maske. »Er ist ein Nichts«, sagte sie kühl und wandte sich an Dan. »Ich muss gehen. Meine Gastfreundschaft sei Euch gewiss und Ihr könnt die kommende Nacht unter meinem Dach verbringen, wenn Ihr das wünscht.« Sie stand auf und der Hocker, auf dem sie eben gesessen hatte, welkte und fiel in sich zusammen. Hoheitsvoll schritt sie zur Tür, die von selbst aufschwang.

Ciarda starrte fassungslos auf den Rücken der Elfe, bevor sie reagierte. Mit zwei Schritten war sie bei ihr, ergriff ihren Arm und hielt sie zurück. »Was ist mit Darach?«

Der Blick der Elfe war eisig und bedrohlich.

Sofort ließ Ciarda den schimmernden Stoff los, der sich ganz weich angefühlt hatte. »Verzeiht, ich …« Unsicher und Hilfe suchend sah sie sich zu den anderen um. Alle, bis auf Thorn, waren von ihren Plätzen aufgestanden und sahen sie mit einer Mischung aus Schock und Besorgnis an. »Ich muss ihn retten.«

Für einen Moment huschte Trauer und Mitleid durch das sonst so emotionslose Gesicht von Islind. »Ich verstehe deine Sehnsucht, aber es sind nur Träume. Geh zurück in deine Welt und vergiss ihn.«

Es war, als hätte Islind ihr hinterrücks einen Dolch genau ins Herz gestoßen. »Nein«, keuchte sie. Die Worte schienen sich wie ein Echo immer wieder in ihrem Kopf zu wiederholen, aber sie konnte sie dennoch nicht mit ihren Gefühlen vereinbaren. »Ich kann ihn spüren. Er lebt.« Ihre Hände zitterten. »Das sind keine Träume.«

»Es ist alles gesagt«, erklärte Islind nachdrücklich. Ihr Blick war bezwingend, ließ Ciarda unsicher einen Schritt zurückweichen.

»Es tut mir leid«, flüsterte ihr Bruder.

»Komm, Ciarda«, bemerkte Dan, legte seine Hand väterlich auf ihre Schulter und dirigierte sie sanft zur Tür.

Thorn trat vor und versperrte ihnen den Weg. Seine Aufmerksamkeit galt jedoch Islind. »Du weißt, dass ihre Träume nicht von den Geistern geknüpft werden, sondern die Realität zeigen.«

Islinds Augen verengten sich. Ihre Wut konnte Ciarda regelrecht spüren. »Du wagst es, mir in den Rücken zu fallen?«

Thorns Miene zeigte keinerlei Unsicherheit. »Sie hat die Wahrheit verdient.«

Eine Weile starrten sich die beiden Elfen an. Die Atmosphäre in dem Raum war aufgeladen und drückend. Ciarda hatte das Gefühl, kaum Luft zu bekommen.

»Wie du willst!«, gab Islind nach. Ihr wütender Blick, der Ciarda innerlich den Kopf einziehen ließ, wanderte zu ihr. »Die Wahrheit ist, dass Darach bereits verloren ist. Es schon immer war. Du solltest ihn vergessen, wie ich es dir bereits gesagt habe. Mein Volk kann ich jedoch noch retten.« Sie sah zu Dan. »Das solltet Ihr auch tun.«

Einen Moment trat Stille ein, bis Dan nickte.

»Das ist nicht dein Ernst«, rief Ciarda und konnte nicht fassen, dass er Islind recht gab. »Er braucht unsere Hilfe.«

Die Elfe wandte sich erneut zu ihr. »Wenn du ihn suchst, bedeutet das deinen Tod und du wirst jeden mit dir reißen, der dir folgt.« Mit erhobenem Haupt rauschte sie aus dem Raum und hinterließ nur betretenes Schweigen. Ciarda konnte ihr nur noch entsetzt nachsehen. Wusste nicht, ob sie vor Wut schreien oder vor Verzweiflung weinen sollte.

»Scheiße«, murmelte Logan.

Ein verstohlenes Räuspern erklang.

Aodh trat neben sie. Vorsichtig berührte er sie am Arm. »Ci, sie ... Vielleicht überlegt sie es sich noch.«

»So respektlos, wie sich unsere Kratzbürste gerade verhalten hat, kann sie froh sein, dass sie noch lebt«, murrte Logan.

»Dann finden wir einen anderen Weg, ihn zu retten«, entgegnete Aodh wütend.

»Denkst du, ich will ihn nicht retten? Darach ist mein Freund!«

»Wir werden nichts tun«, unterbrach Dan die Streithähne. »Wir kehren morgen früh nach Gorm zurück.«

Entsetzt ruckte ihr Kopf zu ihm. »Was?« Ihr Gehirn schien wie leergefegt. »Ich verstehe es nicht.«

»Ich ehrlich gesagt auch nicht«, stimmte ihr Logan zu und holte sie aus ihrer Benommenheit. »Was ist mit Éremón? Du willst diesen Dreckskerl doch nicht wirklich frei herumlaufen lassen?«

»Islind herrscht über dieses Land und wir sind hier nur zu Gast«, erklärte Dan mit Nachdruck.

Herausfordernd verschränkte Logan die Arme vor der Brust. »Hast du etwa Angst vor ihr?«

»Ihr solltet alle Angst vor ihr haben«, bemerkte Thorn und schlenderte zurück zu dem Tisch. Als wäre nichts passiert, setzte er sich hin und trank mit aller Seelenruhe seinen Tee aus. Sein offensichtliches Desinteresse ließ Ciardas Wut die Oberhand gewinnen. »Wir müssen doch irgendetwas tun können!«

»Willst du allen Ernstes einen neuen Krieg mit den *Síodhach* anfangen?«, fragte Dan. »Denn das würde passieren, wenn wir auf eigene Faust handeln.«

Logan fluchte derb und rieb sich über den Mund. Ciarda presste die Lippen aufeinander. Momentan war sie so frustriert, dass sie am liebsten alles niedergerissen hätte und ihre Kontrolle nur noch am seidenen Faden hing. Aodh hielt sie am Oberarm fest. »Ci, beruhig dich. Du weißt, was passiert, wenn du …«

Erbost riss sie sich los. »Lass mich.«

Dan schüttelte ungläubig den Kopf. »Ich erkenne dich nicht wieder. Du hast Darach kein einziges freundliches Wort geschenkt, während er bei uns war, und kaum ist er nicht mehr da, tust du so, als könntest du nicht mehr ohne ihn leben. Ich glaube nicht, dass es dir so sehr um Darach geht, sondern vielmehr darum, dein schlechtes Gewissen ihm gegenüber zu beruhigen.«

Das hatte gesessen. Wie oft hatte sie in den letzten Wochen genau das Gleiche gedacht und sich Vorwürfe gemacht? Sie fühlte sich von Dan verraten. »Ich bleib hier keine Sekunde länger«, zischte sie aufgebracht. Wenn ihr keiner helfen wollte, würde sie Darach allein befreien. *Und wenn ich alles niederbrennen muss.*

»Wenn Islind gewollt hätte, dass wir sofort aufbrechen, dann hätte sie uns dazu aufgefordert.«

»Sie hat aber auch nicht gesagt, dass wir hierbleiben müssen«, gab Ciarda schnippisch zurück.

Geduldig stieß er die Luft aus und fuhr sich durch die Haare. »Du musst im Umgang mit den *Síodhach* noch viel lernen. Glaub mir, es ist besser, wenn wir hier die Nacht verbringen, wie Islind es vorgeschlagen hat.«

»Wohl eher befohlen!« Am liebsten hätte sie mit dem Fuß aufgestampft wie ein trotziges Kind. Aber sie war kein Kind mehr. Stattdessen verschränkte sie die Arme vor der Brust, als könnte das die Gefühle zurückhalten, die in ihr brodelten. »Und was machen wir so lange?«

»Keine Dummheiten. Verstanden?« Dan sah sie eindringlich an. Er kannte sie einfach zu gut. In ihrem Kopf war sie schon verschiedene Möglichkeiten durchgegangen, aus diesem Baum-Schloss-Gebäude zu fliehen.

»Ciarda, ich warne dich.«

»Ich hab's verstanden.« Wütend lehnte sie sich an die Wand und stemmte ihren Fuß dagegen.

»Das hoffe ich.« Er setzte sich an den Tisch und wirkte erschöpft.

Das Schweigen im Raum dehnte die Zeit in die Unendlichkeit. Jeder schien seinen eigenen Gedanken nachzuhängen. Sie kam sich seltsam beobachtet vor. Irgendwann begannen Logan, Dan und Thorn sich leise zu unterhalten, während ihr Bruder sich neben sie an die Wand lehnte. Versunken starrte Ciarda sie einfach an, ohne auf ihre Worte zu achten oder sie wirklich zu sehen.

»Ich helfe dir«, flüsterte Aodh ihr zu und stupste sie sachte mit dem Ellenbogen an.

»Bei was?«, fragte sie irritiert.

»Ihn zu suchen.«

Eine eisige Hand griff nach ihr. Was war, wenn Islind recht behielt? Es war eine Sache, ihr eigenes Leben zu riskieren, aber das ihres Bruders eine ganz andere.

Das Gefühlschaos in ihr schien die Oberhand zu gewinnen. Tränen traten in ihre Augen und Aodh zog sie in die Arme. »Hey, es wird alles gut.«

»Das kannst du nicht wissen.«

»Ich kenne dich. Du wirst nicht aufgeben, bis alles wieder gut ist. Also Kopf hoch.«

Sie erwiderte seine Umarmung und drückte ihn ganz fest an sich. »Danke.«

»Du kannst auf mich zählen. Das weißt du, Schwesterherz.«

Sie nickte und versuchte ein schiefes Lächeln zustande zu bringen, als sie sich voneinander lösten. Was würde sie nur ohne ihn tun? Sie hatte ihn nicht verdient.

Die Tür öffnete sich und die beiden Dienerinnen erschienen, räumten die Tassen und das Tablett fort. »Wünscht Ihr noch etwas?«

»Denara, würdest du Ciarda bitte in Darachs Zimmer bringen?«, schlug Thorn vor.

Überrascht stieß sich Ciarda von der Wand weg. Ihre Lethargie war mit einem Schlag vergessen.

»Sehr gerne, Lord Thorn.« Die Elfe verneigte sich vor ihm und wandte sich an Ciarda. »Folgt mir.«

Mit kräftig schlagendem Herzen lief Ciarda hinter Denara her, während diese sie die Treppe hinabführte und einen anderen Flur entlang. Als ihr eine der Wachen entgegenkam, wurde ihr bewusst, dass sie die Gelegenheit hätte nutzen sollen, um sich alles einzuprägen und ihren Fluchtplan auszuarbeiten.

Fast wäre sie in die Dienerin hineingelaufen, die plötzlich stehen geblieben war und eine Tür öffnete. Der Raum dahinter war überraschend groß und hell. Ranken, ähnlich wie wilder Wein, bedeckten Teile der Wände und wechselten sich mit Spiegeln ab. Denara trat mit einem Nicken zur Seite und Ciarda betrat langsam das Zimmer. In einer Ecke hing eine große Matte aus Blättern an vier Seilen. Sie setzte sich auf den Rand und stieß sich mit dem Fuß ab. Sanft begann das Bett hin und her zu schwingen. Sie stellte sich vor, wie er ebenfalls an diesem Platz saß und etwas las. Sah ihn vor sich, wie er in der Mitte des Raumes trainierte. Sie sprang auf und ging zu den Truhen, die auf der anderen Seite standen.

Ein winziger Hauch von Aprikosen und Wald kam ihr entgegen, als sie sie öffnete. Kleidungsstücke lagen ordentlich zusammengefaltet darin und sie nahm das oberste an sich. Der Stoff fühlte sich an wie Samt. Sie hob es an ihr Gesicht und vergrub die Nase darin. Ihre innere Anspannung löste sich langsam. Jedoch nicht ganz. Etwas störte sie. Etwas fehlte, aber sie wusste nicht, was.

»Normalerweise ist diese Unterkunft für mehrere Soldaten gedacht, aber niemand wollte mit ihm ein Quartier teilen«, erklärte Denara leise und sah sich vorsichtig um.

»Wieso?«

»Er ist ein Wechselbalg.«

»Warum ist das so schlimm?«

Verwirrt sah die *Síodhach* sie an, als würde sie die Frage nicht verstehen. »Er ist zur Hälfte ein Mensch.«

Jetzt wusste sie, was sie störte. Das Zimmer war eindeutig seins, aber es war nie wirklich sein Zuhause gewesen.

Der restliche Tag zog sich wie Kaugummi. Denara führte sie durch das Schloss und zeigte ihr den Ballsaal in der Baumkrone. Unterwegs schloss sich ihnen Aodh an. Wachen patrouillierten überall durch die Flure. Als sie in den Garten gingen, folgte ihnen ein Soldat in einigem Abstand. Keinen Moment lang fühlte sich Ciarda unbeobachtet.

Die Nacht durfte sie in Darachs Zimmer verbringen, mit zwei Wachen vor der Tür. Lange lag sie wach auf der Hängematte und starrte in die Dunkelheit. Bis sie lang genug gewartet hatte. Sie rollte sich lautlos vom Bett.

Vorsichtig zog sie sich an den Ranken ein Stück hinauf. Die Blätter raschelten leise und sie hielt den Atem an, aber nichts regte sich vor der Tür. Langsam kletterte sie weiter, bis sie den größten Spalt zwischen der Rinde erreicht hatte. Ihre Hand strich über ihre Rune und ihr Schwert materialisierte sich. Vorsichtig begann sie mit der scharfen Klinge das Loch zu vergrößern. Das Geräusch des kratzenden Metalls klang in ihren Ohren ungewöhnlich laut. Immer wieder sah sie zu der Tür hinab und ihr Herz schlug schneller. Dann hatte sie es geschafft. Sie ließ das Schwert los, das wieder verschwand, und quetschte sich durch den vergrößerten Spalt.

An der Außenrinde des Baumhauses hinunterzusteigen, stellte sich als noch einfacher heraus. Die Ranken, die sich um den Baum wanden, waren wie eine Leiter, der sie bis unten folgen konnte. Leise ließ sie sich zu Boden gleiten und stieß erschrocken die Luft aus, als sie eine Gestalt im Schatten bemerkte, die sie beobachtete.

»Hast du das auch gehört?«, fragte eine Wache in der Nähe und ließ Ciardas Innenleben zu einem Klumpen zusammenschrumpfen.

»Was?«

Mit übermenschlicher Geschwindigkeit schoss die Gestalt vor, legte ihre Hand über ihren Mund und zog sie mit sich zurück in die Dunkelheit. Innerlich wappnete sich Ciarda für den Kampf. »Wenn Ihr nicht entdeckt werden möchtet, solltet Ihr still sein«, flüsterte jemand leise in ihr Ohr. Thorn.

Schwere Schritte erklangen auf dem Waldboden. Ein grünliches Leuchten hellte die Stelle auf, wo sie kurz zuvor noch gestanden hatte.

»Nichts zu sehen«, erklärte die andere Wache. »Das war wahrscheinlich nur wieder eine Maus.« Die beiden kehrten zurück zu ihrem Posten.

Der *Síodhach* ließ sie los und trat in das spärliche Licht der wenigen Motten, die noch wach waren und um den Baum herumflatterten. Seine Augen lagen im Schatten. Ihr Herz trommelte gegen ihre Brust. Beunruhigt sah sie sich um und fluchte tonlos, weil sie sich hatte erwischen lassen.

Sie wusste nicht, was dieser Kerl vorhatte. Ihre Finger strichen wie von selbst über die Spirale an ihrem Handgelenk und ein kleiner Dolch materialisierte sich in ihrer ausgestreckten Hand. Das schwere Metall gab ihr ein Gefühl von Sicherheit.

Ein verschmitztes Lächeln zupfte an seinen Mundwinkeln und erinnerte sie an Darach. Sein durchdringender Blick wanderte von ihr zu der Stelle, wo die beiden Wachen standen, und sie verstand die wortlose Warnung. Frustriert biss sie sich auf die Unterlippe, um nicht laut zu fluchen. Er warf ihr etwas zu und signalisierte ihr mit einem Nicken ihn zu begleiten.

19

Vorsichtig folgte Ciarda Thorn durch das Dickicht des Waldes, der das riesige Baumhaus umschloss. Das Bündel, das er ihr zugeworfen hatte, hielt sie fest umklammert. Mit jedem Schritt, den sie sich entfernte, wurde ihr mulmiger zumute. Wo brachte er sie hin und was hatte er mit ihr vor? »Was machen wir hier?«

»Ich wollte Euch nur die Peinlichkeit ersparen, entdeckt zu werden. Ich wusste, dass Ihr nicht aufgeben werdet und Euch in Schwierigkeiten bringen könntet«, bemerkte er und lief weiter.

Er war genauso arrogant wie alle *Síodhach.* Kein Wunder, dass Logan so ein Arsch sein konnte.

»Und was hast du jetzt mit mir vor?« Kampflos würde sie sich jedenfalls nicht ergeben.

»Dir mangelt es wirklich an Manieren. Ich werde dich dennoch begleiten«, erwiderte er lapidar.

Überrascht kam sie aus dem Tritt und stolperte über eine Wurzel. Im letzten Moment konnte sie sich abfangen und lehnte sich an den Baum, der sie fast zu Fall gebracht hätte. »Du wirst mich nicht davon abhalten, ihn zu suchen?« Erstaunt starrte sie seinen Rücken an. Er blieb stehen, wandte sich zu ihr um und schüttelte den Kopf.

»Warum?«

Nachdenklich ließ er den Blick über sie gleiten. In dem schwachen Licht wirkten seine blauen Augen dunkel und erinnerten sie an Logans. »Weil ich weiß, wie es ist, den Seelenpartner zu verlieren«, sagte er dumpf.

»Logans Mutter.«

»Clarissa.« Allein wie er diesen Namen voller Sehnsucht aussprach, bereitete ihr eine Gänsehaut. Der Schmerz, der in seiner Stimme mitschwang, erzeugte ein leises Echo in ihrer Brust. »Es tut mir leid.«

»Es ist lange her.« Sein Ton verriet deutlich, dass er weder darüber hinweggekommen war noch weiter über dieses Thema sprechen wollte. »Wir müssen gehen, sonst werden wir doch noch entdeckt. Du solltest die Sachen anziehen, die ich dir gegeben habe. Deine menschliche Kleidung ist zu auffällig.«

Verwirrt fiel ihr Blick auf das Bündel, das bei ihrem Beinahesturz zu Boden gefallen war. Sie hob es auf und schüttelte den weich fließenden Stoff aus. In der Dunkelheit wirkte er pechschwarz. Irritiert sah sie zu Thorn, der sie mit verschränkten Armen beobachtete. Seine Ungeduld war spürbar, also huschte sie schnell hinter den nächsten Baum. Zweifelnd hielt sie das Kleidungsstück an ihren Oberkörper. Ihre eigene Kleidung würde sie jedenfalls nicht darunter tragen können. Schnell entledigte sie sich ihrer Sachen und zog das Kleid über. Eine verirrte Motte spendete ihr ein wenig Licht und sie bemerkte, dass die Robe moosgrün war. Sie saß wie angegossen und der Stoff fühlte sich wie eine zweite Haut an. Einziges Manko: Sie fiel bis auf den Boden und Ciarda würde immer den Rock raffen müssen, damit sie nicht darüber stolperte. Kurz streckte sie sich und lächelte zufrieden, weil die Robe sie wenigstens nicht bei einem Kampf einschränken würde. Sie ließ ihr genug Bewegungsfreiheit. Ihre alten Sachen versteckte sie unter einigen Ästen. Das Einzige, was sie behielt, war ihr Waffengürtel mit den Wurfdolchen, den sie sich um die Hüften band.

Thorn stand immer noch an derselben Stelle wie zuvor, nickte zufrieden, als er sie sah, und wollte direkt loslaufen.

»Was ist mit Logan, Aodh und Dan?«, fragte sie unsicher.

Ein spöttisches Lächeln ließ seine weißen Zähne in der Dunkelheit aufblitzen. »Jetzt machst du dir auf einmal Sorgen um sie?«

Nein, machte sie sich nicht. Die drei würden auch allein zurechtkommen. Dan würde das mit Islind hinbiegen. Hoffentlich.

Okay, sie machte sich doch Sorgen, aber bisher hatte sie die hervorragend verdrängen können. Verdammter Mist.

»Ihnen wird nichts geschehen. Da ich dich begleite, wird deine kopflose Aktion auch keinen Krieg auslösen.«

Der Tadel hatte gesessen. Betreten sah sie zu Boden und spürte, wie ihre Wangen heiß wurden. »Wird Islind nicht wütend auf dich sein?«

»Ich bin ihr keine Rechenschaft schuldig. Außerdem hat sie das Schloss längst verlassen.«

Ihr Kopf ruckte hoch und sie sah ihn erstaunt an. »Und wo ist sie hingegangen?«

»Das ist die entscheidende Frage. Ich kenne leider nicht die Antwort. Scheinbar weiß sie mehr als wir. Und wir werden herausfinden, was. Komm.« Er wandte sich wieder in die Richtung, die er schon zuvor eingeschlagen hatte. Innerlich sträubte sich Ciarda diesen Weg zu nehmen. Es war falsch. »Warte.«

Fragend sah er über die Schulter zu ihr zurück.

»Wir müssen dort entlang«, erklärte sie und zeigte zu einer kleinen Baumgruppe mit unzähligen gelben Blüten, die wie Trauben beieinander hingen.

»Du kannst spüren, wo er ist«, stellte er überrascht fest. »Erstaunlich.«

»Ist das nicht normal bei diesem Seelenpartnerdings?«

Er neigte den Kopf und wich einigen tief hängenden Ästen aus. »Es kommt nur sehr selten vor«, sagte er und ging unbeirrt weiter, als wäre ihr Einwurf, dass sie in die falsche Richtung liefen, bedeutungslos. Fest presste sie die Lippen aufeinander und sprintete Thorn nach, der sich bereits außer Sicht befand. »Und warum gehen wir dann hier entlang?«, fragte sie frustriert.

»Wir weichen den Patrouillen aus. Außerdem würde ich mir gerne die Stelle ansehen, wo sich Éremón mit Darach die ganze Zeit versteckt hat.«

Das klang vernünftig. Verdammt. Sehnsüchtig sah sie zurück zu den Bäumen mit den gelben Blüten, bevor sie Thorn folgte.

Es war schwierig, mit dem hochgewachsenen Elfen Schritt zu halten.

Obwohl sie im Dunkeln besser sah als jeder Mensch, war es mittlerweile so finster in dem Waldstück, dass sie kaum die Hand vor Augen erkennen konnte, und Thorn legte ein scharfes Tempo vor. Immer wieder schlugen ihr Blätter und Äste ins Gesicht, hinterließen Kratzer auf ihrer Haut. Ihre langen Strähnen und der Saum des Kleides verfingen sich ständig.

Es dauerte nicht lang, da kam ihr die Gegend vertraut vor. Thorn wurde langsamer.

»Wo sind wir?«, fragte sie unsicher.

»Dort vorne liegt *Kasdale*.« Er zeigte auf einen Berg. Nur schwach hob sich die Silhouette der Burg gegen den dunkelvioletten Himmel ab. Die Mauer war immer noch eingestürzt und der Anblick holte die Bilder und Gefühle des Moments hervor, als sie gedacht hatte, dass Darach für immer verloren sei. Selbst jetzt noch schmeckte sie den Staub in der Luft.

»In dieser Richtung liegt der Fluss«, riss Thorn sie aus ihren düsteren Gedanken. »Das müsste ungefähr die Stelle sein, die du im Traum gesehen hast.«

Tief atmete Ciarda durch, ermahnte sich innerlich sich zusammenzureißen und zu konzentrieren. Das Laub raschelte leise bei jedem Schritt, während sie den Weg abschritt und sich versuchte zu orientieren. Es sah alles so gleich aus. Mehrfach war sie drauf und dran aufzugeben. Bis sie eine kleine Felsgruppe bemerkte und für eine Sekunde das Bild aus ihrem Traum aufblitzte, wie Darach sich zu seinem Gefängnis umgedreht hatte. Schnell raffte sie den Rock und lief darauf zu, sah sich immer wieder um. »Das ist die Stelle.« Sie eilte ein Stück weiter und fand einen Spalt zwischen den Felsen. »Hier.«

Der *Síodhach* stand augenblicklich neben ihr und untersuchte den Stein. Ciarda erinnerte sich, wie Éremón sich einen Weg hindurch geschaffen hatte. Ihr Herz begann zu rasen.

Thorn streckte einen Arm vor und in seiner offenen Handfläche erschien eine gleißende blaue Lichtkugel, die die Schatten in die Höhle zurückdrängte. Vorsichtig betrat er den Gang und zog den Kopf ein.

Sie wollte ihm folgen, doch ihre Füße schienen wie festgewachsen. Ihr wurde heiß. Das Atmen fiel ihr mit jeder Sekunde schwerer. Die Vorstellung des finsteren Lochs schien sie zu erdrücken. Ihre Albträume verfolgten sie bis in die Realität. Sie waren real. Alles drehte sich.

»Geht es dir gut?«

Erschrocken zuckte sie zusammen. Sie hatte gar nicht mitbekommen, dass Thorn zurückgekommen war.

»Ich …« Ihre Stimme versagte und sie stützte sich schwer atmend gegen den Stein. Kälte kroch sofort ihren Arm hinauf, schien sich durch ihre Haut bis in ihre Knochen zu fressen und löste einen schwachen Widerhall in ihr aus. Etwas regte sich in ihr. Frohlockte und versetzte sie zugleich in Panik.

Sie schnappte nach Luft. Fluchend packte Thorn sie am Oberarm und zog sie von dem Felsen weg. »Du kannst es spüren. Das Böse.«

Gänsehaut bildete sich auf ihren Armen und sie sah entsetzt zu Thorn auf. Ihre Beine schienen sie nicht mehr tragen zu wollen. Ihr Sichtfeld flackerte und verengte sich. Alles wirkte verschwommen.

Bevor sie zu Boden ging, fing Thorn sie auf, nahm sie auf die Arme und trug sie ein Stück von der Stelle weg, wo Darach wochenlang gefangen gehalten worden war. Allein der Gedanke an seine Qualen und die Erinnerung an seinen Schmerz bereiteten ihr Übelkeit und zogen sie endgültig in die Bewusstlosigkeit.

***

Die Dunkelheit wich nur langsam dem Dämmerlicht. Das beruhigende Plätschern von Wasser war zu hören. Mehrfach blinzelte sie, um auch die letzten Schatten zu vertreiben. Über ihr befanden sich Tausende Lichtpunkte. Einer davon begann sich flatternd zu bewegen und machte ihr bewusst, dass sie sich im *Síd* befand. Sie wandte das Gesicht und sah auf die spiegelnde Fläche des Flusses, der von einem kleinen Bachlauf in ihrer Nähe mit Wasser gespeist wurde. Langsam drehte sie sich zur anderen Seite und betrachtete Thorn, der neben ihr an einen alten Baumstumpf gelehnt saß und nachdenklich zu den Sternen sah. Als hätte er ihren Blick gespürt, wandte er ihr sein Gesicht zu. Er sagte nichts. Starrte sie nur ausdruckslos an und hielt ihr einen Wasserschlauch entgegen.

Zittrig richtete sich Ciarda auf und nahm ihn Thorn ab. Ihr Hals war ausgedörrt und der erste Schluck brannte in ihrer Kehle. Die Flüssigkeit breitete sich in ihrem Körper aus und hinterließ nach und nach ein wohliges Gefühl.

Thorn stand auf und schaute nachdenklich in Richtung der Stadt. »Wir sollten weiter. Du warst mehrere Stunden bewusstlos. Unser Fehlen dürfte längst bemerkt worden sein.« Mit keinem Wort ging er auf die Ursache ihres Zusammenbruchs ein. Und sie hatte Angst zu fragen.

Verlegen wischte sie sich einzelne Tropfen von ihrem Kinn und gab den Schlauch Thorn zurück. »Danke.« Ihre Stimme klang, als hätte sie Kreide verschluckt.

Immer noch erschöpft versuchte sie aufzustehen, aber ihre Beine schienen keine feste Substanz mehr zu besitzen und gaben direkt wieder nach. Thorn packte sie am Unterarm und stützte sie. »Deine Reaktion auf Éremóns dunkle Magie ist ungewöhnlich stark.«

Eine eisige Hand griff nach ihrem Herzen, während Hitze in ihren Kopf schoss. »Mir geht es gut«, stieß sie atemlos aus und versuchte ihn von sich zu schieben. Thorn richtete sich auf und zog sie mit sich. Sie konnte trotz seiner stoischen Miene erkennen, dass er skeptisch blieb. »Was verschweigst du mir?«, fragte er leise und sah sie durchdringend an, als könnte er in ihrem Gesicht die Antwort lesen.

Nervös schluckte sie, legte unbewusst ihre Hand an ihren Bauch, wo sie noch immer den Nachklang der Magie spürte. Die Dunkelheit in ihr, die sich an ihr labte. »Wie kommst du jetzt darauf?« Sie versuchte ein möglichst unschuldiges Gesicht zu machen, aber wusste schon, als sie seine zweifelnde Miene sah, dass es ihr nicht gelang.

»Es ist gut, dass du misstrauisch bist. Nichts ist in diesem Reich, wie es scheint«, erklärte er mit einem traurigen Lächeln und ließ sie los.

Verdutzt musterte sie ihn und in ihrem Kopf setzten sich einige Puzzleteile zusammen. »Du vertraust Islind nicht.« Es war keine Frage, sondern eine Feststellung. Deswegen war er hier und begleitete sie. Nicht weil er ihr helfen wollte.

»Ich vertraue niemandem.« Eine leichte Warnung klang in seiner Stimme mit.

»Da haben wir ja was gemeinsam«, murmelte sie. Einen Moment starrten sie sich an, wie zwei Krieger auf dem Schlachtfeld, die nicht den ersten Schritt wagten, aber dem Gegner auch nicht den Rücken zudrehen wollten.

»Wir haben sehr viel mehr gemeinsam als das.« Ein amüsiertes Lächeln schlich sich auf seine Lippen. »Der Weg, der vor uns liegt, ist voller Gefahren und wir sollten schnell lernen uns zu vertrauen.« Offenbar erwartete er jedoch nicht, dass dies sofort passierte, denn seine Aufmerksamkeit richtete sich bereits auf die Umgebung. »Wir müssen los. Wenn du dich noch etwas frisch machen möchtest, solltest du das jetzt tun. Ich warte dort drüben«, erklärte er und schritt in die gezeigte Richtung.

Noch etwas wacklig auf den Beinen ging Ciarda zu dem kleinen Bachlauf und kniete sich davor. Sie streckte ihre Hände aus, um etwas von dem klaren Wasser zu schöpfen. Ihre Finger zitterten. Erst leicht, dann immer stärker. Für einen Moment brach ihre mühsam errichtete Fassade zusammen und das ängstliche Mädchen kam zum Vorschein, das am liebsten einfach nur geflüchtet wäre.

Tief atmete sie durch und ballte die Hände zu Fäusten. Öffnete sie und schloss sie wieder. *Ich schaffe das. Ich werde Darach retten, egal was es mich auch kostet. Dieses Mal werde ich nicht weglaufen.*

Entschlossen tauchte sie ihre hohlen Hände ins eisige Wasser und spritzte es sich ins Gesicht. Der Schock betäubte ihre Sinne. Kurz ging sie in das nahe liegende Schilf, um sich zu erleichtern, bevor sie die Richtung einschlug, in die Thorn zuvor gegangen war. Der Elf stand mit vor der Brust verschränkten Armen an einen Baumstamm gelehnt und sah ihr ungeduldig entgegen. Er sagte kein Wort, wandte sich ab und marschierte los.

Ciarda wusste nicht, ob sie erleichtert oder enttäuscht seine sollte. Stumm folgte sie ihm. Nur wenn er von dem Weg abwich, den ihr ihr innerer Kompass vorgab, sprach sie ihn an.

Obwohl sie ein hohes Tempo an den Tag legten und nicht mehr als zwei Tagesreisen hinter Darach sein dürften, schien er sich immer weiter von ihr zu entfernen.

Die Landschaft wandelte sich. Der Wald wich einer kargen Heide, die die Auswirkungen der Verderbnis auf den *Síd* nicht mehr verbergen konnte. Zwar hatte Rona ihr von dem schwarzen Nichts erzählt, das wie ein gefräßiges Raubtier alles verschlang, doch es selbst zu sehen, war eine ganz andere Sache. Es wirkte, als wäre die zuvor farbenfrohe Landschaft mit schwarzen Schimmelflecken übersät. Deutlich trat der Unterschied bei einem blau leuchtenden Heidekraut hervor, das direkt neben einer verdrehten Version seiner selbst stand. Die kleinen Blüten schienen wie blutige Mäuler und wurden von schwarzen Dornen umrahmt.

»Berühre es nicht«, warnte Thorn und hielt sie am Arm fest, bevor sie der Pflanze zu nahe kam. Er riss einige Grashalme aus und warf sie in Richtung der kränklichen Pflanze. Die dornenartigen Blätter schossen hervor und verarbeiteten die grünen Streifen in Millisekunden zu Konfetti.

Schaudernd wandte sich Ciarda ab. Sie verstand nun, warum die *Síodhach* all die Jahre so verbissen darum gekämpft hatten, diesem Schicksal zu entkommen, und Zuflucht bei den Menschen gesucht hatten. An ihrer Stelle hätte sie nicht anders gehandelt.

Deprimiert über ihre eigene Rolle bei diesem Spiel war sie ganz froh, dass Thorn kaum ein Wort mit ihr wechselte. Sie kam sich vor wie ein Geist, der durch die Welt der Toten wandelte. Je weiter sie kamen, desto mehr schwarze Flecken überzogen die Landschaft, bis diese nur noch einer schwarzen Wüste glich. Die Stille, die hier herrschte, war unheimlich, schien wie ein lebendiges Wesen, das ihr langsam, aber sicher bedrohlich näher kam. Sie beobachtete.

Ein Frösteln überkam sie und sie sah zurück. Das Tal, durch das sie eben gewandert waren, lag verlassen vor ihr. Nichts rührte sich. Zu Hause war sie oft stundenlang allein durch die unberührten Highlands gewandert, ohne einer Menschenseele zu begegnen. Hatte das Gefühl genossen, sich in der Weite des Landes zu verlieren, getragen vom Wind, als wäre sie ein Vogel, auch wenn ihre Füße niemals den Boden verließen. Doch selbst in solchen Augenblicken hatte sie sich niemals so einsam und verlassen gefühlt wie in diesem Moment. Kein Tier war zu hören, kein Rascheln des Grases. Absolute Stille. Die buchstäbliche Ruhe vor dem Sturm.

Thorns Schritte wurden kürzer. Sein Kopf wandte sich immer wieder suchend in alle Richtungen. Das unruhige Verhalten des *Síodhachs* machte sie nervös.

»Was ist los?« Ihre Stimme war wie ein Peitschenknall in der Stille und wurde weit über das Land getragen. Thorn drehte sich zu ihr um und öffnete den Mund, um ihr zu antworten, doch kein Ton kam über seine Lippen. Stattdessen antwortete ihr ein tiefes Grollen aus der Erde, das diese unter ihren Füßen vibrieren ließ.

Auch wenn sie nichts in Thorns Gesicht lesen konnte, seine Furcht war wie eine düstere Wolke, die sie einhüllte. Seine Augen weiteten sich vor Schrecken bei dem, was er hinter ihr sah. Etwas schien sie zu berühren. Zögerlich und auf einer geistigen Ebene. Etwas Böses.

Thorn erwachte aus seiner Starre. »Lauf!«, schrie er und sprintete den Abhang des Bergkamms, auf dem sie sich befanden, hinab in das Tal.

Der Befehl des Elfen rief ihre antrainierten Reflexe hervor und sie stürmte, ohne lange zu fackeln, vorwärts. An einigen Stellen war der Hang so steil, dass sie mit einem Satz mehrere Meter in die Tiefe sprang. Ihre Gedanken überschlugen sich. Hinter sich hörte sie Geröll den Hang herabpoltern. Kleine Steinsplitter flogen wie Geschosskugeln dicht an ihrem Kopf vorbei.

Abermals sprang sie über eine Felskante. Sie kam hart auf dem Boden auf und ging in die Knie, um den Stoß abzufedern. Dennoch hatte sie das Gefühl, ihr hätte jemand die Wirbelsäule wie eine Ziehharmonika zusammengedrückt. Erneut erklang ein Grollen und sie wagte einen Blick zurück.

Was zur Hölle …?

Das Ungetüm, das ihr dicht auf den Fersen war, schien geradewegs aus einem Albtraum entsprungen zu sein. Entfernt erinnerte es an eine überdimensionale Ameise mit den Ausmaßen eines SUVs. Überall wuchsen aus dem lang gestreckten Körper schwarzbläuliche Tentakel, die in unterschiedliche Richtungen zuckten. Ihr Gesicht spiegelte sich in tiefschwarzen Augen, die die Größe von Tellern besaßen. Ein fürchterlicher Gestank von Fäulnis schlug ihr entgegen und löste einen Würgereflex aus.

Fluchend drehte sie sich um und legte noch mal einen Zahn zu. Mit Anlauf sprang sie die nächste Steinterrasse hinab. Ein stechender Schmerz schoss durch ihren Fuß, der plötzlich unter ihr wegknickte. In diesem Moment wusste sie, dass ihr letztes Stündlein geschlagen hatte.

Fest presste sie die Augen zusammen und dachte an Darach, an sein Lächeln.

Der faulige Gestank wurde penetranter und sie hörte ein seltsames Zischen und Klicken. Sie konnte das Wesen spüren. Das Böse in ihm. Geröll und Steinsplitter trafen sie. Etwas berührte ihre Schulter. Es war nur ein leichtes Streicheln, bevor es wieder verschwand und einen dumpfen Nachklang in ihrem Inneren hinterließ.

Ciarda riss verstört die Augen auf und erwartete das Monster direkt über sich zu sehen. Doch das düstere Wesen ignorierte sie und schoss direkt an ihr vorbei auf Thorn zu, der umgekehrt war und auf sie zulief. Ein Fehler, wie sich sofort herausstellte. Das Ungetüm machte einen Satz, segelte an die fünf Meter durch die Luft und landete hinter dem Elfen. In einer Staubwolke blieb es stehen, wandte sich um und griff Thorn an. Seine Tentakel peitschten durch die Luft. Der Elf zog ein Schwert und wehrte die schwarzen Fangarme mit unmenschlicher Geschwindigkeit ab. Grünes Feuer loderte in seiner Hand und er schleuderte es dem Vieh entgegen. Doch er hatte keine Chance. Einer der Tentakel wickelte sich um seinen Knöchel, riss ihn von den Füßen. Sein verzweifelter Schrei ging ihr durch Mark und Bein.

Mit zusammengebissenen Zähnen stand Ciarda auf. Das Adrenalin rauschte durch ihre Adern und betäubte den Schmerz. Schnell berührte sie ihre Schwertrune, woraufhin sich die gut ausbalancierte Waffe in der Luft materialisierte. Sie griff im Rennen danach, drehte sich, um Schwung zu holen, und schlug mit voller Wucht auf die Tentakel ein. Zugleich berührte sie eine weitere Rune und tauchte so das Metall in flüssiges Feuer. Ein grässlicher Schrei dröhnte in ihren Ohren und ließ sie taumeln.

Unbeeindruckt schlangen sich weitere Fangarme um Thorn und drückten ihm die Luft ab. Sein Gesicht war bereits knallrot.

»Nein!«, brüllte Ciarda und holte erneut zum Schlag aus.

Für einen Augenblick verharrte die Kreatur, wandte ihr den Kopf zu und sah sie direkt an, als wartete sie nur auf ihren Befehl. Die Zeit schien stehen zu bleiben, während ihr Schwert langsam auf den Hals des Wesens zuflog und diesen im Anschluss sauber durchtrennte. Für einen Moment schien es, als würde selbst das das Wesen nicht interessieren, doch dann rutschte der Kopf mit einem schmatzenden Geräusch vom Körper, der noch einige Sekunden reglos stand, bevor er zusammenbrach.

Fassungslos starrte Ciarda den abgeschlagenen Kopf zu ihren Füßen an. Das glänzende Schwarz der Augen begann sich zu verflüssigen, lief aus ihnen heraus und hinterließ ein sanftes Grün. Der Rest des Körpers schien zu kochen, verschmolz zu einer teerartigen Masse.

Ciarda konnte den Blick nicht abwenden. Ihr Kopf schien vollkommen leer zu sein, als sie betäubt zu Thorn sah.

Atemlos richtete er sich auf und klopfte sich den Staub von seiner Stoffhose. Sein Blick war misstrauisch, zugleich aber auch ehrfürchtig. »Wir sollten uns unterhalten.«

20

Zielstrebig folgte Éremón einem Pfad, der sie immer weiter nach Süden und unweigerlich ans Meer führen würde. Mit gesenktem Kopf schlich Darach ihm nach und versuchte den Zorn, der in ihm kochte, zu beherrschen. Überall, wo er hinsah, war nur der Tod. Die Magie, die einst dieses Reich mit Leben erfüllt hatte, war ersetzt worden durch eine Dunkelheit, die alles verschlang. Eine bösartige Kraft, die bereits an ihm zerrte und immer mehr seines Wesens einnahm, je länger er ihr ausgesetzt war. Im Gegensatz zu den meisten anderen Bewohnern des *Síds*, die diesen Landstrich mieden, kannte Éremón keine Furcht vor dem schwarzen Nichts, das sich überall ausbreitete, und marschierte mitten hindurch.

»Wäre es dir lieber, wir würden durch ein Gebiet reisen, in dem *Síodhach* leben?«, fragte der *Milesier* und warf ihm einen neugierigen Seitenblick zu. Seine Schritte knirschten im Sand.

Darachs Muskeln waren zum Zerreißen gespannt. »Damit du sie töten kannst, sobald sie uns entdecken?«

Éremón schüttelte den Kopf. »Wenn ich so erpicht darauf wäre, diese verlogenen Bastarde, die für mich und dich nur verachtende Blicke übrig haben, unter die Erde zu bringen, hätte ich längst einen anderen Weg eingeschlagen. Stattdessen ertrage ich dein vorwurfsvolles Schweigen und deine jämmerlichen inneren Monologe.«

»Ich kann mir einfach nicht vorstellen, dass du irgendetwas aus Herzensgüte tust«, erwiderte Darach sarkastisch.

»Ich habe nur für das Gleichgewicht der Kräfte gesorgt. Wenn ich nicht gewesen wäre, wären die Druiden schon lange ausgestorben. Die *Síodhach* hätten die Menschenwelt längst erobert und sich dort wie Götter aufgespielt.«

Darachs Muskeln spannten sich an. Am liebsten würde er ihm ins Gesicht schreien, wie unrecht er hatte. Aber das war nicht der Fall. Viele Hochelfen wollten genau das. Es gab jedoch auch andere *Síodhach*, die für ein friedliches Miteinander waren.

»Natürlich sind nicht alle so«, stimmte ihm Éremón zu. »Glaube ruhig an das Gute in jedem Wesen. Aber jedes Geschöpf trägt auch den Samen der Dunkelheit in sich. Man muss ihn nur zum Keimen bringen.« Ein tiefes, dunkles Lachen erklang von seiner Seite und ließ Darach erschaudern. Éremón war eindeutig nicht mehr bei Sinnen. »Als ob der, dem du jetzt dienst, nicht genau das Gleiche vorhätte. Er wird die Welt der Menschen mit Tod und Verderben überziehen.«

»Ich sagte dir schon einmal, ich diene nur mir selbst.«

Darach ließ ein freudloses Lachen erklingen. »Ich hätte dich nicht für naiv gehalten, *Milesier.* Du bist mit dem Falschen einen Pakt eingegangen.«

Éremón blieb stehen und wandte sich zu ihm um. »Ich weiß sehr genau, mit wem ich diesen Pakt eingegangen bin. Eochu ist ein Gott.« Er streckte eine Hand aus, auf der ein Wirbel aus schwarzem Rauch entstand, und ballte sie zur Faust. »Durch ihn bin ich mächtiger als jemals zuvor.« Seine Augen, die wieder ihre normale Farbe angenommen hatten, leuchteten fanatisch. Deutlich erkannte Darach die Verehrung für diesen sogenannten Gott in dessen Mimik. Es schmerzte, erinnerte ihn an vergangene Zeiten. Er hatte auch einmal so gedacht.

Éremón wandte sich ab und marschierte weiter durch die monochrome Landschaft. »Er wird die Welt reinigen von dem Abschaum und die Kinder der Götter können endlich aus den Löchern kriechen, in die sie vor Jahrtausenden verbannt wurden oder in denen sie sich feige vor den Menschen versteckten.«

Darach hatte das Gefühl, etwas würde ihm den Brustkorb eindrücken. »Und dafür muss natürlich zunächst alles zerstört werden«, wurde ihm bewusst.

»Ein geringes Opfer, damit die Menschen nicht länger die Welt zerstören. Scheinbar haben sie vergessen, dass sie nicht allein sind. Sie haben keinen Respekt vor dem Leben und den Göttern.«

Es brachte nichts, mit ihm zu diskutieren. Er schien eine völlig verdrehte Sichtweise auf die Welt zu haben und nichts, was Darach sagte, würde ihn vom Gegenteil überzeugen.

Éremón wandte sich um und in seinen Augen lag ein diabolischer Glanz. »Vielleicht kann ich dich ja von meiner Sichtweise überzeugen.«

Fest ballte Darach die Hände zu Fäusten und atmete konzentriert ein und aus. Éremón provozierte ihn absichtlich, nur damit er der Dunkelheit in sich nachgab.

Der Geschmack von Salz lag in der Luft und in der Ferne hörte er die Brandung rauschen. Das Land stieg steil an, bevor es abrupt abfiel. Der Himmel verband sich in der Ferne mit dem Ozean, der in dieser Welt sehr viel düsterer und wilder erschien als das Meer oberirdisch. Die Verderbnis war hier noch nicht so weit vorgedrungen. Der Wind spielte mit dem Gras, das in dichten Büscheln wuchs, und wehte seine Gedanken fort. Für einen Moment konnte er sich dem trügerischen Gefühl der Freiheit hingeben. Das Kreischen eines *Fheannags*, der auf der Suche nach Nahrung war, durchschnitt die Stille und ließ ihn innerlich zusammenzucken.

Zögernd wandte er den Blick ab und beobachtete Éremón, der einem Trampelpfad entlang der Klippen folgte, der sie zum Strand bringen würde. Ein kleiner Schubs nur …

Éremón hob die Hand, ohne dass er sich zu ihm umdrehte.

Ein blaues Leuchten ging von ihr aus und im nächsten Moment lag Darach bereits auf der Erde und Tonnen von Gestein schienen ihn zu erdrücken, nahmen ihm die Luft zum Atmen. Panik vertrieb jeden zusammenhängenden Gedanken, schleuderte ihn zurück in die Tiefen der Hölle, in der er vor einigen Wochen noch gefangen gewesen war. Plötzlich war das Gewicht der Steine wieder verschwunden und er konnte frei atmen, sah das Gras direkt vor seiner Nase. Er war nicht länger begraben.

Ein Schatten fiel auf ihn. Nach Luft ringend sah er auf und begegnete

Éremóns herablassenden Blick. »Komm. Oder soll ich nachhelfen?« Ohne ein weiteres Wort wandte der *Milesier* sich ab.

Darachs Finger, die zuvor das Gras platt gedrückt hatten, krümmten sich um die Erde, bis diese nur noch ein Klumpen in seiner Hand war. Genauso wollte er Éremón zerquetschen. Schmerz, Verzweiflung und Hass zogen ihn weiter in den Sumpf aus Dunkelheit. *Ciarda.* Er hielt sich an ihr fest, an ihrem Licht.

Frustriert schleuderte er den Erdklumpen von sich, erhob sich und folgte Éremón bis hinunter zum Strand. Der Wind peitschte die eisige Gischt in sein Gesicht und ließ die Felsen, über die sie gerade kletterten, rutschig werden.

Er trat falsch auf und ein Stich durchzuckte seinen Knöchel. Sein Puls beschleunigte sich und er hatte das Gefühl, dass etwas Bedrohliches in der Nähe war.

Éremón blieb stehen und sah zu ihm zurück, ohne ihn wirklich zu beachten. Er schien nicht zufrieden zu sein und nachdenklich in sich hineinzuhorchen. »Ich hätte Ciarda mehrfach töten können«, murmelte er.

Überrumpelt erstarrte Darach. Die Vorstellung trieb ihm den Schweiß aus allen Poren. Für einen Moment lehnte er sich mit der Hand an den kühlen Felsen. Dieser Bastard wollte ihn nur wieder reizen. Langsam stieg er die letzten Meter zum Strand hinunter und ließ sich in den grauen Sand der kleinen Bucht fallen. »Du hättest jeden Druiden töten können.«

Éremón zuckte mit den Schultern. »Warum hätte ich das tun sollen? Auch wenn du das nicht verstehst. Sie sind meine Familie.«

Dieser verlogene Mistkerl. »Und dennoch hast du einige von ihnen beseitigt.«

»Nur die, die mir in die Quere gekommen sind.« Er sagte das bar jeglichen Gefühls. So viel zum Thema Familie.

»Und was hat dir Ciarda getan?«

Nachdenklich sah Éremón aufs Meer. »Ich weiß noch, als ich ihr das erste Mal begegnete. Ängstlich lief sie direkt in mich hinein und sah mich mit furchtsamen Augen an. Ich musste nicht einmal hören, was sie dachte. Ich sah es in ihren Augen. *Monster.* Sie war ein so süßes, unschuldiges Kind. So bemüht alles richtig zu machen. Die *Síodhach* zu hassen. ... *Dich* zu hassen.«

Darach hatte das Gefühl zu ersticken. Nein, er durfte dem Zorn nicht nachgeben. Seine Handfläche brannte, so fest ballte er die Hand zur Faust.

»Nicht mehr lange und du gehörst wieder *ihm*. Hör auf dich zu wehren, es hat keinen Zweck.« Éremón beachtete ihn nicht weiter und lief bis zu der dunklen Linie im Sand, die die Wellen dort hinterlassen hatten. Seine Arme streckte er links und rechts von sich. Seine geöffneten Arme zeigten zum Meer und schwarzer Rauch wirbelte um ihn herum. Ausgehend von der Stelle, wo er stand, zogen sich feine schwarze Adern durch den Sand. Mit jeder Sekunde, die Éremón Magie aus der Erde zog, breitete sich die Fäulnis weiter aus. Ganz langsam hob der *Milesier* die Hände und aus dem Wasser stieg etwas empor. Zuerst hielt Darach es für den Arm eines Kraken, doch es stellte sich als die Spitze eines Schiffbugs heraus. Rauschend lief das Meerwasser von dem Deck einer kleinen Schaluppe, die knarzend auf dem Sand auflief. Schwarzgrün glänzte der Lack, der keinen Kratzer besaß, und die dunkelgrünen Segel spannten sich wie von Zauberhand. Missmutig betrachtete Darach die schwarzen Adern, die nun den Strand zierten.

»Schau nicht so vorwurfsvoll. Was meinst du? Wie viel Magie hat Islind wohl diesem Reich entzogen, um ihr Heim zu erschaffen?«, fragte Éremón herausfordernd und sprang mit einem Satz an Bord des Schiffes.

Darach knirschte mit den Zähnen und antwortete ihm nicht. Wortlos bestieg er ebenfalls die Schaluppe.

***

In Ciardas Magen bildete sich ein Knoten. Ihre Hände fühlten sich ganz feucht an und sie wischte sie unbeholfen an den Rockfalten ab. Sie ahnte, worüber sich Thorn mit ihr unterhalten wollte. Ihre Reaktion auf das Biest. Beziehungsweise die Reaktion des Monsters auf sie und die Dunkelheit, die in ihr hauste. Etwas, worüber sie am liebsten gar nicht weiter nachdenken wollte.

Jetzt, wo der Kampf vorbei war und ihr Adrenalinspiegel sank, pochte ihr

Knöchel unerträglich. Vorsichtig trat sie auf und verzog das Gesicht, als der Schmerz wie ein Blitz durch sie hindurchschoss.

»Setz dich«, forderte Thorn sie auf, zeigte auf einen mit Flechten überzogenen Fels in ihrer Nähe und half ihr, dort Platz zu nehmen.

Misstrauisch sah sie ihn von der Seite an. Er wirkte konzentriert und ruhig. Vorsichtig zog er ihr den festen Schuh vom Fuß und streifte die Socke ab. Seine Finger waren angenehm kühl auf ihrer Haut, während er den verletzten Knöchel abtastete. »Es ist nichts gebrochen. Die Heilung hat bereits eingesetzt.« Er stellte den Fuß zurück auf den Boden, lächelte sie aufmunternd an und stand auf.

Sein Lächeln wirkte ehrlich und Ciarda fragte sich, was er damit bezweckte. Das Thema der kommenden Unterhaltung schwebte wie ein Damoklesschwert über ihr. Ihr Puls schnellte in die Höhe.

Thorn sah sich um und dann wieder zu ihr. »Wir sollten hier eine Rast einlegen, bis dein Fuß geheilt ist. Ich besorge uns Feuerholz und etwas Essbares.« Er erhob sich und marschierte los, während sie ihm verwirrt nachsah. Immer noch kein Kommentar zu dem Monster.

Kräftig stieß sie die Luft aus ihren Lungen und vergrub das Gesicht in beide Hände. Für einen Moment schloss sie die Augen und spürte der Verbindung nach, die sie mit Darach teilte. Seine geistige Gegenwart beruhigte sie, zumindest für kurze Zeit. Die Angst vor dem, was in ihr war, schnürte ihr die Kehle zu. Schnell schob sie alles zur Seite und sah erwartungsvoll in die Richtung, in die Thorn verschwunden war. Was war, wenn er nicht wiederkam? Wenn er sie in diesem wilden und kranken Land einfach sitzen ließ? Oder ihm etwas zustieß? Sie hatte keine Ahnung, wo sie sich befand, welche Gefahren sie noch erwarteten.

Fröstelnd schlang sie die Arme um ihren Oberkörper und wiegte sich leicht vor und zurück. Wie war sie überhaupt auf die Schnapsidee gekommen, Éremón allein hinterherzujagen? Tot würde sie Darach auch nicht retten können. Was sollte sie nur tun?

Erleichtert sackte sie in sich zusammen, als sie Thorn aus dem nahe gelegenen Waldstück treten sah, und zugleich baute sich erneut Nervosität in ihr auf. *Wir sollten uns unterhalten.* Und worüber? Was würde er ihr mitteilen?

Ihr Bein begann nervös auf und ab zu wippen, während der Elf näher kam. Ein Bündel mit langen Ästen baumelte an einem Seil über seiner Schulter und in der Hand hielt er einen kleinen Sack oder etwas Ähnliches.

Klappernd landeten die schmalen Stöcke vor ihr auf der Erde. »Es ist nicht viel, aber ich wollte dich nicht länger allein lassen.« Thorn hielt ihr einen Beutel aus Blättern entgegen. Sein freundlicher Tonfall war befremdlich.

Misstrauisch ergriff sie den Beutel, öffnete ihn und beförderte bunte Beeren und Wurzeln zutage. Sie starrte auf die Speisen und hatte plötzlich einen vollkommen ausgetrockneten Hals, der immer enger wurde. »Ich … Ich habe keinen Hunger.«

Sie wollte ihm das Bündel zurückgeben, aber er schüttelte den Kopf. »Du solltest etwas zu dir nehmen. Das unterstützt deine Selbstheilungskräfte«, erklärte er verständnisvoll. Er hockte sich hin und stapelte die Holzscheite auf. Ein Fingerschnippen von ihm genügte, damit grüne Flammen über die Rinde leckten und langsam schwarze Muster in das Holz malten.

Widerwillig nahm Ciarda eine bläuliche Traube in den Mund, schob sie mit der Zunge zwischen ihre Backenzähne und übte Druck aus, bis die Beere zerplatzte. Das Fruchtfleisch war süß und der Geschmack erinnerte sie an Heidelbeeren.

Thorn setzte sich ihr gegenüber im Schneidersitz auf den Boden und starrte in die knisternden Flammen.

Aus Langweile aß sie eine weitere Beere.

»Ich war lange Zeit ein Offizier von Éber«, sagte er unvermittelt.

Sie hatte sich schon gefragt, wann er über die Ereignisse … Moment. »Du warst was?« Aufgebracht sprang sie auf, fiel aber direkt zurück, als erneut ein Schmerzensblitz durch ihren Knöchel schoss. Die restlichen Beeren kullerten über den Boden.

Seufzend lehnte Thorn sich zurück und sah hinauf in den Sternenhimmel. »Als ich anfing ihm zu dienen, war er ein vernünftiger Mann, der nur das Wohl unseres Volkes im Sinn hatte. Im Gegensatz zu seinem Bruder strebte er nie nach Macht oder wollte König der *Síodhach* sein. Er nahm dennoch die Aufgabe an, die ihm sein Vater übertrug, beendete die Kriege zwischen den adeligen Familien und für eine Zeit blühte unsere Gesellschaft auf.«

So ganz war ihr noch nicht klar, worauf Thorn hinauswollte. Sie konnte sich kaum vorstellen, dass Éber einmal zu den Guten gehört haben sollte. Andererseits … Waren nicht auch die Druiden jahrhundertelang auf Éremóns Lügen hereingefallen? »Was hat sich geändert?«

Thorn zuckte mit den Schultern. »Es war ein schleichender Prozess. Nachdem Milesius uns verraten und in diesem Reich unter der Erde eingesperrt hatte, begann Hass unsere Herzen genauso zu verdunkeln wie die Verderbnis das Land.« Wehmütig betrachtete er seine Hände. »Zu Beginn kämpften wir um unsere Freiheit, am Ende um unser Überleben. Man balanciert auf seiner eigenen Grenze der Moral, überschreitet sie jedoch nie ganz. Aber es reicht, um sie neu zu ziehen und am Ende hat man sie längst überwunden, ohne es zu bemerken. Erst als ich sah, wie sie Clarissa quälten …« Er verstummte und schloss die Augen. Sein Brustkorb hob und senkte sich heftig. Aufgewühlt rieb er sich über den Mund. »Erst als ihr Leben in Gefahr war, wurde mir bewusst, wie tief wir bereits gesunken waren.«

Für einen Wimpernschlag zeigte Thorn ihr seine verletzliche Seite. Ließ sie seine Schuld sehen. Erinnerte sie an ihre eigenen Schuldgefühle. »Warum erzählst du mir das alles?«

Fest sah er ihr in die Augen. »Vertrauen muss man sich verdienen.«

Jetzt wurde ihr klar, was er mit seinem Seelenstriptease bezweckte. »Du willst wissen, was ich dir verschweige?«

Er nickte, ohne eine Miene zu verziehen, und wartete geduldig auf ihre Antwort.

Verzweifelt presste sie die Lippen fest aufeinander und fuhr sich aufgebracht durch die Haare. Ihre Finger blieben an einigen Knoten hängen. Wütend riss sie sich ein paar einzelne Strähnen aus und Tränen traten in ihre Augen. Sie wusste, dass Thorn recht hatte und sie ihm vertrauen musste. Ohne ihn würde sie in diesem unwirtlichen Land nicht weit kommen. Verdammt! Sie fühlte sich hilflos, ausgeliefert und sie hasste es. Erbost sah sie zu

Thorn, der sie offenbar nicht einen Moment aus den Augen gelassen hatte. Trotz stieg in ihr auf. »In mir ist Dunkelheit. Sie hat das Böse in der Kreatur erkannt wie einen Freund«, zischte sie und wartete auf sein Urteil.

»Verstehe«, sagte er in einem neutralen Tonfall.

Das war alles? »Ich habe dir gerade gesagt, dass ich genauso bin wie Éber oder Éremón, und das Einzige, was du dazu sagst, ist: *Verstehe*?« Schon wieder diese dummen Tränen.

Er lächelte verständnisvoll. »Du hast recht und zugleich unrecht. Du ähnelst Milesius' Söhnen nicht, jedoch habt ihr etwas gemeinsam. Ich bin schon anderen verderbten Kreaturen begegnet und habe sie bekämpft. Selbst mit zehn Kriegern hatten wir gegen ein ähnliches Wesen keine Chance und nur überlebt, weil Éber uns rettete. Es war, als hätte er eine Verbindung zu dem Monster. Kommt dir das vertraut vor?« Neugierig musterte er sie und sie konnte ihm nicht länger in die Augen sehen. Verzweifelt ließ sie ihren Blick über die ausgedörrte Landschaft schweifen, die vor ihren Augen verschwamm.

»Dir ist gar nicht bewusst, welch seltene Gabe dir die Götter geschenkt haben«, stellte Thorn fest und überraschte Ciarda damit. Seine Stimme war immer noch fest, ohne die Spur von Verachtung, mit der sie gerechnet hatte. Ungläubig schüttelte sie den Kopf. »Eine Gabe? Wohl eher ein Fluch.« Unruhig knete sie ihre Hände und kaute auf ihrer Unterlippe herum.

»Zu welchem Element besitzt du die stärkste Verbindung?«, fragte Thorn sie neugierig und sprach zielsicher ein Thema an, über das sie nicht gerne redete. »Was soll diese Frage?«

»Lass mich raten: Du beherrschst Feuer, Wasser, Erde und Luft gleichermaßen. Doch die Zauber bereiten dir Probleme und du hast Schwierigkeiten, deine Kräfte zu kontrollieren. Du spürst, dass da mehr ist. Dass etwas anders an dir ist und kannst es einfach nicht benennen.«

In dir ist Dunkelheit.

Ihr Magen verknotete sich. Woher wusste er das? Feine Schweißperlen bildeten sich auf ihrer Stirn. Mit nur wenigen Worten hatte er ihr ganzes Leben zusammengefasst.

»Deinem Gesichtsausdruck nach zu urteilen habe ich recht.«

Ciarda schluckte den Kloß in ihrem Hals hinunter, rührte sich aber keinen Millimeter. Sie konnte ihn nur weiter wie ein verschrecktes Reh anstarren.

»Es gibt neben den häufig anzutreffenden Elementkräften wie Feuer, Wasser, Erde und Luft noch weitere Elemente. Geist, Raum und Zeit. Diese Gaben sind jedoch sehr selten und bei euch schon lange in Vergessenheit geraten. Éber besaß die Gabe des Geistes. Und wenn man bedenkt, was Éremón bisher getan hat, so besitzt er vermutlich ebenso wie sein Bruder diese Fähigkeit.« Eindringlich sah Thorn sie an und es dauerte einen Augenblick, bis ihr bewusst wurde, dass er auf eine Reaktion von ihr wartete. Erst dann schien ihr Verstand die Bedeutung seiner Worte zu begreifen und ihr Herz sackte ihr bis in den Magen. »Du denkst, ich beherrsche das Element Geist.«

Er nickte. »Es würde erklären, warum du während deiner Träume in Darachs Geist eindringen konntest. Vielleicht nutzt du deine Fähigkeiten bereits und dir ist es nur nicht bewusst.« Neugierig musterte er sie und Ciarda schluckte nervös. Sie kam sich vor wie ein seltenes Tier im Zoo.

»Versuch in meine Gedanken einzudringen«, forderte er sie plötzlich auf.

Angespannt rieb sie sich über die Oberschenkel und kaute unsicher auf ihrer Unterlippe herum.

»Du brauchst keine Angst davor zu haben«, versuchte Thorn sie zu ermutigen.

Er sagte das so einfach, dabei war nichts einfach. Ihr schwirrte der Kopf. Ihr Herz begann zu rasen. Sie konnte es nicht glauben. Wollte es nicht. »Ich … Es ist Dunkelheit. Ich will nicht wie Éber enden. Du hast es selbst gesagt, er war einmal anders.« Eine Hand schien sich um ihren Hals zu legen. »Ich habe gesehen, was Éremón mit den Toten auf dem Schlachtfeld getan hat.«

Betrübt senkte Thorn den Kopf und hielt die Hände näher ans wärmende Feuer. »Das, was Éremón bei *Kasdale* getan hat, kann er nur mithilfe von Mächten bewerkstelligt haben, die weit schlimmer sind, als du dir vorstellen kannst. Ich vermute, dass er den Geist seines Bruders vergiftet hat. Nachdem Éber ihm Zuflucht gewährt hatte, veränderte sich Éber. Er war unbeherrscht, wollte Blut sehen und das Leid, das durch die Verderbnis kam, schien ihn nicht mehr zu interessieren. Es ging ihm nicht mehr darum, unserem Volk die Freiheit zu schenken oder es zu retten, sondern nur noch darum, Rache zu üben«, erklärte er bitter und atmete tief durch, bevor er ihr ein aufmunterndes Lächeln schenkte, das ihr das mulmige Gefühl jedoch nicht nehmen konnte. »Du musst herausfinden, zu was du in der Lage bist. Aber egal welche Fähigkeiten du besitzt, du bist diejenige, die die Kraft einsetzt. Für was, ist deine Entscheidung.«

Zerstreut starrte Ciarda in die grünen Flammen. Ihr Kopf schien völlig leer. Sie konnte überhaupt nicht erfassen, was Thorn ihr gerade eröffnet hatte.

»Wir sollten weiter. Die Nacht ist nah und dies ein ungeeigneter Ort, sie zu verbringen. Geht es deinem Knöchel besser?«

Vorsichtig trat sie auf und belastete den Fuß, bis er ihr ganzes Gewicht trug. »Es tut nicht mehr weh.«

Er stand auf und wischte mit der Hand durch die Luft. Die Erde stülpte sich wie eine Welle über das heruntergebrannte Feuer, löschte die Glut und begrub die Reste unter sich, sodass keine Spur von ihnen zurückblieb, als sie weiterzogen.

Sie war wie betäubt, fühlte sich wie in einen Kokon gehüllt. Der leichte körperliche Schmerz schien nur ein dumpfes Echo aus weiter Ferne zu sein, der sie daran erinnerte, einen Schritt vor den anderen zu setzen. Wie ein Zombie folgte sie Thorn, der immer wieder zurück zu ihr schaute und sie zur Eile antrieb.

Die Nacht brach herein und die Sterne erloschen einer nach dem anderen. Ein wenig erinnerte es sie an eine La-Ola-Welle, die über den Himmel rauschte. Worüber dachte sie schon wieder nach? In ihr stieg ein verrücktes Lachen auf, das sie schnell hinunterschluckte. Sie fühlte sich dem Wahnsinn nahe.

Schatten tanzten um sie herum. Verunsichert wich sie vor ihnen zurück. Sie verspürte Hunger. So einen großen Hunger. Ihr Magen war wie ein Loch.

Plötzlich flammte weißblaues Licht auf und blendete sie. »Bleib dicht bei mir.« Thorns Stimme erklang direkt neben ihr. Sie versuchte blinzelnd die hellen Schleier loszuwerden. Etwas berührte sie am Arm und sie zuckte zusammen. Finger umschlossen ihr Handgelenk und sie spürte, wie jemand sie hinter sich herzog. »Schnell!«

Mit einer Hand raffte sie ihren Rock und rannte blindlings los. Nur langsam gewöhnten sich ihre Augen an die extreme Helligkeit und erkannten Thorns Silhouette, die sich dagegen abhob. Eine Lichtkugel schwebte über seiner Handfläche und zischend wichen schattenhafte Kreaturen davor zurück. Sie wirkten wie kleine Kinder und hatten doch nichts mit ihnen gemein. Ihre Körper waren pechschwarz und schienen zu einer teerartigen Masse zu verschmelzen, sobald sie genügend Abstand zu Thorns Zauber gewannen. »Was ist das?«

»Das möchte ich ehrlich gesagt gar nicht herausfinden.«

Beinahe wäre sie über einen verfluchten Stein gestolpert, weil ihr Kleid hängen geblieben war. Ein *Ratsch* ertönte. Thorn ließ sie los und sie konnte auch mit ihrer anderen Hand den Rock raffen, um schneller zu laufen. Der grelle Schein der Magiekugel ließ alles in einem grausamen, harten Licht erstrahlen.

21

Es kam Ciarda vor, als wären sie stundenlang gerannt. Die Orientierung hatte sie längst verloren. Ihr Atem klang laut in ihren Ohren und auch Thorn keuchte. Offensichtlich war er langsam am Ende seiner Kräfte. Die Energiekugel büßte immer mehr an Leuchtkraft ein und die Schatten kamen näher.

Ihr Herzschlag war ein wildes Trommelfeuer in ihren Ohren. Ihre Muskeln waren angespannt und sie versuchte zu erkennen, ob sie immer noch verfolgt wurden, doch in der Finsternis konnte sie kaum etwas ausmachen.

Thorn wurde langsamer, bis er stehen blieb und sich mit den Händen auf den Oberschenkeln abstützte. »Ich denke, ... wir haben ... sie abgehängt.«

Schwer atmend ließ sich Ciarda auf die Knie sinken. In diesem Moment war es ihr egal, ob die Wesen sie erwischen würden. Sie konnte nicht mehr. Ihre Beinmuskulatur brannte wie Feuer.

Thorn nestelte an seinem Gürtel und hielt ihr kurz darauf einen Wasserschlauch entgegen.

Ihre Finger zitterten, als sie ihn ergriff. Gierig trank sie und reichte ihn zurück. Normalerweise hätte sie die Strecke ohne viel Anstrengung zurückgelegt, dennoch fühlte sie sich völlig ausgepowert. Als hätte ihr jemand sämtliche Energie ausgesaugt. »Was waren das für Kreaturen?«

Thorn sah in die Richtung, aus der sie gekommen waren. »Es gibt Dinge in den Schatten, die sollten niemals ans Licht kommen.«

Entweder wusste Thorn es selbst nicht oder er wollte es ihr nicht sagen.

Und um ganz ehrlich zu sein: Eigentlich wollte sie es gar nicht wissen. »Wo sind wir?«

Er richtete sich auf, sein Brustkorb hob sich, als er tief einatmete und sich orientierte. »Wir sind sehr weit südlich. Ungefähr auf der Höhe von Glasgow. In welcher Richtung befinden sich Éremón und Darach?«

Kurz überkam sie Panik, denn für einen Moment fühlte sie die Verbindung zu Darach nicht mehr. Sie schloss die Augen, verdrängte die Angst und spürte dem dünnen Faden nach. Er war noch da. Darachs Emotionen pulsierten durch das Band. Seine Verzweiflung und Hoffnungslosigkeit. Wortlos zeigte sie Thorn den Weg.

»Das ist südwestlich von hier. Ich frage mich, was Éremón vorhat.«

Schulterzuckend stand sie wieder auf und klopfte sich den Staub vom Kleid. »Wer weiß das schon?«

»Wir sollten hier rasten«, bemerkte Thorn und schaute sich achtsam um.

»Sollten wir nicht besser weiter?« Ihr Blick glitt in die Richtung, in der sie Darach spürte. Die Sehnsucht zog immer noch an ihr. Er schien sich immer weiter von ihr zu entfernen. Angst, ihn zu verlieren, schnürte ihr die Kehle zu.

»Wir brechen auf, sobald es wieder hell wird. Doch es ist zu gefährlich, durch die Schatten zu laufen. Ich denke, wir sind hier sicher. Kannst du eine Gefahr spüren?«

Das fragte er sie? »Ich … Nein. Warum sollte ich?«

»Habe mehr Vertrauen in dich, Ciarda. Hättest du die Schattenkreaturen nicht rechtzeitig bemerkt, hätten sie uns wahrscheinlich erwischt.«

»Aber ich habe sie nicht …« Mit einmal wurde ihr bewusst, was geschehen war. »Ich habe ihren Hunger und ihren Wahnsinn gespürt.«

Thorn nickte. »Es waren sehr viele. Ich gehe davon aus, dass du dich instinktiv von den Gefühlen anderer abschottest, aber bei dieser Masse waren deine Schutzmechanismen wirkungslos.«

Selbstvergessen ließ sich Ciarda wieder auf die Erde plumpsen. Ihr Leben spielte sich im Schnelldurchlauf vor ihren Augen ab. Einige Dinge, die ihr früher seltsam erschienen waren, ergaben plötzlich Sinn.

Sie erinnerte sich an Momente in ihrer Kindheit, in denen sie gespürt hatte, wie andere sich fühlten. Wie sie immer wieder sagte, dass ihr Papa traurig sei, obwohl er lachte. Oft war sie verwirrt und konnte ihre Gefühle nicht einordnen, weil sie sich fremd anfühlten, als wären es nicht ihre eigenen. Vielleicht waren es ja gar nicht ihre eigenen gewesen.

Ein Klappern neben ihr riss sie aus ihren Gedanken und sie sah zu Thorn auf, der einige Äste fallen lassen hatte. »Ich habe mich noch nie unter vielen Menschen wohlgefühlt. Es war immer so, als hätte ich Ohrenschmerzen und um mich herum wären alle nur am Schreien.«

Thorn ging in die Knie, stapelte das Holz und entzündete es wie erst vor wenigen Stunden. »Das klingt, als wären deine Fähigkeiten eher empathisch.«

Mit leerem Blick starrte sie in die züngelnden Flammen, in ihrem Kopf schien das reinste Chaos zu herrschen. Frustriert und zugleich belustigt schnaubte sie. »Das erklärt, warum ich in Logans Nähe immer so aggressiv bin.«

Kaum hatte sie die Worte ausgesprochen, fiel ihr ein, dass Thorn Logans Vater war. Sie hatte das vollkommen vergessen. »Entschuldige, ich wollte nicht …«

»Ist schon gut. Mein Sohn führte lange Zeit einen Kampf gegen seine eigenen Dämonen.« Gelassen ließ sich Thorn ihr gegenüber nieder und musterte sie nachdenklich. »Warum kann er dich nicht leiden?«

Ihre Wangen brannten. Sie hatte das noch niemandem erzählt. Nicht einmal Aodh, der zu dem Zeitpunkt glücklicherweise in Spanien gewesen war und dadurch nicht mitbekommen hatte, wie tief sie gesunken war. »Sean brachte Logan nach Gorm, kurz nachdem wir uns getrennt hatten. Die zwei haben sich so gut verstanden und alles nur noch gemeinsam gemacht. Ich war eifersüchtig und wollte sie auseinanderbringen. Logan war damals ein wenig verschossen in mich und ich habe das ausgenutzt.«

Sie war nicht gerade stolz darauf, was sie getan hatte. Wie sie ihn benutzt und gegen Sean aufgehetzt hatte. Eins rechnete sie Logan hoch an: Er hatte sein Versprechen, es niemandem zu erzählen, nie gebrochen. Nicht einmal Sean hatte er erzählt, dass etwas zwischen ihnen gelaufen war.

Stockend erzählte sie von ihrem Gefühlschaos, ihrer Wut, dem Neid und ihrer Eifersucht. Thorn war ein hervorragender Zuhörer, drängte sie nicht. Seine ruhige Art erinnerte sie an Darach. Wie er versucht hatte sie dazu zu bewegen, ihm mehr von sich zu erzählen. Sich ihm zu öffnen. Wie sehr wünschte sie sich, dass er nun hier bei ihr säße. Sie würde ihm alles erzählen. Von ihrer plötzlichen Unsicherheit und Angst, dass sie nie ganz sie selbst gewesen und ihr ganzes Leben lang nur manipuliert worden war. Ihre Welt brach in sich zusammen wie ein Kartenhaus und begrub sie unter sich. »Was ist, wenn das, was ich für Darach empfinde, nicht echt ist und ich nur das fühle, was er fühlt?« Verzweifelt sah sie Thorn über die flackernden Flammen hinweg in die Augen. Er schwieg einige Zeit und mit jeder Sekunde, die verstrich, hatte sie das Gefühl, ihr Brustkorb würde immer mehr zerquetscht werden.

»Ich verstehe, dass du durcheinander bist und dich fürchtest. Aber du bist stärker, als du denkst. Atme tief durch und versuche dann zu spüren, was ich empfinde.«

Es dauerte einen Moment, bevor sie sich so weit beruhigt hatte, dass sie Thorns Vorschlag folgte und die Augen schloss. Ihre Lippen zitterten und sie hörte ihren eigenen Atem. Sie nahm das Band wahr, aber sonst nichts. Vorsichtig streckte sie ihre geistigen Fühler aus und bemerkte einen Widerstand ihr gegenüber. Obwohl sie nur Schwärze sah, war es, als würde etwas in einem Königsblau vor ihr schimmern. Zaghaft berührte sie es, schmeckte die Aromen von … Schmerz, Verlust, Kummer und vor allem den bitteren Geschmack von Schuld. Erschrocken riss sie die Augen auf und schnappte nach Luft, als wäre sie soeben mehrere Meter tief getaucht und käme nun an die Oberfläche.

Schwer atmend sah sie Thorn an. Seine Miene zeigte nichts von den Gefühlen, die in ihm schwelten. Kälte kroch ihr den Rücken hoch und sie schlang die Arme um sich. »Hört es irgendwann auf?«

Einen Moment sah er sie an, bis er zu verstehen schien. »Ich vermisse sie jeden einzelnen Tag.«

Wenn sie daran dachte, wie sehr der Verlust von Darach sie getroffen hatte. Wie die Sehnsucht sie fast zerstörte, obwohl Darach noch nicht einmal tot war. »Wie … Wie schaffst du es …« Sie verstummte, als ihr klar wurde, was sie ihn fragen wollte.

»Du willst wissen, warum ich nicht längst den Tod gewählt habe?« Er wartete gar nicht erst ihre Antwort ab. »Ich wollte sterben, als ich ihren kalten Körper in meinen Armen hielt, aber sie nahm mir mit ihrem letzten Atemzug das Versprechen ab, mich um unseren Sohn zu kümmern. Ihn zu beschützen. Und selbst dabei habe ich versagt«, murmelte er leise und stocherte mit einem Stock in der Glut. In diesem Moment wurde ihr klar, dass er nur noch am Leben war, weil er sich selbst bestrafte. Etwas, das sie nur zu gut kannte.

»Du solltest schlafen«, murmelte er, ohne von den Flammen aufzusehen.

»Was ist mit dir?«, fragte sie leise.

»Ich wecke dich, wenn die Zeit gekommen ist.«

Einen Moment musterte sie ihn, aber er schien weit weg und sich ihrer Anwesenheit gar nicht mehr bewusst zu sein.

Seufzend legte sie sich auf den kalten Boden und rutschte so nah ans Feuer, dass sie dessen Wärme im Rücken spürte, sich jedoch nicht verbrannte.

***

Schabend kam die Schaluppe auf dem grauen Sandstrand von *Ériu* zum Stehen. Éremón sprang leichtfüßig von Bord. Sein schwarzer Umhang flatterte um ihn herum und erinnerte an eine Krähe, die ihn umarmte. »Ist es nicht fantastisch, wieder zu Hause zu sein?«, fragte er sarkastisch und drehte nur leicht den Kopf, sodass Darach sein Profil sehen konnte.

Darachs Körper spannte sich an und er starrte auf die sanft ansteigenden Dünen, die in der Ferne in eine sanfte Graslandschaft übergingen. Schwarz hob sich das Land von dem Himmel ab, der in diesem Teil des Reiches einen orangen Schimmer besaß. Es wirkte, als könnte jeden Moment die Sonne über den Horizont klettern und das dunkle Blau erleuchten, doch das Gegenteil war der Fall.

Einzelne Sterne flatterten aufgeregt hin und her, bevor sie sich zur Ruhe begaben und erloschen. Die Nacht brach an und überzog das Firmament mit Finsternis.

Ungelenk stieg er vom Boot. Nie wieder hatte er hierher zurückkehren wollen. Als seine Füße das flache Ufer berührten, hatte er das Gefühl, dass sein Schicksal endgültig besiegelt sei.

Éremón bedachte das kleine Schiff mit einer Handbewegung. Zunächst passierte nichts, doch dann liefen einzelne dunkle Tropfen das Holz entlang, die sich zu Strömen verbanden. Langsam löste es sich auf, schmolz wie Metall, das in den Hochöfen der Schmieden erhitzt wurde. Der *Milesier* beachtete das Schauspiel nicht weiter und stapfte durch den weichen Sand, der unter seinen Stiefeln wie Schnee knirschte, den Hang hinauf.

Darach folgte ihm mit schwerem Herzen. Die ganze Nacht liefen sie wortlos durch die grünen Täler von *Ériu.* Die Verderbnis schien das Land selbst verschont zu haben, doch Darach spürte das Böse bis in die Knochen. Die Dunkelheit verschlang mit jedem Schritt, den sie sich der Stadt der Götter näherten, seine Hoffnungen und Träume und begrub sie unter Verzweiflung.

Bereits von Weitem erkannte man die endlos wirkenden Türme von *Athlone,* die wie mächtige antike Säulen das Himmelsgewölbe des *Síds* stützten. Feuer brannten Tag und Nacht in den Öfen und ließen die Stadt regelrecht von innen glühen. Der damalige goldene Glanz war jedoch einem rötlichen, dämonischen Schein gewichen.

Alles in ihm sträubte sich bei den Erinnerungen, die ihn bei dem Anblick überfluteten, einen Schritt weiterzugehen. In den Eingeweiden dieser Stadt hatte er seine Kindheit verbracht. Seine Kiefermuskeln spannten sich an.

Wortlos sah Éremón ihn mit kalten Augen an und schon bewegte sich Darach weiter auf die monströse Stadt zu. Hass durchströmte ihn, riss ihn weiter hinab in die Dunkelheit. Wenn er seine Fähigkeiten einsetzen könnte, dann …

Éremóns süffisantes Grinsen erinnerte ihn daran, dass es keine Rolle spielte. Er würde nur schneller Eochu gehören und ihm am Ende so oder so dienen. Es gab keine Hoffnung.

Verzweifelt schloss er die Augen. Er hatte das Gefühl, als würde er bis zum Hals in einer Teergrube stehen. Bald wäre nichts mehr von ihm übrig.

Plötzlich wurde er ruhig, fühlte sich ausgeglichen. Sachte schien ihn etwas zu berühren, als würde ihn jemand in eine tröstliche Umarmung ziehen.

Sein Herzschlag verlangsamte sich. Er fühlte sich nicht allein. Spürte die Anwesenheit von etwas anderem. Misstrauisch beobachtete er Éremón. Offenbar trieb der wieder seine Spielchen mit ihm. Schenkte ihm einen Moment Hoffnung, um sie direkt wieder zu zerschlagen und ihn noch tiefer in die Dunkelheit zu stoßen.

Dennoch schloss er die Augen und genoss den Augenblick. Es fühlte sich an, als wäre Ciarda bei ihm, als hätte sie ihm die Hand gereicht und ihn aus der Teergrube ein Stück ans Ufer gezogen.

Als er die Lider wieder öffnete, begegnete er Éremóns erstaunten Blick. »Sie ist mächtiger, als ich dachte.«

Nur langsam sickerte die Bedeutung der Worte in Darachs Verstand und erwischte ihn dann eiskalt. Das konnte nicht sein! »Ciarda«, keuchte er. Wie war das möglich? Er konnte sie spüren.

»Du hast keine Ahnung, welche Kräfte in deiner Seelengefährtin schlummern. Ein wenig ironisch, wenn man bedenkt, dass sie genauso wenig weiß, welches dunkle Erbe in dir ruht.« Das freudlose Lachen von Éremón fühlte sich an, als würde der *Milesier* ihm mit Klauen den Rücken aufschlitzen.

Eiswasser schien durch Darachs Adern zu fließen. Mit Schrecken erkannte er, dass sie es wirklich war. Die Geräusche der Umgebung ertranken in dem Rauschen seines Blutes. Sie durfte die Wahrheit nicht erfahren.

Niemals. Sie durfte sich keine Hoffnung machen. Es gab keine.

Sie musste gehen. Sofort.

Panisch drängte er sie aus seinem Geist. Verbannte sie. In seiner Vorstellung warf er eine Tür zu, legte den mächtigen Bolzen um, verrammelte sie mit schweren Eisenketten und Tausenden von Schlössern.

Zurück blieb nur das Gefühl, vollkommen allein zu sein. Endgültig.

***

Es war, als hätte sie einen Schlag gegen die Brust erhalten und wäre meterweit durch die Luft geflogen. Nach Atem ringend schreckte sie hoch und sah sich irritiert um. Die Motten am Himmel waren bereits erwacht und ihr Licht erhellte die Wiese, auf der sie rasteten. Einige Bäume standen in der Nähe und schienen ihre toten Äste wie Klauen nach ihr auszustrecken. Das Feuer war heruntergebrannt. Von Thorn fehlte jede Spur. Natürlich hatte er sie nicht geweckt, wie er es versprochen hatte. Aber das spielte nun keine Rolle mehr.

Sie setzte sich auf, zog die Knie dicht an sich heran und schlang ihre Arme darum. Ihr kräftiger Herzschlag, der durch ihren ganzen Körper pulsierte, beruhigte sich nur langsam. Für einen Moment hatte sie sich wieder gefühlt wie in dem Augenblick, als sie erfuhr, dass Darach unter Tonnen von Fels begraben wurde, und sie ihn für immer verloren geglaubt hatte.

Aber er war nicht tot. Er lebte und hatte sie ausgesperrt. Hatte die Verbindung gekappt, damit sie nicht die Wahrheit erfuhr. Ein bitterer Geschmack von Enttäuschung breitete sich in ihrem Mund aus. Was war so schlimm, dass er es vor ihr verbarg?

Denkst du wirklich, sie würde dich akzeptieren, wenn sie wüsste, wer du bist?

Ein Ziehen machte sich in ihrer Brust bemerkbar und ihre Finger spannten sich an, bis ihre Nägel sich in ihren Oberarm bohrten. Er hatte sie die ganze Zeit belogen. Sie fühlte sich verraten. Warum hatte er sie auf Gorm nicht einfach in Ruhe gelassen, wie sie es damals von ihm gefordert hatte? Warum hatte er ihr die ganze Zeit zugesetzt und mit ihr zusammen sein wollen? Nur damit er jetzt die Verbindung zwischen ihnen kappen konnte, weil er sich vor der Wahrheit fürchtete?

Fragen, die sie sich bereits in der Vergangenheit gestellt hatte, schossen ihr durch den Kopf. Warum ließ er sie im Stich? War es nicht besser so? Sinnlose Fragen, die nur aus ihrer eigenen Angst und Unsicherheit geboren wurden, denn tief in ihrem Inneren kannte sie die Antwort.

Er will mich beschützen.

Langsam begann ihr Blut zu kochen. Ein Knacken ließ sie zu dem heruntergebrannten Feuer sehen, das nun wieder hell loderte. Die grünen Flammen färbten sich rotorange und fraßen die Reste des Holzes in Windeseile. Sie spürte die Magie in sich unkontrolliert hochkochen. Ihre Muskeln zitterten vor Anspannung. *Verdammte Scheiße, der kann was erleben!*

Sobald sie ihn befreit hatte, würde sie ihm so was von die Leviten lesen.

Den Boden würde sie mit ihm aufwischen. Entschlossen stand sie auf und klopfte sich kräftig den Staub aus dem Rock. Frustriert verzog sie das Gesicht, als sie bemerkte, dass der Saum zerrissen war.

War ja wieder typisch. Und wo steckte überhaupt Thorn? Erbost trat sie die Reste des Feuers aus, das durch ihre Magie zu neuem Leben erwacht war, und rieb fest mit ihrer Stiefelspitze auf der Erde, obwohl es schon lange erloschen war und der Wind die Asche davontrug.

Ein paarmal drehte sie sich im Kreis, wusste nicht wohin mit ihrem Zorn, bevor sie Thorn über die Kuppe des Hügels auftauchen sah.

Schnell eilte sie ihm entgegen und blickte noch einmal zurück zu der Stelle, wo sie gelagert hatten. Keine Spur deutete mehr auf ihre Anwesenheit.

Überrascht blieb er stehen und schaute sich wachsam um. »Ist etwas geschehen?«, fragte er beunruhigt, kaum dass sie vor ihm stand.

»Wo warst du?«

Seine Augenbraue zog sich pikiert hoch. »*Guten Morgen*. Ich war gerade am Fluss und habe unseren Wasserschlauch aufgefüllt«, erklärte er mit einem Tadel in der Stimme. Er verneigte sich sogar leicht und nahm ihr damit sämtlichen Wind aus den Segeln.

Sie war wütend, aber nicht auf ihn. Zerknirscht wünschte sie ihm ebenfalls einen guten Morgen, auch wenn das in ihren Augen überhaupt nicht zutraf. »Er hat mich ausgesperrt.«

»Du hast wieder von Darach geträumt?«

Sie nickte. »Er – beziehungsweise Éremón – hat mich bemerkt.« Es war ihre Schuld. Nach dem ganzen Gerede über ihre Fähigkeiten hatte sie sie testen wollen. Hatte, kaum dass sie bei Darach war und seine Hoffnungslosigkeit gespürt hatte, versucht sich bemerkbar zu machen. Irgendwie.

»Du darfst nicht zweifeln. Zweifel machen dich blind für das Wesentliche«, erklärte er ihr geduldig.

»Und was ist das Wesentliche?«

»Er ist ein Teil von dir und du von ihm.«

Das hatte Darach damals auch gesagt, brachte sie jetzt aber nicht weiter. »Und was soll das bitte bedeuten?«

Das nachsichtige Schmunzeln auf seinem Gesicht machte die Sache auch nicht besser. Offenbar stand sie auf dem Schlauch und er amüsierte sich auch noch darüber. »Er kann dich nicht aussperren. Du bist ein Teil von ihm.« Mit einem Augenzwinkern warf er ihr den vollen Wasserschlauch zu – den sie reflexartig fing –, drehte sich um und ging in die Richtung, die sie bereits den Abend zuvor eingeschlagen hatten.

Drei Herzschläge lang starrte sie ihm nach, bevor sie sich ebenfalls in Bewegung setzte. Im Geiste suchte sie nach der Verbindung und fand sie, wenn auch nur als schwaches Echo. Sie spürte auch immer noch die Sehnsucht. Den Sog, der sie zu ihm führte. Etwas, das sie von Anfang an gestört hatte. »Es scheint nicht meine Entscheidung zu sein. Ich habe keine andere Wahl, als … als ihn zu lieben.« Obwohl sie sich noch immer nicht sicher war, ob sie das tat. Sie wusste nur, dass sie ihn vermisste.

Nachdenklich verschränkte Thorn die Hände hinter seinem Rücken und lief wortlos neben ihr her, den Blick auf den steinigen Boden gerichtet. »Der freie Wille ist nur eine Vorstellung der Menschen. Wir sind in unseren Entscheidungen niemals wirklich frei. Wenn ein Stein auf deinem Weg liegt, dann spielt es keine Rolle, ob du links oder rechts vorbeigehst. Der Weg ist immer noch derselbe. Ich verstehe, dass dich das ängstigt.« Sein Kopf ruckte in ihre Richtung und er sah sie eindringlich an. In seinen Augen lag ein tiefer Schmerz. »Verschließ dich nicht dem Schicksal. Begeh nicht den gleichen Fehler wie ich einst. Du wirst ihn dein restliches Leben bereuen.«

Eine Ahnung stieg in ihr auf. »Hast du Clarissa ohne Weiteres akzeptiert, obwohl sie deine Feindin war?«

Betroffen blickte er auf den Weg vor sich und seine Schultern spannten sich an. »Nein. Ich wollte sie töten, weil ich zu ignorant war zu erkennen, was sie für mich bedeutet.« Seine Stimme war mit jedem Wort härter und brüchiger geworden.

»Du hast recht, wir haben mehr gemeinsam, als ich dachte«, murmelte Ciarda.

22

Schroff stürzte das Land ins Meer. Der Wind peitschte über das Plateau und riss an ihrem Kleid, drückte den Stoff gegen ihren Körper. Die Gischt spritzte hoch und ein salziger Nebel legte sich auf ihre Haut.

Thorn stand am Rand der Klippen und sah missmutig hinaus auf das schwarze Wasser, das sich in der Ewigkeit verlor. »Ich befürchte, ich weiß, was Éremóns Ziel ist.«

Vorsichtig trat Ciarda neben ihn und beobachtete, wie sich einige Felsspitzen aus dem schäumenden Meer streckten, als wollten sie nach ihr greifen. Sie wandte ihm ihr Gesicht zu und erwiderte seinen Blick.

»In dieser Richtung liegt *Ériu*. Er ist auf dem Weg nach *Athlone*, die Stadt der Götter. Er will den Platz seines Bruders einnehmen. Als König der *Síodhach*«, beantwortete er ihre stumme Frage.

Ciarda dachte an ihren Traum und schüttelte den Kopf. »Das ergibt keinen Sinn.«

Thorn wandte sich ab und folgte einem ausgetretenen Pfad entlang der Klippen hinab. »Er hat es schon einmal versucht. Damals hat er Kathrine dazu gebracht, seinen Bruder mit Excalibur zu töten, und dessen Gesicht angenommen, bevor Darach ihn aufgehalten hat.«

»Éber ist tot. Das wissen alle.« Irgendwie passte es nicht mit dem zusammen, was sie bisher wusste. Warum sollte Éremón Darach entführen, wenn er nur König werden wollte? Nein.

Thorn schien ihre Bedenken nicht zu teilen. »Nachrichten verbreiten sich hier nicht so schnell wie bei euch, auch wenn es Mittel und Wege gibt. Mit seiner Fähigkeit, die Leute zu beeinflussen, könnte er ihnen weismachen, er sei tatsächlich Éber.«

Da war etwas dran, aber ihr Bauchgefühl sagte ihr, dass das falsch war und es um etwas anderes ging. Um Darach. Um die Wahrheit, die er unbedingt vor ihr verbergen wollte. Nervös biss sie sich auf die Innenseite ihrer Wange und blieb stehen.

Thorn tat es ihr gleich und musterte sie eingehend. »Du vertraust mir immer noch nicht«, stellte er fest.

Ciarda schüttelte den Kopf. »Ich würde dir mein Leben anvertrauen.«

Seine Augen bohrten sich in ihre. »Aber nicht das von Darach.«

Betroffen sah sie zu ihren Füßen.

Thorn schnaubte. »Du hast Islind nicht alles aus deinen Träumen erzählt. Genauso wenig wie Dan oder mir.«

Ihr Blut sackte ihr in die Beine. Ihr wurde kalt und heiß zugleich. Stumm blickte sie wieder auf und ihm in die blauen Augen. Innerlich ging sie mehrere Ausreden durch, verwarf sie jedoch sofort wieder.

Enttäuscht schüttelte Thorn den Kopf, kehrte ihr den Rücken zu und lief weiter.

»Warte.«

Er blieb stehen und sah erwartungsvoll zu ihr zurück. Was sollte sie ihm sagen? Alles? Nur einen Teil? Unsicher schob sie den Kiefer hin und her. Sie hatte mitbekommen, wie ihn die anderen *Síodhach* behandelten, nur weil sie dachten, er sei ein Wechselbalg. Dabei deutete alles darauf hin, dass er etwas Schlimmeres war. »Ich denke, es geht um Darach. Er ... Er ist kein Wechselbalg.« Die Worte fielen ihr schwer, fühlten sich wie Verrat an.

Nachdenklich rieb sich Thorn über das Kinn und starrte ins Leere.

»Du scheinst nicht überrascht zu sein«, stellte Ciarda unsicher fest.

»Es bestätigt nur eine Vermutung, die ich schon lange hege.«

Ciarda traute sich gar nicht zu fragen, ihr Magen zog sich zusammen. Aber sie musste es wissen. »Und was ist er? Oder wer ist er?«, fragte sie zittrig.

»Das weiß ich nicht«, erklärte er und machte sich wieder an den Abstieg.

Irgendwie hatte Ciarda das Gefühl, dass er ihr nicht alles sagte, was er wusste. Frustriert folgte sie ihm. »Éremón meinte, dass ich Darach töten würde, wenn ich wüsste, wer oder was er ist.« Sämtliche Organe in ihrem Inneren schienen zu Rosinen zusammenzuschrumpfen, als sie daran dachte, dass er recht behalten könnte.

Thorns Schultern spannten sich an. »Du wirst ihn nicht töten. Das kannst du gar nicht«, meinte er und sah sie durchdringend an.

»Was ist, wenn er gefährlich ist? Wenn er …« Sie wollte den Gedanken gar nicht zu Ende spinnen, der kurz in ihrem Hinterkopf aufgeblitzt war. Was, wenn er ihre Welt vernichten würde?

Thorn schüttelte den Kopf. »Das kann ich mir nicht vorstellen. Islind hätte das Leben ihrer Tochter nicht in seine Hände gelegt, wenn er eine Gefahr darstellen würde.«

»Éremón manipuliert ihn. Er benutzt ihn wie eine Marionette. Was ist …«

Harsch unterbrach Thorn sie. »Du machst dich verrückt wegen Dingen, die sein könnten, und verlierst dabei dein Ziel aus den Augen.« Er wollte offenbar noch etwas sagen, aber er schloss den Mund und seine Kiefermuskeln spannten sich an. Erneut nahm er den steilen Weg entlang der Klippen zum Meer in Angriff. »Wir sollten weiter, damit wir vor Einbruch der Nacht *Athlone* erreichen.«

Ein kräftiger Windstoß riss an ihrem Kleid und ließ sie einen Schritt zurückweichen. Unsicher sah sie Thorn nach. Seit sie Islinds Baumhaus verlassen hatte, schienen sich die Fragen anzuhäufen und ihre Unsicherheit wuchs mit jeder einzelnen. Kurz schloss sie die Augen, sammelte ihre Kraft und folgte Thorn den schmalen Pfad hinunter. An einigen Stellen musste sie klettern und der Wind, der immer lauter pfiff, drückte sie gegen den feuchten Stein. Manchmal schien er sie auch von dem Felsen fortstoßen zu wollen. Vorsichtig suchte sie mit ihren Füßen halt und stieg immer weiter hinunter. Zum Glück litt sie nicht unter Höhenangst, denn zu sehen, wie die tosenden Wellen gegen die Klippen rollten, war ein beeindruckendes und beängstigendes Schauspiel. Eine Bucht öffnete sich versteckt zwischen den schroffen Felsen und sie ließ sich die letzten Meter zu Thorn hinab in den weichen Sand fallen. Neugierig sah sie sich um. Die Wellen hatten Schiffe an Land gespült und an den Klippen zerschmettert. Auf den Felsen, die wie Nadeln aus dem Wasser herausragten, war ein alter Dreimaster aufgespießt. Eine Linie aus Seetang und Treibholz zeigte, bis wohin das Wasser bei Flut stieg.

Aber man sah auch hier die Ausläufer der Verderbnis. Der Strand war übersät mit Pfützen aus Teer, die wie schlammige Fußabdrücke eines Riesen wirkten. Obwohl die befallenen Stellen fast harmlos schienen im Gegensatz zu dem, was sie auf dem Weg bis hierhin zu Gesicht bekommen hatte, konnte Ciarda die Bösartigkeit deutlich spüren.

Thorn blieb an einem Punkt stehen, von dem sich die Adern wie ein Spinnennetz über den Strand ausbreiteten. Neugierig beugte er sich hinab und untersuchte die Stelle.

»Er war hier und hat Magie aufgewandt, um etwas zu erschaffen. Wahrscheinlich ein Boot, um das Meer zu überqueren«, erklärte Thorn, erhob sich wieder und klopfte sich den Sand von den Händen.

»Er hat das getan?«

Thorn nickte und sah wehmütig aufs Meer hinaus. Fröstelnd tat es ihm Ciarda nach. Das schwarze Wasser wirkte aufgewühlt wie bei einem Sturm. Die Wellen rollten an den Strand und sie hüpfte ein Stück zurück, damit ihre Schuhe nicht nass wurden. »Wie kommen wir hinüber?«

»Genauso.« Thorn breitete die Arme aus und ein helles Licht schien ihn auszufüllen. Seine Miene drückte Konzentration aus, während sich etwas vor ihm in der Luft bildete und immer mehr an Substanz gewann. So faszinierend das Schauspiel auch war, etwas anderes fesselte Ciardas Blick mehr. Die dunklen Adern pulsierten und begannen weiterzuwachsen.

***

Die Wachen an den breiten Toren von *Athlone* sahen stumpf geradeaus, während Éremón und Darach sie passierten. Ihr Blick drückte Resignation aus. Neugierig musterte Darach sie und in seinem Kopf bildete sich eine Idee.

»Denk gar nicht erst daran.« Éremón musterte ihn spöttisch von der Seite und zog seine Kapuze tiefer ins Gesicht.

»Schau genau hin. Was stimmt an dem Bild nicht?«

Irritiert warf Darach noch einmal einen Blick zurück zu der Öffnung in der Mauer, durch die zwei Wagen nebeneinander passten. Die einst glänzenden goldenen Tore waren matt und mit Dreck verschmiert.

Weitere *Síodhach* strömten mit ihrem wenigen Hab und Gut in die Stadt. Kobolde, Irrwische und Elementargeister. Vereinzelt konnte er sogar einige Selkies entdecken. War das etwa eine Banshee?

Die Wachen wirkten noch immer gelangweilt und träge, als erwarteten sie keine Schwierigkeiten von den Flüchtlingen, die auf der Suche nach einem neuen Zuhause waren. Seit sie die Türme von *Athlone* gesehen hatten, waren ihnen immer mehr begegnet. Sie sahen verhärmt aus.

»Offenbar schreitet der Verfall immer schneller voran. Oder sie sind vor dem Krieg geflohen, den du und dein Bruder angezettelt habt.« Herausfordernd streckte Darach das Kinn vor.

Éremón seufzte. »Da dieser bedauerlicherweise beendet wurde, warum sollten sie nun nicht wieder in ihre Dörfer zurückkehren?«

Zorn wallte in Darach auf. *Weil sie Angst vor der Verderbnis haben,* brüllte er in Gedanken, aber Éremón belächelte ihn nur.

Erbost biss er fest die Zähne aufeinander und marschierte weiter. Den Weg zum Palast kannte er noch, auch wenn sich viel verändert hatte, seit er ihn zuletzt beschritten hatte.

Die Stadt war laut und die Leute drängten sich auf den Straßen, die früher fast leer gewesen waren. Es war schmutzig und stank wie in den Großstädten der Menschen. Einige wenige würden wahrscheinlich die Verderbnis dem hier vorziehen.

Ein Junge ließ seinen Ball fallen und er hüpfte über das Kopfsteinpflaster, das an mehreren Stellen fast schwarz wirkte, in Richtung der Tore. Die dunklen Flecken sahen verdächtig nach Blut aus. Aber dafür waren sie zu groß.

Eine Ahnung beschlich ihn und ein Kloß bildete sich in seinem Hals. Das Kind wollte hinterher, doch die Mutter zog es schnell zurück. In ihrem Gesicht stand die nackte Angst.

Darachs Blick glitt zurück zu den Toren. Bei der Entfernung konnte man deutlich erkennen, dass es sich bei dem Spritzmuster, von dem er zuvor noch gedacht hatte, es sei nur Schmutz, um Blut handelte.

»Es verlässt keiner die Stadt«, bemerkte er stumpf.

»Lass uns weitergehen. Eochu erwartet dich bereits«, erwiderte Éremón ruhig. Die Menge teilte sich vor ihm und er schritt herrschaftlich hindurch.

Darach atmete tief durch und unterdrückte den Würgereflex. Statt ihm direkt zu folgen, ging er zurück und hob den Ball auf. Die Wachen, die zuvor noch schläfrig gewesen waren, beobachteten ihn aufmerksam. Plötzlich war es ungewöhnlich still. Sogar die Menge schien den Atem anzuhalten, bis ein drohendes Knurren in der Nähe erklang, das ihm die Haare zu Berge stehen ließ. Vorsichtig richtete er sich wieder auf und drehte sich um. Über ihm ragte ein schwarzer Schattenwolf auf, der seine Lefzen nach hinten gezogen hatte. Sein glanzloses Fell war gesträubt und sein Blick wild. Der Geifer tropfte vor ihm auf die Pflastersteine. Das Knurren wurde lauter und Darach erkannte, dass weitere Schattenwölfe aus einem Stall in der Nähe des Tores kamen und ihn umzingelten. Die Tiere, die sonst friedlich und völlig scheu waren, wirkten nun aggressiv und bedrohlich.

Es war nun klar, warum niemand sich den Toren näherte. Einer der letzten Zufluchtsorte im *Síd* war zu einer tödlichen Falle geworden. Darach war nicht einmal wütend deswegen. Er hatte keine Angst davor, dass die riesigen Tiere ihn zerfetzen könnten. Er fühlte sich nur so verdammt müde.

Einer der Wölfe machte plötzlich einen Satz. Nicht in seine Richtung, sondern in die der Menge. Instinktiv handelte Darach. Die Bestie jaulte auf. Ein Knistern erklang. Schwarzer Rauch stieg von dem am Boden liegenden Körper auf und von dem Tier blieb nur noch Asche übrig.

Die anderen Wölfe winselten. Sie machten sich klein, senkten die Schnauzen und zogen ihre Schwänze ein.

Darach starrte einige Sekunden auf den Aschehaufen, dann auf seine geöffnete Handfläche, in der er kurz zuvor noch den Ball gehalten hatte. Er hatte ihn dem Kind zurückgeben wollen, doch auch von dem Spielzeug war nur noch schwarzer Staub übrig. Angewidert drehte er die Hand, sodass er zu Boden fiel, und marschierte los. Stur sah er an Éremón vorbei, der ihn neugierig beobachtete. Er konnte die entsetzten Blicke in seinem Rücken spüren. Fehlten nur noch die Schreie von damals. Bastard, Monster, ... *Cawr.*

Sein Herz schlug wie wild in der Brust. Gehetzt eilte er durch die Menge. Das Stimmengewirr vermischte sich zu einem Dröhnen, das verdrängt wurde von seinem ungleichmäßigen Atem. Für einen Moment verschwamm die Gegenwart mit der Vergangenheit.

»Ich wusste, dass du dich irgendwann für jemanden opfern wirst. Ihr Helden seid alle so leicht zu durchschauen.«

Darach ignorierte ihn und ging weiter. Er wollte es nur noch hinter sich bringen.

»Hast du Angst?«, fragte der *Milesier* neugierig.

»Nein!«

»Solltest du aber. Er ist schwer von dir enttäuscht.«

Das war nichts Neues. Seine Existenz hatte Eochu nur zu einem Zweck geplant: Rache an den *Síodhach.*

Das Blut rauschte in Darachs Ohren. Er hatte keinen Blick mehr für das, was um ihn herum geschah. Zielstrebig lief er auf den Turm im Zentrum der Stadt zu, in dem sich auch der Thronsaal befand.

Eine weitere Mauer trennte den Palast und seine Bewohner von den heruntergekommenen Behausungen. Am Durchgang standen zwei Wachposten in schwarzer Kleidung, auf der jeweils eine silberne Flamme zu sehen war. Darach wäre an ihnen vorbeigestürmt, hätten sie nicht die Hellebarden gesenkt und mit ihnen ein Kreuz gebildet, das ihn aufhielt.

»Euer Begehren?«, fragte der Soldat knapp und musterte ihn unverhohlen und abwertend. Seine Augen waren aufgeweckter als die der Wachposten an den Stadttoren. Ein bösartiges Glitzern lag in ihnen, das in Darach ein Echo auslöste. Fast vergaß er sich und wollte auf den Mann einschlagen.

Éremón trat vor, verbeugte sich höflich und streifte seine Kapuze nach hinten, als er sich wieder aufrichtete. »Wir wünschen eine Audienz bei Seiner Majestät.«

Darach schnaubte abfällig. Das letzte Mal, als Eochu diesen Titel getragen hatte, wäre das Land fast zugrunde gegangen wegen seiner Habgier. Nun litt es noch mehr unter seinem Hass.

»Lord Éremón, verzeiht. Wir haben Euch nicht erkannt«, beeilte sich eine der Wachen zu sagen und nahm eine gerade Haltung ein. Ihre Augen waren geweitet und auf der Oberlippe entstanden kleine Schweißtropfen.

»Lord Éremón, bitte folgt mir«, sagte die andere Wache, verbeugte sich und ging ihnen voraus. Der Hof, den sie überquerten, war wie ausgestorben. Nur vor den haushohen Türen, die sich knarzend öffneten und in das Schloss führten, standen weitere Wachposten, die ihnen mit grimmigen Gesichtern entgegenblickten. Nach einem Nicken des Soldaten, der Darach und Éremón begleitete, löste sich einer aus der Reihe und eilte in die Richtung, aus der sie gekommen waren. Wahrscheinlich um den Platz ihrer Eskorte einzunehmen. Ein weiterer Soldat folgte ihnen.

Sie liefen durch einen lang gestreckten Flur. Ihre Schritte klackten auf dem blauen Marmor und wurden von den weißgoldenen Wänden zurückgeworfen. Beim näheren Hinsehen konnte Darach überall Risse erkennen und Staub in den Ecken. Auch die riesigen Türen zum Thronsaal quietschten, als sie sich für sie öffneten, obwohl sie in der Vergangenheit kein einziges Geräusch gemacht hatten.

Der dahinterliegende Saal war einst prunkvoll gewesen, doch jetzt lag Unrat auf dem Boden, den die Wappen der herrschenden Familien der *Túatha Dé Danann* zierten. Das silberne Feuer von *Ériu* bildete die Krone des Baumes von *Alba*, dessen Wurzeln sich bis in den gold glühenden Fluss von *Cymru* streckten, während der Wind von *Bryth* das Feuer flackern ließ. Rostbraune Flecken besudelten die Verbildlichung von Frieden, über den der Herr der Elfen wachen sollte. Angewidert stupste Darach einen Knochen an, der über den Marmor schlitterte.

Jetzt war das einzig schöne in diesem Raum der Mann, der auf dem Thron saß. Sein perfektes Äußeres hatte sogar die *Síodhach* verzaubert, sodass sie ihn zu ihrem ersten König gewählt hatten, obwohl er nur zur Hälfte ein *Túatha Dé Danann* war.

Ein Fehler, wie sie hatten feststellen müssen, weswegen sie alle, die das gleiche verunreinigte Blut besaßen, jagten und verurteilten.

Im Vergleich zu ihm war Éremón ein braves Schoßhündchen. Der *Milesier* verneigte sich so tief, dass sein Knie den blutverkrusteten Marmor berührte.

Eine der Wachen stieß Darach ins Kreuz und er taumelte einen Schritt vorwärts. Seine Beine zitterten. Er hoffte, dass keiner es bemerkte.

»Auf die Knie«, zischte der Mann hinter ihm und rammte ihm die Hellebarde in die Kniekehle, sodass Darach einknickte, doch er fing sich schnell.

»Genug!«, befahl Eochu streng und erhob sich. Sofort zog sich der Soldat zurück, während Eochu Darach erwartungsvoll entgegenkam und seine Arme ausbreitete. »Willkommen zu Hause, Sohn.«

Bei diesen Worten spürte Darach nichts. Er fühlte nur den dumpfen Schmerz, dass das Blut dieses Mannes durch seine Adern floss. Fühlte sich schuldig, obwohl er nichts für seine Herkunft konnte – oder für die Dinge, die er als Junge getan hatte, weil er es nicht anders gekannt hatte.

Er wandte den Blick ab und bemerkte Éremón, der nun neben dem Thron stand und ihn listig aus den Schatten heraus beobachtete. Éremóns Miene zeigte keine Regung. Dieser Bastard hatte wahrscheinlich von Anfang an gewusst, dass Eochu sein Erzeuger war. Als Vater wollte er ihn nicht bezeichnen. Niemals.

Eochu blieb stehen und sein falsches Lächeln verschwand. »Wie ich sehe, weigerst du dich immer noch dein Erbe zu akzeptieren«, sagte er so schneidend, dass die Soldaten, die sich in dem Raum verteilt hatten und dem Schauspiel beiwohnten, zusammenzuckten.

Darach straffte die Schultern und sah ihm fest in die Augen, die das gleiche intensive Violett besaßen wie seine eigenen. »Und wie ich sehe, weigerst du dich immer noch zu sterben«, entgegnete er kalt.

Leicht zuckten Eochus Kiefermuskeln, bevor erneut ein Lächeln sein Gesicht zierte. »Du könntest mich töten. Jetzt und hier.«

Wütend ballte Darach die Hände zu Fäusten. Er spürte die Dunkelheit in sich aufwallen. Fühlte den Wunsch in sich, diesen Mistkerl endgültig zu den Göttern zu schicken.

Doch es gab nur einen Weg für Darach, ihn zu töten. Eochus Angebot war eine Falle. Sollte ihn endgültig über die Klippe in den Abgrund stoßen.

Eochu schnaubte. »Wusste ich es doch, dass du die Kraft, die ich dir einst schenkte, nicht benutzen willst. Aber das wirst du. Früher, als du denkst. Und dann wird die Welt brennen.«

Darachs Mund fühlte sich trocken an. Er schluckte und versuchte sich nicht ansehen zu lassen, wie viel Angst er davor hatte.

Eochu, dessen Vater ihm einst den Namen Bress, der Schöne, gegeben hatte, lachte aus vollem Hals. »Es ist schon längst zu spät für dich. Ich habe gespürt, dass du sie vorhin eingesetzt hast. So wie du sie vor Wochen das erste Mal nutztest, um meinen Diener zu töten.« Er kniff die Augen zusammen. »Aber das war gar nicht dein Ziel oder liege ich falsch? Du wolltest sterben wie schon einmal. Aber selbst dabei hast du versagt.«

Eochus Worte waren wie Messerstiche. Darach wandte den Kopf ab und schluckte hart.

»Du kannst mir nicht entkommen. Du gehörst mir.« Die Stimme von Eochu hatte sich zu einem drohenden Flüstern gesenkt, das tief in Darach einzudringen schien. Ihn durchzog mit Fäulnis und dem Gefühl, nichts wert zu sein. Eine Stimme, die ihn schon sein Leben lang verfolgte.

Eochu beugte sich vor, sodass sein Gesicht nur wenige Zentimeter über Darachs Schulter schwebte. »Du weißt, was ich von dir erwarte«, hauchte er in sein Ohr.

Ein Schaudern durchlief Darach. O ja, dass wusste er. Allein der Gedanke ließ Übelkeit in ihm aufsteigen. Entschlossen trat er von ihm zurück und verschränkte die Arme vor der Brust, um seine Weigerung zu unterstreichen. Um die Dunkelheit in sich zurückzuhalten, die Eochu gefällig sein wollte. *Ja, Meister*, tönte es ihn ihm, dabei hätte er diesem Bastard nur zu gern ins Gesicht geschrien, dass er verrecken sollte. Dass er niemals ihm gehören würde. *Niemals*. Aber er wusste, dass das eine Lüge wäre.

Das Lächeln dieses Mistkerls zeigte ihm deutlich, dass er seinen Worten und seinem inneren Kampf aufmerksam zuhörte.

»Du kannst mich am Arsch lecken«, presste er hervor und das erste Mal sah er so etwas wie Irritation bei Eochu.

»Du warst zu lange unter Menschen.« Éremón trat vor, doch Eochu hielt ihn mit einer Handbewegung zurück. »Sperrt ihn in meine alte Zelle. Mal sehen, wie lange er noch so hochnäsig ist«, befahl Eochu lächelnd. Schwungvoll drehte er sich, sodass der schwarze Mantel Darach ins Gesicht klatschte, und schritt zurück zu dem Thron, auf den er sich niederließ.

Hände griffen grob nach Darachs Oberarmen und zerrten ihn zurück. Widerstandslos ließ er sich mitschleifen, ohne den Blick von dem Mann zu wenden, der in ihm nicht mehr als eine Waffe seiner Rache sah.

***

Seit sie die dunklen Wasser hinter sich gelassen hatten, schien die Landschaft aufzublühen. Grünes Gras erstreckte sich den Hügel hinauf bis zum Horizont.

Ériu war nicht so, wie sie gedacht hatte. Der Himmel leuchtete blau, wie wenn Tag und Nacht sich küssten. Obwohl weniger Sterne ihn zierten, war es doch heller. Die dunklen Farben, die ihr bisher auf dieser Reise begegnet waren, wurden durch gedeckte ersetzt, die ein harmonisches Bild ergaben. Fast könnte man meinen, sie hätten den *Síd* verlassen.

Von der Verderbnis war nichts zu sehen. Doch Ciarda konnte sie spüren. Unter der Oberfläche verborgen, lauernd und bereit zuzuschlagen. Immer wieder sah Ciarda misstrauisch über die Schulter zurück. »Warum ist hier alles so … anders?«

Thorn lief weiter, als hätte er sie nicht gehört. »Was spürst du?«, fragte er schließlich. Er wirkte aufmerksamer, seit sie in *Ériu* angekommen waren, und sah sich ebenfalls ständig um.

»Es ist schwer zu beschreiben. Es fühlt sich falsch an. Verdreht. Böse.«

»Die Geschichte meines Volkes ist voller dunkler Flecken, die wir gerne vergessen würden. Und die meisten davon sind hier in diesem Land begraben.«

Seine Worte erinnerten sie an die des alten *Síodhachs* bei der Trauerfeier. *Das Verderben, das unser Reich befallen hat, ist eine Strafe der Götter für unsere Frevel.*

»Meinst du das wörtlich oder sinngemäß?«.

Er hatte die Anhöhe erklommen und blieb stehen, um zu ihr zurückzusehen. »Beides. Diese Insel war eine Zufluchtsstätte für die *Fomoren* und *Firbolgs*. Lange bevor Milesius mit seinen Männern kam und uns den Krieg erklärte. Bevor er den restlichen *Síd* nach dem Vorbild von *Ériu* erschuf, um auch uns ein Zuhause zu geben, nachdem wir in der Welt der Menschen nicht mehr sicher waren.«

Das Land der Menschen war jedoch nie unseres, auch wenn es eine Zeit lang eine Heimat war. Wir haben es in blutigen Kämpfen den Firbolgs und den Fomoren entrissen.

»Wenn ich mich richtig an den Geschichtsunterricht über die Altvorderen erinnere, haben die *Túatha Dé Danann* die *Firbolg* besiegt und die Herrschaft über das keltische Reich übernommen. Die *Fomoren* kamen später, waren aber mit ihrem Eroberungsfeldzug nicht erfolgreich.« Unsicher sah sie Thorn von der Seite an.

Er wirkte besorgt. »Das ist nur zum Teil richtig. Eigentlich gehörte das Land zuerst den *Fomoren*. Die *Firbolg* konnten es ihnen entreißen, unterlagen jedoch bei einem Angriff der *Túatha Dé Danann*.«

Immer noch wirkte Thorn angespannt und sah sich immer wieder misstrauisch um. »Was bereitet dir Sorge?«, fragte Ciarda.

»Die *Fomoren* sind Boten der Dunkelheit und Zerstörung«, erklärte er mit unheilvoller Stimme, die ihr eine Gänsehaut bescherte.

»Du denkst, dass der, der Éremón Befehle erteilt, ein *Fomore* ist?«, mutmaßte sie.

Thorn zuckte mit den Schultern. »Ich weiß es nicht genau. Eigentlich sollten sie längst alle tot sein. Jedoch würde es einiges erklären.« Nachdenklich starrte er in die Ferne.

***

Roh wurde Darach in die riesige Zelle gestoßen, in der Eochu Jahrtausende verbracht hatte. Er fiel auf die Knie und stützte sich mit den Händen auf dem feuchten Boden ab. Es roch modrig. Der scharfe Geruch von Urin und altem Blut stieg ihm in die Nase. Das Klacken des Schlosses hatte etwas Endgültiges.

Eine Lichtmotte schwirrte an der Decke herum und beleuchtete schwach die Trostlosigkeit dieses Ortes. Er hatte verdrängt, wie schrecklich es hier war. Es könnte aber auch daran liegen, dass schon lange niemand hier gewesen war, um sauber zu machen. So wie seine Mutter. Sie war nicht mehr als eine einfache Magd gewesen, ein Irrwisch ohne magische Begabung. Entbehrlich. Sie hatte nicht verdient, was dieses Monster ihr angetan hatte. Dass Éber sie ihm überließ, im Tausch gegen Macht.

Alle hatten Éber für den Helden gehalten. Den Retter ihres Volkes. Darach wusste es jedoch besser. Der König der Elfen war ein ebensolches Monster gewesen wie sein Zwillingsbruder.

Schwerfällig richtete sich Darach auf, wankte in die hintere Ecke und ließ sich fallen. Sein Blick war nach innen gerichtet. Er zog die Füße an und legte seine Arme auf den Knien ab.

Er war genau dort, wo sein Leben angefangen hatte. In einer Zelle in diesem verdammten Schloss. Gefangen von einem Wahnsinnigen, der ihn als Waffe missbrauchen wollte. Stumpf betrachtete er seine Hände. Und doch hatte sich so viel seitdem verändert. Er hatte sich verändert. Er war mehr als der Schlüssel, den Eochu in ihm gesehen hatte, um seine Freiheit wiederzuerlangen und sein dämonisches Volk wiederzubeleben.

Er war auch nicht mehr das Monster, das Éber aus ihm gemacht hatte, um seine Macht auszubauen. Bis Islind ihn fand, ihn befreite und wie einen Sohn großzog, obwohl sie wusste, welches verdorbene Blut in seinen Adern floss.

Durch sie hatte er ein Leben. Hoffnung. Bis er sogar selbst vergaß, welches schicksalhafte Erbe er besaß. Bis er glaubte, dass er Glück verdient hatte.

23

Wind pfiff über den Hügel, auf dem sie standen, und spielte mit ihrer Kleidung. Sie waren die ganze Nacht durchgelaufen. Nun breitete sich eine bewaldete Ebene vor ihnen aus, durch die eine breite Straße führte, an deren Ende sich die Stadt wie ein drohender Riese erhob. Ein rotes Glühen erhellte die silbernen Türme, die etwas Futuristisches in dieser doch so mittelalterlichen Welt besaßen.

Verwirrt beobachtete Ciarda die einzelnen Gruppen von *Síodhach*, die auf dem Weg in die Stadt waren.

Viele sahen aus, als lägen einige harte Tage hinter ihnen. Die edle Kleidung war grau und ihre Gesichter schmutzig. Ungewöhnlich für die *Síodhach*. Vereinzelt sah Ciarda sogar Kinder, die meisten von ihnen waren jedoch Frauen.

»Es ist immer das gemeine Volk, das am meisten unter dem Krieg leidet. Magielose und Soldaten, die nicht mehr kämpfen können. Flüchtlinge, die ihre Heimat verlassen haben und ihre Hoffnung in die Götter setzen.« Thorn schnaubte. »Dabei sind diese gar nicht daran interessiert, ihnen zu helfen.«

Wachsam zog Ciarda ihre Kapuze tiefer ins Gesicht und folgte Thorn, der sich dem Flüchtlingsstrom anschloss.

Je näher sie ihrem Ziel kamen, desto unruhiger wurde sie.

Abermals regte sich etwas in ihr, reagierte auf die Bösartigkeit, die in der Stadt hauste.

Thorn schien nichts davon zu bemerken. Mit weit ausholenden Schritten eilte er an den anderen Reisenden vorbei auf die mächtigen Tore zu, die einladend offen standen. Mit jedem Meter, den sie sich der Stadt näherten, erinnerten diese Ciarda jedoch mehr und mehr an einen riesigen Tigerkäfig, dessen Tür sich nach ihnen schließen würde. Sie wären gefangen. Eingesperrt in dieser Stadt, die gefräßig auf sie zu warten schien. »Etwas stimmt hier nicht«, murmelte Ciarda. Ihre Füße wurden immer schwerer, jeder Schritt mühsamer.

Misstrauisch taxierte Thorn die Stadtmauern und blieb stehen. »Du hast recht.« Bestimmt drängte er sie von der Straße in das kleine Wäldchen daneben. Dabei sah er sich immer wieder vorsichtig um.

Ein *Síodhach* beobachtete sie, wandte sich dann aber müde dem Weg zu, der vor ihm lag, und achtete nicht weiter auf sie. Die Wachen an den Toren schienen nichts bemerkt zu haben.

Thorn tauchte in das dichte Unterholz und sie musste sich beeilen, um ihm zu folgen. Einige Äste hingen vor ihrem Gesicht und sie drückte sie mit der Hand zur Seite. »Wo willst du hin?«

Er antwortete ihr nicht, sondern huschte durch den Wald näher zur Stadt. Das Gefühl, gegen eine Wand anzulaufen, wurde immer stärker. Und zugleich zog sie etwas dorthin.

Sie stolperte. Schürfte sich die Hand an der Rinde eines Baumstammes auf, an dem sie sich abstützte, und kämpfte sich vorwärts. Immer wieder blieb sie stehen und sah sich um, ob Thorn nicht doch eine andere Richtung eingeschlagen hatte. Kein abgeknickter Ast und keine Fußspur wiesen ihr den Weg. Sie kam sich wie ein riesiger Tollpatsch vor im Vergleich zu dem Elfen.

Das Unterholz wurde lichter und sie entdeckte die geduckte Gestalt von Thorn unter den letzten Bäumen, bevor der Wald in ein weites Feld überging, das bis zu den hohen Mauern reichte, die die Stadt umschlossen.

Atemlos hockte sie sich neben ihn und starrte in dieselbe Richtung wie er. Auch von hier aus konnte man das Tor sehen, vor dem einige Wachen standen und sich kaum um die eintreffenden Leute kümmerten.

»Das Böse ist so stark, dass selbst ich es spüren kann«, erklärte Thorn und fuhr sich aufgewühlt durch das Gesicht.

Ciarda folgte mit dem Blick einer Patrouille, bestehend aus zwei Soldaten, die auf der Mauerkrone ihre Runde drehte. Seltsamerweise achteten sie kaum auf das umliegende Land, sondern mehr auf das, was im Inneren der Mauern geschah. »Und was machen wir jetzt?«

»Wir warten, bis es dunkel wird.« Vorsichtig stand Thorn auf und zog sich zurück.

Ciarda machte es ihm nach. »Wir können doch einfach durchs Tor spazieren. Die Wachen scheinen nicht auf die Leute zu achten, die die Stadt betreten.«

Thorns Miene wurde hart und unnachgiebig. »Du wirst hierbleiben.« Seine Kiefermuskeln spannten sich, als er sie ansah, als würde er bereits mit ihrem Widerstand rechnen.

Und damit hatte er verdammt noch mal recht. »Ich komme mit!«

»Du wirst mich nur behindern.«

»Ich kann kämpfen.«

»Gegen eine ganze Armee? Nein. Außerdem ist das Risiko zu hoch, dass du erkannt wirst. Einige von uns können spüren, was du bist, oder Auren sehen und deine schreit geradezu *Ich bin ein Druide*.« Er musterte sie abschätzig, sodass sie unsicher von einem Fuß auf den anderen trat. »Außerdem hast du deine Kräfte noch nicht unter Kontrolle und bist anfällig für die Gefühle der Bewohner.«

Was so viel hieß wie: Sie war anfällig für die Dunkelheit, die dort hauste. Für das Böse. Frustriert verschränkte sie die Arme vor der Brust. Seine Argumente waren alle schlüssig und ihr blieb wohl nichts anderes übrig, als hier zu warten. Doch sie hasste es bereits jetzt.

Er sah zurück zu den hoch aufragenden Mauern. »Es geht erst mal darum, in Erfahrung zu bringen, womit wir es zu tun haben. Wie du schon sagtest. Etwas stimmt nicht. Auf den ersten Blick mag alles normal wirken, aber es sind viele Patrouillen unterwegs.« Er wandte sich wieder ihr zu. »Ich habe noch ein paar Freunde in der Stadt, die mir helfen werden herauszufinden, wo Darach festgehalten wird.«

Frustriert presste Ciarda die Lippen aufeinander. Sie widersprach ihm nicht länger, aber ihr war dennoch mulmig zumute, wenn sie daran dachte, allein zurückzubleiben. Erneut betrachtete sie die Stadt, die durch das dichte Blattwerk nur teilweise zu sehen war. Darach war dort. Sie spürte es mit jeder Faser ihres Seins. So nah und doch so fern.

Die Stunden zogen sich wie Kaugummi. Ciarda konnte nicht still sitzen bleiben, stand immer wieder auf und tigerte angespannt hin und her. Thorn ertrug ihre Nervosität mit stoischer Ruhe. Sie beneidete den Elfen, der wie eine Statue am Rande des Waldes hockte und die Stadt keinen Moment aus den Augen ließ. Wahrscheinlich wusste er bereits, wann wie viele Wachen auf der Mauer patrouillierten. Vielleicht wäre es besser gewesen, dies selbst in Erfahrung zu bringen, aber sie hatte für solche Aufklärungsarbeit noch nie die nötige Geduld besessen. Normalerweise war sie immer mit Aodh unterwegs, der ihr solche Aufgaben ersparte. Wehmütig dachte sie an ihren Bruder und fragte sich, was er machte. Ob er wegen ihres Verschwindens Ärger bekommen hatte? Sie konnte nur hoffen, dass er nicht so dämlich war wie sie und ihr ohne Begleitung folgte. Wenn sie an die Gefahren dachte, die ihr unterwegs begegnet waren, wurde ihr ganz anders.

»Hier.« Etwas flog auf sie zu. Reflexartig fing sie den Gegenstand und sah fragend zu Thorn, als sie den leeren Wasserschlauch in ihrer Hand bemerkte. »Siehst du die Grasnarbe? Daneben fließt ein kleiner Fluss entlang. Du kannst ihn dort auffüllen. Pass aber auf, dass dich keiner bemerkt.«

Verdrießlich stapfte sie entlang des Waldrandes, bis sie das leise Plätschern und Gurgeln hörte. Vorsichtig hielt sie die Mauerkrone im Blick, während sie sich dem im Wald versteckten Flusslauf näherte, der von hier aus direkt bis zur Stadt führte. Sie kniete sich auf die glatten Steine und füllte den Schlauch, den sie im Anschluss zur Seite legte. Das Wasser sah so einladend aus. Schnell wusch sie sich noch das Gesicht und trank aus ihren hohlen Händen etwas, bevor sie zurückkehrte.

Ciarda ließ sich neben Thorn nieder und zupfte an einem Blatt von einem nahe gelegenen Ast. »Wie willst du eigentlich unbemerkt in die Stadt kommen?«

»Ich gehe durch die Tore. Wie du selbst erkannt hast, achten die Wachen nicht auf die eintreffenden Flüchtlinge.«

Entgeistert starrte sie ihn an. »Und warum warten wir dann seit Stunden hier?«, frage sie ihn aufgebracht.

Ein Lächeln zupfte an seinen Mundwinkeln. »Hat Dan euch nie Geduld beigebracht?«

Mürrisch verzog sie das Gesicht. »Doch. Aber er war bei mir nicht sehr erfolgreich.«

Sein leises Lachen ging in ein Seufzen über. »Man sollte immer einen Fluchtplan parat haben. Problematisch wird es, die Stadt wieder zu verlassen. Seit wir hier angekommen sind, habe ich niemanden herauskommen sehen. Was sehr ungewöhnlich ist, wenn man bedenkt, dass wir seit den Morgenstunden hier lagern. Die Tore schließen bald.« Er stand auf und klopfte seine Kleidung ab. Die Kapuze zog er sich tief ins Gesicht. »Wenn ich bis zum Tagesanbruch nicht wieder da bin, kehrst du um und nimmst das erste Portal, das zurück in deine Welt führt.«

»Aber ...«

»Tu, was ich dir sage!« Seine Stimme war eiskalt und ließ keinen Widerspruch zu.

Sie fühlte sich wie ein Kleinkind. Wenn sie bedachte, wie alt Thorn schon war, war sie dies wahrscheinlich auch in seinen Augen.

Mit einer Verbeugung verabschiedete er sich und wandte sich ab. Genervt schlich sie sich näher an die Straße, auf der mittlerweile nur noch einige Nachzügler unterwegs waren. Ihr Blick klebte an Thorn, der gebeugt die Kiesstraße entlangging, bis die Tore ihn zu verschlucken schienen.

Langsam wurde es dunkel, als würde jemand das Licht dimmen, obwohl der Himmel immer noch in dem klaren Blau erstrahlte und am Horizont ein oranger Streifen schimmerte.

Kurze Zeit später schlossen sich die riesigen goldenen Flügeltüren mit einem Schlag und es wurde gespenstig still. Nur das Heulen eines Wolfes war zu vernehmen.

Ein Schaudern durchlief sie und sie zog sich wieder zu der Stelle zurück, wo Thorn und sie den Tag verbracht hatten. Hinter einem Baumstamm lagen der Wasserschlauch und ein Bündel, in dem sich Beeren und Wurzeln befanden, die sie auf dem Weg zur Stadt eingesammelt hatten. Aber sie verspürte keinen Hunger. Ihr Hals war wie zugeschnürt.

Sie hatte keine Ahnung, was sie die ganze Nacht tun sollte. Ein ungutes Gefühl beschlich sie, als würden sich Stahlringe um ihre Brust legen. Schnell trat sie an den Waldrand und beobachtete die Stadt. Auf der Mauerkrone schwirrte ein verirrtes grünes Licht herum und entzündete in regelmäßigem Abstand weitere, die nach und nach die Umgebung sowie die Patrouille erleuchteten, die die Fackel trug, von der das Licht stammte.

Unruhig stand sie auf, lief unentschlossen hin und her. Das Warten zermürbte sie. Ihre Gedanken kreisten unentwegt um die Geschehnisse der letzten Tage. Um Darach. Waren wirr und chaotisch. Sie wollte zu ihm. Je länger sie hier war, desto mehr trieb sie etwas in seine Richtung. Jedes Geräusch machte sie nervös. Es war mittlerweile stockfinster, aber sie traute sich nicht ein Feuer zu entzünden. Ein kühler Wind strich durch die Bäume, ließ das Laub rascheln und sie frieren.

Dicht presste sie ihren Rücken an einen Baumstamm und strich über die Rune, bis sie das beruhigende Gewicht ihres Schwertes in der Hand spürte. Langsam ließ sie sich auf den Boden gleiten und legte es auf ihren Knien ab, die sie dicht an ihren Oberkörper zog. Sie horchte in die Dunkelheit. Ihr Herzschlag war so kräftig, dass sie befürchtete, es würde bis in die Stadt hineingehört werden. An Schlaf war nicht zu denken und dennoch bemerkte sie immer wieder, wie ihr Kopf nach vorne fiel, sodass sie sich erschrocken aufrichtete.

Als es anfing zu dämmern, war sie völlig steif von der verkrampften Haltung und der Kälte. Sie streckte sich und ihre Knochen knackten. Immerhin hatte sie bis jetzt überlebt. Wenn sie an die anderen Nächte zurückdachte, die sie im *Síd* verbracht hatte, konnte sie wohl froh sein, dass ihr dieses Mal kein Monster aufgelauert hatte. Eigentlich war es unverantwortlich von Thorn gewesen, sie hier mutterseelenallein zurückzulassen. Es gab nur eine Erklärung, warum er es dennoch getan hatte. Ihr Kopf ruckte zu den metallischen Türmen und ihr Magen zog sich zusammen. Dort lag die größere Gefahr.

Bisher wurde kein Alarm geschlagen, weswegen ihm sicher nichts passiert ist, versuchte sie sich zu beruhigen.

Ein Rumpeln durchdrang die Luft und ihr Blick glitt zu den Toren, die mehrere Soldaten langsam aufschoben. Schnell wandte sie sich in Richtung des Flusses, um sich noch einmal zu erleichtern und zu waschen.

Als sie zurückkehrte, war Thorn immer noch nicht da und ihre Unruhe nahm weiter zu. Auch eine ganze Weile später war er noch nicht zurückgekommen. Mittlerweile strömten weitere Flüchtlinge in die Stadt, aber niemand kam heraus. Das Atmen fiel ihr schwer. Der Druck, den sie gespürt hatte, als Darach verschüttet worden war, war wieder da. Genauso stark.

Eigentlich hätte sie längst aufbrechen und zum nächstgelegenen Portal gehen sollen, wie Thorn es verlangt hatte. Aber er war nicht hier. Und sie konnte es einfach nicht. Jedes Mal, wenn sie sich von der Stadt entfernte, hatte sie das Gefühl zu ersticken. Wer weiß, was passiert war. Vielleicht hatten sie ihn gefangen genommen. Vielleicht folterten sie ihn. Was, wenn sie Darach folterten?

Ihr wurde übel. Erinnerungsfetzen an seine Qualen, während er begraben unter Steinen gewesen war, brachten Ciarda dazu, sich zusammenzukrümmen. Aufgebracht raufte sie sich die Haare und versuchte ruhig gegen die Panik anzuatmen. Ihr Blick fiel auf den Boden zu ihren Füßen. Vor Nervosität hatte sie bereits eine Furche in die Erde gelaufen, die ironischerweise die Form eines Unendlichkeitszeichens besaß. Mittlerweile war der Druck auf ihre Brust kaum noch auszuhalten.

Sie musste in die Stadt. Jetzt. Sobald der Entschluss stand, überkam sie eine tiefe Ruhe. Sofort hatte sie das Gefühl, freier atmen zu können, und ihr Herzschlag beruhigte sich. Für einen Moment schloss sie die Augen und horchte in sich hinein. Die Verbindung war da, aber sie spürte nicht, was Darach in diesem Moment durchmachte.

Sie öffnete wieder die Augen und warf der Stadt einen kämpferischen Blick zu. Entschlossen kehrte sie zurück auf die Straße und mischte sich unter die *Síodhach*. Thorns Warnung, dass sie leicht zu erkennen sei, schwebte ihr im Hinterkopf herum.

Misstrauisch sah sie sich immer wieder um, aber keiner achtete auf sie. Auch nicht die Soldaten, die am Tor Wache hielten und einen schläfrigen Eindruck machten. Eigentlich wollte sie so schnell wie möglich an ihnen vorbeischlüpfen, aber sie zwang sich, schlurfend und mit gesenktem Kopf durch die Tore zu gehen. *Bleib ganz ruhig.*

Sie hatte kaum zwei Schritte in die Stadt gemacht, da brach die Hölle los. Ein markerschütterndes Geheul erklang, als würde irgendwo eine Sirene ertönen. Weiteres Wolfsgeheul fiel mit ein und die Leute auf der Straße gerieten in Panik. Rannten wie wild durcheinander und schrien ängstlich.

Auch wenn Ciarda im ersten Moment genauso erschrocken war, so nutzte sie das entstandene Chaos und entfernte sich von den Toren. Sie ließ sich von dem Strom flüchtender *Síodhach* treiben, bis sie eine nicht ganz so belebte Seitengasse bemerkte und in diese einbog.

Atemlos drückte sie sich an die Mauer und spähte um die Ecke. Noch immer hallte das Echo des Wolfsgeheuls vermischt mit den Schreien der verängstigten *Síodhach* durch die Straßenschluchten. Von hier aus konnte sie den Eingangsbereich zur Stadt nicht sehen. Frustriert glitt ihr Blick zu den Dächern der vierstöckigen farbenfrohen Gebäude, die wie eine Filmkulisse aus dem achtzehnten Jahrhundert wirkten und einen verwirrenden Kontrast zu dem eher modernen Schloss bildeten.

Irgendwie musste sie da hochkommen. Der lange Rock ihres Kleides würde sie jedoch nur behindern. Schnell nahm sie den Dolch, den sie an der Hüfte trug, und hackte auf den dunklen Stoff ein. Als das Loch groß genug war, riss sie einen breiten Streifen ab. Auf der einen Seite reichte ihr der Rock nur noch bis zum Oberschenkel, auf der anderen über das Knie. Aber sie war auch nicht hier, um Schönheitswettbewerbe zu gewinnen.

Sie lief die Seitengasse entlang. Die Häuser standen dicht gedrängt und hatten nur kleine Fenster, die ihr keinen Halt boten, um daran emporzuklettern. Eines von ihnen besaß einen schmalen Balkon, dessen Geländer jedoch stabil genug aussah. Mit Anlauf sprang sie hoch und bekam die Streben gerade so zu fassen. Ächzend zog sie sich hoch und balancierte auf dem schmalen Geländer. Von hier konnte sie sich an dem Fenstersims des nächsten Stockwerks entlanghangeln und sich auf das niedrigere Dach des Nachbargebäudes fallen lassen. Der Sims war nur wenige Zentimeter von ihren Fingerspitzen entfernt. Sie hatte nur einen Versuch. Tief stieß sie die Luft aus, konzentrierte sich und sprang. Ihre Finger glitten über den rauen Putz und sie presste sie fest darauf. Als sie nicht mehr drohte abzurutschen, ließ sie mit einer Hand los, um sich ein Stück weiter wieder an den Vorsprung zu klammern, und wiederholte die Prozedur. Ihre Fingerkuppen brannten. Als sie am Ende angekommen war, begann sie ihre Beine hin- und herzuschwingen. Dann ließ sie los.

Ihre Knie kamen hart auf einer Kante auf und sie zog zischend die Luft ein. Die Schindeln waren glatter, als sie aussahen, wodurch sie ein Stück in die Tiefe rutschte und mit ihren Schuhen an der Rinne hängen blieb. Leise knarzte das Metall. Fluchend kämpfte sie sich wieder auf die Füße und krabbelte auf allen vieren das steile Dach hinauf bis zum First. An einem Kamin zog sie sich hoch und blieb in dessen Schatten verborgen hocken. Von hier hatte sie einen beeindruckenden Blick über die ganze Stadt. Verschiedene fantasiereiche Baustile vermischten sich zu dem chaotischen Muster eines Kaleidoskops. Auf der Mauerkrone konnte sie die Patrouillen ausmachen, deren Aufmerksamkeit ebenfalls nach innen gerichtet war. Die Tore waren längst geschlossen und der Platz davor mittlerweile bis auf die Wachen vollkommen leer. Etwas Schwarzes flitzte darüber und blieb dann stehen.

Was zum ...?

Ein schwarzer Wolf, so groß wie ein Kleinbus, klebte regelrecht mit seiner Nase am Boden. Plötzlich hob er den Kopf und schaute genau in ihre Richtung. Sein Heulen war ohrenbetäubend und weitere so große Biester tauchten neben ihm auf. Plötzlich sprintete er los.

»Fuck!« Schnell stieß sie sich von dem Kamin ab. Die Schindeln klapperten, während sie mit den Füßen voran das Dach hinunterrutschte. Er konnte sie doch nicht wirklich bemerkt haben auf diese Entfernung? Allerdings wollte sie kein Risiko eingehen. Sie konnte nur hoffen, dass keine der Patrouillen sie gesehen hatte.

Bei der Rinne angekommen stieß sie sich mit Schwung ab ohne zu halten. Sie erwischte die Gitterstäbe des Balkongeländers, an dem sie sich zuvor hochgehangelt hatte. Ihre Arme wurden durch ihr Gewicht und die Flugkraft überdehnt und sie presste die Zähne aufeinander. Erneut erklang Wolfsgeheul, diesmal sogar näher. Fluchend ließ sie sich fallen.

Wie eine Katze landete sie auf ihren Füßen und ging in die Hocke, um den Stoß abzufedern. Dennoch spürte sie ihn in jedem einzelnen Knochen. Zum Jammern hatte sie keine Zeit. Sofort schoss sie nach vorne, streckte ihren Körper und machte weit ausholende Schritte. Einige Meter vor ihr war die Gasse zu Ende und sie erkannte einige Passanten. Sie hielten die Köpfe gesenkt und eilten über den steinernen Boden. Schnell zog sie ihre Kapuze ins Gesicht und mischte sich unter sie. Immer wieder spähte sie nach links und rechts in der Hoffnung, ein Versteck oder einen Ausweg zu finden, stattdessen befanden sich überall Soldaten, die sich suchend umsahen. Als sie ein rötliches Schild an einem Gebäude entdeckte, reifte ein Plan in ihrem Kopf. Sie konnte die Worte zwar nicht lesen, die darüber standen, aber das Aroma von Speisen deutete auf ein Gasthaus und ließ ihr das Wasser im Mund zusammenlaufen und ihren Magen laut knurren. Sie hätte heute Morgen die Beeren und Wurzeln nicht ignorieren sollen. Schnell trat sie durch die Tür. Tatsächlich schien es sich um eine Art Gasthaus zu handeln, allerdings fehlten Theke und Tische. In regelmäßigen Abständen rankten sich Pflanzen zu Trennwänden, die kleine Nischen bildeten, in der die Gäste auf dem Boden saßen. Hoffentlich bemerkte niemand, dass sie absolut keine Ahnung hatte, wie sie sich gerade verhalten sollte. Nervös schluckte sie und befeuchtete sich die trockenen Lippen. Erleichtert entdeckte sie die Tür im hinteren Teil des Raumes, aus der gerade ein *Síodhach* mit einem Tablett trat.

Sie wartete, bis er sich entfernt hatte, und huschte dann selbst hindurch. Der Geruch nach Essen wurde stärker. Sie folgte ihm und entdeckte die Küche. Zwei Frauen waren vertieft in ihre Arbeit und bemerkten sie gar nicht. Schnell zog sie sich wieder zurück. Irgendwo musste es doch einen Hintereingang für Lieferungen geben. Sie stieß eine weitere Tür auf und stand in einer Vorratskammer. Schnell schnappte sie sich ein Stück Brot und öffnete die nächste Tür. Ihr Herz schlug ihr bis zum Hals.

»Was wollt Ihr hier?« Erschrocken fuhr sie herum und sah den Mann, der vorhin aus der Tür gekommen war. In den Händen trug er das Tablett, auf dem nun schmutziges Geschirr stand. Mit offenem Mund starrte sie ihn an. Ihr Gehirn schien wie leergefegt.

»Ich habe Euch etwas gefragt«, sagte er in einem immer noch freundlichen Ton. Seine Miene drückte weder Wut noch irgendein anderes Gefühl aus. Er war so steif und emotionslos wie alle *Síodhach*.

Plötzlich weiteten sich seine Augen. »Ihr seid eine von denen«, flüsterte er erschrocken und Angst huschte über sein Gesicht. Langsam bewegte er sich rückwärts und stolperte gegen die Tür.

Verwirrt blinzelte sie, bis ihr bewusst wurde, dass sie hier ganz dringend verschwinden sollte. Sie stieß die letzte Tür auf und fand sich in einem Hinterhof wieder. Ein kleiner Kräutergarten war zu ihrer Rechten angelegt. Tief atmete sie durch.

Wenn sie Glück hatte, würde ihr eigener Geruch durch die vielen anderen überdeckt. Aber wann hatte sie schon einmal Glück? Sie machte gerade einen Schritt, als neben ihr ein Knurren erklang, dessen Bass ihr Innerstes zum Vibrieren brachte.

Vorsichtig drehte sie sich um und bemerkte den schwarzen Wolf im Schatten des Hauses. In ihrem Magen bildete sich ein Knoten. Keine Sekunde ließ das riesige Tier sie aus den schwarz glänzenden Augen.

Mit einem Satz sprang es vor und schnitt ihr den Weg ab. Aus der Nähe betrachtet konnte man etliche lichte Stellen im Fell erkennen. Offensichtlich hatte sich das Tier in der Vergangenheit einige schwere Verletzungen zugezogen, die grässliche Narben hinterlassen hatten. Langsam kam es näher und fletschte aggressiv die Zähne.

Vorsichtig hob sie ihre Hände. »Ich tu dir nichts, also tust du mir auch nichts.«

Das Fell sträubte sich und das drohende Knurren wurde lauter. Normalerweise hatte sie einen Draht zu Hunden, aber hier nutzte ihr das nichts. Das riesige Tier war sicherlich dazu abgerichtet worden, unerwünschte Eindringlinge zur Strecke zu bringen. Sie verspürte Mitleid mit dem Wolf, der nur das tat, was man ihm beigebracht hatte.

Mit einem Sprung riss er sie zu Boden. Seine Pfoten drückten ihre Schultern fest auf den rauen Kies. Schicksalsergeben schloss sie die Augen und dachte an Darach. Wenn sie schon sterben sollte, dann wollte sie nicht in das weit aufgerissene Maul einer Bestie sehen, sondern ihn. Es war dumm gewesen hierherzukommen. Warum hatte sie nicht einfach auf Thorn gehört?

Sie konnte den fauligen Atem des Wolfes riechen.

Feucht zog sich seine Zunge wie ein Waschlappen quer über ihr Gesicht und hinterließ eine Spur aus Sabber. Erschrocken öffnete sie die Augen. »Wähh.« Das Tier wollte sie noch einmal abschlecken, aber sie schob schnell seinen Kopf zur Seite. »Das ist eklig, weißt du das?«

Winselnd legte sich der überdimensionale Wolf neben sie, wedelte mit dem Schwanz und machte ein Gesicht wie Scotty, wenn er um Leckerlis oder Streicheleinheiten bettelte. Die Augen wirkten nicht mehr schwarz, sondern hatten einen warmen Braunton angenommen und kamen ihr bekannt vor.

Ungläubig starrte sie ihn an und hob vorsichtig die Hand. Er streckte die Nase in die Luft und schnupperte. Das Schwanzwedeln wurde kräftiger. Als sie den Kopf tätschelte, spürte sie auch etwas Vertrautes.

Plötzlich ruckte der Kopf nach oben und die Ohren stellten sich auf. Sein Blick richtete sich auf sie. Er wirkte traurig. Mit wenigen Sätzen war er plötzlich verschwunden.

Verwirrt starrte Ciarda noch auf den Punkt, wo er zuvor gelegen hatte. Erst als sie Rufe hörte, wurde sie sich wieder ihrer Umgebung bewusst. Schnell stand sie auf, lief zu dem Holztor, durch das der Wolf eben verschwunden war, und sah hinaus auf die Straße. Kein einziger Bewohner war zu sehen, dafür jedoch jede Menge Soldaten und ein schwarzer Wolf, der sie von ihr wegführte.

24

Seit Stunden irrte sie mittlerweile durch die Stadt und war doch keinen Schritt weitergekommen. Sie hatte keine Idee, wo Thorn oder Darach sich befinden könnten. Wenn sie die Augen schloss und dem dünnen Faden nachspürte, der sie mit Darach verband, wusste sie, dass er nah war. Sehr nah. Aber sie war wie ein Kompass, der auf einem Magneten lag und dessen Nadel sich verwirrt im Kreis drehte.

Missmutig blickte sie in den Himmel. Langsam dämmerte es und bald würde die Nacht anbrechen. Immer weniger gewöhnliche *Síodhach* befanden sich auf den Straßen, dafür mehr Soldaten. Langsam musste sie sich ein Versteck für die Nacht suchen.

Das Blut rauschte ihr in den Ohren, während sie neugierig um die Ecke des Gebäudes sah und zwei Wachen beobachtete, die rüpelhaft durch die Gassen marschierten und die Elfen wie unerwünschten Pöbel behandelten.

Eine der Frauen trug wie sie eine Kapuze tief ins Gesicht gezogen und versuchte an den Männern vorbeizuschlüpfen. Der größere von beiden packte sie und zog den dunklen Stoff, der ihr Gesicht verbarg, zurück und enthüllte weißes ordentliches Haar und ein fast kindliches Gesicht. Ein raues Lachen erklang.

Dieser Weg war ihr also versperrt. Verzweifelt lehnte sie sich an die Mauer. Sie fühlte sich erschöpft. Nicht nur körperlich, sondern vor allem mental. Darach so nah zu sein, zu wissen, dass er nur wenige Meter von ihr entfernt war, ließ die Sehnsucht weiter anwachsen. Wehmütig sah sie zu den Türmen, die sich in den blauen Himmel schraubten. Sie vermutete, dass er dort war. Irgendwo. Aber bisher hatte sie keinen Weg hineingefunden.

Geschrei ließ sie erneut um die Ecke schauen. Ungläubig und fassungslos beobachtete sie, wie die Männer das Mädchen gegen eine Wand drückten. Einer der Kerle schlug ihr ins Gesicht und sie verstummte. Nur noch Schluchzer erklangen, während der andere Soldat ihre Brust begrapschte und das Kleid hochschob.

Der konnte was erleben!

Keine zwei Schritte kam sie weit, bevor sich ein Arm um ihre Taille schlang und sie kräftig zurückzog. Sie prallte gegen eine harte Brust. Ein Schrei saß ihr in der Kehle, wurde aber wirksam von der Hand auf ihrem Mund unterdrückt. Ein Fehler, denn sie konnte so den Dolch ziehen, den sie in den Falten des Kleides versteckt hatte.

Grob wurde sie umgedreht und mit dem Rücken gegen die Mauer gepresst. »Was denkst du, was du da machst?«

Ungläubig riss sie die Augen auf. Der Dolch glitt ihr aus der Hand. Seine dunkle Stimme jagte ihr Schauer über den Rücken. In diesem Moment dachte sie an gar nichts mehr, außer daran, dass er vor ihr stand. »Darach?« Sein Gesicht lag im Schatten, sodass sie seine Augen nicht erkennen konnte. Aber sie wusste, dass er es war. Sie hätte heulen können, so erleichtert war sie. In diesem Moment war alles vergessen. Ihre Befürchtungen wurden weggeschwemmt. Ihre Arme schlangen sich um seinen Nacken und sie vergrub ihren Kopf an seiner Schulter. Tief sog sie seinen Geruch nach Wald und Aprikosen ein. Er war es wirklich. Sie hätte vor Freude lachen können, stattdessen liefen ihr Tränen über die Wangen. Fest presste sie sich an ihn. »Darach.« Sie würde ihn nie wieder loslassen.

Sanft schob er sie von sich. Über seine Miene huschten verschiedene Emotionen. Zu schnell, um sie zu erkennen. Seine Hand zuckte zu ihrem Gesicht und verharrte in der Luft, bevor er sie langsam weiter ausstreckte, als hätte er Angst, sie könnte sich in Luft auflösen, sobald er sie berührte. Vorsichtig strich er mit dem Zeigefinger ihre Schläfe entlang und schob einige ihrer Haarsträhnen hinter ihr Ohr.

Seine Berührung löste ein Kribbeln aus, das sich durch ihren ganzen Körper bis in die Zehen fortsetzte. Sehnsucht lag in seinem Blick und ein Versprechen, für das sie ihm überallhin gefolgt wäre. Sein Finger zog einen prickelnden Pfad bis zu ihrer Wange. Sein Adamsapfel hüpfte auf und ab.

In ihrem Inneren brach ein Tumult aus. Die Sehnsucht überwältigte sie. Warum küsste er sie nicht endlich?

Sie brauchte ihn wie die Luft zum Atmen. Musste ihn spüren, ihn küssen, sonst würde sie ersticken. Ihre Finger gruben sich in sein Haar und zogen seinen Kopf zu ihr herunter. Ihre Lippen fanden seine. Er erstarrte kurz, bevor er ihren Kuss erwiderte. Zuerst zögernd, aber dann leidenschaftlich. Sie spürte die Wand deutlicher in ihrem Rücken, als er sie dagegen drängte. Sehnsüchtig öffnete sie den Mund und spürte, wie seine Zunge über ihre fuhr. Ein Prickeln durchlief ihren Körper von Kopf bis Fuß. Am liebsten wäre sie in ihn hineingekrabbelt. Heiße Tränen der Erleichterung flossen über ihre Wangen. Sie fühlte sich in diesem Moment lebendig.

Für den Augenblick existierten nur sie beide. Die Welt um sie herum verschwand im Nichts. Was zählte, war, ihn zu berühren. Seinen Mund auf ihrem zu spüren.

»Hätte ich gewusst, dass du so reagierst, hätte ich mich viel früher zu erkennen gegeben«, stieß er aus, als sie kurz Luft holte und er mit seinen Lippen eine feuchte Spur über ihren Hals zog.

Seine Worte drangen nur langsam in ihr mit Glückshormonen überflutetes Gehirn, vertrieben diese jedoch sehr wirkungsvoll. Vor den Kopf gestoßen wollte sie zurückweichen, aber die Mauer in ihrem Rücken verhinderte dies. Fest stemmte sie ihre Hände gegen seine Brust, bis er verwirrt zurückwich. »Was ist los?«, fragte er atemlos.

»Wie lange folgst du mir bereits?«

Er sagte nichts dazu. Brauchte er auch nicht, seine schuldbewusste Miene, die er schnell hinter einer ausdruckslosen versteckte, reichte vollkommen aus. Nicht einmal mehr ansehen konnte er sie und wandte den Kopf ab.

»Verdammt, seit Stunden irre ich durch diese gottverlassene Stadt, um dich zu retten, und du spionierst mir die ganze Zeit hinterher wie ein Stalker?« Wütend wollte sie ihn von sich stoßen, allerdings rührte er sich keinen Millimeter.

Sein Blick richtete sich auf sie. Kalt und unnahbar. »Du bist umsonst gekommen. Du kannst mich nicht retten.«

Die Gefühllosigkeit in seiner Stimme schockierte sie und nahm ihr sämtlichen Wind aus den Segeln. Entgeistert starrte sie ihn an. »Das ist nicht dein Ernst.«

Er trat einen Schritt zurück und vergrößerte den Abstand zu ihr. »Du solltest gehen, solange du noch kannst.«

Eben hatte er sie noch leidenschaftlich geküsst und jetzt wollte er einen Rückzieher machen?

Einen Moment starrte sie ihn mit offenem Mund an, bevor ihr Temperament die Oberhand gewann. »Ich sagte, ich bin hier, um dich zu retten, also werde ich das auch tun!« Manchmal war es von Vorteil, stur zu sein.

Er musterte sie eingehend. »Wenn ich das richtig sehe, habe ich dich eben vor deiner eigenen Torheit gerettet. Mal wieder. Was meinst du, hätten die Wachen mit dir gemacht?«

Erst jetzt erinnerte sie sich an die junge Frau und warf einen Blick um die Ecke der Mauer. Nun war der Platz wie ausgestorben.

»Ihr ist nichts passiert. Sie haben sich nur einen Spaß erlaubt«, erklärte Darach.

Ihr Kopf ruckte zu ihm zurück und hätte ihm beinahe einen Kinnhaken verpasst. Verdient, wie sie fand. »Einen Spaß? Für mich sah das aber anders aus.« Wie konnte er das einfach so hinnehmen und ruhig danebenstehen?

»Was wolltest du dagegen unternehmen, *mo chridhe*? Mit gezogenem Schwert auf die beiden Männer losgehen und die Soldaten alarmieren, die in der Taverne keine drei Meter weiter sitzen? Einer gegen zehn? Sei ehrlich zu dir selbst. Du hättest nichts tun können«, sagte er trocken.

Alles in ihr sträubte sich gegen seine Worte. Da waren noch mehr Soldaten gewesen? Verdammt, sie hätte besser achtgeben müssen. Blindlings wäre sie in eine Falle getappt. Doch auch wenn sie es gewusst hätte, hätte sie es versucht. »Ich habe schon gegen mehr Gegner gekämpft und gesiegt.«

»In deiner Welt, wo die *Síodhach* schwach sind. Aber du bist nicht in deiner Welt, sondern in meiner, und hier seid ihr Druiden im Nachteil.«

Sie wusste, dass er recht hatte, was sie nur umso mehr auf die Palme brachte. »Du hättest mir ja helfen können.«

Rufe erklangen in der Nähe, er schaute aufmerksam in die Richtung. »Wir sollten hier endlich verschwinden.« Grob packte er sie am Arm und zog sie mit sich, sodass sie vor Schmerz zischte. Er schien es nicht einmal mitzubekommen. Irgendwie hatte sie sich ihr Wiedersehen anders vorgestellt.

Wütend riss sie sich von ihm los, ohne stehen zu bleiben. »Wo bringst du mich hin?«

»In mein Versteck.« Sein verstimmter Tonfall sagte deutlich, dass ihm nicht der Sinn danach stand, ein weiteres Wort mit ihr zu wechseln.

Verletzt, den Tränen nahe und zugleich wütend wandte Ciarda den Blick von ihm ab.

Die Gassen wirkten genauso ausgestorben wie der Bereich vor den Toren. Nur vereinzelt waren Leute unterwegs, in grauer zerlumpter Kleidung. Sie huschten geduckt von Schatten zu Schatten, um den wachsamen Augen der Soldaten zu entgehen.

Immer tiefer kamen sie in ein Stadtgebiet, in dem sie bisher nicht gewesen war und in dem offensichtlich die Ärmsten der Armen lebten. Was sich ihr zeigte, löste ein Schaudern bei ihr aus. Sie sah in verhärmte Gesichter, deren Augen stumpf ins Leere starrten. Es roch nach Krankheit und Fäkalien. Etwas, mit dem sie in diesem Reich, dessen Bewohner immer so überlegen und reinlich taten, nicht gerechnet hatte. Verstört bemerkte sie sogar einige schwarze Adern an den Hauswänden, wo der Putz abgefallen war und die Wahrheit nicht länger verbarg. Sie spürte die Verzweiflung und Hoffnungslosigkeit der Bewohner, die sich schwer auf sie legten und niederdrückten. Fröstelnd rieb sie sich über die bloßen Arme und versuchte sich gegen die fremden Gefühle abzuschotten, die sie drohten zu ersticken. »Was ist hier los?«

»Wonach sieht es denn aus?«

So schnippisch kannte sie Darach gar nicht. »Als hätte etwas Böses die Stadt eingenommen. Ich kann es spüren.«

Er blieb stehen und sah misstrauisch zu ihr zurück. »Du spürst das Böse?«

Sie nickte unsicher. »Thorn meinte, es sei Teil meiner Fähigkeit.«

»Thorn ist bei dir? Wo ist er?«

Für einen Moment dachte Ciarda, dass er erleichtert wirkte. Aber sie musste sich getäuscht haben, denn der finstere Gesichtsausdruck, mit dem er sie nun bedachte, ließ sie beunruhigt schlucken. Schuldbewusst zuckte sie mit den Schultern. »Ich bin auf der Suche nach ihm.«

»Er hat dich allein gelassen?«, stieß er erbost zwischen zusammengepressten Zähnen hervor.

Er hatte sich verändert, seit sie ihn das letzte Mal gesehen hatte. Er war härter und ungeduldiger. Ihr Magen fühlte sich an wie Blei. Sie hatte geahnt, dass das, was er die letzten Monate erlebt hatte, nicht spurlos an ihm vorbeigegangen sein konnte. Aber dennoch hatte sie nicht mit diesen Veränderungen gerechnet. Sie hatte nicht mit ihnen rechnen wollen.

»Eigentlich hat er mich zurück nach Gorm geschickt und ich habe nicht auf ihn gehört«, gestand sie zerknirscht.

Sein Blick wurde noch verbissener und er ließ seine Faust in die Wand hinter ihr donnern. Leise rieselte die brüchige Farbe.

Sofort zog er sich zurück, schaute auf seine Hände, als sähe er sie zum ersten Mal. Seine Kiefermuskeln spannten sich an und er öffnete den Mund, schloss ihn aber direkt wieder. Er wirkte aufgelöst und zerbrochen. In diesem Moment konnte sie deutlich seine Hilflosigkeit spüren. Sein Adamsapfel bewegte sich auf und ab, als er schluckte. Noch immer konnte er sie nicht einmal anschauen.

Ihn so zu sehen, brach ihr das Herz.

Zart legte sie ihre Hand an seine Wange und strich über den Rand seiner spitzen Ohren. Sein Haar kitzelte auf ihrer Haut. Es war mittlerweile wieder gewachsen und fiel ihm bis über die Schulter.

Ein Schauer durchlief ihn und für einen Moment schloss er genießerisch die Augen. Sie wollte ihm so viel erzählen, aber alle Worte schienen verschwunden zu sein. Nur eins wusste sie genau: Sie liebte ihn. Hatte es von Anfang an getan. Sich dagegen zu wehren, war so sinnlos gewesen, denn egal was sie verband, es war ein Geschenk.

Plötzlich ergriff er ihre Hand und hielt sie fest. Bedauernd musterte er sie, bevor er sich abwandte und sich aufgewühlt durch die Haare fuhr. »Ich erklär dir alles, sobald wir von der Straße sind. Aber nicht jetzt«, bemerkte er spröde und ging weiter. Verwirrt sah Ciarda ihm nach. Seine abweisende Art war wie ein Dolchstoß in ihre Eingeweide. Hätte sie jemand in diesem Moment nach ihrem Namen gefragt, hätte sie die Antwort darauf nicht gewusst.

Im Schatten eines zweistöckigen Gebäudes auf der gegenüberliegenden Straßenseite blieb Darach stehen und winkte ihr auffordernd zu. Sie schüttelte den Kopf, um das Vakuum darin zu vertreiben. Langsam folgte sie ihm, bemüht sich auf ihre Umgebung zu konzentrieren statt auf ihn.

Aber es war ein Ding der Unmöglichkeit. Ihr Blick wurde magnetisch von ihm angezogen. Die Gefahr, in der sie schwebten, war vergessen. Ihre Gedanken drehten sich einzig um Darach. Sie fühlte sich wie in einem Zuckerrausch nach einer doppelten Portion Schokoladeneis mit Cookies. Wollte nur noch mehr.

Jede seiner Bewegungen schien sich in ihre Netzhäute einzubrennen.

Seine Statur war drahtiger und er zog minimal ein Bein beim Laufen nach. Genau das, was er durch den Erdrutsch verloren hatte.

Abrupt blieb er stehen und sie lief direkt in ihn hinein. Mit der Hand schob er sie zurück und drehte sich zu ihr um. »Eine Patrouille«, erklärte er leise.

Er stand ihr ganz nah. Sein Geruch nach Aprikose und Wald war so verführerisch und benebelte ihre Sinne. Sie musste ihn berühren. Sie stellte sich auf die Zehenspitzen, um mit der Nase über die Haut an seinem Hals zu streichen. Beschleunigte sich gerade sein Herzschlag?

»Ciarda.« Seine Stimme war nur ein sehnsüchtiger Hauch, der ihr eine Gänsehaut bereitete. Nur wenige Zentimeter trennten ihre Gesichter. Sie konnte das Knistern spüren. Seine Lippen näherten sich ihren.

Bevor sie sich berührten, zuckte Darach zurück, als hätte er sich an ihr verbrannt.

Plötzlich richtete er sich auf und die Realität verdrängte die Magie des Moments gnadenlos. »Wir müssen weiter.«

Wie konnte er so ruhig bleiben, während ihr ganzer Körper vor Verlangen vibrierte? Allerdings war es gut, dass wenigstens einer von ihnen noch einen

Funken Verstand besaß, damit sie nicht erwischt wurden. Ihr Gehirn litt offenbar in seiner Gegenwart an einer Funktionsstörung.

Vorsichtig sah sich Darach um. Er öffnete eine Tür, die scheinbar nur noch von Holzwürmern zusammengehalten wurde, und schob sie in den dahinterliegenden düsteren Flur, der voller Gerümpel stand. Es roch ein bisschen muffig. Sie quetschte sich an einem seltsamen Korbgeflecht vorbei, dessen Funktion ihr unklar war. Sie stieg eine hölzerne Treppe hinauf. Die alten Stufen knarzten. Hier und da konnte man noch wundervolle Blumenmuster erkennen, die das Holz zierten. Ein Geländer fehlte.

Wartend blieb Ciarda stehen und drehte sich in dem Flur neugierig um. Eine weitere Treppe führte nach oben, jedoch waren die meisten Stufen bereits durchgebrochen. Zwei Türen gingen von dem Flur ab, die geschlossen waren. Eine weitere stand offen, durch die Darach marschierte. Im Vorbeigehen zeigte er auf die Tür direkt daneben. »Dort ist eine Art Badezimmer, allerdings gibt es kein fließendes Wasser«, murrte er.

Tief atmete Ciarda aus und betrat ebenfalls den Raum. Mit vor der Brust verschränkten Armen stand Darach an eine Wand gelehnt und beobachtete sie mit ausdrucksloser Miene. Sie hatte keine Ahnung, was er jetzt von ihr erwartete. Ihr Blick glitt durch das fast leere Zimmer. Die Farbe blätterte bereits von den Wänden. Auf dem Boden lag eine Matratze, aus der Stroh herauslugte.

»Ich war in deinem Zimmer auf Islinds Schloss«, begann sie. Er sah sie nur weiter an, sodass sich ihr Magen immer weiter verknotete. »Oder wie auch immer ihr diesen Monsterbaum nennt«, schob sie schnell hinterher und presste die Lippen aufeinander.

Angst, dass er sie ablehnen würde, hemmte sie die Hände nach ihm auszustrecken. Stattdessen ballte sie sie zu Fäusten und versteckte sie in den Falten ihres Kleides. Nervös schluckte sie. Es gab so viel, über das sie mit ihm sprechen wollte, aber die wichtigen Worte kamen ihr nicht über die Lippen. »Es sieht hier alles so anders aus als dort. Eher so wie bei uns Menschen«, versuchte sie das unangenehme Schweigen zu durchbrechen.

»Islind ist eine Hochgeborene. Sie ist mächtig und macht, was sie will.

Doch nicht jeder kann Magie nutzen. In dieser Welt ist jeder *Síodhach* ein Nichts ohne diese Kraft. Nicht mehr wert als ein Mensch, also warum sollte er nicht auch so leben?«

»Aber du besitzt Magie«, platzte es aus ihr heraus und sie wusste im selben Moment, dass es ein Fehler gewesen war. Seine Hände ballten sich zu Fäusten und sein ganzer Körper spannte sich an.

Nervös befeuchtete sie sich die Lippen. »Ich weiß, dass du nicht …«

»Du musst gehen, sobald es wieder hell wird«, unterbrach er sie schroff und stieß sich von der Wand ab. »Wie bist du in die Stadt gekommen?« Er sah sie durchdringend an. »Durch das Tor«, erwiderte sie genervt.

»Du bist einfach hindurchmarschiert?«, fragte er entsetzt.

»Sie haben mich kaum beachtet«, murmelte sie ausweichend. Von den Wölfen wollte sie lieber gar nicht erst anfangen. Er sah so schon aus, als würde er sie am liebsten für ihre Dummheit lynchen. Ihr Bruder wäre sicherlich stolz auf ihn.

»Ist dir eigentlich klar, wie gefährlich das war? Was passiert wäre, wenn sie dich erkannt hätten? So wirst du jedenfalls nicht die Stadt verlassen können. Sie töten jeden, der das versucht.« Fluchend wandte er sich von ihr ab und strich sich fahrig durch die Haare.

»Du meinst, *wir* verlassen die Stadt.«

»Nein, *du* verlässt die Stadt!« Er verschränkte erneut die Arme vor der Brust und wirkte unnahbar. Trotzig streckte sie das Kinn vor. »Aber nicht ohne dich.« Ihr Blick folgte ihm, als er zu dem zerbrochenen Fenster ging und hinausschaute.

»Vor ein paar Monaten durfte ich dich nicht einmal berühren, ohne dass du davongelaufen bist, und jetzt, wo ich will, dass du verschwindest, gehst du nicht«, stieß er wütend aus.

Abermals durchströmten sie Schuldgefühle, das Bedauern, dass sie nicht mehr Zeit mit ihm verbracht hatte. »Weil ich Angst hatte. Schon als ich dich das erste Mal sah, spürte ich etwas zischen uns. Ich war zu dumm es zu verstehen. Zwischen uns existiert eine Verbindung, etwas, das für mich unvorstellbar war. Erst als es zu spät schien, habe ich erkannt, was du mir bedeutest.«

Er drehte sich zu ihr um. Seine Miene war vollkommen ausdruckslos. Als würde ihr Geständnis ihm nichts bedeuten. Flüssigkeit sammelte sich in ihren Augen und sie versuchte sie wegzublinzeln. Wie von selbst trugen ihre Schritte sie zu ihm. So nah, dass sie nur ihre Hand ausstrecken müsste, um ihn zu berühren. »Ich kann dich nicht noch mal verlieren«, flüsterte sie mit tränenerstickter Stimme.

Schmerz färbte seine Augen dunkel. Schnell schloss er sie und atmete tief durch. »Ciarda, sag das nicht.«

Sie fasste sich wieder. »Was soll ich nicht sagen? Dass ich dich liebe?«, fragte sie leise und trat zu ihm. So dicht, dass sie seine Wärme spüren konnte. Sie war ihm so nah und doch hatte sie das Gefühl, es würden erneut Welten zwischen ihnen liegen.

Er sah aus, als hätte sie ihm einen Kinnhaken verpasst, der ihn beinahe auf die Bretter geschickt hätte. Mit einem schmerzlichen Ausdruck presste er die Lippen zu einem kaum wahrnehmbaren Strich zusammen. Seine Finger zuckten in ihre Richtung, aber dann ließ er seine Hand fallen. »Ich habe gehofft, du ... du vergisst mich. Es wäre besser gewesen, wenn du mich niemals kennengelernt hättest. Du musst hier verschwinden und ein Leben ohne mich führen.«

Sie wich zurück und starrte ihn fassungslos an. Konnte sich nicht entscheiden, ob sie ihm mit dem nächstbesten Gegenstand eine überbraten oder ihm ihre ganze Wut ins Gesicht brüllen sollte. Aber sie befürchtete, sie würde nur anfangen zu heulen wie ein Schlosshund. Seine Worte hatten sie verletzt. Monatelang hatte sie sich bemüht seinem Charme zu widerstehen und er hatte jeden einzelnen ihrer Versuche torpediert, und sei es nur, indem er sie angelächelt hatte. »Es ist ja nicht so, dass ich es nicht versucht habe«, murrte sie und verschränkte die Arme vor der Brust.

Seine Kiefermuskeln spannten sich an und das Violett seiner Augen wurde eine Spur dunkler. Ach, das passte ihm also auch nicht.

»Die letzte Zeit war für mich die Hölle.« Sie schloss die Augen, schluckte und versuchte Herrin über den Sturm in ihrem Inneren zu werden.

Zart strich etwas über ihre Wange und hinterließ eine prickelnde Spur. Sie öffnete die Augen und sah direkt in Darachs wunderschöne Iriden. Sein Daumen fuhr erneut über ihre Wange und wischte eine weitere Träne fort, die sich aus ihrem Auge gestohlen hatte. Er wirkte niedergeschlagen. »Ich wollte dich nie verletzen«, hauchte er und ihre Haut überzog eine Gänsehaut bei der Eindringlichkeit seiner Worte. Er wirkte so zerrissen. Es schmerzte, ihn so zu sehen. »Ich weiß, dass es dir nicht anders erging.«

»Lass uns jetzt nicht darüber sprechen«, murmelte er und neigte den Kopf. Seine Lippen versengten ihre. Flüssiges Feuer schien durch ihre Adern zu strömen. Ihr war gar nicht bewusst gewesen, wie kalt ihr gewesen war, bis die Hitze seines Körpers auf ihren traf. Sehnsüchtig öffnete sie den Mund und begrüßte freudig seine Zunge, die ihre sofort erkundete. Immer wieder bewegten sich ihre Lippen aufeinander. Ihre Hände strichen durch sein Haar, krallten sich hinein. Dichter drängte sie sich an ihn. Die Leidenschaft überwältigte sie. Auch er klammerte sich an sie wie ein Ertrinkender an einen Rettungsring. Sie fühlte sich in seinen Armen geborgen. Seine Hände lagen an ihren Hüften.

Sie wollte mehr. Die Sehnsucht, mehr von ihm zu spüren, wurde unerträglich. Ungeduldig und zittrig zerrte sie an seiner Tunika. Aber ihre Körper klebten regelrecht zusammen. Kurz ließ Darach von ihr ab und sie gab ein frustriertes Wimmern von sich. Geschwind zog er sich sein Oberteil über den Kopf und ließ es achtlos fallen, während sie sich das Kleid vom Körper schälte und es mit dem Fuß in die nächste Ecke kickte. Sie zerrte an dem Verschluss des BHs, bis er ihr half.

Es schien eine Ewigkeit zu dauern, bevor seine Lippen sich wieder auf ihre pressten und ihre Körper miteinander verschmolzen. Haut an Haut. Ihre Hände strichen über seinen Rücken, spürten jede Bewegung seiner Muskeln, während er seine Hose abstreifte, ohne ihren Kuss zu unterbrechen.

Sobald er damit fertig war, presste er sich dicht an sie und sie konnte seine Härte an ihrem Bauch fühlen. Seine Hand strich über ihren Po, blieb oberhalb davon liegen und dirigierte sie rückwärts. Ein erschrockenes Quietschen kam aus ihrem Mund. Fast wäre sie über die am Boden liegende Matratze gestolpert, aber im letzten Moment schob er seinen Arm unter ihren

Kniekehlen hindurch und sie schwebte sanft auf das Bett. Sofort war er bei ihr und küsste sie mit einer Leidenschaft, die sie alles vergessen ließ. Langsam glitt sein Daumen unter den Bund ihres Höschens und schob es nach unten. Es machte sie wahnsinnig. Ungeduldig zog sie das störende Ding aus. Er lachte leise in ihren Mund, legte sich zwischen ihre Schenkel. Sie schlang die Beine um seine Hüften, um ihn zu sich zu ziehen, aber er zögerte.

Er stemmte sich hoch und ein kühler Lufthauch strich über ihren mit Schweiß bedeckten Bauch. Sein ganzer Körper zitterte und sie sah den Schmerz und die Verzweiflung in seinen Augen. »Ciarda. *Mo chridhe*«, stieß er aus. In seiner Stimme schwangen so viele Emotionen mit. Begehren, Sehnsucht, Liebe, aber auch Angst.

Auch in ihr stiegen für einen Moment Zweifel auf. Sie erinnerte sich an ihre Furcht, als sie das letzte Mal zusammen gewesen waren. Das Gefühl, ihr ganzes Leben läge nun nicht mehr in ihrer Hand. Die Befürchtungen, schwanger zu sein. Und sie hatten auch dieses Mal keine Kondome. Verdammter Mist.

Aber wer wusste, ob dies nicht ihre letzte gemeinsame Nacht war? Das Bedauern, das sie die letzten Monate gefühlt hatte, wollte sie nie wieder spüren. Sie würde sich diesen Moment nicht nehmen lassen. Von niemandem, auch nicht sich selbst. »Ich will dich. Alles andere ist mir egal«, flüsterte sie und strich mit ihrer Hand über seine Bauchmuskulatur und tiefer. Sie ließ seinen Blick keine Sekunde los, während sich ihre Finger um seine Erektion legten.

Er keuchte und seine Muskulatur spannte sich an. Seine Finger krallten sich in das Laken, sodass das Stroh darunter knisterte.

Für einen Moment schloss er die Augen, aber sie konnte deutlich erkennen, wie sehr es ihm gefiel, wie sie ihn streichelte. Ihr Atem wurde schwerer und das Pochen in ihrem Unterleib drängender. Schelmisch biss sie sich auf die Innenseite ihrer Wange und packte fester zu. Seine Augen öffneten sich und sahen sie so flammend an, dass sie das Gefühl hatte, zu einem Häufchen Asche zu verbrennen. Er ließ seinen Kopf sinken und küsste sie, bis ihr hören und sehen verging. Sie spürte ihn an ihrem Venushügel. Stöhnend bäumte sie sich auf, versuchte ihn tiefer zu dirigieren. Plötzlich riss er sie herum und sie saß auf ihm.

Atemlos beobachtete er sie und ein zufriedenes Lächeln zupfte an seinen Mundwinkeln, was ihr einen regelrechten Kick gab. Grinsend rutschte sie etwas tiefer, brachte sich über ihm in Position und nahm ihn in sich auf. Mit den Händen packte er sie links und rechts an den Hüften, hielt sie, während sie ihren eigenen Rhythmus fand. Schneller und schneller. Bis seine Finger sich tiefer in ihr Fleisch bohrten, sobald er kam, und er sie mit sich über die Klippe riss. Ihr erleichterter Schrei wurde von seinem Mund aufgefangen. Er richtete sich auf und presste sie fest an sich, küsste sie, als würde es kein Morgen geben.

25

Ihr Brustkorb hob und senkte sich in einem steten Rhythmus. Mit jedem Atemzug schmiegte sie sich dichter in seine Umarmung. Am liebsten hätte er sie noch fester an sich gepresst, stattdessen gab er sich damit zufrieden, den Duft ihrer Haare einzuatmen. Das sanfte Pochen ihres Herzens zu hören und die Wärme ihrer Haut zu spüren. Ihre Haare kitzelten.

Er war glücklich und zugleich am Boden zerstört. Was hatte er getan? Fast zerriss es ihn, sie hier zu sehen, während ein Teil von ihm wollte, dass sie für immer zusammen waren. Und es war nicht die gute Seite von ihm. Es wäre egoistisch, sie bei sich zu behalten. Aber wie konnte er ihr länger widerstehen? Sie gehörte zu ihm.

Es war ein Fehler gewesen, mit ihr zu schlafen, dabei war alles, was er wollte, sie in seinen Armen zu halten. Noch hatte Eochu nicht die vollständige Kontrolle über ihn erlangt, auch wenn dieser das scheinbar glaubte. Sonst hätte er Éremón nicht gestern Morgen zu ihm geschickt, um ihn aus dem Kerker zu holen.

Oder gab es noch einen anderen Grund dafür? Éremón hatte ihn aus der Zelle geholt, kurz nachdem jemand anderes in den Kerker gebracht worden war. Er vernahm schleifende Geräusche vom Flur. Schreie, die aus den Tiefen zu ihm drangen. Die Präsenz von etwas Mächtigem war in den Kerkern gewesen. Thorn?

Nein. Das konnte nicht sein. Ciarda zufolge hatte er erst gestern Abend die Stadt betreten und am Morgen wieder zu ihr kommen wollen, es aber nicht getan. Was, wenn die Wachen Thorn geschnappt und dieser Ciarda verraten hatte?

Sein Herzschlag beschleunigte sich und er starrte beunruhigt auf ihren Hinterkopf. Sanft strich er über ihr Haar, ließ seine Hand der Form ihres Körpers bis zu ihren Hüften folgen.

Tief in sich spürte er den Wunsch, sich stattdessen ihre langen Strähnen um seine Faust zu wickeln und sie dazu zu zwingen, vor ihm auf die Knie zu gehen. Schnell rollte er sich von ihr fort, sprang auf und stolperte zurück. Ciarda bewegte sich unruhig. »Darach?«, murmelte sie verschlafen.

Schnell war er bei ihr. »Schlaf weiter, *mo chridhe.*« Kaum berührte er sie, kuschelte sie sich wieder tiefer in die Kissen und gab einen wohligen Seufzer von sich.

Sie vertraute ihm, dabei sollte sie das nicht. Auch wenn sie nichts gesagt hatte, so hatte er doch gespürt, dass sie zusammengezuckt war, als er sie zu fest gepackt hatte. Er spürte die Dunkelheit. Ihre Gier nach dem zarten Wesen, das zu seinen Füßen lag. Ein Teil von ihm wollte sie besitzen. Wie eine Trophäe.

Zitternd atmete er ein und aus, fuhr sich aufgebracht durch die Haare und begann auf und ab zu marschieren.

Das Letzte, was er wollte, war, sie zu verletzen. Aber er würde es tun müssen, damit sie in Sicherheit war. Vor ihm.

Als er Ciarda am Vortag durch die Stadt geführt hatte, hatte er nichts empfunden bei den Schrecken um ihn herum. Wenn er ehrlich zu sich war, hatte es ihn sogar auf eine seltsame Art erfreut. Ihr Entsetzen hatte ihm jedoch bewusst gemacht, wie falsch seine Gedanken gewesen waren und wie nah er der Dunkelheit bereits war.

Verzweifelt schloss er die Augen und verfluchte das Schicksal, das ihm dieses Glück gezeigt hatte, nur um es ihm direkt wieder zu entreißen. Aber er wollte sie nicht hergeben. Ciarda war sein Licht, doch irgendwann würde sie erlöschen wie eine Kerze, die heruntergebrannt war, und die Finsternis würde sie ebenfalls verschlingen.

Das durfte nicht passieren. Niemals. Er wusste nicht, wie viel Zeit er noch haben würde. Tage, vielleicht nur noch Stunden.

Er ging vor ihr in die Hocke und betrachtete wehmütig ihr Gesicht. Ein glückliches Lächeln lag auf ihren Lippen und die Sehnsucht, sie zu küssen, traf ihn wie ein Faustschlag.

Er sollte sie wegschicken, solange er es noch konnte. Bevor die Dunkelheit ihn völlig übermannte. Er musste es tun, egal wie schwer es ihm fiel, denn er liebte sie. Mit jeder Faser seines Seins. Er würde alles dafür tun, damit sie in Sicherheit war.

***

Ein kühler Lufthauch strich über ihre Haut. Sie wollte sich an Darach kuscheln. Seine Wärme spüren. Sanft tastete sie neben sich, aber bis auf das raue Leinen spürte sie nichts.

Panisch richtete sie sich auf. War doch nur alles ein Traum gewesen? Als sie ihn entdeckte, stieß sie erleichtert die Luft aus. Nachdenklich sah er aus dem Fenster und schien völlig in Gedanken versunken. Ein Lächeln stahl sich auf ihr Gesicht.

Das Stroh in der Matratze raschelte, als sie sich aufrichtete, um ihn besser betrachten zu können. Er trug nur die dünne Hose, die seine Beine vorteilhaft umschmeichelte. Der Anblick seines nackten Oberkörpers löste Erinnerungen an die vergangene Nacht aus, ließ sie lächeln und wie ein verliebter Teenager aufseufzen. Hitze strömte durch ihren Körper. Ihr Herz fühlte sich an, als wollte es überlaufen.

Zufrieden streckte sie sich, stand auf und ging zu ihm. Sie schlang die Arme um seine Taille und schmiegte ihr Gesicht an seinen Rücken. Sein Duft hüllte sie ein. Er war so warm. Hart und weich zugleich. »Guten Morgen«, murmelte sie und hauchte sanfte Küsse auf seine Wirbelsäule.

Er verspannte sich und trat von ihr fort.

Ohne ein Wort ging er durch den Raum, sammelte ihr Kleid und den BH auf und hielt ihr die Kleidungsstücke auffordernd entgegen. »Zieh dich an«, befahl er harsch.

Völlig überrumpelt starrte sie ihn an. Gerade noch hatte sie sich auf Wolke sieben befunden und jetzt stürzte sie im freien Fall dem Boden entgegen. Mit dieser schroffen Abfuhr hatte sie überhaupt nicht gerechnet. Es tat weh.

Automatisch nahm sie die Sachen, presste sie an ihre Brust und betrachtete ihn verwirrt. Sein Gesichtsausdruck war vollkommen nichtssagend. Keine Spur mehr von der Leidenschaft, die sie gestern beide übermannt hatte. In ihrem Magen breitete sich ein flaues Gefühl aus. »Was ist denn los?«

»Tu gefälligst, was ich dir sage!« Seine Stimme ließ sie schaudern. Entgeistert öffnete sie den Mund. Es war, als stünde ein Fremder vor ihr. Schnell zog sie die Kleidung über. Ihren Slip hatte sie sich bereits in der Nacht wieder angezogen. »Ich will doch nur wissen, was in dich gefahren ist«, stieß sie verzweifelt aus. »Ich erkenne dich nicht wieder.« Tränen brannten in ihren Augen. In ihrem Kopf herrschte das reinste Chaos. Sie verstand nicht, was hier plötzlich los war.

»Du hast keine Ahnung, wer ich bin«, sagte er tonlos.

Sie schluckte den Kloß in ihrem Hals hinunter. »Ich denke, ich weiß sehr gut, wer du bist.«

Er lachte freudlos. »Wirklich? So oft, wie du mich abgewiesen hast? Mir die kalte Schulter zeigtest? Nie hast du dich mit mir unterhalten. Dir ging es immer nur um das Training. Darum, zu kämpfen. Gegen mich! Und kaum dachtest du, ich sei gestorben, hast du erkannt, dass du mich liebst? Soll ich dir das etwa glauben?« Voller Abscheu musterte er Ciarda. Sie fühlte sich schmutzig. Als wären ihre Gefühle etwas Schlechtes.

»Du hast doch nur ein schlechtes Gewissen, weil du mich so mies behandelt hast. Wirklich kennenlernen wolltest du mich nie. Ich war dir nie gut genug, außer zum Vögeln. Hattest du deinen Spaß?« Jeder Satz schnitt zielsicher durch ihr Herz. Verletzte sie mehr, als sie zugeben wollte. Zitternd rieb sie ihre Hände aneinander und wich zurück. Sie wusste nicht, was sie darauf antworten sollte. War wie betäubt. Ihre Welt schien plötzlich in tausend Scherben vor ihr zu liegen. »Ich bin hierhergekommen, um dich zu retten«, flüsterte sie. Sie hatte das Gefühl, im falschen Film zu sein.

»Mich retten?« Er lachte dunkel. »Du hörst wirklich nicht zu. Ich sagte dir, dass du mich nicht retten kannst. Niemand kann das und vor allem kein verängstigtes Mädchen, das bei der geringsten Schwierigkeit schon das Weite sucht.« Mit jedem Wort fügte er ihrem Herzen eine weitere Wunde zu. Bis es brach. Ihre Lippen zitterten. Nicht nur vor Verzweiflung, sondern auch vor Wut.

Sie hatte sich ein falsches Bild von ihm gemacht. Ihn auf ein Podest gehoben, nachdem sie ihn für tot gehalten hatte, nur damit sie jetzt gegen die harte Wand der Realität prallte.

Er hatte recht. Die einzige Verbindung, die zwischen ihnen bestand, war rein körperlich und nicht mehr. »Du bist so ein Idiot!«, zischte sie, wirbelte herum und fand sich direkt einer der Stadtwachen gegenüber. Das Herz sackte ihr bis in die Hose und ihr Zorn war vergessen. Vier weitere Männer betraten den Raum und hielten ihre Hellebarden angriffsbereit in ihre Richtung. »Ihr kommt mit uns«, erklärte der bärtige Mann, der vor ihr stand.

Das Blut rauschte Ciarda in den Ohren. Langsam zog sie einen Fuß zurück, um einen festeren Stand zu bekommen. Kurz warf sie einen Blick über die Schulter zu Darach. Ein Fehler. Sein Anblick brachte sie aus dem Konzept. Reglos stand er da. In seinen violetten Augen konnte sie die Hoffnungslosigkeit erkennen, bevor er schicksalsergeben den Kopf senkte und nickte.

Brutal wurde sie gepackt, ihre Arme auf den Rücken gedreht. Sie konnte den Körper hinter sich spüren. Sie ließ den Kopf in den Nacken fallen und traf auf etwas Hartes. Schmerz blühte in ihrem Schädel auf. Mit ihrem Fuß versuchte sie den Angreifer aus dem Gleichgewicht zu bringen, doch erneut traf sie etwas am Kopf und der Raum verschwamm vor ihren Augen. Sie sah noch den Boden auf sich zurasen, fühlte etwas Feuchtes an der Stirn, bevor alles schwarz wurde.

***

Sie wusste nicht, wie viel Zeit vergangen war, als sie langsam wieder zu sich kam. Benommen blinzelte sie ein paarmal. Versuchte sich zu orientieren. Ihre Füße schleiften über den Boden, während ihre Arme komisch verdreht waren. Pochend machte sich Schmerz in ihren Schultern bemerkbar und übertönte nach und nach das Hämmern in ihrem Kopf. Mühsam hob sie ihn und bemerkte die schwarze Tunika direkt neben sich. Zwei Soldaten hatten sie zwischen sich genommen und marschierten durch die Tore des Schlosses. Kurz senkte sie die Lider. Die Schritte auf den Fliesen hallten laut durch den leeren Saal, verstärkten den Schmerz in ihrem Schädel. Es fiel ihr schwer, die Augen offen zu halten. Sie entdeckte vor sich mehrere Füße in schweren Stiefeln. Dazwischen lief jemand barfuß. Darach. Ihr Herz begann aufgeregter zu schlagen. Pumpte das Adrenalin durch ihren Körper. Sie hob den Kopf höher, betrachtete seinen geraden Rücken. Seltsam. Er trug keine Fesseln.

Etwas knarzte. Wie einen nassen Sack ließen die Wachen sie auf den Boden fallen. Sie gab ein Stöhnen von sich. Ihre Hand strich über die Beule an ihrem Hinterkopf.

»Lass mich sehen«, erklang Darachs Stimme direkt neben ihr.

Verwirrt schaute sie zu ihm auf. Zart strichen seine Finger über die Wunde, das Hämmern wurde dumpfer, bis es gänzlich verschwand. »Danke«, murmelte sie befangen und starrte ihn verunsichert an. Sein Blick war auf seine Hand gerichtet. Blut glänzte auf seinem Zeigefinger. Langsam führte er ihn zum Mund und kostete davon. Seine Augen richteten sich auf sie und der Ausdruck darin hatte etwas Verstörendes. Ihr Inneres zog sich beunruhigt zusammen.

Mit einem süffisanten Lächeln wandte er sich ab, trat vor und beugte seine Knie. »Eure Majestät.«

Erst jetzt bemerkte Ciarda die umstehenden Leute. Sah den Mann auf dem Thron. Sein Haar war strahlend weiß, seine Ohren lang und spitz. Mit dem Gesicht eines Engels. Direkt daneben im Schatten stand Éremón. Mit hinterlistigem Blick beobachtete er jede ihrer Regungen.

Sie hatte das Gefühl, vollkommen neben sich zu stehen. Als wäre das alles nur ein Albtraum. Ihr Mund stand offen und sie schloss ihn, drehte sich zu Darach in der Hoffnung, dass er ihr sagen würde, dass sie aufwachen sollte. »Was soll das?«, krächzte sie. Ihre Hals war völlig ausgedörrt und eine Ahnung machte sich in ihrem Inneren breit, die ihren Puls beschleunigte. »Was soll das?«, wiederholte sie lauter.

Darach trat auf sie zu, legte seine Hand beruhigend an ihre Wange und strich mit dem Daumen über ihre Haut. »Ich bin genau das, was du immer gedacht hast«, meinte er lächelnd.

»Ich verstehe nicht …«

Zärtlich neigte er den Kopf, sodass seine Stirn ihre berührte. »Ich bin dein Feind, derjenige, der deine Welt vernichten wird«, sagte er sanft, was überhaupt nicht zu seinen Worten passte.

Sie konnte sie nicht begreifen. Wollte es nicht. »Das bist nicht du«, flüsterte sie und riss sich von ihm los.

»Das ist es, was ich schon immer gewesen bin. Das habe ich dir bereits vorhin versucht zu sagen. So lange habe ich gegen mein wahres Wesen gekämpft. Es all die Jahre unterdrückt. Doch damit ist nun Schluss.« Er griff in ihren Nacken, zog sie dichter zu sich.

Als hätte jemand in seine Pupillen gestochen, floss Schwärze über seine Iriden. Nahm jeden Winkel seiner Augen ein, bis sie sich in ihnen schattenhaft spiegelte. Bis sie ihr eigenes Entsetzen darin erkennen konnte. »Nein.« Verstört wich sie zurück. »Nein!« Sie blickte zu den Männern. Alle beobachteten sie. Éremón stand nur wenige Schritte von ihr entfernt und lächelte siegesgewiss. »Du kommst zu spät, meine Liebe«, erklärte er.

Hasserfüllt sah sie ihn an. Er war an allem schuld. Er! Mit einem Schrei stürzte sie sich auf ihn, doch Darach hielt sie zurück. Seine Arme schlangen sich von hinten um ihren Brustkorb und hoben sie an, sodass ihre Beine hilflos in der Luft strampelten.

»Du Bastard!«, schleuderte sie Éremón entgegen und versuchte sich aus Darachs Griff zu befreien, trat gegen sein Schienbein, aber er ließ sie nicht los. »Was hast du getan?«

»Ich?« Mit unschuldiger Miene zeigte er auf sich und lachte. »Nichts. Ich habe ihn nur daran erinnert, wer er ist. Wessen Blut in seinen Adern fließt. Das eines Gottes«, eröffnete er ihr und erinnerte sie an einen wahnsinnigen Fanatiker.

Sie erstarrte. »Was soll das heißen?«

»Das ahnst du doch längst«, flüsterte Darach in ihr Ohr.

Ihre Brust hob und senkte sich. *Nein. Nein.* Sie wollte diesen Gedanken nicht zu Ende denken.

Darach stellte sie wieder auf den Boden. Ihre Beine schienen aus Gummi zu sein. Sie stolperte von ihm weg. Entgeistert und misstrauisch sah sie ihn an, als er neben sie trat. »Darf ich dir meinen Vater vorstellen? Eochu. Aber vielleicht kennst du ihn auch unter seinem anderen Namen: Bress.«

Der Name erzeugte tatsächlich ein leichtes Echo in ihrem Kopf. In den keltischen Sagen war er der Sohn des letzten *Fomorenkönigs* und der Prinzessin *Eriu*. Ein Herrscher der *Túatha Dé Danann*, unter dessen ungerechter Herrschaft das Land verkümmerte.

Aber das waren Geschichten. Legenden, die mündlich über Jahrhunderte weitergegeben worden und nur noch bruchstückhaft erhalten geblieben waren. Deren Wahrheitsgehalt mit der Zeit verloren ging und sich vermischte mit anderen Geschichten, sodass niemand mehr wusste, was wirklich geschehen war.

Der Mann, der auf dem Thron saß, beobachtete sie mit durchdringenden Augen. Er? »Er ist ein *Fomore!*«

»Eigentlich nur ein halber. Genauso wie dein Liebster«, erklärte Éremón. Er legte nachdenklich den Kopf schräg. »Mehr oder weniger. Aber spielt das für dich eine Rolle? Immerhin bist du seine Seelengefährtin.« Er lachte. »Oder willst du ihn töten? Jetzt, wo du weißt, wer er ist. Immerhin hast du es schon einmal versucht, als du noch dachtest, er sei ein gewöhnlicher *Síodhach*.«

Dunkel erinnerte sie sich an seine Worte aus ihrem Traum. *Denkst du wirklich, sie würde dich akzeptieren, wenn sie wüsste, wer du bist? Sie würde dich töten!* »Das war ein Fehler.«

»Und jetzt willst du diesen Fehler ein weiteres Mal begehen und einen Mann töten, nur weil er ein *Fomore* ist?«

Das hatte sie nicht gemeint. Es war falsch gewesen, Darach nach dem Leben zu trachten, und das wusste er. »Eochu ist ein Monster. So wie du!«, schleuderte sie ihm ins Gesicht.

Éremón trat dicht an sie heran. »Er ist genau das, was die *Túatha Dé Danann* aus ihm gemacht haben. Genauso wie ich nur ein Produkt der Taten meines

Vaters und seiner Hure bin. Wer ist nun der Böse in diesem Spiel? Derjenige, der nur das tut, wozu andere ihn getrieben haben, oder derjenige, der dieses Monster erschaffen hat? Wenn ich mich recht erinnere, sind deine Hände ebenfalls blutgetränkt. Ich habe dich beobachtet. Jahrelang. Eigentlich töte ich jeden Druiden, der die gleichen Fähigkeiten wie ich besitzt. Aber du ...« Er trat noch einen Schritt näher und sie schluckte nervös. Sein gesundes Auge schien sie zu hypnotisieren. »Du bist etwas Besonderes. Du ähnelst mir mehr, als du denkst.« Seine Finger strichen über ihre Wange, lösten den Bann.

Mit beiden Händen stieß sie ihn zurück. »Nein. Ich bin nicht wie du!«

Ein Lachen erklang und sie sah zu der Quelle. Eochu – oder Bress – hatte sich ihnen ebenfalls genähert. Wohlwollend und neugierig musterte er sie, während er sie mit auf dem Rücken verschränkten Händen umrundete. »Sie ist stark und wird dir gesunde Erben schenken«, meinte er zufrieden zu Darach.

Der senkte ergeben den Kopf. »Ja, Mylord.«

»Ich bin keine Zuchtstute«, begehrte Ciarda auf, doch Eochu sprach weiter mit Darach, als ob sie gar nicht vorhanden wäre. »Das Einzige, was stört, ist ihr vorlautes Mundwerk.«

»Ich werde ihr das austreiben«, versprach Darach mit einem strengen Blick in ihre Richtung.

Ihr klappte der Mund auf. Das hatte er jetzt nicht wirklich gesagt.

»Dann erlaube ich dir, sie zu behalten«, entschied Eochu und wandte sich ab.

Was war sie? Ein zugelaufenes Haustier? »Und wenn ich nicht will?«

»Dein Einverständnis ist in dieser Sache nicht vonnöten, Weib«, bemerkte er mit einem strengen Blick über die Schulter.

»Das werden wir ja sehen«, zischte sie und fuhr gleichzeitig mit beiden Händen über ihre Unterarme, sodass sie nur einen Wimpernschlag später das Gewicht von zwei Schwertern spürte. Ungezielt warf sie eine der Klingen in Eochus Richtung. Wie erwartet duckte sich der Bastard unter dem wirbelnden Schwert hinweg. Sofort holte Ciarda mit der verbliebenen Waffe zum Schlag aus. Nur im letzten Moment konnte sie ihren Angriff abbrechen, bevor die Klinge Darach in zwei Hälften teilte, der sich zwischen sie und Eochu geworfen hatte. »Geh mir aus dem Weg.«

»Du willst kämpfen? Dann kämpf mit mir.« Er gab ihr keine Zeit, über seine Worte nachzudenken, und griff sie sofort an. Hart fiel sie auf den Rücken. Das Schwert schlitterte über den Boden und löste sich in einem Funkenregen auf. Schnell rollte sie zur Seite, bevor Darach sich auf sie werfen konnte.

Sie kam auf die Beine und versuchte ihm einen Sidekick in die Niere zu verpassen. Er wich aus. Seine Bewegungen waren ihr so vertraut. Ihre Körper schienen zu tanzen. Ihre Arme blockten seine Schläge. Sie wollte ihn nicht verletzen, aber seine Angriffe wurden immer schneller und gezielter. Sie keuchte vor Anstrengung. Erst jetzt fiel ihr auf, dass er bei ihren gemeinsamen Trainingsstunden niemals alles gegeben hatte. Aber sie musste gewinnen. Sie musste es einfach. Verzweifelt kämpfte sie, nahm ihre ganze Kraft zusammen. Sie ahnte, was er vorhatte, bevor sie es sah. Als seine Verteidigung eine Lücke zeigte, rammte sie ihm die Faust in die Niere, zog dann das Knie hoch und traf zielsicher in seine Weichteile. Keuchend kippte er vornüber.

Es tat ihr selbst weh, aber es musste sein. Sie sprang ihn an, riss ihn zu Boden und hielt seine Handgelenke fest. In seinen schwarzen Augen stand keinerlei Gefühl. Ihr Geist griff nach seinem. »Erinnere dich, wer du bist.«

Wütend sah er sie an. »Ich weiß, wer ich bin.« Mit den Hüften stieß er nach oben, warf sie ab und schon lag sie unter ihm.

Das Manöver kannte sie bereits von ihm. Hatte fest damit gerechnet. »Ich habe dir schon einmal gesagt, dass ein Kampf erst zu Ende ist, wenn der Gegner dich nicht mehr überrumpeln kann.«

»Wer sagt, dass du mich überrumpelt hast?«, fragte sie ruhig und drückte den Dolch, den sie mit der Rune an ihrem Handgelenk gerufen hatte, gegen sein Herz.

Für einen Moment huschte Erstaunen über sein Gesicht, dann lachte er und die Vibrationen setzten sich durch ihren ganzen Körper fort. Die Klinge rutschte über seine Haut und hinterließ einen roten Streifen. »Kannst du mich wirklich töten?«

Die Situation war ihr so vertraut. Er legte seine Hand um ihren Hals, drückte leicht zu. »Du hättest mich damals töten sollen. Jetzt ist es zu spät.« Langsam kam er näher, bis sein Atem ihren Mund streifte. Er neigte den Kopf zur Seite und seine Lippen strichen über ihre Wange bis zu ihrem Ohr. »Du hättest gehen sollen, als ich es dir sagte«, flüsterte er sanft.

Wehmütig schloss sie die Augen, genoss das Gefühl, ihm so nahe zu sein. Rieb ihre Wange an seiner, küsste ihn, auch wenn sie wusste, es war ein Fehler. Aber sie wollte ihn noch ein letztes Mal spüren, wollte ihn immer noch nicht verletzen. Alles in ihr sträubte sich dagegen.

»Es wäre besser, wenn du mich jetzt töten würdest«, flüsterte er leise, fast flehend in ihr Ohr.

Überrascht riss sie die Augen auf und sah ihm in seine, die wieder violett strahlten. Ihre Finger krampften sich um den Dolch in ihrer Hand. Die Spitze zeigte genau auf sein Herz und somit auf ihres, das sie ihm längst geschenkt hatte.

»Stich zu«, zischte er und seine Finger gruben sich tiefer in ihren Hals. »Bitte. Du musst mich aufhalten.«

***

Atemlos beobachtete er jede ihrer Regungen. Ihre Hand zitterte leicht und ihre Lippen bebten. Stumme Tränen liefen ihr über die Wangen und zeugten von ihrem Kummer. Sie so zu sehen, zerriss ihn innerlich. Zumindest den Teil, der noch nicht Eochu gehörte. Nur durch pure Willenskraft und den Wunsch, Ciarda zu retten, konnte er sich gegen die Dunkelheit in sich stemmen, aber er spürte, wie ihm die Kontrolle bereits wieder entglitt. Im Hintergrund hörte er seinen Vater finster lachen. »Sie ist wirklich eine Kämpferin.«

Ja, das war sie. »Du bist stark. Du kannst das«, flüsterte er in ihr Ohr.

»Ich liebe dich«, hauchte sie und er dachte schon, sie hätte ihm endlich den Dolch in sein verdorbenes Herz gejagt. Doch nicht sein Herz blutete, sondern seine Seele.

»*Mo chridhe*, tu es.« Er konnte der Dunkelheit in sich nicht länger standhalten. Spürte, wie sie immer mehr Besitz von ihm ergriff und über seine

Qualen lachte. Wie sie Ciarda immer mehr Schmerzen zufügen wollte und ihr durch ihn langsam die Luft abdrückte. Nicht um sie zu töten, sondern um ihr ihre Unterlegenheit zu zeigen. Um sie zu besiegen und zu beherrschen.

»Ich werde dich nicht noch einmal im Stich lassen.« Sie hob den Kopf und er ertrank in ihrem sehnsüchtigen Blick. Schockiert sah er zu, wie ihre haselnussbraunen Augen von Schwärze überschwemmt wurden.

Nein! NEIN! Der gute Teil seiner Seele schrie laut auf vor Verzweiflung, bevor er endgültig verstummte. Zum Schweigen gebracht von der Düsternis, die triumphierte.

Ein Lächeln umspielte seine Lippen. »Meine Braut.« Seine Lippen legten sich auf ihre, schmeckten die Süße. Schwer atmend löste er sich von ihr und griff in ihr Haar, zog leicht daran, sodass sie gezwungen war ihm zu folgen. »Gemeinsam werden wir die Welt erschüttern.«

ENDE von Band 5

Danksagung

Das zurückliegende Jahr war für mich nicht einfach und ich danke euch für eure Treue und Geduld, dass ihr so lange auf die Geschichte von den beiden gewartet habt.

Darach ist mir bereits in den vorherigen Bänden ans Herz gewachsen und ich danke euch, dass ich seine Geschichte noch erzählen darf. Ciarda ist ein Charakter, der mich beeindruckt hat, der mich Stück für Stück mit sich genommen hat, während ich ihre Geschichte schrieb. Ich habe mit ihr geweint, mit ihr gelacht und mich mit ihr verliebt. Ich hoffe, es geht euch ebenso und ihr fiebert mit mir dem Ende von *Mystic Highlands* entgegen.

Nicole Boske, danke für deine Geduld und dein offenes Ohr, während du auf diese Geschichte warten musstest.

Besonders danken möchte ich auch Karin, die mich bei einem Gambaessen auf die richtigen Ideen brachte und in den letzten Jahren zu einer treuen Freundin geworden ist, die ich in meinem Leben nicht mehr missen möchte.

Danke an meine beiden Testleserinnen, ohne euch wäre ich aufgeschmissen. Danke Ricky, dass du trotz deines eigenen Chaos dir auch immer meines anhörst. Danke Diana, dass du dir für mich die Zeit genommen hast und immer dafür sorgst, dass meine Charaktere angezogen das Haus verlassen :D.

Danke aber auch an die vielen lieben Kollegen, mit denen ich mich immer gerne austausche.

Danke an meine Lektorin Diana Steigerwald, die dem Buch noch den letzten Schliff gegeben hat.

Von Elfen, Drachen und Phönixen ...

Finde den Elfenprinzen und werde zur Königin ...

Jess A. Loup
Elfenspiel
(Enchanted 1)
Softcover
ISBN 978-3-551-30114-7

Eine Liebe, die stärker ist als die Gesetze der Natur

Eyrisha Summers
Wenn Tag und Nacht sich finden
Softcover
ISBN 978-3-551-30133-8

Wie der Phönix aus der Asche ...

Christina M. Fischer
Durch Magie erwacht
(Die Magie-Reihe 1)
Softcover
ISBN 978-3-551-30113-0

www.darkdiamonds.de

Impress
Die Macht der Gefühle

Impress
Ein Imprint der CARLSEN Verlag GmbH
April 2020

Lektorat: Diana Tiede
Umschlagbild: shutterstock.com / © Maksim Toome / © Pavel K / © Christine Krahl
Umschlaggestaltung: formlabor
Satz und Umsetzung: readbox publishing, Dortmund
Druck und Bindung: CPI Books GmbH, Birkach
ISBN 978-3-551-30252-6
Printed in Germany
www.carlsen.de/impress

Alle Bücher im Internet: www.carlsen.de